LA DIAGONALE DES REINES

Dès l'âge de 16 ans, Bernard Werber écrit des nouvelles, des scénarios, des pièces de théâtre. Après des études de criminologie et de journalisme, il devient journaliste scientifique. À 30 ans, il rencontre un énorme succès avec son premier roman, *Les Fourmis*. Bernard Werber propose un nouveau genre littéraire qu'il nomme « philosophie fiction », mêlant science-fiction, philosophie et spiritualité. À travers différents regards exotiques, extérieurs, celui des animaux, mais aussi des arbres, des divinités antiques ou de potentiels extraterrestres, il nous invite à nous interroger sur la place de l'homme dans l'univers.

Paru au Livre de Poche :

CYCLE DES AVENTURIERS DE LA SCIENCE
Le Père de nos pères
L'Ultime Secret
Le Rire du Cyclope

CYCLE DES CHATS
Demain les chats
Sa Majesté des chats
La Planète des chats

CYCLE DES FOURMIS
Les Fourmis
Le Jour des fourmis
La Révolution des fourmis

Trilogie des fourmis (*intégrale*)
Le Livre secret des fourmis

CYCLE DE PANDORE
La Boîte de Pandore
La Prophétie des abeilles

CYCLE TROISIÈME HUMANITÉ
Troisième Humanité
Les Micro-Humains
La Voix de la Terre

Pentalogie du ciel

CYCLE DES ANGES
Les Thanatonautes
L'Empire des anges

CYCLE DES DIEUX
Nous, les dieux
Le Souffle des dieux
Le Mystère des dieux

Autres livres
L'Arbre des possibles
Bienvenue au paradis
Depuis l'au-delà
Le Livre du voyage
Mémoires d'une fourmi
Le Miroir de Cassandre
Nos amis les humains
Nos amis les Terriens
Nouvelle encyclopédie du Savoir Relatif et Absolu
Le Papillon des étoiles
Paradis sur mesure
Le Sixième Sommeil

BERNARD WERBER

La Diagonale des reines

ROMAN

ALBIN MICHEL

ISBN : 978-2-253-24456-1 – 1re publication LGF

À Vincent Baguian,
ami, esprit avant-gardiste,
auteur, compositeur, interprète
et mon meilleur partenaire de jeu d'échecs
depuis plusieurs vies.

Tous les êtres humains ont un double qu'on pourrait nommer leur « Némésis ».
Ce n'est pas leur âme sœur, mais leur âme damnée.
S'ils se rencontrent un jour, ils se reconnaîtront immédiatement et n'auront alors de cesse que de vouloir se nuire.
Cela fait partie de leur chemin de vie.
Car ils savent inconsciemment que c'est en se combattant qu'ils comprendront qui ils sont vraiment.
Ainsi, notre pire ennemi peut être notre meilleur professeur.

Edmond WELLS,
Encyclopédie du Savoir Relatif et Absolu.

PARTIE 1

Deux petites filles méchantes

1

— Finalement, dans la vie, on est toujours seul. Ça, je le sais, je le sens, je le comprends. Et c'est la raison pour laquelle il faut lutter pour être tout le temps entouré d'autres personnes. Tu es d'accord avec moi ?

Le visage tout près du grillage, Nicole O'Connor se tient devant une cage occupée par une petite souris blanche.

— J'imagine que toi aussi, tu voudrais rencontrer des amis, des amoureux, des partenaires de jeu qui donneraient plus de sens à ton existence…

Les grands yeux bleu turquoise de la jeune fille de onze ans fixent les yeux rouges du timide rongeur.

— Sans parler du fait que, comme moi, tous tes congénères sont éloignés, et que tu ne peux même pas communiquer avec eux.

Elle a une moue désabusée.

— Le professeur de sciences naturelles m'a laissée toute seule dans la classe pour me punir parce que je ne voulais pas te tuer.

La souris dresse les oreilles et l'extrémité de son museau frétille pour renifler l'immense masse de chair rose qui désormais l'intrigue.

L'humaine s'approche encore et explique calmement la situation à la souris, comme si celle-ci pouvait la comprendre.

— Pour tout te dire, je devais t'ouvrir le corps avec un scalpel pour regarder ce qu'il y a l'intérieur. Ils nomment cela « expérience de vivisection ». Mais pour moi ce n'est pas de la science, c'est juste un acte terrible qui consiste à massacrer un être innocent. Dire qu'on t'a fait naître uniquement pour ce sacrifice inutile.

Elle secoue ses cheveux blonds alors que la souris semble de plus en plus intéressée.

— Comme j'ai refusé cette barbarie, le professeur n'a rien trouvé de mieux que de m'enfermer dans la classe vide durant la récréation pour que je « réfléchisse » à ma « bêtise ». Eh bien, je crois que je suis parvenue au bout de mes réflexions.

Elle soupire longuement.

— En prenant conscience de ma « bêtise », je me suis sentie précisément plus proche de vous, les « bêtes ».

La jeune fille soulève alors le loquet, ouvre délicatement la porte de la cage et libère la souris. Celle-ci s'élance aussitôt et court partout dans la classe puis, après avoir exploré la pièce, se dirige vers une autre grande cage qui contient une multitude de souris.

— Tu veux être avec tes amies, c'est ça ?

Nicole O'Connor ouvre maintenant la grille derrière laquelle s'agitent toutes les petites prisonnières blanches.

Les rongeurs sont ravis de retrouver la liberté.

La jeune fille blonde ne s'arrête pas là. Avec une règle fine elle appuie sur le pêne de la serrure de la porte de la salle de classe où elle est pourtant censée rester enfermée. La voie est libre. Les souris se précipitent par ce passage. Il y a désormais six cent quarante souris qui courent partout dans le collège James Cook de Melbourne, en Australie.

De là où elle est, Nicole entend s'élever des premiers cris aigus féminins, rapidement suivis par des cris masculins à peine moins aigus.

Nicole sourit et songe : *C'est leur nombre qui leur permet d'effrayer des êtres beaucoup plus grands, plus lourds, plus puissants.*

Elle est fascinée par le chaos qu'elle a engendré. Les rongeurs galopent partout, goûtant enfin à une liberté dont ils ont été privés depuis leur naissance. Ils sont dans l'euphorie alors que les humains paniquent.

Certains élèves se mettent debout sur des chaises. D'autres crient ou essaient de piétiner les souris avec leurs talons, sans grand succès.

C'est plus facile de tuer des animaux en cage que des animaux en liberté, n'est-ce pas ?

Naturellement, les six cent quarante rongeurs libérés se regroupent pour former une meute compacte qui file dans les couloirs, provoquant la terreur des géants autour d'eux dont ils ne voient que les jambes et les pieds.

Même les professeurs sont surpris et effrayés. Des employés du service d'entretien accourent avec des balais pour tenter d'enrayer le phénomène, mais les souris blanches sont trop petites et trop rapides pour qu'ils parviennent à les attraper ou à les blesser.

Nicole O'Connor sort tranquillement de la salle et avance dans le sillon laissé par « sa » meute de souris. Elle réalise que les élèves et les enseignants qui l'entourent paraissent avoir compris qu'elle était à l'origine de cette « action » et que désormais ils la respectent.

Le professeur n'aurait pas dû me laisser à l'écart. Je l'avais pourtant averti : je NE SUPPORTE PAS d'être… seule.

2

Non, je ne peux pas laisser faire ça.

Le même jour, à seize mille kilomètres de là, dans le couloir d'un collège de New York, aux États-Unis, une autre jeune fille, elle aussi âgée de onze ans, nommée Monica Mac Intyre, regarde fixement une scène qui la met très mal à l'aise.

Un groupe de cinq, trois filles et deux garçons, sont en train de frapper une fille en larmes recroquevillée sur le sol. Ses assaillants lui donnent des coups de pied. Elle pousse des gémissements de douleur. La situation semble ravir ses bourreaux.

— Sale gouine !

— On t'a vue embrasser l'autre fille.

— Tiens, prends ça !

Monica Mac Intyre ne connaît pas cette adolescente, mais la scène lui est insupportable.

Je déteste quand ils se mettent à plusieurs pour s'acharner sur un seul.

Alors Monica, sans réfléchir plus longtemps, saisit un extincteur, s'avance vers le groupe et se met à asperger les cinq assaillants en visant tout particulièrement les yeux. Sous l'effet de surprise, ils abandonnent momentanément leur proie et, recouverts de neige carbonique, se tournent vers elle comme des zombies. Monica envoie une nouvelle giclée pour les faire renoncer à toute tentative d'approche.

Mais un des garçons est parvenu à enlever la mousse blanche de son visage et fonce sur elle, les mains en avant.

Monica projette instantanément l'extincteur de toutes ses forces dans l'entrejambe du garçon. Ce dernier pousse un hurlement, s'effondre par terre en se tordant de douleur et en se tenant le bas-ventre.

Aussitôt d'autres élèves surgissent de partout. Ils découvrent avec surprise la scène : quatre adolescents recouverts de neige carbonique, un garçon au sol, une fille en larmes et les cheveux en bataille.

Le professeur de gymnastique accourt. Il rejoint le garçon qui grimace dans des râles sourds et essaie de l'aider à reprendre son souffle.

Légèrement en retrait, debout, Monica Mac Intyre affiche un air complètement indifférent à la souffrance du garçon.

— Vous êtes folle ! rugit le professeur.

La jeune fille aux longs cheveux noirs soutient son regard de ses grands yeux gris brillants qui donnent à ses pupilles l'allure de deux miroirs où se reflète l'image de son vis-à-vis.

Elle se dit : *Cela ne sert à rien de s'expliquer, cet adulte pense qu'il sait tout et que, parce que je suis jeune, je ne sais rien.*

Alors que d'autres élèves se précipitent vers eux, Monica s'éloigne de ces gens dont le bruit et les gesticulations l'indisposent.

L'agitation dérisoire de mes congénères est exaspérante.

Monica s'isole dans les toilettes après avoir bien fait attention de fermer la porte derrière elle et s'assoit sur la lunette pour faire le point.

Qu'ils s'excitent sans moi.

Je préfère rester tranquille, seule au calme.

Je NE SUPPORTE PLUS *tous ces imbéciles.*

3

— Mais enfin qu'est-ce qui t'a pris ?

Après l'affaire des six cent quarante souris libérées, Nicole O'Connor a été exclue du pensionnat James Cook de Melbourne.

Elle a rejoint son père en Nouvelle-Galles du Sud, près de Peterborough, sur la côte australienne, dans son ranch, le « ROC », ainsi nommé en référence aux initiales de son propriétaire, Rupert O'Connor.

Ils se sont installés dans le patio.

Elle apprécie ce lieu. À droite, la vaste plaine du ranch. À gauche, la colline, et en face la falaise qui domine l'océan.

— Le professeur m'avait laissée seule dans la classe…, explique l'adolescente.

Le père consulte la note adressée par la directrice du pensionnat.

— En effet. C'était pour te punir d'avoir refusé de faire un exercice de biologie.

— Ils me demandaient de torturer une souris, dit Nicole avant d'ajouter : De toute façon, je ne supporte pas d'être seule.

— Tiens donc. Et pourquoi cela ?

— Quand personne ne s'intéresse à moi, j'ai l'impression que… je n'existe plus.

Le père soulève un sourcil.

— Tu « n'existes plus », dis-tu ?

La jeune fille répète d'une voix forte en articulant exagérément :

— JE NE SUPPORTE PAS D'ÊTRE SEULE.

Elle a un frisson rien qu'à se rappeler l'émotion qu'elle avait ressentie durant cet instant de solitude.

— Jamais, au grand jamais, je ne veux revivre ce cauchemar d'être abandonnée dans une pièce sans personne qui me regarde. J'ai besoin du regard des autres, j'ai besoin de l'odeur des autres, j'ai besoin d'être tout le temps avec des gens.

— Quel rapport avec les souris ?

— Cette bête avait l'air de vivre la même chose que moi. Quand je l'ai libérée, j'ai pu résoudre ce « désagrément ». Pour elle comme pour moi. Nous nous sommes remises à exister en retrouvant nos congénères.

Rupert hoche la tête pour signifier qu'il peut entendre l'argument.

— Ce n'est pas bien de toujours vouloir être avec les autres, papa ?

Il tapote l'extrémité de son menton en signe d'intense réflexion.

— Certes, être sociable c'est bien, mais là, j'ai l'impression que ton envie d'être entourée de gens t'a poussée à commettre un acte un peu « disproportionné ».

Nicole O'Connor hausse les épaules, affligée d'avoir autant de difficultés à se faire comprendre.

— Tu penses que je suis agoraphobe, papa ?

— Ah non, agoraphobe, c'est la peur d'être dans des espaces ouverts. À force, on a oublié son sens. Ton problème correspond à un autre mot : autophobe.

— C'est quoi ?

— L'autophobie est l'allergie au fait d'être seul. Le mot vient des racines grecques *auto*, qui signifie « soi », et *phobie*, qui signifie « peur ».

— Autophobe ? J'aime bien ce mot. D'accord, je l'assume. C'est censé être une maladie ? Ça peut se soigner ?

— Peut-être. Mais en tout cas je ne crois pas que ce soit par la punition ou la culpabilisation.

Après avoir longuement regardé Nicole, son père éclate d'un grand rire tonitruant.

— Ah ça, pas de doute, tu es bien ma fille.

Il la serre fort dans ses bras.

— Je suis comme toi, Nicky, j'aime les autres, je veux être entouré par eux, j'ai besoin qu'il y ait tout le temps du mouvement autour de moi et moi non plus, je n'aime pas être seul. D'ailleurs, je vais t'avouer quelque chose : tout ce que j'ai fait jusqu'ici, je l'ai accompli uniquement grâce à ma volonté de croire dans la force du collectif et à mon mépris de l'individualisme.

Nicole est ravie. Avec sa jolie robe blanche bordée de dentelle, elle semble toute petite et menue devant la stature imposante de son père, son large cou, son double menton et son ventre proéminent.

Il fait chaud. Rupert tamponne avec un mouchoir son front ruisselant de sueur. Il sert à sa fille de la citronnade, avant de se balancer sur son rocking-chair.

— Il faut miser sur la quantité de gens qui agissent ensemble et non pas sur la qualité d'individus isolés.

Il sort une boîte en ivoire et en nacre, en extrait un cigare qu'il hume avant de le palper de ses doigts épais. Sur la boîte où est inscrit « Cigares Romeo y Julieta. La Havane », elle remarque une étiquette où figure le prix : « 217 dollars pièce ».

Il place ce produit de luxe dans une petite guillotine, tranche son extrémité, et l'allume avec un minuscule lance-flamme.

— Tu as un bon fond, Nicky. Je regrette que nous ne nous voyions pas plus souvent. Mais, maintenant que tu as été renvoyée de ton collège, tu peux rester ici et suivre les cours par correspondance. Ça nous permettra de nous retrouver tous les deux.

Il lâche une bouffée de fumée bleutée.

— De quelque chose qui a l'air mauvais peut sortir quelque chose de bon. Quoi qu'il en soit, je regrette de ne pas m'être davantage occupé de toi. Depuis la mort de ta mère, nous nous sommes éloignés mais je compte me rattraper. Je te propose de rester ici et de te préparer à prendre ma succession au ranch tout en poursuivant tes études.

Nicole boit sa citronnade à petites gorgées.

Elle perçoit un aboiement lointain, bientôt suivi d'une multitude de bêlements. L'un des troupeaux rentre au ranch, accompagné par un berger sur son cheval. L'homme est altier et en impose avec son costume similaire à celui des cow-boys du Far West américain, si ce n'est la bande en peau de serpent australien séchée sur son chapeau. Un chien court à son côté. Nicole le reconnaît, c'est Mao, un border collie qui lui a été offert pour ses quatre ans.

Mao est donc devenu gardien de troupeaux.

Au sifflement du berger, le chien rassemble les moutons pour former un groupe qui se stabilise face à eux avant d'entrer dans un vaste enclos entouré d'un grillage électrifié.

— Regarde bien ces moutons, déclare le père. Voilà tes meilleurs professeurs. Ensemble, ils développent une sorte d'intelligence collective qui surpasse la simple addition des intelligences individuelles. Leur force, c'est leur groupe. On appelle cela « égrégore ». Ce mot vient du latin *egregius*, qui a donné dans le langage courant l'instinct du troupeau qu'on nomme l'instinct grégaire. L'égrégore des moutons les rend très forts. En groupe, ils savent résoudre tous les problèmes. Ils n'ont peur de rien ni de personne. Ce sont eux les plus forts. Ce sont eux la « foule invincible ».

À l'horizon les lueurs d'un soleil pourpre se reflètent joliment sur la laine des moutons.

— Mais ces moutons ont un humain et un chien pour les guider, il me semble, remarque Nicole en savourant sa citronnade. Sans eux, ils ne sauraient pas où aller.

Son père se penche en avant et lui fait un clin d'œil :

— Ne te fie pas aux apparences. Peut-être que ce sont les moutons qui dirigent inconsciemment par leur intelligence collective le chien et le berger…

Rupert est satisfait de surprendre sa fille.

— Et en plus, ils sont si forts qu'ils nous font croire que c'est le contraire.

Il éclate d'un grand rire tonitruant.

— Et quel en serait l'intérêt ? questionne-t-elle.

— Les moutons nous utilisent pour les débarrasser de leur excédent de laine qui leur tient trop chaud. Mets-toi à leur place, ces couches de poils qui s'accumulent provoquent un inconfort notable. C'est comme si tu avais en permanence un anorak, même quand il fait un temps caniculaire. Là, au moins, ils bénéficient d'un service de « coiffure » permanent et gratuit. En outre, ils sont nourris avec régularité et ils dorment à l'abri. Enfin, nous les protégeons des prédateurs.

Nicole semble si intéressée par cette théorie originale du « pouvoir des moutons » que son père développe.

— Ils bénéficient de tous les soins médicaux auxquels ils n'auraient jamais accès « naturellement ». En fait, ces moutons ont trouvé la formule idéale pour avoir une vie tranquille : ils se sont débrouillés pour que les humains travaillent pour eux.

Nouveau rire paternel.

— Je n'avais jamais pensé à voir les choses sous cet angle, reconnaît l'adolescente.

Il rallume son cigare et poursuit avec fierté :

— Eh bien, maintenant tu connais le secret des moutons. Ils nous manipulent sans que la plupart d'entre nous en aient conscience. Et ils tirent leur pouvoir de « l'intelligence collective ».

4

— Tu te rends compte de ce que tu as fait ?

À New York, et avec un décalage de quatorze heures par rapport au ranch australien ROC de Peterborough, la jeune Monica Mac Intyre commence sa journée. Elle est en compagnie de sa mère, Jessica, dans un décor totalement différent : le métro souterrain de la tentaculaire cité américaine.

— Je ne supporte pas les lynchages. Et de manière plus générale, je déteste les groupes qui sont comme des meutes de loups s'acharnant sur ceux qui sont plus faibles et plus isolés.

— En fait, tu ne supportes pas les gens tout court.

— Je crois que dès qu'on est plus de deux, on est une bande d'abrutis. Et plus il y a de personnes autour de moi, plus je me sens oppressée par leur bêtise collective.

— Tu sais que ce genre d'aversion a un nom ?

— Misanthrope ?

— Non, misanthrope cela signifie qu'on éprouve simplement du dégoût à l'égard de ses semblables. Le mot qui correspond à ton cas est plutôt « anthropophobe ». C'est la hantise quasi maladive d'être avec d'autres gens. Cela vient du grec *anthropos* qui signifie « l'homme », et *phobie*, « la peur ».

— Merci pour l'information. J'assume. Je suis anthropophobe.

— Le garçon que tu as frappé a vraiment eu très mal. Le proviseur m'a dit qu'il prenait en compte le fait que tu étais intervenue pour aider une fille qui était agressée et que c'était en quelque sorte de la légitime défense, mais si cela se reproduit, il devra prendre des sanctions.

Monica frotte ses yeux irrités par la lumière des néons. Le roulement du wagon produit un vacarme dans le tunnel. Les roues crissent lors du coup de frein aussi brusque que strident. Les portes automatiques s'ouvrent.

Au début, Monica et sa mère étaient assises sur des strapontins, mais le nombre de voyageurs ne cessant d'augmenter à tous les arrêts, elles sont obligées de se lever.

À chaque station, de nouveaux passagers entrent et remplissent un peu plus l'espace. Le wagon, tel un animal métallique, se goinfre de toujours plus d'humains. La densité passe d'un humain au mètre carré à deux. Nouveaux crissements de frein, nouvelle secousse due à l'arrêt, nouvelle ouverture des portes, nouvelles entrées de passagers. Dans l'espace confiné, les gens sont maintenant si nombreux qu'elle se retrouve à touche-touche avec plusieurs personnes.

Monica a un tressaillement désagréable. Elle perçoit leur respiration près de ses oreilles.

— Serre-toi un peu plus sur la droite, lui conseille sa mère qui a compris le problème.

Elles sont secouées dans les virages qui les poussent les uns contre les autres comme des poupées de chiffon.

Nouvel arrêt. Nouvelles entrées.

Le nombre de passagers augmente encore et l'air se raréfie malgré la climatisation qui, elle aussi, a automatiquement accru sa puissance et son vacarme.

Nouvel arrêt. Nouvelles entrées.

Il y a maintenant trois humains au mètre carré.

L'adolescente serre les mâchoires.

Mais son supplice ne fait que commencer. Ils doivent être maintenant une cinquantaine rien que dans ce wagon. Quelqu'un lui marche sur les pieds et s'excuse.

Elle serre le poing.

Un autre lui frôle les fesses.

Monica le foudroie du regard tout en prenant une grande inspiration pour se contrôler.

Rester calme.

Nouvel arrêt. Nouvelles entrées.

La densité augmente encore pour passer à quatre humains au mètre carré. Pour aggraver encore un peu plus les choses, un adolescent de grande taille mâche bruyamment du chewing-gum à quelques centimètres à peine du pavillon de ses oreilles.

Comment les gens en sont-ils arrivés à supporter ce cauchemar ? J'imagine un homme de la préhistoire qui viendrait ici grâce à une machine à voyager dans le temps. Il se dirait assurément : « Si c'est ça le progrès, je préfère vivre sans. »

Nouvel arrêt. Ouverture des portes. Ceux qui sont dedans se serrent un peu plus, ceux qui sont dehors poussent pour entrer. Certains renoncent. D'autres insistent malgré tout.

— Mais vous voyez bien qu'on ne peut pas être plus nombreux ! s'exclame une vieille dame.

— Désolé, mais on m'attend au travail.

— Prenez le métro suivant.

— De toute façon, ce sera pareil, répond le nouveau venu.

Une sonnerie stridente avertit que les portes automatiques vont se refermer. Elles commencent à se rabattre, mais il y a toujours un bout de pied, un bras ou un sac qui dépasse à l'extérieur. Alors tout le monde, en ronchonnant, se presse un peu plus pour que les portes puissent se refermer complètement.

Monica songe : *Ce serait plus simple s ils mettaient de grandes lames de rasoir recouvertes d'acide sur le bord des portes pour trancher tout ce qui dépasse.*

La seconde sonnerie qui indique la fermeture des portes retentit enfin. C'est un soulagement collectif qui se diffuse. Le métro peut repartir.

Ils sont maintenant une centaine, compressés dans cet espace clos.

L'air est suffocant. L'idéal ce serait que tous ces gens s'arrêtent de respirer. Qu'ils se mettent en apnée dès qu'ils entrent dans le wagon pour ne pas produire cette atmosphère nauséabonde.

Comme pour lui répondre, quelqu'un lâche une flatulence et tous se scrutent pour savoir lequel d'entre eux a osé. Un petit garçon éclate de rire, alors que des adultes grimacent et se bouchent le nez.

Mais déjà les secousses du métro font diversion.

Nouvel arrêt. Nouvelles entrées.

Et la densité augmente encore pour passer à cinq humains au mètre carré.

Monica a lu dans l'*Encyclopédie du Savoir Relatif et Absolu* du professeur Edmond Wells qu'à partir de sept humains au mètre carré, il y a un risque d'asphyxie. L'article précisait que le maximum de densité enregistrée était de neuf humains au mètre carré. Ce qui correspond à peu près à neuf personnes dans une baignoire.

— Je dois sortir ! déclare soudain Monica.

Elle profite de l'arrêt suivant pour s'enfuir du wagon. Sa mère la suit. Elle court pour remonter en surface. À l'extérieur, la jeune fille cherche de l'air frais.

— Désolée, cela doit être mon « anthropophobie », murmure-t-elle.

— Il faut quand même aller au travail, dit Jessica.

Elle ouvre son sac à main, fouille dedans un instant et en sort un comprimé de Valium. Sa fille l'absorbe sans eau, en déglutissant. Le tranquillisant fait rapidement effet et elle retrouve une respiration normale.

— Je ne veux plus prendre le métro, déclare Monica.

— Je n'ai pas de permis de conduire, pas de voiture. Et même si j'en avais une ou si l'on prenait un taxi à cette heure-ci, New York est tellement embouteillé qu'on n'avancerait pas.

— Je suis prête à me lever plus tôt, maman. Même à 5 heures du matin, s'il le faut.

— De toute façon, je n'ai pas les moyens de te payer un trajet quotidien en taxi.

— Je pourrais y aller à vélo.

— Trop dangereux.

— Alors à pied. Tout sauf revivre cet enfer.

ENCYCLOPÉDIE : ENTASSEMENT DANS LE MÉTRO.

La gare de métro de Shinjuku à Tokyo est considérée comme étant la plus fréquentée de la planète. Avec plus de 3 millions de passagers journaliers utilisant les dix stations de la ligne, elle est pratiquement toujours saturée. Chaque année, elle transporte plus de trois milliards de personnes. Les wagons sont tellement bondés que des agents équipés de gants blancs ont pour consigne de pousser les passagers à l'intérieur des voitures pour les contenir dans cet espace exigu avant que les portes se referment. C'est un art particulier au Japon qui se nomme « oshiya », qui consiste à bourrer au maximum les wagons en compressant les gens jusqu'à l'extrême.

Edmond Wells,
Encyclopédie du Savoir Relatif et Absolu.

5

Nicole O'Connor inspire profondément. La mer toute proche ajoute une sensation de fraîcheur légèrement iodée.

Le soleil irise maintenant les effiloches de nuages de mille reflets qui lui remplissent les yeux. La vallée prend une couleur rose, et sur sa droite la falaise est recouverte de nuées de mouettes joyeuses.

Son père expire une nouvelle bouffée de cigare, regarde sa montre puis annonce :

— Viens, Nicky, si tu dois un jour diriger ce ranch, ce serait bien que je te fasse découvrir les nouvelles installations.

Ils pénètrent dans le grand hangar où les ovins se font tondre par des ouvriers.

Au-dessus du sigle du ranch représentant trois moutons apparaît la devise : « L'UNION FAIT LA FORCE ».

L'odeur animale est forte, poivrée et, en même temps, âcre.

Elle observe, étonnée, le rituel qui consiste à faire avancer les animaux dans un couloir de barrières métalliques. Des hommes en salopette de jean les saisissent l'un après l'autre pour les renverser sur le flanc et les tondre méthodiquement.

Nicole constate que les ovins paraissent soulagés d'être débarrassés de leur masse de laine. Une fois tondus, ils gambadent joyeusement pour retrouver leurs congénères déjà allégés.

— On dirait des clients qui sortent satisfaits de chez le coiffeur, tu ne trouves pas ? dit Rupert. La laine… C'est de là que vient notre fortune. C'est encore un produit très demandé et nos moutons ont la plus belle laine du monde. Tu sais, je possède même des moutons de race Mérinos qui valent chacun plus de dix mille dollars australiens.

Elle hoche la tête en signe d'appréciation.

— Et après ? dit-elle.

— Après quoi ?

— Qu'est-ce qu'il leur arrive ensuite, à « nos » moutons ?

— Nous gérons aussi leur « fin de vie ». Mais ça ne va pas t'intéresser.

— Je veux voir ça aussi.

Il fronce le sourcil, dévisage sa fille puis, après une hésitation, la guide vers un autre bâtiment à l'arrière du terrain, derrière une haute haie d'arbustes feuillus serrés. Un premier groupe de moutons y est traité. On leur met en guise de boucle d'oreille une plaque de plastique avec un numéro et un code-barres.

— Ce lot est pour nos meilleurs clients : les Saoudiens. Là-bas, ils raffolent des méchouis. Et ils payent bien. Au moment de la fête de l'Aïd, il faut leur livrer les moutons vivants pour qu'ils les égorgent eux-mêmes sur place. Cela fait partie de leurs traditions ancestrales.

Nicole observe l'endroit, fascinée. Elle désigne un autre hangar.

— Et ceux-là ?

— Ceux-là ne sont pas destinés au marché saoudien. On les traite de la manière habituelle.

Elle remarque que les moutons sont suspendus à des crochets, tête en bas, avant d'être emportés sur un rail vers une zone d'où s'échappe le feulement caractéristique des grandes lames d'acier qui tranchent la gorge des animaux.

Rupert sort un cigare pour couvrir l'insupportable odeur de sang frais.

— Je m'excuse de ne pas t'avoir consacré plus de temps, Nicky. Sache que maintenant je compte me rattraper. Je te l'ai dit, ce petit incident des souris que tu as libérées me semble être le signe qu'il faut changer ma manière de me comporter avec toi. Tu as ta place ici, au ROC. Je te promets d'être plus disponible pour toi.

À ce moment retentit la sonnerie du téléphone. Rupert s'éloigne pour décrocher, écoute puis annonce à sa fille en posant une main sur le micro du combiné :

— Désolé, c'est important. Je te laisse avec Joshua, c'est notre meilleur berger. Tu sais, le cow-boy avec un grand chapeau à peau de serpent.

6

— Et voilà le grand jour. Vous allez élire votre déléguée de classe. Je propose que les deux élèves qui se sont déclarées candidates exposent les raisons de voter pour elles. Monica, tu veux commencer ?

L'adolescente brune aux yeux argentés se lève, se place devant le bureau et s'exprime face aux élèves en les fixant un par un.

— Vous me connaissez : c'est moi qui ai les meilleures notes de la classe.

Elle a une voix qui impose immédiatement le respect. Elle parle calmement et en détachant chaque syllabe.

— Si vous m'élisez, je vous garantis d'utiliser toute mon intelligence pour défendre les intérêts de la classe. Je ferai tout pour être la meilleure déléguée et je ne ménagerai pas mes efforts pour faire évoluer les choses selon l'intérêt de chacun. Je vous écouterai les uns après les autres pour connaître vos désirs et vos griefs. Et si l'on doit tenir tête à l'administration de ce collège, vous pouvez compter sur moi pour lutter.

Donc je n'ai qu'une chose à dire : votez pour moi car je suis la plus sérieuse.

Elle attend des applaudissements, qui ne viennent pas, avant de se rasseoir.

Ayant perçu la gêne, la professeure tousse dans sa main et enchaîne aussitôt :

— Merci, Monica, et maintenant nous écoutons l'autre candidate qui se présente pour être déléguée de classe : Priscilla.

C'est une jeune fille avec une longue queue-de-cheval à nœud rouge. Elle s'exprime depuis sa table sans rejoindre le bureau.

— Moi aussi vous me connaissez. Je suis très différente de ma rivale. Je n'ai pas de très bonnes notes. Je ne crois pas être spécialement intelligente, ni sérieuse, d'ailleurs. Les efforts, je les pratique avec modération. Mais justement, votez pour moi parce que je suis exactement… comme vous.

Cet argument fait rire la classe. Forte de son succès, Priscilla ajoute :

— En tout cas, moi, je défendrai nos intérêts sans donner des coups d'extincteur dans l'entrejambe de mes camarades.

Monica affiche un air agacé qui augmente encore l'hilarité générale.

Puis, sous la supervision de la professeure qui réclame le retour au calme, les élèves votent en mettant un papier avec un nom dans un chapeau.

Une fois tous les élèves retournés à leur place, la professeure procède au dépouillement.

— Sur trente-cinq votants, je compte : vingt-quatre bulletins pour Priscilla. Trois bulletins pour Monica.

Et huit bulletins blancs. Notre nouvelle déléguée de classe sera donc Priscilla.

Celle-ci se lève et esquisse une révérence de reconnaissance en direction de ses camarades qui l'applaudissent.

7

Nicole est revenue se balancer dans le rocking-chair du patio, face à la mer. Le berger Joshua descend de sa monture et se dirige vers elle.

Il enlève son chapeau de cow-boy et s'essuie le front avec son foulard. Elle lui propose une citronnade mais il préfère aller se chercher une canette de bière fraîche. Puis il s'assoit et dit :

— Eh bien, miss Nicole, je crois que tout le monde ici est ravi que vous soyez revenue. Moi le premier. Votre père parle si souvent de vous. Il ne tarit pas d'éloges quand il vous décrit. Vous avez vraiment à ses yeux toutes les qualités. Enfin c'est peut-être l'aveuglement d'un père, mais je voulais vous le dire.

Le border collie ayant achevé son travail avec les moutons, il accourt vers la jeune fille, sort la langue et agite frénétiquement la queue.

Elle le caresse et l'animal est ravi.

— Vous connaissez déjà bien ce chien, n'est-ce pas, miss Nicole ?

— Mao ? Je jouais avec lui quand j'étais petite. On me l'a offert quand j'avais quatre ans. Mais ça fait longtemps que je ne suis pas venue, il a l'air content de me revoir. Ça me fait plaisir qu'il ne m'ait pas oubliée.

L'animal lui lèche la main d'une longue langue molle, sans cesser de remuer la queue.

— Il reconnaît votre odeur. Les chiens ont beaucoup de mémoire. Surtout les border collies. Vous saviez que, de toutes les races de chiens, ce sont les plus intelligents ?

Cela donne une idée à Nicole O'Connor qui se rend aussitôt dans les appartements privés du ranch et en rapporte un lapin rose en peluche très abîmé.

Dès qu'il le voit, le chien émet des jappements joyeux.

Elle lance le jouet.

Mao fonce aussitôt, attrape la peluche dans sa gueule et s'empresse de la rapporter. Il halète plus fort pour manifester son espoir que ce miracle se reproduise.

— Visiblement il n'a pas oublié son doudou, reconnaît Joshua.

Nicole s'amuse à relancer le lapin rose, que le chien rapporte avec le même empressement.

— Je crois que vous ne pouviez pas lui faire plus plaisir.

Déjà le chien réclame un autre lancer en aboyant. Joshua se lève avec une grimace.

— Bon, je vous laisse. Je dois m'occuper de mon cheval.

Nicole n'aime pas rester seule mais elle n'a aucun argument pour retenir le berger.

Elle attend. Elle déteste attendre.

Elle observe un scorpion noir qui se fait tuer par une multitude de fourmis rouges. Ce qui lui donne à réfléchir. Elle se souvient des paroles de son père : « Le groupe vaincra toujours l'individu, si fort soit-il. »

Elle contemple la devise du ranch : « L'union fait la force », puis ses yeux se posent sur le troupeau de moutons. Elle s'interroge : *Jusqu'à quel point ces moutons sont-ils intelligents ?*

Jusqu'à quel point leur groupe les rend-il plus conscients ?

Jusqu'à quel point sont-ils des maîtres et nous leurs serviteurs ?

Elle reprend le lapin rose et le lance encore plus loin. Mao galope, attrape et rapporte le trophée.

Les moutons qui observent la scène du coin de l'œil s'arrêtent alors de brouter. Ils sont intrigués de voir que leur meneur est lui-même dirigé par un autre humain que l'homme au grand chapeau. De plus en plus captivés par le comportement de leur guide, ils tournent la tête de gauche à droite puis de droite à gauche. Certains ont des débuts de mouvements de pattes comme s'ils s'apprêtaient à s'élancer pour suivre Mao.

Dans l'esprit de Nicole O'Connor se superposent les images de l'abattoir. Elle repense à ce que disait son père : « Ils vont être égorgés par nos clients d'Arabie saoudite pour leurs fêtes traditionnelles. »

Elle songe : *Et si je leur épargnais cette fin atroce ?*

Alors elle a une idée inspirée par la lecture d'un roman de Rabelais, et d'un passage précis, celui des moutons de Panurge.

Elle commence par débrancher le système d'alimentation de la clôture électrique, qu'elle abaisse ensuite en appuyant avec son pied sur trois piquets de bois qui soutenaient le grillage.

Une fois la voie dégagée, elle se dirige vers le bord de la falaise, se penche au-dessus du vide pour constater sa hauteur vertigineuse et apercevoir, en bas, les rochers pointus le long de la plage. Mao la regarde avec affection, la langue pendante et la queue frétillante.

Elle lance alors, haut et loin, la peluche en direction de la mer.

Le chien se met à courir et saute du haut de la falaise.

Les moutons le suivent.

Et tous s'écrasent en contrebas sur les rochers affleurants.

ENCYCLOPÉDIE : LE MOUTON.

Le mouton a été l'un des premiers animaux domestiqués par les humains.

Il y a 6 000 ans, on consommait déjà son lait, sa viande, sa laine, sa peau. Même ses vertèbres servaient de monnaie ou de jeu d'osselets.

Sa consommation n'a jamais cessé d'augmenter.

On compte actuellement 2 milliards de moutons sur Terre.

Chaque année sept cents millions sont tués pour être mangés.

Edmond WELLS,
Encyclopédie du Savoir Relatif et Absolu.

8

Les mâchoires serrées, Monica Mac Intyre arrive difficilement à dissimuler sa déception.

Elle pense : *Ils ont préféré choisir comme guide quelqu'un de médiocre comme eux. Ils vont avoir droit à une déléguée de classe qui ne fait strictement rien et qui du coup ne dérange personne puisqu'elle les laisse dans leur état naturel de médiocrité. C'est aussi ce qu'il se passe en politique…*

Le cours suivant se déroule normalement jusqu'à ce que résonne la sonnerie stridente annonçant la récréation.

Monica se rend aux toilettes où elle se retrouve seule avec Priscilla qui se rafraîchit devant le lavabo face au miroir.

— Tu ne m'en veux pas au moins ? questionne la jeune fille à la longue queue-de-cheval.

— *Vox populi vox dei*, répond, fataliste, Monica.

— Cela veut dire quoi ?

En plus elle est inculte.

— C'est du latin. « La voix du peuple est la voix de Dieu. »

— Excuse-moi, je ne connais pas le latin. Tu n'es vraiment pas trop déçue d'avoir perdu ?

— Ce n'est qu'une élection de délégué de classe, ce n'est pas vraiment important.

Priscilla se mouille une dernière fois le visage puis demande :

— Mais tu considères qu'ils auraient mieux fait de voter pour toi parce que tu as de meilleures notes que moi, n'est-ce pas ? Après tout, tu es la première de la classe et moi je suis parmi les derniers.

— Je sais être fair-play. Tu as su mieux que moi trouver les arguments pour les convaincre.

Priscilla la regarde fixement avant de souffler dans un soupir désabusé :

— En plus, tu n'es pas seulement plus intelligente, tu es aussi beaucoup plus belle que moi.

Au moins elle est observatrice.

— Tu es très belle toi aussi, Priscilla, dit Nicole tout en songeant : *Dans un genre différent.*

— Pour tout t'avouer, j'avais peur que tu m'en veuilles personnellement.

En plus, elle insiste.

— Non. Ça va.

— Je te trouve vraiment extraordinaire, tu sais. Et là, en plus, j'admire ton flegme face à l'échec.

C'est au tour de Monica, après avoir hoché la tête en signe de réconciliation, de se passer de l'eau sur le visage. Pendant quelques secondes, les deux jeunes filles échangent des regards.

— Dans ce cas, on peut considérer que nous sommes amies ? demande encore Priscilla.

— Bien sûr.

Quelques secondes passent.

Soudain, Monica attrape Priscilla par-derrière en lui serrant le cou et la plaque au sol.

Puis elle sort un cutter de sa poche dont elle déploie dans un bruit de cliquetis la lame tranchante. Elle lève haut l'arme d'une main, lui attrape sa queue-de-cheval de l'autre, et d'un geste sec tranche les cheveux dépassant du nœud de velours rouge.

9

Cela sent la laine fraîchement coupée.

Ils sont dans la zone de tonte. Rupert O'Connor allume son Romeo y Julieta et lâche quelques bouffées nerveuses.

— Je peux savoir ce qui t'a pris ?

Devant le silence de sa fille, il hésite à se mettre en colère mais n'y parvient pas, alors il se contente d'annoncer le bilan.

— À cause de cet « incident », nous avons perdu deux cent quinze moutons et notre formidable chien Mao.

Il contient sa colère, mais ne peut empêcher sa bouche de se tordre dans un tic d'agacement. Ils marchent pour rejoindre le patio où il s'installe dans son rocking-chair et se balance pour tenter de se calmer. Le fauteuil grince.

— Tout cela va avoir des conséquences. Joshua va être licencié. C'était vraiment irresponsable de sa part de te laisser seule avec le troupeau.

Nicole s'assoit dans un fauteuil proche. Rupert O'Connor tourne la tête pour ne pas la regarder dans les yeux.

— Et accessoirement, peut-on savoir pourquoi tu as fait ça ?

Elle n'ose pas dire que c'est pour leur éviter l'abattoir ou d'être égorgés en Arabie saoudite. Elle répond :

— Ton discours sur l'intelligence collective m'a vraiment beaucoup intriguée. Je voulais savoir si les moutons auraient au dernier moment un réflexe de survie.

Il écrase son cigare d'un geste sec dans le cendrier.

— Mais, enfin, tu te rends compte de ce que tu as fait ? Elle baisse la tête.

— Deux cent quinze moutons ! Sans parler de Mao ! Notre chien adoré !

Il se lève mais conserve les yeux rivés sur l'horizon comme s'il ne se sentait pas capable d'affronter le regard de sa fille.

— Sache que toute action a une conséquence. Même une petite action peut avoir une grande conséquence, surtout quand il y a beaucoup de gens concernés.

Il secoue la tête comme pour s'ébrouer.

— Tu dois réfléchir avant d'agir. Tu dois prévoir ce que va entraîner le moindre de tes actes. Comment te faire comprendre ça ?

Il continue de fixer l'horizon, puis soudain a une idée.

— Suis-moi.

Il la précède à l'intérieur de leur maison en direction du salon, va chercher un dictionnaire dans la bibliothèque.

— Tu sais pourquoi j'ai baptisé notre chien Mao ?

— C'est un chef d'État chinois, non ?

— Mao Tsé-toung est l'homme qui a guidé non pas plusieurs milliers ni même plusieurs millions mais au final plus d'un milliard d'êtres humains. Et tous ont eu leur vie améliorée grâce à lui.

— Il doit être très fort…

— Mao utilise tout simplement la force du groupe. Tu connais notre devise, « L'union fait la force ». Mao a favorisé l'union des petits pour renverser les grands. Grâce à lui, les gens du peuple ont chassé les empereurs et les mandarins qui vivaient en les exploitant comme des esclaves. Les Chinois sont sortis du Moyen Âge et de la famine pour devenir instruits et avoir accès à la médecine moderne. Mao a développé l'industrie, l'agriculture, a construit des routes, des barrages hydroélectriques. Et tu vois, maintenant, la Chine est en plein essor. À mon avis, d'ici cinquante ans la Chine sera la première puissance mondiale, devant les

Américains et les Européens. Et ce sont les Chinois qui dicteront leur loi à tous les autres peuples.

— Et tout ça grâce à Mao ?

— Grâce à un homme qui a su percevoir la pensée globale de son « troupeau humain » et qui sait depuis le motiver, le servir, le guider dans la bonne direction. Il se fait appeler le « Grand Timonier », il aurait pu tout aussi bien s'appeler le « Grand Berger ». En tout cas, c'est la preuve que les masses, lorsqu'elles sont unies et bien guidées, surpassent le talent des particuliers. D'ailleurs dans ma jeunesse, je ne t'en ai jamais parlé mais j'ai milité dans un mouvement communiste.

— En Australie ?

— Non, en France. C'était quand j'étais étudiant à Paris dans les années 1950. Nous étions une centaine seulement et nous avions l'impression de pouvoir renverser le monde, comme Mao l'a fait en 1949. J'ai d'ailleurs tenté à mon retour ici de monter un parti communiste australien. J'ai eu du mal à réunir beaucoup de gens. Le protestantisme et le capitalisme ont corrompu les esprits.

— Tu peux m'expliquer ? demande-t-elle, trop contente de pouvoir faire diversion après l'« incident » de la falaise.

— Les protestants pensent que Dieu aime les gagnants, et les capitalistes pensent qu'il faut créer une compétition pour que les plus forts surpassent les plus faibles. Deux visions égoïstes qui ont généré la pauvreté et l'exploitation abusive de la masse ouvrière. Deux visions qui sont à mon avis la cause du malheur et de l'envie de revanche de tous ceux qui sont considérés comme des « ratés » de l'amour de Dieu ou de la compétition économique.

— Tu étais actif à Paris en tant que communiste ?

— Nous combattions les groupes fascistes, mais à part nous défouler, cela n'aboutissait à rien de concret. Alors j'ai réfléchi au moyen d'être efficace. J'ai arrêté la partie visible de mon engagement qui consistait essentiellement à passer du temps dans les réunions où l'on ne faisait que parler de la ligne du parti.

— Tu fais quoi actuellement pour cette cause, papa ?

— Avec l'argent que me rapportent les moutons, je finance les mouvements communistes et les révoltes populaires dans le monde entier. C'est ma bonne conscience. Tu sais, on m'appelle dans le métier le « milliardaire rouge ». Je reste utopiste et je me réfère à la pensée de Karl Marx. Je crois à la lutte des classes qui aboutira à la victoire finale du peuple sur les bourgeois décadents et les capitalistes égoïstes.

Nicole continue d'observer le blason familial avec les initiales « ROC » et les trois moutons au-dessus de la devise.

— Mais tu es toi-même un patron, papa.

— Je suis un riche qui défend la cause des pauvres.

— Je ne comprends pas.

— Ce monde est rempli de paradoxes, ma fille. Seuls les plus favorisés peuvent réussir les révolutions efficaces des… défavorisés. Des grands chefs révolutionnaires comme Robespierre, Lénine, et de nos jours Mao Tsé-toung ou Fidel Castro, sont nés dans des familles fortunées. Cela ne les a pas empêchés de guider les foules d'exploités pour éliminer les exploiteurs.

La jeune fille reste dubitative.

— Ce n'est pas parce que tu es la fille d'un homme riche qu'il t'est interdit de défendre la cause des pauvres. Bien au contraire, il faut avoir envie de se battre pour eux. Ensuite ils t'aimeront et, vu leur nombre, plus rien ne les arrêtera vers la victoire finale. Crois-moi, ma fille, l'avenir est aux troupeaux de moutons.

Il s'enfonce alors, songeur, dans son fauteuil avant de s'adresser de nouveau à l'adolescente avec gravité.

— C'est important que tu comprennes tout ça, Nicole. Tu sais, j'ai choisi ton prénom exprès. C'est une référence à Nikè, la déesse grecque de la victoire.

— C'est elle qui a inspiré la marque de chaussures Nike ?

— Parfaitement. *Nikè*, « la victoire », et *laos*, qui signifie « le peuple ». Donc en grec *Nikelaos*, ou Nicole, peut se traduire par « peuple victorieux ».

— Tu m'as donné ce prénom pour que je m'intéresse aux troupeaux... d'humains ?

— Surtout aux stratégies liées à la gestion des troupeaux d'humains.

Il rallume son cigare nerveusement, puis soudain se lève et rapporte un échiquier et une boîte. Il en sort des pièces qu'il dispose face à face, noirs contre blancs.

— Tiens, je vais t'apprendre à jouer aux échecs. J'ai été champion quand j'étais au lycée. Ça m'a laissé quelques souvenirs.

Nicole marque immédiatement un grand intérêt pour l'enseignement que lui prodigue son père. Elle intègre très vite les règles de base, le déplacement particulier de chaque pièce. Au bout de quelques minutes seulement, elle commence à trouver du plaisir à manipuler ce qu'elle considérait au départ comme de simples petites figurines de bois. Elles deviennent dans son esprit les personnages d'une pièce de théâtre.

Rupert et Nicole jouent plusieurs parties d'affilée.

Plus elle joue, plus l'adolescente tente des coups aventureux comme si elle testait des scénarios.

Rupert est agréablement surpris que sa fille se passionne aussi rapidement pour un jeu usuellement destiné aux garçons.

Une fois qu'il estime que Nicole en maîtrise la pratique, il s'attelle à lui enseigner les ouvertures.

— C'est la manière de commencer en disant bonjour, précise-t-il. Il n'y a au début que dix possibilités d'agir. Les huit pions et les deux cavaliers. Mais ensuite, on passe à des millions de combinaisons possibles sur les coups suivants.

Il lui apprend comment développer sa petite armée de pièces pour tenter d'occuper le centre. Puis il poursuit en lui expliquant quelques moyens d'achever les parties.

— C'est une façon de finir pour dire au revoir.

Nicole O'Connor est totalement concentrée.

— Et maintenant, voici un coup de débutant, mais qui marche souvent si l'autre ne le connaît pas.

Rupert O'Connor lui montre alors un enchaînement de quatre coups.

Nicole est émerveillée devant la simplicité et l'efficacité de cette tactique.

— Cette combinaison a un nom ?

— Elle se nomme le « coup du berger ».

Comme Nicole a peur que ce nom rappelle l'affaire de la falaise et des moutons, elle décide de ne plus parler et de se focaliser sur les parties suivantes.

Rupert O'Connor est rassuré de voir sa fille captivée par ce jeu.

— Il y a deux styles : soit on fait une guerre offensive en tentant des coups surprises fulgurants, cela s'appelle le « style romantique ». Soit on fait une guerre lente qui consiste à étouffer progressivement l'adversaire sans qu'il puisse se défendre, étonnamment cela se nomme le « style moderne ». Trouve la manière qui est la plus adaptée à ta personnalité, déclare-t-il.

Ils passent des heures devant l'échiquier pendant lesquelles Rupert lui explique différentes combinaisons. Ils jouent toute la soirée, puis toute la nuit.

Les parties se succèdent sans qu'aucun des deux marque le moindre signe de fatigue.

Nicole comprend vite et joue de mieux en mieux. Finalement, c'est le père qui, au petit matin, propose de s'arrêter pour aller dormir.

— Je vois que tu vas naturellement vers le jeu d'encerclement en utilisant les lignes de pions qui avancent. C'est bien. Moi aussi, j'aime cette stratégie. Tu as pu constater que plusieurs pions unis arrivent à bout de toutes les pièces, même les plus puissantes. Et ils finissent par renverser les reines et les rois. Crois-moi, à la fin le peuple gagne.

Il désigne d'un geste l'emblème « ROC » avec ses trois moutons gravés et sa devise.

— À la fin, ce sont toujours eux qui sont victorieux. Les déclassés, les pauvres, les ouvriers, les soldats, tout simplement parce qu'ils seront les plus nombreux.

10

— Mais pourquoi as-tu tant de violence en toi ?

Monica et sa mère sont dans un taxi conduit par une femme de plus de soixante-dix ans aux cheveux teints en rose et arborant de grosses lunettes en amande. C'est la seule solution qu'a acceptée la jeune fille pour rentrer. Jessica a dû finalement céder à cette dépense qu'elle juge nécessaire à la santé de sa fille. Elles se retrouvent immobilisées dans un embouteillage qui les fait avancer encore moins vite qu'à pied.

— Je te l'ai dit, maman, je ne supporte plus la stupidité de mes congénères.

— Mais enfin, Monica, tu lui as coupé les cheveux ! C'est grave.

— Priscilla m'avait provoquée.

— Tu ne peux pas faire ça, Monica. Ce n'est pas comme ça que je t'ai éduquée, proteste Jessica.

— Dans cette école, je ne suis entourée que de primitifs. J'ai parfois l'impression que leur abrutissement est contagieux. Tu ne peux pas savoir l'énergie que je dois déployer tous les jours pour supporter les professeurs aussi incultes que fainéants et les élèves à moitié débiles à force de regarder les émissions de télévision et les publicités. Et si tu savais comment ils se nourrissent ! Ils n'ont aucune conscience de la valeur nutritive des aliments, ils mangent des hamburgers avec du ketchup et de la mayonnaise avec du poulet frit ! Ils boivent du Coca pour dissoudre tout ce gras dans de l'acide. Et pour le dessert ? Des crèmes glacées ! On dirait qu'ils ignorent que ce régime va encrasser leurs artères. Sans parler du fait que tout cela contient un taux de sucre hallucinant.

La femme chauffeur de taxi qui entend la conversation ne peut retenir un petit mouvement de tête d'approbation.

— Mais enfin, de quoi tu te mêles, Monica ? Ce n'est pas à toi de faire la loi.

— Cela ne tiendrait qu'à moi, on ferait un procès à tous ces parents qui ont oublié d'éduquer leurs enfants. Je trouve d'ailleurs qu'on ne devrait confier le titre de parent qu'à ceux qui en sont dignes. Comme le permis de conduire, on ne le donne que si on est certain que la personne est capable de conduire une voiture. Eh bien, on ne devrait laisser se reproduire que les couples qui sont capables de donner un minimum d'éducation à leur progéniture.

La femme aux cheveux roses marque de nouveau un signe d'approbation à cette idée qu'elle trouve pertinente. Cela donne envie à la jeune fille de poursuivre.

— En plus, je suis sûre que ces parents n'aiment pas vraiment les enfants qu'ils font naître. Ils les conçoivent pour de mauvaises raisons : payer moins d'impôts, toucher des aides sociales, impressionner leurs voisins, rassurer leurs propres parents. quand ce n'est pas tout simplement pour faire des soldats pour la prochaine guerre contre le peuple de crétins similaires qui vivent au-delà de la frontière voisine et qu'on leur a appris à haïr.

La femme taxi pouffe tant cette remarque lui semble juste. Monica continue donc en chuchotant de moins en moins :

— Ils se débarrassent de leur progéniture à l'école, dans des colonies de vacances, dans des pensionnats parce qu'ils ne les supportent pas plus de quelques heures. Oui, vraiment, un « permis de procréation » permettrait de remplacer la quantité par la qualité.

Jessica hausse les épaules et dit à Monica :

— J'ai discuté avec le directeur. Évidemment, après cette « agression avec coups et blessures » – c'est ainsi qu'il l'a nommée – qui s'ajoute à « l'incident de l'extincteur » – c'est ainsi que moi je le nomme –, je n'ai pas pu le convaincre de te garder, même avec la meilleure volonté et en tenant compte de tes très bonnes notes dans toutes les matières. Et il m'a dit qu'il craignait que la famille de Priscilla ne porte plainte.

— Je suis virée, c'est ça ? Jessica affiche un air navré.

— Demain, tu récupéreras tes affaires et il faudra que je te trouve un endroit qui t'accepte, malgré le dossier qui te suivra évidemment partout.

— Ne te donne pas cette peine, maman. C'est parfait. Je souhaite suivre des cours par correspondance à la maison.

Le flegme de l'adolescente surprend sa mère.

— Tu crois que c'est aussi simple ?

— De toute façon, j'ai peur que, si tu me remets dans le système scolaire normal, ce genre d'incidents se reproduise encore et encore.

— Et comment passeras-tu les examens de fin d'année ?

— Je ne viendrai à l'école que le jour des examens pour effectuer cette formalité. Je me suis renseignée, c'est possible. Et puis tu pourras m'aider. D'ailleurs tu sais bien que je suis déjà en avance sur le programme. C'est toi qui l'as voulu, non ?

— Qu'est-ce qui te fait dire ça ?

— Tu m'as donné comme prénom « Monica », qui vient du mot grec *monos* qui signifie « seule ». Et dont la racine a donné des mots comme monopole (le règne d'un seul), monologue (la discussion d'un seul), monothéisme (la croyance en un seul dieu), monoski ou monokini.

Jessica pense que sa fille veut l'impressionner par ses connaissances, et cela lui procure toujours un sentiment désagréable.

— Je n'ai pas besoin de l'école, ajoute Monica, je m'éduque toute seule.

La mère constate qu'elle a face à elle une adolescente très déterminée et déjà bien informée sur la situation. Elle cherche des arguments mais n'en trouve aucun.

— Le pire, c'est que je te comprends, soupire finalement Jessica.

Les deux femmes se sourient, complices. La femme taxi semble d'accord avec tout ce qui a été exprimé par l'adolescente.

— Quoi qu'il en soit, tu ne peux pas vivre isolée du monde, Monica.

— Maman… il y a autre chose de plus spécifique à ma personne. Je crois que j'ai un problème plus global. Je suis réellement anthropophobe. Je n'aime pas les gens. Ils me dégoûtent. Ils me dégoûtent tous. Il n'y a que lorsque je suis seule que je suis bien.

— Ce n'est pas possible de vivre seule. Comme dit le proverbe, « aucun homme n'est une île ».

Monica secoue la tête.

— Peut-être que je suis une exception. Moi, je me sens une île et je n'ai pas envie de construire de pont avec aucun continent. D'ailleurs, je pourrais sans problème vivre sur une île toute seule ou me retirer dans une grotte comme une ermite. Le calme, le silence, la nature, la solitude, c'est tout ce à quoi j'aspire. Actuellement, les meilleurs moments de la journée sont quand je suis seule aux toilettes dans cette cabine fermée par un verrou pour me protéger de toute personne qui voudrait interagir avec moi. Jessica hausse les épaules.

— Tu ne te rends pas compte de ce que tu dis.

— Je n'aime pas le métro parce qu'il y a des passagers, je n'aime pas la rue parce qu'il y a des piétons, je n'aime pas l'école parce qu'il y a des élèves. Je me sens ralentie par la bêtise de mes contemporains. Nous sommes dans une croissance démographique exponentielle. La surpopulation va tuer la planète. C'est objectivement la première cause de pollution.

Interloquée, la mère ne sait quoi répondre.

— Alors, est-ce que je t'ai enfin convaincue ? dit doucement Monica. Reconnais que dans l'intérêt de tous, ce serait mieux que je reste tranquille seule chez nous, tu ne crois pas, maman ?

La femme chauffeur de taxi se permet enfin de s'exprimer tout en ajustant son rétroviseur pour mieux voir ses passagères.

— Je crois que vous devriez écouter votre fille, madame, elle m'a l'air d'avoir beaucoup de sagesse.

Jessica ne tient pas compte de cette intrusion et prend la main de sa fille.

— Je voudrais que tu apprennes aussi à te contrôler, tout du moins à contrôler ton esprit. J'ai vraiment l'impression que tes émotions te submergent et que tu agis sans réfléchir.

— Je suis prête à faire des efforts, mais à quel moyen penses-tu pour m'aider à maîtriser ma pensée ?

— Les échecs. Je vais t'apprendre à jouer aux échecs. C'est ma propre mère qui me l'a enseigné.

— Mamie ?

— Oui. Elle m'a fait comprendre que tout est stratégie. Mamie, tu le sais, se prénommait Reine et peut-être à cause de son prénom, elle s'est intéressée aux reines du jeu d'échecs.

ENCYCLOPÉDIE : CROISSANCE DÉMOGRAPHIQUE.

La population humaine croît de manière exponentielle. Il y avait 300 millions d'humains en l'an 1 après J.-C. Le premier milliard d'humains est atteint en l'an 1800. En 1920, la population mondiale était de 2 milliards (il a donc fallu attendre cent vingt ans pour atteindre le milliard supplémentaire).
En 1960, elle était de 3 milliards (soit quarante ans seulement pour atteindre le milliard supplémentaire). En 1970, elle était de 4 milliards (donc dix ans pour le milliard supplémentaire).
Et le phénomène ne cesse de s'accélérer. Il y a de plus en plus d'humains sur la planète et de plus en plus rapidement.

Edmond Wells,
Encyclopédie du Savoir Relatif et Absolu.

11

Il est 8 heures du matin.

Rupert O'Connor est allé se coucher.

Nicole est trop excitée par tout ce qui vient de se passer pour trouver le sommeil. Elle sort et distingue les lueurs de l'aube qui éclairent la vallée.

Elle marche jusqu'au bout de la falaise qui surplombe la plage. En contrebas, elle regarde les rochers et reconnaît les cadavres des moutons qui ont suivi Mao dans sa chute. Une équipe de nettoyage est en train de les évacuer.

Peut-être que l'humanité est aussi un troupeau aveugle qui avance vers le bord d'une falaise. Peut-être que quelqu'un (peut-être moi) peut le faire dévier pour qu'il évite le pire.

Elle prend une grande inspiration.

Après tout, ce ne sont que des… pions dans un grand jeu d'échecs qui les dépasse.

Plus que jamais, elle a envie d'utiliser cette force nouvelle qu'elle découvre, celle des « égrégores », l'esprit des troupeaux, qu'on peut manipuler.

Alors que des multitudes d'idées se mêlent dans son esprit, elle retourne dans la maison, allume le téléviseur et tombe sur le bilan des actualités de l'année 1971. Cela lui donne une vision globale de « l'échiquier mondial » dans lequel se débat le troupeau de l'humanité.

Elle prend une carte et tout en écoutant les informations repère les emplacements des actions :

– Janvier : 66 personnes trouvent la mort lors de l'effondrement d'un stade à Glasgow en Écosse.

– Mai : le président Anouar el-Sadate déjoue une tentative de coup d'État fomenté par Ali Sabri, son vice-président prosoviétique.
– Août : en Irlande du Nord, un soldat britannique est assassiné lors d'une attaque revendiquée par l'IRA, ce qui entraîne l'opération « Demetrius » : la police anglaise arrête 342 personnes à Belfast, elles seront immédiatement internées dans un camp dont on ignore pour l'instant l'emplacement exact.
– Octobre : la République populaire de Chine est admise à l'ONU et y remplace Taïwan.
– Novembre : ouverture de négociations de paix entre la Corée du Nord et la Corée du Sud à Panmunjom.
– La sonde soviétique Mars 2 s'écrase sur Mars mais devient néanmoins le premier engin spatial à atteindre cette planète.
– Décembre : la troisième guerre entre le Pakistan et l'Inde, qui durait depuis neuf mois et qui avait entraîné la mort de 3 millions de civils bengalis et l'exode de 10 millions de personnes vers l'Inde, aboutit à la création de l'État indépendant du Bangladesh.

Nicole relit ses notes.

Sur une journée, une semaine ou un mois, on ne voit rien parce qu'on manque de perspectives, mais sur un an, on comprend bien ce qui se passe.

Ainsi donc, voilà l'échiquier mondial tel qu'il se présente en cette belle année 1971. Voilà la direction que le troupeau humain a prise. Voilà ce sur quoi je dois réfléchir afin de pouvoir un jour l'influencer pour qu'il aille où je veux qu'il aille.

12

Monica a terminé ses devoirs et elle poursuit sa lecture de livres de théorie des échecs. Particulièrement intéressée par les ouvrages qui parlent de la philosophie générale du jeu d'échecs, elle est persuadée qu'il y a une sorte d'état d'esprit qui permet de prendre le contrôle du jeu.

Certes, il faut tenir le centre et déployer le plus vite possible ses pièces pour qu'elles puissent agir, mais ce n'est pas tout. Il faut avoir une perception particulière de ce petit monde de soixante-quatre cases. Il y a des couloirs qui s'ouvrent et se ferment, il y a des lignes d'énergie, il y a des diagonales où l'on peut jaillir pour surprendre. Une partie d'échecs est comme une tragédie shakespearienne. Les premières scènes servent d'exposition : les personnages se dévoilent et les conflits surgissent, les suivantes voient la confrontation des points de vue, qui entraîne des duels et un chaos général. La dernière scène est le temps des révélations et du dénouement surprise.

Et arrive la résolution finale… C'est le moment fort de la tragédie, où l'émotion est à son paroxysme. Cela finit toujours de la même manière. Par la mort du roi.

Plus elle y réfléchit, plus elle se dit qu'on pourrait inventer un jeu plus grand avec davantage de pièces.

Un jeu de mille cases avec cinq cents pièces. Avec peut-être du relief : quelques collines, ruisseaux, lacs et marécages pour compliquer la partie.

Un jeu d'un million de cases avec cinq cent mille pièces. Avec des fleuves, des mers et des forêts.

Une planète avec cinq cent dix millions de kilomètres carrés (ce qui est le nombre correspondant à la surface de la Terre), avec par exemple quatre milliards de pions et de fous. Et entre eux des océans, des chaînes de montagnes, des jungles et des déserts.

Oui, ce serait le jeu ultime.

Cela lui donne l'idée d'allumer la télévision pour regarder la rétrospective des actualités de l'année écoulée.

Cependant, si Nicole, à l'autre bout de la planète, est intéressée par les mouvements des peuples dans leur globalité, Monica est pour sa part passionnée par les personnalités fortes qui ont marqué l'année. Les guerres, les manifestations, les matchs de football ou les concerts qui attirent les foules la laissent de glace.

Elle note :

– Juillet : mort à l'âge de 27 ans du chanteur et poète américain Jim Morrison, fondateur du groupe des Doors.
– Au Chili, Salvador Allende défie les États-Unis en nationalisant les mines de cuivre.
– Novembre : Robert Noyce, créateur de la firme Intel, annonce la mise en vente du premier microprocesseur, le 4004, ouvrant la voie à la micro-informatique et aux ordinateurs personnels.
– Décembre : le patron de la NASA annonce que la sonde Mariner 9 a atteint la planète Mars, devenant le premier satellite tournant autour d'autres planètes que la Terre.

Jessica Mac Intyre s'approche de sa fille et lit ses notes par-dessus son épaule, intriguée.

— J'ai l'impression que chaque camp joue son coup avec un intervalle régulier, explique Monica. Et il y a une opposition Est/Ouest, gauche/droite, yin/yang sur l'échiquier mondial.

Elle sort une carte et commence à colorier les zones sous influence américaine et celles sous influence soviétique.

— Nul ne sait où et quand va se passer le prochain coup, mais chaque camp joue à tour de rôle. Un coup les bleus, un coup les rouges. Un coup les capitalistes, un coup les communistes. Un coup les Américains, un coup les Soviétiques. Ceux-ci ont été les premiers à envoyer des êtres vivants dans l'espace, avec la chienne Laïka en 1957, puis l'humain Gagarine en 1961, et les Américains ont été les premiers à mettre le pied sur la Lune, avec Neil Armstrong en 1969. Pour l'instant, la partie est équilibrée, il y a un suspense, on ne sait pas qui va gagner.

À la fin de la rétrospective, un documentaire évoque un sujet particulier. Selon un scientifique, même si le niveau général du QI stagne, il apparaît de plus en plus de génies qui dépassent le cap des 150 de quotient intellectuel.

ENCYCLOPÉDIE : L'HUMAIN LE PLUS INTELLIGENT.

L'être humain qui a eu officiellement le plus haut QI recensé est William James Sidis. Cet Américain

a atteint le chiffre de 300 alors que la moyenne mondiale est à 100 et qu'Einstein n'est recensé qu'à 160 de QI.

Né en 1898 dans une famille juive ukrainienne émigrée aux États-Unis, William James Sidis est éduqué selon des méthodes originales par son père, qui a décidé que ce serait un génie.

À 8 mois, William marche.

À 1 an et demi, il lit et comprend les actualités en lisant le journal.

À 2 ans, il a lu *V Odyssée* d'Homère.

À l'école, William sociabilise peu. Ses seules discussions avec ses camarades sont pour les instruire des caractéristiques des planètes et du système solaire.

À 8 ans, William James parle huit langues en plus de l'anglais : le français, le russe, l'allemand, le grec, le latin, l'hébreu, l'arménien et le turc.

William James invente même son propre langage, le « Vendergood » qui est une langue très subtile qu'il présente dans un livre : le *Book of Vendergood.* C'est aussi à 8 ans qu'il réussit l'examen d'admission à Harvard, mais on ne l'autorise à y entrer qu'à 11 ans. À 15 ans, il termine en avance son cursus et est diplômé avec mention. Il est vu par les autres élèves comme un excentrique car il ne pratique aucun sport.

À 24 ans, il publie un traité sur l'antimatière, et à 27 ans, un autre de cosmologie prédisant l'existence des trous noirs dans l'espace, et ce bien avant que l'idée soit évoquée par d'autres astronomes. Il est considéré comme un prodige et le *New Yorker* écrit

qu'il est dommage qu'un génie avec une telle précocité n'utilise pas davantage son intelligence. Cet article le met en rage.
William James fait un procès au journal pour diffamation et le perd. Cela renforce son envie de se couper du monde, de ne plus fréquenter d'êtres humains. On ne lui connaîtra qu'une seule relation avec une femme, relation probablement platonique.
En 1944, il meurt à l'âge de 46 ans d'une hémorragie cérébrale.
William James Sidis était peut-être l'humain le plus intelligent mais il semble qu'il n'ait pas été très heureux.

Edmond WELLS,
Encyclopédie du Savoir Relatif et Absolu.

PARTIE 2

Deux adolescentes terribles

1

Six mois ont passé. En ce mois de juin 1972, Nicole O'Connor est âgée de douze ans. Son père l'emmène dans sa Rolls-Royce Phantom rouge. Elle regarde par la fenêtre et quelque chose haut dans le ciel attire son attention.

Un vol d'étourneaux.

Ils sont des centaines d'oiseaux à former un nuage de points noirs qui se déploie et se tord pour dessiner des formes qu'elle trouve superbes.

— Papa, tu peux m'expliquer pourquoi ces oiseaux se déplacent ensemble ?

— C'est pour se protéger des rapaces. Si c'est un épervier, ils se mettront en boule la plus compacte possible, en altitude. Si c'est un faucon, ils se sépareront et se poseront tous au sol en même temps.

Nicole adore apprendre de son père.

— Et comment tous ces oiseaux arrivent-ils à voler ensemble de manière si fluide sans jamais se percuter ?

— Ils volent chacun à vingt centimètres de distance avec six de leurs proches compagnons. Par mimétisme social, chacun fait comme son voisin. Résultat, ils fonctionnent comme un seul grand organisme vivant. Leur nombre les protège de tout. D'une certaine façon, ils forment un égrégore volant visible.

— Mais qui décide de la direction à prendre ?

— Je crois que n'importe quel oiseau peut influer sur l'ensemble du groupe. Il suffit que l'un bouge pour que tous bougent. Maintenant que j'ai répondu à ta question, peux-tu répondre à la mienne : te sens-tu prête ?

Elle acquiesce d'un hochement de tête.

Depuis sa découverte du jeu d'échecs, Nicole s'est inscrite dans un club et s'est mise à jouer très régulièrement.

Elle a considérablement progressé et après avoir vaincu toutes ses concurrentes dans les clubs amateurs du Sud-Est australien, à Melbourne, Canberra ou encore Adelaïde, la voilà sélectionnée à Sydney pour la grande compétition féminine nationale, avec à la clef la possibilité d'obtenir le titre de championne junior d'Australie. Son père a fait venir un maître pour la faire travailler comme une sportive de haut niveau.

Et maintenant ils roulent.

Rupert O'Connor a tenu à l'accompagner jusqu'au palais des sports de Sydney où la compétition doit avoir lieu.

Mais alors qu'ils entrent dans la grande ville australienne, ils sont arrêtés par un embouteillage.

Rupert descend de voiture pour aller voir ce qu'il se passe. Il revient préoccupé :

— Il y a un rassemblement de dizaines de milliers de personnes. De ce que j'ai pu voir, les gens brandissent des banderoles et reprennent en chœur des slogans. C'est une manifestation pour la reconnaissance des droits des

Aborigènes sur les terres de leurs ancêtres qui ont été volées par les colons anglais. Le cortège est essentiellement composé d'étudiants et de représentants de groupes politiques de gauche ou écologistes. Paradoxalement, il n'y a pas le moindre Aborigène présent.

Il fronce les sourcils en regardant l'heure.

— Zut, on est tout près mais il n'y a que cette avenue pour nous rendre à la compétition.

— Si on arrive en retard, les inscriptions seront closes., s'inquiète la jeune fille.

— Ce serait trop stupide de tout rater à cause d'une simple manifestation, s'agace le père.

— Gare-toi, papa, on va continuer à pied.

Il hésite, mais après avoir lancé un dernier coup d'œil à sa montre, il comprend qu'il n'y a pas d'autre solution, alors il s'engouffre dans le premier parking souterrain venu et y laisse sa Rolls-Royce rouge. Lorsqu'ils ressortent en plein air, ils débouchent au cœur de la foule.

Rupert et Nicole essaient d'avancer le plus vite possible pour ne pas arriver en retard.

Plus ils progressent, plus Nicole remarque que les manifestants sont armés pour la confrontation. Ils sont équipés de casques de moto, de barres de fer, ils ont des foulards sur le nez, des lunettes de ski, des sacs remplis de bouteilles d'essence.

— D'habitude, cela se passe de manière plus pacifique. On dirait que cette fois-ci, ils sont venus pour en découdre, dit-il.

Nicole fend la masse compacte des manifestants. Son père a du mal à suivre. Son embonpoint et le goudron déposé dans ses poumons par des centaines de cigares n'aident pas à la fluidité de sa respiration, qui devient de plus en plus bruyante.

Rupert et Nicole poursuivent malgré tout leur chemin au milieu du vacarme et des slogans clamés par les manifestants.

« GOUVERNEMENT DÉMISSION. »

« LES ABORIGÈNES SONT CHEZ EUX. »

« LA TERRE APPARTIENT À CEUX QUI Y ÉTAIENT EN PREMIER. »

Sans même y penser, Nicole se met à répéter ces phrases pour être dans la même vibration que la foule.

J'adore cette ambiance.

Enfin, les deux O'Connor parviennent au premier rang des émeutiers, figés face à une ligne de policiers en uniforme noir eux-mêmes armés de boucliers, de matraques, de fusils lance-grenades lacrymogènes. À l'arrière, des camions avec des tourelles lances à eau sont prêts à tirer pour disperser la foule.

Les pions blancs contre les pions noirs, songe Nicole.

Les manifestants font des gestes provocants et hurlent des insultes auxquelles les haut-parleurs des policiers répondent par des ordres de dispersion et des menaces de charge.

Un groupe d'hommes en uniforme noir apparaît sur le flanc droit tenant en laisse des gros bergers allemands qui aboient furieusement en direction de cette foule hétéroclite. Des policiers montés sur des chevaux, en tenue noire, apparaissent sur la gauche.

— Attends ! Ralentis ! Je n'en peux plus, s'époumone le père.

— Non, ce n'est pas le moment, continuons.

— Il risque d'y avoir une charge, Nicky, et il ne faudrait pas se retrouver pris entre deux feux, il faut dégager.

Nerveusement, il éponge la sueur qui perle à son front avec un mouchoir. La jeune fille, loin d'être effrayée, semble au contraire très excitée par cette situation. Elle scande même le slogan qui parcourt la foule : « La terre appartient à ceux qui y étaient en premier ! »

— Ralentis, Nicky !

— De toute façon, nous sommes bloqués.

Ils ne peuvent plus avancer. La première ligne des manifestants est compacte et empêche toute progression.

Les deux camps se font face, immobiles, prêts à la confrontation, mais personne n'ose entamer les hostilités.

— Partons d'ici, recommande Rupert.

Je crois avoir une idée pour disperser tout ce petit monde.

Prise d'une inspiration soudaine, Nicole ramasse par terre un des pavés qui ont été arrachés de la chaussée pour servir de munitions. Avant que qui que ce soit ne puisse l'en empêcher, elle le projette de toutes ses forces en direction des policiers. L'un d'entre eux le reçoit sur le haut du casque et s'écroule. Une clameur, suivie d'applaudissements, salue la performance.

Et voilà comment on débloque les situations.

C'est le signal que tous attendaient. Les contestataires balancent à leur tour leurs projectiles que les hommes en uniforme parviennent à éviter en se protégeant de leurs boucliers. En réaction, un officier crie un ordre, et dans un seul mouvement, les bergers allemands dont la muselière vient d'être ôtée foncent vers la foule tous crocs dehors.

En réplique, les manifestants jettent des cocktails Molotov enflammés qui viennent s'écraser contre les boucliers. Une fumée épaisse dégageant une odeur âcre d'essence et de plastique brûlé commence à se répandre.

L'escadron de police en première ligne se resserre et charge.

C'est la confusion totale, ceux qui étaient venus clamer leurs revendications de façon pacifique sont entraînés malgré eux. Non armés et non préparés, ils tentent de reculer et de fuir, alors que les autres, qui sont là pour se défouler, tiennent leurs positions avec détermination.

Nouvelle pluie de cocktails Molotov, auxquels répondent des grenades lacrymogènes qui déploient de larges panaches de fumée grise irritante.

Il ne manque que la musique pour qu'on ait l'impression d'être dans un film, se dit Nicole.

— Viens, il faut filer d'ici, insiste le père.

Nicole et Rupert O'Connor sont bientôt dans le chaos et le brouillard. Les volutes de fumées de gaz lacrymogène leur piquent les yeux et le nez, les font tousser.

La jeune fille n'est pas inquiète, au contraire, elle apprécie ce bouleversement qu'elle a déclenché. Son père, lui, est beaucoup moins détendu.

Il doit tirer sa fille par la main pour qu'elle accepte de le suivre. Grâce à sa masse imposante, comme un brise-glace, il se fraye un chemin parmi la foule compacte.

Les voilà au milieu des cris, de la fumée, de scènes de bataille, avec des flaques d'essence enflammées, la peur et la colère sur les visages.

Nicole est ravie.

Finalement, Rupert parvient à la traîner vers une voie dégagée, mais un bruit de sabots retentit derrière eux.

Un policier à cheval surgit et les charge.

Ils courent à perdre haleine alors que le cavalier se rapproche de plus en plus. Le père peine à reprendre sa respiration. Nicole s'arrête et, dans une fulgurance, saisit le couvercle d'une poubelle, se retourne et de toutes ses forces en frappe avec la tranche le museau du cheval, qui sous la douleur se cabre et éjecte son cavalier.

Les O'Connor profitent de la diversion pour filer par une voie perpendiculaire.

Ils se cachent sous un porche. Rupert, dans une bordée de jurons, tente péniblement de retrouver une respiration normale.

La rue qu'ils ont empruntée est calme. La rumeur des confrontations aux abords se fait entendre, mais aucune trace de manifestants ou de policiers à proximité.

Ils reprennent alors leur course en direction du palais des sports, où doit se dérouler le championnat d'échecs.

Rupert est en sueur et ne cesse de tamponner son visage dégoulinant avec un mouchoir.

À bout de souffle, ils parviennent à atteindre le bâtiment, gravissent les quelques marches qui les séparent de l'entrée, et s'adressent au préposé de l'accueil :

— Est-il encore possible de s'inscrire à la compétition ? L'homme les regarde et trouve étrange leur accoutrement. Il examine sa montre.

— Navré, les inscriptions ont été closes à 11 heures et il est 11 h 10. Les compétiteurs sont en train de se préparer, les listes sont établies et les tables sont déjà allouées aux participants.

— Nous avons été pris dans la manifestation.

— Ceux qui réussissent trouvent les moyens, ceux qui échouent trouvent les excuses, répond-il d'un ton ironique.

La phrase fait tilt dans l'esprit de Rupert O'Connor qui, la prenant au premier degré, sort de sa poche un billet de cent dollars australiens. Cela s'avère être le bon moyen de persuader le jeune homme de passer outre les consignes officielles. Il les laisse alors pénétrer dans le bâtiment en leur indiquant la table des inscriptions.

Après quelques palabres, Nicole peut enfin participer au tournoi.

L'ambiance de la manifestation l'a dopée. Elle tremble encore d'excitation et des décharges d'endorphines la font sourire par intermittence.

Dès le premier match, elle reproduit une ligne de pions qui défonce les lignes de défense adverses. Au moment de la charge, se superposent dans son esprit des images de celle des manifestants.

Elle gagne.

La fille vaincue lui tend une main, que Nicole serre fermement.

Et d'une.

Rupert lui fait un signe d'encouragement tout en se tamponnant le front de son grand mouchoir brodé à ses initiales.

D'un pas décidé, l'adolescente blonde se rend déjà devant le tableau pour découvrir sa prochaine proie.

De retour à la table de jeu, elle est concentrée, précise, souriante et... de nouveau elle gagne.

Et de deux.

Elle passe les quarts de finale, les demi-finales et arrive ainsi jusqu'en finale.

Sa dernière opposante est une grande fille maigre aux allures de garçon.

Nicole a tiré les pièces blanches, et c'est donc elle qui commence. Dès que son doigt a appuyé sur la pendule de jeu, le top départ est donné.

Et le duel s'engage. Chacune des deux jeunes filles avance ses troupes comme dans une guerre à échelle réduite. Chaque coup est ponctué par un mouvement rapide de la main sur le bouton de la pendule.

Au début de la partie, le jeu va vite, puis il ralentit.

Après un moment, à l'instant crucial où il faut imposer à l'autre une dynamique pour prendre la main, Nicole semble hésiter entre deux possibilités.

Son père de loin mime la phrase : « Pas de pitié. »

Nicole plonge alors un regard acéré sur l'échiquier et achève la bataille avec trois pions qui avancent jusqu'à coincer le roi. Son adversaire, déboussolée, n'a pas le temps de se reprendre.

— Échec et mat.

Nicole est applaudie.

Au moment de la remise du trophée, le président de la fédération d'échecs féminine d'Australie lui tend, non sans fierté, une statuette dorée d'un koala qui joue aux échecs.

— Félicitations, mademoiselle O'Connor. Outre le fait de gagner ce trophée, cette victoire vous permet d'assister au championnat du monde d'échecs. Cette année, il aura lieu en Islande, à Reykjavik. Bien entendu, tous les frais de voyage et d'hôtel seront à notre charge. Parallèlement à cela, il y aura une compétition féminine junior à laquelle vous pourrez participer. C'est un championnat reconnu par la FIDE, la Fédération internationale d'échecs. Vous représenterez notre pays. Soyez aussi pugnace que vous l'avez été aujourd'hui, c'est tout ce que nous vous demandons.

Nouveaux applaudissements. Son père lui chuchote alors :

— Je t'accompagnerai. Cela sera l'occasion de nous retrouver en tête à tête, père et fille.

Nicole O'Connor a du mal à comprendre le principe de ce championnat du monde adulte à Reykjavik suivi d'une compétition féminine junior. Elle ne sait même pas où se trouve l'Islande. Cependant, à voir les mines des gens qui l'entourent, elle pressent que c'est un privilège.

Et satisfaire les autres pour être encore plus aimée est tout ce qui compte pour elle.

2

Monica Mac Intyre et sa mère ont marché longtemps seules sur la route, mais elles arrivent à temps dans la salle de sport de Westfield.

Là, une centaine de jeunes filles endimanchées comme pour aller à la messe attendent qu'on leur désigne la table où elles vont jouer.

Monica découvre sur une grande affiche le nom de sa première adversaire. Elle la rejoint. Celle-ci porte une robe avec un motif de fleurs de toutes les couleurs.

Jessica donne un conseil.

— Reste focalisée sur ta cible. Tu dois être comme un sniper, tu te places au bon endroit et quand tu sens que le moment est parfait, tu tires.

Mais sa mère n'a pas le temps de finir qu'un des organisateurs remet de l'ordre dans la salle et repousse à une distance réglementaire tous les parents qui sont trop proches de leurs enfants.

Monica est déjà dans la partie. Elle ouvre au pion du roi, qui avance de deux cases pour occuper le centre. L'autre adolescente joue de même avec son pion du roi qui se place en face. Mais à la surprise de son adversaire, dès le deuxième coup, la jeune fille aux yeux argentés déploie sa reine jusqu'à atteindre le bord droit. L'autre tente de l'arrêter avec un pion mais rien ne ralentit Monica. Au troisième coup, la reine blanche prend le pion central et menace en même temps le roi et la tour.

La fille en face ne s'attendait pas à voir son roi mis en échec si rapidement.

Tout cela est si simple, si spectaculaire que son adversaire se place en jeu défensif et ne fait en effet que subir le jeu hyper offensif des blancs sur le reste de la partie.

Monica Mac Intyre remporte ainsi la victoire. Elle se lève, salue son adversaire et va s'inscrire pour la partie suivante.

Après plusieurs parties où elle surprend sans cesse ses piètres et prévisibles adversaires, elle parvient en finale de la compétition.

La dernière adversaire est de petite taille, elle ressemble beaucoup à Priscilla, la fille élue déléguée de classe qu'elle avait agressée l'année précédente.

Monica utilise la même stratégie. Cette fois, le combat est peu plus rude, mais elle a toujours sa terrible reine qui glisse sur les diagonales et les perpendiculaires de l'échiquier comme une patineuse sur la glace.

La suite n'est qu'un enchaînement d'attaques qui aboutissent à la mise à mort.

— Échec et mat.

Applaudissements.

J'aime cet instant.

Au moment de lui remettre le prix, le président de la fédération d'échecs américaine déclare :

— J'ai rarement vu quelqu'un d'aussi… destructeur que vous. Nous serions honorés si vous représentiez notre pays à la compétition féminine junior qui aura lieu en Islande à Reykjavik en marge du championnat du monde d'échecs. C'est une belle opportunité de vous retrouver face aux meilleures joueuses mondiales de votre âge. Et puis, vous pourrez assister à la confrontation entre le champion en titre, le Russe Boris Spassky, et notre challenger américain, Bobby Fischer. La rencontre s'annonce historique.

3

Dans leur chambre d'hôtel, Rupert et Nicole O'Connor viennent de poser leurs valises. En ce mois de juillet, il fait encore très frais en Islande.

— Ma fille, tu es jeune mais je crois que tu peux comprendre les rudiments de la géopolitique. Ce qui se passe ici même, à Reykjavik, dépasse largement le cadre d'un simple championnat d'échecs. Il y a ici, dans ce pays censé être neutre, une confrontation cruciale. En fait, nous sommes en pleine période de guerre froide entre le bloc capitaliste et le bloc communiste. Cela date de la fin de la Seconde Guerre mondiale. Plus précisément de la conférence de Yalta en février 1945. Durant cette rencontre, les Américains et les Soviétiques se sont partagé la planète. Depuis, les deux camps ne cessent d'essayer de grappiller des cases sur l'échiquier politique.

L'adolescente adore quand son père lui parle de stratégie mondiale.

— Actuellement se déroule la guerre du Vietnam dans laquelle sont enlisés les États-Unis. Avant, il y a déjà eu la guerre de Corée et la révolution de Cuba. Comme tu l'as peut-être entendu à la télévision, il y a des conflits dans le reste de l'Asie mais aussi en Afrique, en Amérique du Sud, en Amérique centrale. Les deux camps s'affrontent en utilisant leurs alliés respectifs. Cet affrontement se poursuit dans l'espace avec la course aux fusées, aux satellites, aux sondes. La partie d'échecs à Reykjavik représente donc un énorme enjeu symbolique. Les Russes sont depuis vingt ans les maîtres des échecs, ils ont fait de ce jeu un sport national, enseigné dans les écoles à tous les enfants. En toute logique, c'est eux qui doivent gagner le championnat du monde. Boris Spassky détient pour le moment ce titre prestigieux. C'est, selon les Russes, la preuve de leur supériorité intellectuelle sur les Américains. Mais depuis peu, les Américains ont un concurrent un peu hors norme : Bobby Fischer.

— À quel point est-il hors norme ?

— Je l'ai vu effectuer une ouverture étrange où il charge avec son roi seul contre les lignes adverses.

— Et il a gagné ?

— Oui.

La jeune fille est impressionnée par le concept même : que la pièce la plus fragile, la plus précieuse et la plus limitée en mouvement puisse lancer une attaque des lignes ennemies et triompher.

— Tu dois te douter, dit Rupert, que, personnellement, de par mes activités, je suis pour le camp des Soviétiques. J'espère que Spassky n'aura pas de difficulté à vaincre l'Américain. Mais il peut y avoir des surprises.

ENCYCLOPÉDIE : BOBBY FISCHER.

Bobby Fischer naquit en 1943.
Sa famille avait fui les persécutions antisémites nazies en Allemagne, puis celles des communistes en Russie, pour finalement trouver aux USA une terre d'accueil.

Sa mère, prénommée Regina, l'éleva à Brooklyn avec sa sœur.

À 6 ans, Bobby Fischer acheta un livre sur les échecs dans un magasin et y découvrit les règles. Il s'entraîna ainsi à refaire les parties, sans autre formateur ni adversaire que lui-même.

À 8 ans, il s'inscrivit dans un club.

À 10 ans, il participait déjà aux tournois pour adultes.

À 12 ans, il battait systématiquement ses adversaires. « Même en mangeant, il passe son temps à étudier de nouvelles variantes avec son échiquier. Et si je lui retire l'échiquier, il continue de jouer seul dans sa tête », expliquait à l'époque sa mère, Regina, elle-même très impressionnée.

À 14 ans, il avait déjà battu tous les maîtres américains et accédé au titre de champion d'échecs des États-Unis.

À 15 ans, il obtint le titre de grand maître international d'échecs, et décida alors de quitter le système scolaire pour se consacrer à 100 % à sa passion échiquienne.

Il jouait en simultané contre quarante joueurs en se faisant payer cinq dollars par partie gagnée. Il devint ainsi l'un des premiers professionnels de la discipline.

À côté de son activité de joueur, Bobby Fischer menait une vie monacale, solitaire.

Dans les interviews, il expliquait qu'il travaillait avec un dynamomètre pour arriver à la pression record d'une main (105 kilos) : « Ainsi, disait-il,

quand je serrerai la main de mes challengers, ils comprendront qu'ils ont déjà perdu. »
Il cherchait à battre des records d'apnée pour maîtriser parfaitement sa respiration.
Il apprit à parler le russe afin de mieux comprendre la pensée des champions soviétiques qu'il savait devoir affronter. Il était têtu, méprisant, imprévisible, et exigeait des conditions extravagantes avant les matchs. Si on les lui refusait, il piquait de grandes colères et renonçait à jouer. Au championnat du monde qui commença le 11 juillet 1972 à Reykjavik, Fischer avait 29 ans. Il avait déjà aligné vingt victoires consécutives contre les plus grands maîtres internationaux.
C'est ainsi qu'il affronta en finale le champion du monde, le Russe Boris Spassky, dans ce qu'on nommait déjà le « tournoi du siècle ».
Pour ce championnat, les deux challengers devaient jouer vingt-quatre parties de cinq heures maximum chacune. L'ensemble de la confrontation était censé durer deux mois. C'était la première fois qu'un Américain participait à ce niveau de compétition. Toutes les chaînes de télévision relayaient l'événement. Les chefs d'État des deux pays (Leonid Brejnev et Richard Nixon) annoncèrent qu'ils comptaient suivre le match.

Edmond WELLS,
Encyclopédie du Savoir Relatif et Absolu.

4

Dans la grande salle de Reykjavik, les premiers rangs sont occupés par le président islandais, ses ministres, les ambassadeurs soviétique et américain, les journalistes et quelques grands champions internationaux.

Monica et sa mère sont assises dans le coin le plus reculé de l'aile droite.

Enfin arrive Boris Spassky, sous les applaudissements. C'est un petit homme en costume, avec une touffe de cheveux sur le front. Il monte sur l'estrade et s'installe dans son fauteuil devant l'échiquier.

— Où est Fischer ? chuchote Monica.

— Il va arriver, lui répond Jessica.

L'adolescente n'est visiblement pas la seule à se poser la question. Tout le public attend avec impatience l'arrivée du concurrent, mais Bobby Fischer ne se montre pas.

De là où elle est placée, Monica distingue les organisateurs qui palabrent. Ils ont l'air inquiets de l'absence du second joueur.

Enfin, à 17 heures, l'arbitre signale que le match va commencer même si Fischer n'est pas présent.

Spassky joue son premier coup : le pion de la dame avance de deux cases pour se placer au centre, puis le Russe appuie sur la pendule, ce qui lance le compte à rebours pour son adversaire.

La pendule égrène les secondes et Fischer n'est toujours pas arrivé. Tout le monde sait que, selon les règles, après une heure de retard Fischer perdra automatiquement par forfait.

Mais soudain, le champion américain surgit des coulisses. C'est un homme de grande taille, à la démarche très souple.

Il présente ses excuses pour le retard, qu'il attribue à un embouteillage.

Tout le monde est soulagé. Le duel va bien avoir lieu.

Bobby Fischer s'assoit devant l'échiquier et joue son cavalier en le plaçant lui aussi vers le centre.

La première partie commence.

Le visage de Bobby Fischer surprend Monica. C'est un visage long et acéré, comme un couteau. Elle a très envie de croiser son regard mais le champion américain n'accorde aucune attention au public.

Monica et Jessica sont loin des premiers rangs. Heureusement, les coups sont représentés sur un tableau afin que les spectateurs puissent suivre en direct la partie.

5

Nicole et Rupert sont assis dans l'aile gauche de la salle de Reykjavik.

L'adolescente est fascinée par ce qui lui semble un film à suspense.

Les duellistes ne se regardent même pas.

Après avoir joué quelques coups, Fischer se lève pour se plaindre auprès de l'arbitre de la présence bruyante des caméras. Comme celui-ci essaie de le calmer, il l'insulte. Spassky, de son côté, légèrement amusé, ne se laisse pas déconcentrer.

Au 28e coup, la partie est parfaitement équilibrée, les deux joueurs sont à égalité, ils ont perdu exactement le même nombre de pièces. Tout converge vers une partie nulle.

Mais au 29e coup, Fischer commet une erreur de débutant qui lui fait perdre un fou. Il peut encore, à ce stade, espérer un nul, mais il commet deux autres bévues au 37e et au 40e coup, et abandonne au 56e. Après quoi, il pique une colère, expliquant que c'est la faute des caméras, dont le bruit l'a perturbé. Il exige qu'elles soient retirées. Comme sa demande n'est pas agréée, il refuse de venir à la deuxième partie.

Il offre ainsi un deuxième point sur forfait à son adversaire. On est donc à 2 parties pour Spassky contre 0 pour Fischer.

Rupert O'Connor chuchote à l'oreille de sa fille :

— Tu vois, cet Américain est aussi prétentieux que mauvais joueur. Ce que tu vois dans ce match, c'est un homme du futur qui affronte un homme du passé. L'homme du futur est calme et contrôlé. L'homme du passé est nerveux et capricieux. Et, en toute logique, Spassky va gagner, donnant la preuve ultime que le modèle collectiviste est supérieur au modèle individualiste.

Nicole est ravie d'être là et d'assister à cet instant d'humiliation pour l'Américain. Son père poursuit :

— Ce que ne sait pas Fischer, c'est qu'il affronte, non pas seulement un individu, mais toute une équipe. Regarde ces hommes, là, dans le coin, en costume gris. Ce sont d'autres grands champions russes. Ils vont analyser et chercher comment améliorer le jeu de Spassky pour qu'il soit encore plus performant demain, en s'adaptant au jeu de Fischer. Crois-moi, cet Américain arrogant n'a pas la moindre chance de gagner.

6

Du fait du problème du bruit des caméras, Spassky a accepté que la troisième partie ait lieu dans une arrière-salle fermée, qui n'est autre que la salle de ping-pong. L'Américain est prêt à jouer, mais à la condition qu'il n'y ait pas de spectateurs et une unique caméra silencieuse.

Les journalistes se sont donc entassés dans une pièce adjacente pour suivre le match sur un téléviseur.

Quant à Monica, sa mère et le reste du public, ils prennent place dans la grande salle pour suivre le match sur le tableau mural où les coups sont reproduits.

— Mais qu'est-ce qu'il lui prend ? demande la jeune fille aux yeux gris.

— Je crois que c'est un type ultrasensible. Il perçoit tout plus fort, peut-être trop fort. Tu sais, par moments, quand le cerveau marche vite, il peut s'emballer. Être intelligent, c'est bien, être trop intelligent, cela peut s'avérer un handicap.

La pendule est lancée, la troisième partie commence.

Bobby Fischer joue un jeu très risqué en abandonnant le centre à son adversaire et en perdant dès le début un cavalier. Cela surprend Spassky qui ne comprend pas cette stratégie. Pourtant, après plusieurs coups spectaculaires, c'est finalement Fischer qui remporte cette manche.

— Je crois qu'il commence enfin à être dans le jeu, signale Jessica à sa fille.

En dehors de Reykjavik, cette victoire a un énorme retentissement, et alors que la plupart des gens trouvent les échecs ennuyeux, nombre de personnes qui ne s'y intéressaient guère ou ne connaissaient pas les règles y voient soudain un intérêt. La personnalité étrange de Fischer fascine. Partout dans le monde se lancent des paris sur le gagnant du championnat.

Les jours suivants, les parties se poursuivent de nouveau dans la grande salle, mais Fischer continue avec ses coups de colère, ses imprécations et ses caprices. Il demande que les dernières rangées de spectateurs soient retirées et, après négociations, il obtient que trois de plus soient enlevées. De leur côté, les officiels soviétiques pensent que les services secrets américains utilisent des équipements électroniques pour envoyer des ondes magnétiques qui déstabilisent leur champion. Boris Spassky se plaint en effet de radiations qu'il aurait ressenties en provenance des lampes, et peut-être même de l'intérieur des chaises. Tous les meubles et appareils sont démontés pour être expertisés. La salle est fouillée par la police islandaise qui cherche à détecter de potentiels appareils perturbateurs.

Ce mélange de paranoïa et de technologie des services secrets intrigue autant la presse que le public.

Les jours et les parties s'enchaînent.

Monica et sa mère ne sont pas pour autant fatiguées. Au contraire, chaque jour leur intérêt grandit et elles se demandent quelle sera l'issue de la confrontation.

Les duellistes sont nerveux et épuisés. Le poids des enjeux mondiaux autour d'eux semble les écraser.

Et puis arrive le 21e et dernier match, le 1er septembre 1972.

Ce jour-là, le score est de 11 points et demi pour Fischer contre 8 points et demi pour Spassky. L'Américain a 3 points d'avance.

La dernière confrontation est mal engagée pour Boris Spassky : la partie est ajournée avec un avantage pour Fischer. Le champion russe annonce qu'il a un problème de santé et qu'il préfère se reposer à l'hôtel pour se remettre. Tout le monde attend dans une effervescence anxieuse pour certains, réjouie pour d'autres, jusqu'à ce que Spassky annonce par un coup de téléphone depuis sa chambre qu'il abandonne.

Bobby Fischer devient officiellement, à vingt-neuf ans, le onzième champion du monde des échecs. Avec cette victoire il est l'homme le plus célèbre des actualités. Et déjà, certains évoquent cette défaite russe comme le signe du déclin de l'Empire soviétique.

Jessica Mac Intyre est ravie.

— Tu vois, Monica, seul un esprit créatif et original peut vaincre et même influer sur l'échiquier géopolitique mondial.

Mais à peine Bobby Fischer a-t-il acquis le titre qu'il s'enfuit de son hôtel pour aller passer quelques jours tout seul dans la nature, loin de ses congénères.

7

Nicole et Rupert O'Connor, ayant à peine digéré la déception de la défaite de leur favori, arrivent devant la petite école islandaise où doit se dérouler le tournoi féminin junior d'échecs, plus modeste, organisé par la FIDE.

Pour eux, pas de télévision, pas de journalistes, pas de chefs d'État. Seulement quelques parents et leurs enfants dans une salle surchauffée.

D'un côté, les garçons pour la compétition junior masculine et un peu plus loin, les filles pour la compétition féminine.

Nicole O'Connor observe ses futures adversaires. Il y a beaucoup de Russes et de Chinoises.

Enfin, son nom est prononcé et elle va s'asseoir à la table qui lui a été attribuée, face à une autre jeune fille de son âge. Sa première adversaire est russe.

Le combat est difficile, mais elle le gagne de justesse grâce à sa stratégie habituelle de ligne de pions.

Nicole bat ensuite ses quatre autres adversaires sans trop de difficulté, et se retrouve en demi-finale à jouer contre une fille brune, une Américaine qui l'impressionne dès le premier regard. Cheveux noirs, yeux gris argent, mais surtout quelque chose de séduisant qui la touche tout de suite.

Je n'ai jamais vu une fille aussi ravissante, se dit-elle.

— Attendez avant de commencer, signale le juge qui semble perdu dans ses papiers.

Il feuillette plusieurs pages.

— Désolé, j'ai mélangé les documents d'inscription, explique-t-il, un peu nerveux.

Cela dure.

Nicole profite de ce répit pour s'observer dans le reflet d'une vitre qui lui fait face.

Par contre, moi j'ai l'air d'une fille banale.

Plus tard, je serai une jeune femme parmi d'autres, qui n'attire pas spécialement l'attention des hommes.

La beauté est la plus grande des injustices.

La richesse demande forcément un talent, même si on hérite : il faut savoir conserver le patrimoine de ses parents ou le faire fructifier. Alors que la beauté…

Une fille pauvre mais belle aura du pouvoir sur les autres rien que par son apparence.

L'échange de regards entre les deux jeunes joueuses d'échecs se poursuit.

Cette fille ressemble à une actrice de cinéma.

Elle a une manière de se tenir qui exprime son assurance.

Elle est plus que belle.

Elle est « classe ».

Le juge a fini d'examiner les listes. Il semble satisfait et tire à pile ou face pour savoir laquelle des joueuses aura les blancs, qui ouvrent la partie.

C'est Nicole qui commence, avec le pion blanc de la dame, qui avance de deux cases pour occuper le centre.

8

Elle me fait peur.

L'adversaire que Monica doit affronter est une blonde aux yeux bleu turquoise.

Je dois me méfier.

Monica cherche à refaire le coup de la dame qui surgit et frappe dès le début pour susciter un effet de surprise, mais son adversaire a installé une ligne de pions qui forment une protection infranchissable. Et après avoir bloqué toute velléité d'attaque, la ligne de pions blancs avance inexorablement comme une vague déferlante.

Monica a la sensation d'être envahie. Elle a beau tenter des sorties, aucune pièce ne parvient à franchir cette terrible muraille.

Autour d'elles, les participantes vaincues et leurs parents forment un cercle qui les observe. Quelqu'un pouffe dans l'assistance. *On se moque de moi.*

Au fur et à mesure que Monica perd, elle a l'impression que les gens du public se rapprochent.

Elle sent leurs odeurs. Quelqu'un pousse même le vice jusqu'à respirer tout près de son oreille droite.

Elle se retourne, le fusille du regard et l'autre accepte de s'éloigner un peu.

Ils sont tous ligués contre moi.

Je suis seule contre eux tous.

Monica joue et appuie sur le bouton de la pendule. Le cercle des spectateurs se resserre encore. *J'étouffe.*

Monica libère les premiers boutons de sa chemise. Elle ferme les yeux.

— Pouvez-vous reculer, s'il vous plaît ? dit sa mère qui comprend ce qu'il se passe.

Quelques personnes consentent en maugréant à faire un pas en arrière.

Face à elle, la blonde aux yeux bleus reste impassible. Les coups se suivent mais la ligne de pions tient bon et ne cesse d'avancer, comme un tsunami. *Qui est cette fille ?*

Monica l'observe avec attention mais l'autre n'exprime rien. Elle ne semble même pas vraiment concentrée sur l'échiquier.

Monica repère un homme qui doit être le père de son adversaire. Il est gros et mastique bruyamment un chewing-gum. Quand sa fille joue, les mouvements de sa mâchoire s'accélèrent et il lâche des petits rires qui font penser à la pression qui s'échappe d'une cocotte-minute.

Il jubile de voir sa fille me coincer.

Monica respire maintenant de plus en plus rapidement. Elle a chaud.

Il faut que j'arrive à franchir sa ligne de pions. Il y a forcément un moyen. Je vais trouver. Que l'esprit de Bobby Fischer m'éclaire.

Mais les radiateurs en surchauffe et la présence de gens autour d'elle la déconcentrent. Elle a du mal à réfléchir. En fait de connexion à l'esprit de Bobby Fischer, elle n'a droit qu'à la paranoïa du champion. Tous les bruits l'agacent.

Elle se lève et va voir l'arbitre pour lui demander que les gens s'écartent.

Il relaie sa requête et le public s'éloigne mais cela ne dure pas. Les gens reculent dans un premier temps mais se rapprochent ensuite imperceptiblement.

Sa mère, inquiète, leur ordonne de faire un cercle plus large et elle va jusqu'à étendre les bras pour les empêcher d'avancer.

— S'il vous plaît, vous voyez bien que vous la perturbez.

Ce n'est qu'une ligne de pions. Je dois trouver la faille. Il y a forcément une faille.

Les minutes qui suivent ne font qu'augmenter sa sensation d'être étouffée par son adversaire, alors que celle-ci conserve un visage imperturbable.

Monica tente une attaque de fous, mais sans autre résultat que de perdre l'un d'eux.

Et puis, à force d'avancer, un pion adverse arrive à la ligne du fond. Avec le privilège de se transformer en deuxième dame !

C'est la catastrophe. Le roi noir est coincé. Il n'y a plus d'échappatoire.

— Échec, dit la jeune fille blonde aux yeux bleu turquoise. Elle n'a même pas marqué de signe de satisfaction. Elle a l'air d'attendre, comme s'il y avait une parade possible à son coup mortel.

Ensuite, sur le même ton nonchalant, elle précise :

— Échec… et mat.

Monica se lève pour serrer la main de son adversaire, mais une fois qu'elle l'a serrée, il y a un flottement. Les mains empoignées, les deux adolescentes se fixent toujours.

La situation se prolonge de manière tout à fait anormale.

Et soudain, Monica Mac Intyre tire brusquement la victorieuse en avant pour la faire tomber. Elle la renverse sur le sol, place ses genoux sur ses bras et, avec ses mains, appuie sur la fine gorge qui palpite sous ses doigts.

Elle serre de toutes ses forces.

9

Nicole O'Connor sent que l'air n'entre plus dans sa trachée. Étonnamment, cette situation ne la fait ni paniquer ni se mettre en colère.

Elle fixe son bourreau.

Quels superbes yeux gris argenté. On dirait des miroirs. Tant qu'à se faire assassiner, autant que ce geste définitif soit accompli par une personne esthétiquement harmonieuse.

Nicole parvient même à amorcer un début de sourire alors que l'air n'entre plus dans ses poumons et qu'elle ressent une chaleur de plus en plus oppressante dans la poitrine.

Voilà, pour moi, c'est la fin de toutes les parties. J'ai douze ans et ma vie s'arrête parce que j'ai gagné aux échecs contre une fille qui souffre probablement d'un problème psychiatrique.

Tout semble se passer au ralenti. Le son est coupé et Nicole distingue des gens qui ouvrent et ferment la bouche.

Un homme tire d'un coup la fille aux yeux argentés en arrière et celle-ci lâche enfin prise.

Nicole voit son père au-dessus d'elle, affolé, qui articule des mots qu'elle n'entend pas.

Le contraste entre son expression d'homme qui parle fort et le silence la fait sourire.

Il doit me demander si je vais bien.

Il est très inquiet, le pauvre.

Je crois qu'il m'aime vraiment.

Dans son champ de vision, elle repère aussi que son assaillante est à son tour bloquée par plusieurs personnes comme s'il s'agissait d'un fauve qui ne peut être maîtrisé par une seule personne.

Elle n'aime pas perdre.

Comme elle a dû être malheureuse pour prendre autant de risques pour une simple partie d'échecs.

D'autres gens se penchent sur elle. Chacun y va de son conseil pendant qu'un autre groupe s'acharne à maîtriser la sauvageonne.

La pauvre. Je crois que dans des circonstances similaires, j'aurais pu agir comme elle.

Regarder la scène en silence et au ralenti l'amuse.

Tous s'énervent sauf moi. Peut-être parce que je suis encore entre la vie et la mort. Ce n'est pas un instant désagréable. C'est simplement... inhabituel.

Et puis des pompiers surgissent, écartent tout le monde et commencent à la manipuler. Un homme lui fait du bouche à bouche.

Ses yeux ne cillent pas alors que le visage du pompier qui lui pince le nez d'une main avance et recule au-dessus d'elle tout en soufflant par intermittence dans sa bouche. Elle sent son haleine et sa petite moustache qui frotte la base de son nez.

Plus tard, si je survis, j'aimerais bien être avec un homme qui lui ressemble. Il faudra juste lui dire de ne pas manger d'oignons avant de m'embrasser.

Un autre pompier lui appuie sur le thorax, les mains entre ses seins.

Celui-là est moins beau. Mais j'aime bien qu'il me touche la poitrine. En fait, j'aime bien le contact épidermique, quel qu'il soit.

La scène se répète mécaniquement. On lui pince le nez, on lui souffle dans la bouche, on lui appuie sur le thorax et tout autour les gens sont penchés et font des mouvements avec leurs lèvres pour prononcer des mots qu'elle n'entend pas.

Il paraît que pour que le bouche-à-bouche fonctionne au bon rythme, il faut chanter la chanson des Bee Gees, « Stayin' Alive ». Est-ce qu'ils sont au courant ? Est-ce qu'ils m'appuient sur le sternum en se synchronisant sur ce tube planétaire ?

Et d'un coup, l'air entre et sort à nouveau des soufflets de ses poumons et son cœur se remet à battre. Tous les gens présents manifestent leur soulagement.

Et voilà… je ne suis pas morte.

Le son revient aussi, mais encore un peu déformé. Elle entend des exclamations : « Elle respire ? », « Faites quelque chose, ne la laissez pas comme ça ! », « Qu'est-ce qui lui a pris, à l'autre gamine ? ».

Toutes ces phrases ne servent à rien.

Des mains la soulèvent, la déposent sur un brancard et elle est emportée dans une ambulance qui démarre en faisant sonner sa sirène.

Pourquoi tout ce bruit inutile ?

Une infirmière lui installe des appareils pour surveiller ses battements cardiaques.

C'est stupide. Je suis tirée d'affaire.

Son père est à côté d'elle et lui serre très fort la main. Il fulmine.

— Je vais appeler mes meilleurs avocats et les parents de cette furie vont payer. Et elle va être enfermée, crois-moi !

Nicole essaie de répondre mais sa gorge est encore bloquée. Elle pense : *Non, je ne souhaite pas ça.*

Papa se trompe. Je vais me venger, mais pas maintenant, certainement pas avec des avocats, et certainement pas avec l'objectif d'obtenir de l'argent.

Je trouverai mieux, beaucoup mieux.

Dès que j'arriverai à parler à papa, je lui dirai que je ne veux pas qu'il fasse de procès ni qu'il tente quoi que ce soit contre cette fille. C'est à moi désormais d'agir.

Et cela se passera quand je veux et comme je le veux.

Ne t'en fais pas, papa… Celle-là, elle va me le payer cher. Je ne la louperai pas.

10

« Incident en marge du championnat du monde d'échecs de Reykjavik. Une compétition pour le titre de championne du monde catégorie féminine junior s'est déroulée après le match Fischer-Spassky. En demi-finale, une des challengers âgée d'à peine 12 ans a sauté à la gorge de son adversaire, une autre jeune fille du même âge, et a tenté de l'étrangler. Il semblerait que la joueuse n'ait simplement pas supporté sa défaite. La victime est hors de danger. »

La psychologue baisse le journal. Elle a de fines lunettes sur le nez et sur le menton un poireau, sorte de grosse verrue d'où jaillissent trois poils. Monica Mac Intyre, assise à côté de sa mère, ne peut en détacher son regard.

— Ce n'est pas la première fois que ma fille a un accès de violence contre un ou une de ses petits camarades, reconnaît Jessica.

La psychologue hoche la tête, compréhensive.

— J'ai envie d'écouter ta version, Monica. Que s'est-il passé ?

— Avec sa manière de jouer, cette fille m'étranglait, alors je lui ai fait subir ce qu'elle m'a fait subir.

Elle a prononcé ces mots comme une évidence.

— Je suis désolée, Monica, je ne joue pas aux échecs, mais… dis-moi, étrangler quelqu'un dans un jeu et étrangler quelqu'un réellement, ce n'est pas équivalent, tu es bien d'accord ?

Elle veut me forcer à adhérer à sa vision.

— Quand vous apprendrez à jouer, madame, vous verrez, on ressent des émotions physiques intenses, même s'il ne s'agit que de figurines de bois sur un petit plateau quadrillé. D'ailleurs, chaque fois que je joue, je perds du poids. C'est bien la preuve que ce qu'il se passe dans une partie est également physique.

La psychologue ne semble pas convaincue.

— Durant les championnats, Monica n'est pas la seule à subir une action sur son corps, précise sa mère. Il a été prouvé que les joueurs peuvent perdre jusqu'à un kilo par jour de compétition, parfois davantage pour les plus cérébraux.

— Quand bien même, vous vous rendez compte de votre acte, mademoiselle ? Vous avez agressé votre adversaire. Si les gens n'étaient pas intervenus pour vous arrêter, vous auriez vraisemblablement continué !

Monica soupire.

Quelle dérision que d'être jugée par quelqu'un de plus stupide que soi.

La psychologue se tourne maintenant vers Jessica.

— Et vous dites qu'elle a des accès d'agressivité, même en dehors des échecs ?

— Elle a parfois un côté entier qui peut surprendre.

— Au point de tuer ?

— Elle supporte mal d'être en groupe, a fortiori au milieu d'une foule. Et là, il y avait tous ces gens autour d'elle qui créaient un trouble.

— C'est vrai, Monica ?

L'adolescente hoche la tête puis déclare :

— De manière générale, je n'aime pas les autres.

La thérapeute lève un sourcil surpris.

— Comment ça ?

— Je ne suis bien que quand je suis seule avec moi-même. Dès qu'il y a des gens, je me sens oppressée. Comme dit le proverbe, « mieux vaut être seul que mal accompagné ».

— Peux-tu préciser ta pensée ?

Cette femme ne comprend rien.

— Je ne suis bien que lorsque personne n'interfère avec ma pensée. Comment vous expliquer cela ? J'ai le sentiment que ma pensée est comme une musique pure. Le reste, ce qu'il y a autour de moi, c'est du bruit qui gâche ma musique personnelle.

— Ta musique personnelle ? Tu peux développer, s'il te plaît ?

— Les autres m'empêchent de penser clairement. C'est ce qui s'est passé durant le match, tous ces gens qui respiraient, qui chuchotaient, qui me regardaient, m'ont empêchée de réfléchir avec la pureté de mon esprit.

— La pureté de ton esprit, dis-tu ?

Sa technique de thérapie consiste à répéter mes fins de phrase en les transformant en questions. Tant pis, je dois jouer le jeu pour apaiser maman.

— Oui, la musique pure qui est ma pensée non parasitée par l'entourage...

La thérapeute hoche la tête comme si un diagnostic se dessinait déjà dans son esprit.

Elle note rapidement quelque chose.

— Alors, que pensez-vous du cas de ma fille ? questionne Jessica.

— Je pense qu'il peut s'agir d'un problème hormonal. La thyroïde. Parfois, lorsque la thyroïde est enflammée, cela agit sur les émotions et rend les gens cyclothymiques, avec des bouffées d'exaltation débordante, voire d'agressivité non contrôlée.

Jessica hoche la tête, satisfaite d'avoir une étiquette avec un mot savant sur un problème abstrait.

Cyclo... thymique ? Cela aurait donc à voir avec le thymus... Mais ce n'est pas le même endroit. Le thymus est placé entre les poumons et la thyroïde, dans le cou. Même si les deux influencent les flux hormonaux, j'ai l'impression que cette femme en blouse blanche dit n'importe quoi. C'est si compliqué pour elle de comprendre que l'autre fille m'agressait par sa manière de jouer ?

— Je vous propose de lui faire passer une échographie de la thyroïde et, si c'est bien ce que je pense, il faudra songer à l'opérer. C'est une opération bénigne et bien maîtrisée.

— Et cela devrait la... calmer ?

— Bien sûr. Plusieurs de mes patientes se sont fait opérer et par la suite elles dominaient mieux leurs émotions. Quoi qu'il en soit, je pense que Monica n'aura plus envie de sauter au cou de ses congénères pour les étrangler. Ce sera déjà ça de gagné.

Sur le chemin du retour, Monica et sa mère ne parlent pas tout de suite.

— Tu vas me faire opérer de la thyroïde, maman ? finit par demander Monica.

Jessica hausse les épaules.

— Je ne crois pas que la chirurgie puisse agir sur le caractère. Et puis, je ne veux surtout pas qu'on modifie ta personnalité. J'estime néanmoins que c'est effectivement mieux que tu poursuives tes études à la maison sans contacts avec d'autres jeunes filles de ton âge. Je crois que c'est également ce que tu souhaites.

Monica est soulagée que sa mère prenne les choses sous cet angle.

Maman a tout compris. Il ne faut pas me brider, il faut m'isoler.

— Mais autre chose me préoccupe. Je n'ai pas de nouvelles de la jeune fille que tu as agressée. Ses parents ne m'ont même pas téléphoné.

Ça, c'est étrange.

— Je craignais qu'ils portent plainte, mais non, rien. C'est quand même surprenant.

— Cette fille était remarquablement intelligente. Elle a dû comprendre que mon comportement n'était qu'une saute d'humeur passagère, dit Monica.

— D'après ce que j'ai appris, c'est la fille d'un milliardaire australien qui a fait fortune dans les moutons. En général, ce genre de type n'hésite pas à chercher des problèmes, surtout qu'il aurait pu penser que tu voulais la… enfin, tu me comprends.

Tuer ?

Les deux femmes avancent le long d'une grande avenue pleine de piétons pressés.

— Et toi, maman, tu en penses quoi, de cette fille ?

— Elle est très forte. Elle est quand même parvenue à te battre. Je crois que tu es tombée sur une adversaire qui est vraiment à ta hauteur. Cela t'a surprise et déstabilisée.

— Pour la première fois, j'ai vu un être humain qui m'a fait peur.

— Aux échecs ?…

— Pas seulement. Tout en elle m'inquiétait. Son calme, sa manière de jouer, sa froideur, sa distance. Et puis le fait qu'elle joue en privilégiant les pions, c'était… comment dire… franchement irritant.

Les gens autour d'elles marchent de plus en plus vite, sans se bousculer.

Il faut que je rassure maman. Elle est bouleversée, elle aussi.

— Je pense que c'est ce match avec Bobby Fischer qui m'a un peu perturbée, reconnaît Monica. Et cette ambiance, dans ce pays si froid avec ces maisons trop chauffées, c'est tellement étrange.

— C'est vrai, approuve Jessica. C'est le genre de comportement qu'aurait pu avoir Bobby Fischer. Si ce n'est que lui n'a pas sauté au cou de Spassky et qu'il a gagné.

Elles hâtent le pas pour se synchroniser avec les autres piétons qui avancent dans la même direction.

— Je ne sais pas si c'est bon pour toi de continuer les échecs en compétition, ça te met dans des états émotionnels que tu ne maîtrises pas. Notamment quand tu perds.

Monica s'arrête net, ce qui oblige ceux qui sont derrière elle à s'arrêter eux aussi ou à la contourner. Elle perturbe le flux.

— Surtout, ne m'interdis jamais de jouer, maman.

— C'est pour ton bien. J'essaie de t'éviter que se reproduise ce genre de situation pour le moins gênante.

— Je te promets que cela ne se reproduira plus, mais par pitié, maman, laisse-moi continuer à jouer aux échecs. J'ai besoin de me défouler… enfin, je veux dire de laisser mes émotions s'exprimer à travers ce jeu… de stratégie. C'est ainsi que j'apprends à mieux me connaître et précisément à maîtriser mes pulsions.

Jessica regarde sa fille et se dit qu'elle a mis au monde une guerrière.

11

31 décembre 1972. Cinq mois ont passé depuis les championnats du monde de Reykjavik.

Rupert O'Connor observe sa fille. Depuis l'agression, il a l'impression qu'elle est devenue paradoxalement plus dynamique.

Loin de l'abattre, cette attaque physique injustifiée semble avoir dopé l'adolescente dans sa volonté de se surpasser.

Elle passe de plus en plus de temps dans les clubs d'échecs de la ville la plus proche et, dans le même temps, elle se passionne pour la géopolitique. Nicole est devant le téléviseur avec un carnet et un crayon et elle prend des notes.

Il s'approche.

— Tu fais quoi ?

— Tu le sais déjà. Je veux comprendre comment avance le troupeau humain, dit-elle. Avec le récapitulatif des actualités de l'année, j'observe comment il évolue et s'il s'approche du bord de la falaise…

Rupert sourit, satisfait, et s'installe à côté de sa fille. Il allume un cigare Romeo y Julieta, puis à son tour regarde et écoute la synthèse annuelle des actualités.

Il jette un coup d'œil par-dessus l'épaule de sa fille et lit :

– Janvier : Belfast. Une manifestation pacifique pour les droits civiques des catholiques a mal tourné. La police britannique a tiré à balles réelles sur les manifestants. Bilan : 14 morts, dont deux écrasés par des véhicules militaires, et 28 blessés. Une enquête a blanchi l'armée. En représailles, l'IRA, l'armée clandestine irlandaise, a organisé des actions pour frapper sur le sol anglais. Certains nomment déjà cette journée Bloody Sunday.

– Février : les Russes sont parvenus à envoyer la sonde Mars 3 qui s'est mise en orbite autour de la planète rouge. Elle a déployé un module d'atterrissage qui a réussi à atteindre le sol martien, devenant ainsi le premier engin terrien intact à se poser sur cette planète. Mais cela n'a pas duré. La sonde n'a pu envoyer qu'une seule image depuis

la surface avant d'être détruite dans une tempête de sable.
– Septembre : prise d'otage de 11 athlètes israéliens par un commando de 8 terroristes palestiniens aux Jeux olympiques de Munich. La police allemande a tenté une attaque qui a abouti au massacre de tous les otages.
– Décembre : l'Allemagne de l'Ouest et l'Allemagne de l'Est s'accordent pour une reconnaissance diplomatique réciproque ; reprise des négociations à Paris pour un retrait des troupes américaines du Vietnam.

Rupert O'Connor se sert un verre de brandy qu'il déguste lentement.

— Et que vas-tu faire de toutes ces informations, ma fille ?

— Je vais réfléchir à un projet personnel.

Elle le fixe de ses grands yeux bleus et pense : *La révolution mondiale des pions contre les rois et les reines.*

12

Monica regarde elle aussi les actualités de l'année 1972.

De la même manière que Nicole, elle veut comprendre le monde, non d'un point de vue macrocosmique, mais plutôt microcosmique. Elle ne s'intéresse pas au troupeau mais aux individus, ceux qui sont précisément sortis du lot pour accomplir des actes extraordinaires.

Elle note :

– Février : visite historique en Chine du président Richard Nixon qui rencontre le président Mao Tsé-toung.
– Mars : lancement de la sonde Pioneer 10 vers Jupiter.
– Mai : Henry Kissinger obtient au sommet de Moscou un accord global pour le retrait des Israéliens du Sinaï et la mise en place d'un projet de plan de paix dans la région.
– Octobre : Donella et Dennis Meadows publient *The Limits to Growth*, un rapport sur les dangers de la croissance économique et démographique infinie dans un monde fini. Ce rapport commandé par le Club de Rome alerte le monde sur la destruction de la planète par une humanité incapable de contrôler le nombre de sa population et sa consommation.
– Décembre : le champion du monde d'échecs Bobby Fischer a disparu.

Monica éteint la télévision.

Ainsi voilà comment le monde change. Bobby Fischer ne veut pas être considéré comme un roi. Et moi, je ne suis pas encore reine, mais je sais qu'un jour je pourrai agir et influer sur ce qui se passe sur ma planète.

Tout simplement parce que j'ai pris conscience qu'un seul individu peut changer ce qui l'entoure.

Il suffit qu'il prenne conscience que c'est possible.

ENCYCLOPÉDIE : LA MORT BLANCHE.

Seul contre tous.

Le 23 août 1939, Joseph Staline et Adolf Hitler, que les Français et les Anglais croyaient ennemis jurés, signèrent le pacte germano-soviétique à Moscou. Du coup, les deux dictateurs avaient les mains libres. Et ils n'attendirent pas pour en profiter.

Hitler envahit la Pologne le 1er septembre 1939. Dans la foulée, le 30 novembre, Staline envahit la Finlande. Ce fut la « guerre d'Hiver ». Le rapport de force était de 1 contre 4 pour ce qui est du nombre de soldats et 1 contre 100 en ce qui concerne les tanks et les avions. L'Armée rouge essuya de nombreux revers face à la petite armée finlandaise bien préparée et très motivée pour défendre son territoire.

Un homme s'illustra dans cette guerre. Il se nommait Simo Häyhä et était tireur d'élite.

Il franchissait seul les lignes ennemies et, profitant de sa petite taille (1,52 mètre), il opérait avec une discrétion exceptionnelle.

Pour atteindre ses cibles, Simo Häyhä était capable de rester enseveli sous dix centimètres de neige pendant plusieurs heures et par des températures allant jusqu'à – 40 °C. Il n'utilisait pas de lunette de tir pour éviter que le soleil ne se reflète sur l'optique et le trahisse. De même, il mettait de la neige dans sa bouche pour empêcher la vapeur de sa respiration de révéler sa position. Les Russes lui donnèrent le surnom de « Belaïa Smert », ce qui signifie « la mort blanche ».

En trois mois, Simo Häyhä abattit 542 soldats ennemis par ses tirs de précision longue distance avec son fusil Mosin M28. Il faut ajouter à ce palmarès 198 autres soldats qu'il tua au moyen d'un pistolet-mitrailleur Suomi KP31. Les officiers de l'Armée rouge tentèrent tout pour l'arrêter.
Ils lancèrent contre lui d'autres tireurs d'élite, et bombardèrent abondamment les zones où ils suspectaient sa présence, mais rien ne semblait arrêter ce surdoué du tir de précision.
En 1940, il fut finalement atteint par une balle à la mâchoire et retrouvé sans connaissance par des soldats qui notèrent qu'« il lui manquait la moitié de la tête ». Il fut néanmoins secouru, soigné et sauvé. Quant aux Finlandais, ils n'avaient pas assez de soldats pour soutenir le choc et après 105 jours de combat, ils durent plier devant la Russie.
Simo Häyhä mit plusieurs années à se remettre de sa terrible blessure. Il survécut et donna par la suite des conférences où il attribuait son talent simplement au fait qu'il avait toujours essayé de faire du « mieux qu'il pouvait ». Il a inspiré la discipline olympique du biathlon, qui combine ski de fond et tir à la carabine. Simo Häyhä est considéré comme le meilleur sniper de tous les temps.

Edmond WELLS,
Encyclopédie du Savoir Relatif et Absolu.

PARTIE 3

Deux étudiantes rebelles

1

— Au début, il y a eu forcément une et une seule cellule unique et elle a dû se sentir bien seule.

Janvier 1978. Nicole O'Connor a désormais 18 ans, elle est étudiante en sociologie et suit les conférences dans le grand amphithéâtre de l'université de Sydney.

Le professeur qui délivre son enseignement articule exagérément pour être certain d'être bien suivi par les quatre cents personnes face à lui. Derrière lui, sur le grand écran est projetée une diapositive où l'on voit une forme verte transparente avec un noyau plus foncé.

— Puis des cellules se sont regroupées pour former des êtres qu'on nomme « pluricellulaires ». Et en même temps est apparue la possibilité de spécialisation. C'est à ce stade de l'évolution que se sont créés, par exemple, le système respiratoire, le système nerveux et le système digestif. Et ensuite se sont développés de nouveaux raffinements, encore plus efficaces : des capteurs de lumière comme les yeux, des capteurs de nutriments comme la bouche équipée de dents, des nageoires pour améliorer la rapidité des déplacements afin de trouver de la nourriture ou… de ne pas en devenir une pour les autres.

Nouvelle diapositive.

— Les cellules fonctionnant en groupe ouvraient de nouvelles perspectives à la vie. Dès lors apparurent des êtres aux cellules de plus en plus nombreuses et spécialisées. Ce qui a donné des animaux de plus en plus perfectionnés, mais aussi de plus en plus volumineux.

Les diapositives qui suivent montrent des poissons, puis des reptiles, puis des dinosaures.

— Mais l'union de plusieurs cellules pour produire un être avec des capacités nouvelles n'était qu'une étape. Ensuite, il y eut l'union de plusieurs êtres pour faire une communauté avec des pouvoirs encore décuplés.

Une horde de primates s'affiche sur l'écran.

— Au début, nos plus lointains ancêtres vivaient dans la peur. La peur des prédateurs, de la météo, de la famine, du froid, mais aussi de l'agression. La famille les sauvait. Ils se défendaient ensemble. Ils fuyaient ensemble. Ils chassaient ensemble. Ils survivaient ensemble.

Apparaît un dessin sur une grotte préhistorique où l'on voit un groupe d'une vingtaine d'hommes chasser des gazelles avec des arcs et des lances.

— Et puis, il a dû y avoir deux familles qui ont eu l'idée de s'unir. Elles ont formé une petite tribu. D'autres ont suivi. Et ces tribus, en comprenant de plus en plus d'individus, se sont mises à devenir plus puissantes et enfin à sortir de la peur. Et cette sécurité était ce qui précisément attirait encore plus de gens et permettait la naissance de plus d'enfants. Ils vivaient également plus longtemps car ils mangeaient mieux. Ils mangeaient mieux parce qu'en groupe ils chassaient plus facilement le gros gibier et se défendaient mieux contre les prédateurs. Il y avait moins de maladies liées à la consanguinité car les couples étaient plus diversifiés. Les humains, par le seul fait qu'ils vivaient ensemble de plus en plus nombreux, entraient dans un cercle vertueux. Ils venaient d'inventer… la société.

Nouvelle image d'une centaine d'hommes préhistoriques, cette fois-ci réunis autour d'un feu.

— Alors que les humains isolés devaient se contenter de manger les charognes abandonnées, les humains qui vivaient en groupe mangeaient de la viande fraîche, et leurs enfants étaient plus grands, plus forts, en meilleure santé. Et puis, en toute logique, les tribus n'ont pas arrêté d'augmenter en nombre d'individus. Elles ont pu créer de plus en plus de spécialisations. Là où, dans une petite famille, tout le monde devait savoir tout faire de manière approximative, dans une grande tribu (tout comme pour l'organisme pluricellulaire) ont émergé des surdoués au tir à l'arc, à la lance, à la chasse. Et ce n'est pas tout. Au sein de la tribu, on pouvait consacrer plus de temps à des activités secondaires qui n'étaient plus de première nécessité. De meilleurs éducateurs d'enfants se sont révélés, de meilleurs tanneurs de peaux, de meilleurs tisseurs, de meilleurs cuisiniers. À partir d'un certain nombre de membres d'une société, on a vu apparaître des activités encore moins indispensables à la survie immédiate, comme la religion, la médecine ou l'art. Ainsi naquirent la peinture, la musique, l'artisanat, la confection de vêtements plus esthétiques, le tissage, l'herboristerie, le chamanisme, les temples et les prêtres.

Une diapositive montre ce qui semble être une cérémonie avec des totems dressés.

— Et comme l'homme avait du temps de repos pour réfléchir, surgit un jour une idée : arrêter de se déplacer sans cesse.

Nouvelle diapositive représentant un village formé de huttes en bois.

— Les tribus nomades se sont sédentarisées. Et ainsi se développèrent l'élevage et l'agriculture. Comprenez bien que le groupe fut pour nos ancêtres une source extraordinaire d'opportunités. La solitude était le choix de la mort. Les derniers chasseurs-cueilleurs qui ne voulaient pas s'intégrer à des villages connaissaient le manque, leurs enfants mal nourris étaient plus faibles et n'atteignaient pas l'âge adulte.

L'enseignant marque un temps face à son auditoire.

— Ensuite, le phénomène n'a fait que s'accentuer : toujours plus d'humains dans des communautés de plus en plus grandes et, donc, toujours plus de nourriture, de sécurité et une espérance de vie plus longue, mais aussi plus de religion, de science et d'art.

— Mais aussi les guerres ! intervient un élève.

— Parfaitement, et les guerres poussèrent les hommes à s'unir en communautés encore plus vastes. Les guerres participèrent à augmenter encore les progrès de la science et l'influence des religions. Et ceux qui avaient des armées peu nombreuses se faisaient envahir par ceux qui avaient plus de soldats à déployer sur les champs de bataille.

Le professeur sourit :

— Si vous êtes vivants de nos jours, c'est parce que vos plus lointains ancêtres ont fait le choix du groupe plutôt que celui de la solitude. Seul, l'humain est faible. En foule, il est devenu invincible, créatif, sans limite. Et ce jusqu'à cette ultime activité qui semble a priori non nécessaire à la nourriture, à la défense ou à la santé : l'étude de la sociologie à l'université !

Rires des étudiants.

Certains se lèvent pour applaudir. Un étudiant rejoint Nicole et lui chuchote à l'oreille :

— Coucou, Nicole. Tu es toujours intéressée pour voir une fête aborigène ?

Elle le reconnaît. C'est Tjampitjinpa. Un Aborigène de la tribu des Yanmadjeris avec lequel elle a déjà échangé des polycopiés sur les cours.

— Bien sûr.

— Ce soir, on fait une Yanda.

— Qu'est-ce que c'est ?

— Une fête traditionnelle pour honorer les âmes de nos ancêtres. Normalement, c'est interdit à ceux qui ne sont pas de notre tribu mais j'ai demandé à mon père de faire une exception pour toi et il a accepté.

— Ton père a ce pouvoir ?

— Mon père est Maître de rêve, dit-il fièrement.

— Qu'est-ce que cela signifie ? Sorcier ?

— Disons plutôt chamane. C'est à 21 heures, à quelques kilomètres d'ici. Je vais te donner l'adresse exacte, mais tu dois me promettre de la garder secrète.

2

Six ans ont passé depuis que Monica Mac Intyre a essayé d'étrangler son adversaire à Reykjavik. Loin de provoquer chez elle la moindre culpabilité, cet incident l'a convaincue qu'il est préférable de se tenir à l'écart des autres.

Dès lors, elle a décidé de ne même plus vivre avec sa mère. Elle s'est installée dans une chambre de bonne sous les toits d'un vieil immeuble, dans un quartier étudiant de New York. Il n'y a pas d'ascenseur et il n'y a pas de voisins.

C'est ce qu'elle nomme sa « caverne d'ermite ».

Là, elle a emmagasiné, comme un écureuil le ferait avec des noisettes, des livres, des encyclopédies, des dictionnaires. Certains de ces ouvrages empilés lui servent de table, de chaise et même de canapé.

Monica Mac Intyre apprend seule et elle apprend vite.

Alors qu'elle lit le journal, une phrase écrite en gros en tête d'une petite annonce attire son attention : « Tout le malheur des hommes vient d'une seule chose, qui est de ne savoir pas demeurer en repos dans une chambre. » C'est une citation du philosophe français Blaise Pascal. Elle sait que Pascal était d'autant plus légitime pour énoncer cette vérité qu'il était comme elle… anthropophobe.

Elle est très surprise de voir cette citation mise en avant dans une annonce. Intriguée, elle lit en dessous l'intitulé : « Et pourquoi n'iriez-vous pas faire une retraite dans le centre de méditation de la Lumière intérieure ? »

Cette annonce a attiré mon attention, c'est un signe dont je dois tenir compte.

Elle note l'adresse, qui se trouve à l'ouest de Central Park, et elle se dit qu'elle pourrait s'y rendre à pied. C'est l'avantage d'être seule et libre, elle peut agir sur un coup de tête sans avoir de comptes à rendre à quiconque. Pas de famille, pas de liens, pas de responsabilités, pas de fil à la patte.

Lorsqu'elle arrive sur les lieux, elle ne voit qu'un vieil immeuble new-yorkais des années 1900. Une inscription sur la boîte aux lettres lui indique qu'elle est au bon endroit.

Elle sonne et déclenche un bruit de gong. Une jeune femme à la peau cuivrée, aux cheveux noirs, avec une pastille rouge à l'emplacement du troisième œil, vêtue d'un sari safran et ocre, vient lui ouvrir.

— Je voulais savoir s'il est possible de pratiquer la méditation chez vous ? lui demande Monica.

L'autre la jauge des pieds à la tête.

— Pourquoi cela vous intéresse-t-il ?

— Je suis parfois papillonnante d'esprit, il y a toujours quelque chose qui attire mon attention et j'aimerais améliorer ma capacité de concentration. Je suis prête à faire une retraite de quelques jours.

La femme en sari la laisse pénétrer dans cet étrange hôtel au style indien. L'entrée est décorée d'un bouddha géant de plus de deux mètres. Impassible en position du lotus, il semble se moquer des nouveaux arrivants. Des bâtons d'encens libèrent des volutes torsadées de fumée aux odeurs de bois de santal. Des fresques colorées représentent des divinités hindoues en train de danser ou de méditer. Elle reconnaît

Ganesh, celui qui a une tête d'éléphant, et Shiva, qui a plusieurs bras.

— Je dois vous avertir, ici pas de téléphone, de radio, ni de télévision. Mais, vous verrez, on s'en accommode très bien. Le plus difficile, c'est la règle du jeûne. Il n'y a bien entendu pas de restaurant, mais nous vous aidons à surmonter cette épreuve grâce à des bouillons. Le tarif est de 50 dollars par jour. En général, les gens restent deux jours, le temps d'un week-end.

— Et si je veux rester plus de deux jours ?

— Je vous conseillerai d'essayer avant de vous engager sur plus de temps. Deux jours sans manger, en ne pratiquant que le yoga, ce n'est pas à la portée de tout le monde.

— Il y a combien d'autres pensionnaires actuellement ?

— Avec vous, cela fera sept. Mais je serais étonnée que tous dépassent vingt-quatre heures.

Elle espère que cela va me refroidir. Elle me prend pour une Occidentale normale.

— Je peux commencer quand ?

— On est samedi matin, donc tout de suite, si vous le souhaitez.

— Très bien.

— Vous avez des bagages ?

Monica avait prévu cette éventualité et avait mis dans son petit sac à dos un nécessaire de toilette, deux culottes et deux tee-shirts.

L'Indienne sort un cahier où elle demande à la nouvelle venue d'inscrire son nom, son prénom et son numéro de carte de crédit.

— Vous êtes certaine que vous supporterez l'isolement, l'absence de toutes distractions et de nourriture consistante ?

Monica aquiesce. L'Indienne en sari safran et ocre s'extirpe du comptoir et lui montre le chemin.

— Je m'appelle Shanti, suivez-moi.

Elles prennent un escalier qui donne sur un couloir avec une vingtaine de portes identiques, toutes numérotées. L'Indienne en ouvre une. Monica découvre une pièce de cinq mètres carrés au parquet de bois ciré. Il n'y a qu'un fin matelas à même le sol et, près de la fenêtre, une grosse bougie. Pas de table, pas de chaise, pas de canapé.

Seule décoration : un mandala, grand rond coloré qui ressemble à un labyrinthe rempli de démons et de fleurs.

— Je vous avais prévenue, c'est très sommaire, rappelle Shanti.

— C'est parfait, répond Monica.

— Je vous laisse vous rafraîchir. Le prochain cours de Raja Yoga est dans une heure.

Monica arrive en avance et suit le cours avec les six autres pensionnaires. Les postures lui imposent d'effectuer des contorsions douloureuses, mais paradoxalement, plus elle a mal, plus cela lui plaît. Elle a l'impression d'explorer ses propres limites.

Elle reçoit ensuite un cours de méditation délivré par Shanti elle-même, qui semble être l'unique personne à tenir ce centre de méditation-hôtel.

Pendant le cours, elle propose aux pensionnaires de se mettre en tailleur, les fesses posées sur un coussin, et de fermer les yeux, de ralentir leur respiration et de ne pas bouger.

La position est inconfortable mais Monica aime se surpasser.

Le soir, la jeune femme s'endort sur sa couche très dure avec le sentiment d'être à sa place.

J'ai dû être nonne ou moine dans une vie précédente.

J'apprécie encore plus le calme alors que je sais que, derrière ce mur, il y a New York qui grouille de gens nerveux et pressés.

Mon rapport au temps et à mon corps est en train de changer.

3

Les didjeridoos résonnent lorsque les Aborigènes soufflent dans ces longues trompettes de bois.

Les participants chantent, accompagnés de ces instruments impressionnants qui font vibrer leur cage thoracique avec des sons graves.

Un grand feu central illumine la fête de lueurs orangées. Nicole est enchantée d'être là, entourée de ces gens si différents d'elle.

Tjampitjinpa lui explique l'origine de cette tradition :

— Comme je te l'ai dit, la cérémonie sacrée du Yanda célèbre le Temps du rêve. Ces chants racontent l'histoire du monde depuis ses origines.

— Et quelle est votre version de la Genèse ?

— À l'origine, il n'y avait rien, ni plantes, ni eau, ni chaleur. Mais en dessous du sol vivait un serpent arc-en-ciel géant qui dormait. Ce serpent arc-en-ciel se réveilla et, quand il vit qu'il était seul au milieu de ce monde vide, il trouva cela désolant. Alors, il se servit de ses pouvoirs magiques pour faire tomber la pluie. La pluie combla les traces creusées dans le sol par le passage du serpent arc-en-ciel et forma les rivières, les fleuves et les mers. Parfois le serpent arc-en-ciel enfouissait son museau sous la surface du sol et le soulevait pour modeler les collines et les montagnes. Sur ces reliefs poussèrent des forêts. Puis le serpent arc-en-ciel revint sous terre pour en faire sortir les animaux. D'abord les dingos, ensuite les kangourous et les grenouilles. Dans une deuxième phase, les insectes, les fourmis, les scarabées, les scorpions. Et tout à la fin, dans une troisième phase, apparurent les hommes. Le serpent arc-en-ciel les conduisit au bord de l'eau et leur apprit à respecter les créatures vivantes et à prendre soin de la terre. Avant de retourner dormir sous terre, le serpent arc-en-ciel rappela aux hommes qu'ils n'étaient pas les propriétaires, mais seulement les protecteurs de la nature. Et il termina en disant aux hommes que s'ils abusaient de leur pouvoir pour abîmer la terre, par égoïsme ou avidité, il ressortirait pour tout détruire et créer un monde nouveau où les humains n'auraient plus leur place.

Nicole adore cette histoire. Elle regarde maintenant Tjampitjinpa avec une sympathie plus profonde.

Les Aborigènes dansent autour d'un grand feu au son de plusieurs instruments de percussion.

Tjampitjinpa lui indique qu'elle doit se déshabiller. Elle ôte sa chemise tout en conservant son soutien-gorge. Il lui fait signe qu'elle doit aussi l'enlever. Elle hésite, puis consent à se mettre torse nu.

Le jeune homme trace alors sur son épiderme des lignes de glu sur lesquelles il place des centaines de petites plumes blanches, puis il l'invite à se joindre aux femmes qui dansent. Elles sont exactement comme elle, le torse nu et avec des lignes de plumes blanches collées sur la peau.

Le rythme des mains battant les peaux tendues des tambours s'accélère. Des femmes âgées frappent des bouts de bois entre eux pour produire des sons plus secs.

Nicole est de plus en plus excitée par cette mise en scène. Certains se mettent à chanter des paroles qu'elle ne comprend pas, mais elle les répète en chœur avec un sentiment d'exaltation nouvelle.

Je sens qu'il y a une forte connexion entre tous ces gens mais aussi avec les animaux et les arbres qui nous entourent.

Cette spiritualité me convient. C'est ce qui me manquait.

Le rythme des tam-tams accélère encore.

Nicole se met à danser en se déhanchant à la manière des autres femmes.

Plus loin, des hommes portant de hautes coiffes rouge et blanc et des pagnes noirs frappent en rythme le sol de leurs pieds.

Tjampitjinpa vient vers Nicole et lui tend maintenant un bol contenant une pâte beige. Quand il lui fait signe de la manger, elle a un premier geste de méfiance mais se reprend et absorbe la substance inconnue.

Aussitôt sa perception de la musique et des chants devient plus sensible.

— Qu'est-ce que c'est ? demande-t-elle.

— Des champignons mélangés à des racines et à du miel. Le miel fait partie de la plupart de nos décoctions car il faut prendre l'esprit de la ruche pour comprendre le monde.

Au centre d'un poteau sculpté en creux, il désigne une ruche d'où s'échappent quelques abeilles qui dansent en accomplissant des huit.

Les effets de l'aliment ingurgité sont progressifs, jusqu'à paraître tout à fait distincts. Ils chauffent le corps de Nicole et la vivifient. Elle a l'impression que son sang devient de la lave tandis que les sons se présentent comme des formes colorées.

La sensation est surprenante et inquiétante à la fois, mais le visage souriant de Tjampitjinpa la maintient en confiance. Et tous ces gens autour d'elle, heureux de danser au rythme des percussions, lui procurent une énergie agréable.

Presque sans y penser, elle se met à chanter avec eux.

Presque sans y penser, elle se met à danser avec eux.

Finalement, elle ne fait plus rien de conscient, elle est simplement intégrée à l'inconscient collectif des individus présents qui lui sourient et battent le rythme de leurs mains.

Comment papa appelait-il cela ?

Ah oui : l'égrégore. Le nuage des esprits de la collectivité. Sans en prendre vraiment conscience, elle mange et boit avec eux des aliments et des boissons au goût de sel, d'herbe, d'œuf et de terre. Et dans sa tête s'épanouit un sentiment de reconnexion à quelque chose d'ancien et de sacré.

Et toujours le visage de Tjampitjinpa qui lui sourit et hoche la tête.

Je me sens élargie.

Je me sens augmentée.

Je me sens connectée à tous ces gens.

Je suis eux et ils sont moi.

Je me sens connectée au serpent arc-en-ciel.

Je me sens en fusion avec ma planète.

Je suis elle et elle est moi.

Alors que Nicole ferme les yeux, elle perçoit que deux bras l'enserrent. Tjampitjinpa.

L'Aborigène la tourne vers lui et l'embrasse. Elle hésite brièvement avant de consentir à lui rendre son baiser.

Ensuite, ils dansent tous les deux, leurs corps en sueur plaqués l'un contre l'autre. Puis il la guide vers une clairière à l'écart du lieu de la fête et là, uniquement éclairée par la lune, alors que le son des tam-tams et des didjeridoos résonne toujours au loin, elle fait l'amour pour la première fois.

Et elle se sent connectée à travers Tjampitjinpa à toutes ces abeilles qui dansent près de leur ruche.

ENCYCLOPÉDIE : MYTHOLOGIE ABORIGÈNE.

Quand le serpent arc-en-ciel eut fini de créer la Terre, le cœur de la planète se mit à battre. Ce qui faisait battre ce cœur était une ruche placée dans son centre. Et le rythme était donné par les abeilles

cognant contre ses parois. Un jour, la peau du cœur de la planète se fendit et des nuées d'abeilles s'envolèrent pour envahir l'Univers, y faisant naître les étoiles. Dès lors, les abeilles purent aller et venir par la fente du cœur percé. Mais la Terre s'en trouva affaiblie et se remplit de tristesse…
Depuis, pour rappeler les abeilles envolées, l'homme doit chaque jour chanter et danser afin de donner envie à ces insectes devenus des étoiles de revenir à l'intérieur de la ruche placée au centre de la Terre.

Edmond WELLS,
Encyclopédie du Savoir Relatif et Absolu.

4

Cela fait maintenant cinq jours que Monica Mac Intyre est dans le centre de spiritualité indienne. Elle alterne phases de méditation, phases de repos, phases de yoga.

Elle ne mange pas.

Comme les jours précédents, à 6 heures du matin, Shanti vient la réveiller en faisant sonner un gong.

Monica s'habille rapidement puis descend dans la salle commune.

— Où sont les autres ? demande-t-elle.

Shanti répond sans la moindre émotion :

— Tu es la seule à être restée.

Cela ne me déplaît pas d'être dans cette grande maison seule avec Shanti.

— Ils étaient moins investis que toi, reconnaît l'Indienne. Ne pas manger, parler peu, rester immobile, ce n'est pas facile pour les Américains avec leur mode de vie. Ils sentent bien que leur style de vie est épuisant mais ils ne sont pas prêts à l'abandonner facilement car ils ont fini par s'y adapter.

Être adapté à un monde malsain n'est pas un signe de bonne santé.

Alors Shanti et Monica se mettent en position de méditation sur les coussins spécialement prévus à cet effet. Monica arrive à faire un lotus parfait en repliant ses jambes l'une sur l'autre pour former une sorte de bretzel.

Elles restent immobiles ainsi pendant une heure puis, ensemble, elles vont dans la salle d'asanas où elles enchaînent plusieurs postures lentement.

— Bravo, dit Shanti. Je suis impressionnée. Tu avais déjà pratiqué le yoga auparavant ?

— Non, jamais.

Puis l'Indienne a un geste étonnant : elle place sa main entre les seins de Monica, sur le chakra 4, le chakra du cœur.

Étrangement, la jeune femme, qui fuit d'habitude les contacts avec d'autres peaux que la sienne, sent que cette fois-ci elle peut supporter cette intrusion.

Shanti laisse sa main ainsi longtemps avant de sourire à Monica.

— Je me suis connectée à ton âme.

— Et… ?

— Et j'ai pu avoir la confirmation de ce que je pensais. Nous nous sommes déjà connues. Nous avons été mariées dans notre vie précédente.

Monica arque un sourcil.

— Nous avons eu trois enfants. Deux garçons et une fille. Nous vivions près de Goa et nous étions de la caste des brahmanes.

Monica ne sait quoi répondre.

— Nous avons souvent fait l'amour et c'était très bien car nous avions toutes les deux une grande connaissance du Kamasutra. Je pratiquais avec toi le tantrisme.

— Hum… Dans « notre couple », j'étais l'homme ou la femme ?

— De ce que j'ai perçu, tu étais la femme et moi je t'embrassais comme cela.

Joignant le geste à la parole, Shanti embrasse Monica sur la bouche. La jeune Américaine, surprise, a envie de reculer, mais quelque chose la retient.

Elle se laisse faire.

Le baiser se poursuit.

Shanti se met alors à la déshabiller, puis elle va chercher une crème qui embaume la fleur de patchouli et en enduit le corps de Monica.

L'Indienne sent cependant que sa jeune élève n'est pas complètement détendue.

— Ne t'inquiète pas, dit-elle. J'ai fermé la porte en bas, personne ne viendra nous déranger.

Shanti ajoute :

— De toute façon, c'est ce que je souhaitais. Je voulais te voir seule. Mon prénom signifie « prospérité ». Veux-tu recevoir mon énergie ?

Sans attendre de réponse, Shanti finit de dévêtir Monica et se déshabille elle-même complètement, ne gardant en tout et pour tout que le rond rouge du troisième œil sur le front entre les sourcils.

Elle libère d'un geste ses longs cheveux noirs qui tombent en cascade.

Du fait de son sari ample, je ne pouvais imaginer qu'elle avait un corps aussi ravissant. Et elle sent si bon.

— Laisse-toi faire, murmure l'Indienne.

Patiemment, Shanti lui masse le corps en appuyant sur des points particuliers. Ces pressions procurent à Monica des perceptions nouvelles. Après les mains, elle sent les lèvres de son initiatrice qui parcourent son corps et s'attardent sur certaines zones, créant des sensations inconnues.

Monica a l'impression que, telle la déesse Shiva, Shanti a plusieurs bras, mais qu'elle est également dotée de plusieurs bouches.

Les gestes précis provoquent chez elle un état électrique qui lui fait pousser des petits soupirs, puis un long cri d'extase.

Elle a l'impression que tout son corps vient de s'éveiller.

Et c'est ainsi que, dans cet ashram indien au beau milieu de New York, Monica est elle aussi initiée à l'amour.

5

Mars 1978.

Nicole O'Connor regarde, atterrée, le test de grossesse qui se révèle positif.

Elle n'en revient pas que son premier rapport sexuel ait pu s'avérer immédiatement fécond.

Elle n'en parle à personne et elle attend.

Huit semaines d'aménorrhée, neuf semaines… dix semaines.

Elle est sur les nerfs.

Elle passe une échographie à la onzième semaine et découvre avec stupeur que, pour quelqu'un qui aime les groupes, elle est servie : elle attend des jumeaux.

Finalement, elle se décide à en parler à son père qui, une fois passé l'effet de surprise, déclare :

— Tu ne pouvais pas plus me réjouir qu'en m'annonçant que j'allais devenir grand-père, et de jumeaux qui plus est.

— Mais enfin, papa, j'ai dix-huit ans, je suis étudiante, je ne gagne pas ma vie et je ne me vois pas mère. A fortiori de deux enfants.

— Ne t'inquiète pas, tu viendras t'installer ici et je prendrai du personnel pour s'occuper des bébés. J'ai déjà des idées de prénoms pour eux, qu'ils soient garçons ou filles.

— Tu ne veux pas savoir qui est le père ?

Rupert prend un de ses cigares favoris, arrache une extrémité, la recrache et allume l'autre bout avec ravissement.

— Qui est le père ?

— Un autre étudiant.

— Parfait.

— Il est d'origine aborigène.

— Encore mieux. Cela donnera deux très beaux métis, il paraît que plus les gènes sont diversifiés, plus les enfants ont une bonne santé.

Nicole n'en revient pas du flegme de son père.

— Ça ne te gêne pas qu'aucun de nous deux n'ait encore de travail ?

— Je vous engage quand vous voulez pour travailler au ranch.

La décontraction de son père l'agace.

— Eh bien, peut-être que toi tu te vois grand-père, mais je suis désolée, moi, je ne me vois pas mère.

— Justement, puisque tu me parles du père, tu ne crois pas qu'on devrait lui demander son avis ?

Le lendemain, Tjampitjinpa est invité à dîner au ranch familial.

— Alors c'est vous, le fiancé de ma fille ? lui lance Rupert O'Connor d'un ton jovial.

— Nous nous sommes rencontrés à l'université. Je suis comme elle étudiant en sociologie.

Rupert lui sert une bière et trinque avec lui.

— La sociologie, cela doit être passionnant. Et… quelles sont vos intentions vis-à-vis de ma fille ?

— Je l'aime.

— Êtes-vous prêt à l'épouser ?

— Ce serait un grand honneur ! s'exclame aussitôt le jeune homme.

Seule Nicole ne semble pas partager l'enthousiasme des deux hommes.

La cuisinière apporte alors une énorme dinde que Rupert découpe avant d'en servir de beaux morceaux aux deux jeunes gens. Il se tourne vers Tjampitjinpa :

— Alors, vous savez l'heureuse nouvelle ?

— Non. J'étais en voyage depuis quelques jours chez des oncles qui vivent dans le Nord.

— C'est donc moi qui vais avoir la joie de vous l'annoncer : elle est enceinte de vous, et ce sont des jumeaux.

Tjampitjinpa avale de travers et tousse.

— Oui, moi aussi cela m'a fait cet effet, plaisante Rupert.

— Vous… vous… vous en êtes sûr ?

L'Aborigène n'ose affronter le regard de Nicole.

— Elle en est à sa onzième semaine et elle a déjà fait une échographie où l'on distingue bien les deux fœtus. Je pense que bientôt nous pourrons savoir si ce sont des filles ou des garçons, voire un de chaque sexe, ce que les Français appellent le « choix du roi ».

Tjampitjinpa regarde Nicole. Rupert éclate de son grand rire tonitruant, le jeune homme a un petit rire beaucoup plus réservé.

— Alors, content ?

— Oui… oui…, fait Tjampitjinpa, un peu intimidé.

Les deux hommes trinquent.

Mais Nicole ne participe pas à leur enjouement.

Après avoir bien ri et bu, Rupert finit par se tourner vers sa fille.

— Ça va ?

— Non, ça ne va pas. On dirait que vous décidez de ce qui arrive à mon corps sans me demander mon avis.

— Et c'est quoi, ton avis ?

— Je veux avorter. Il est trop tôt dans ma vie pour que je me transforme en mère. Je dois d'abord penser à ma carrière. Je me mettrai en couple et je serai mère quand j'aurai trouvé un travail. Pour l'instant, je veux devenir professeur de sociologie, et cela réclame encore au moins cinq ans d'études.

Elle s'adresse ensuite à Tjampitjinpa :

— Je suis désolée, mais je ne me vois pas continuer cette relation avec toi. Nous deux, c'est fini. Je me considère à nouveau célibataire, tu l'es donc aussi.

Et elle quitte la pièce, laissant les deux hommes figés.

De surprise, Rupert a entrouvert la bouche, et son cigare qui collait à sa lèvre tombe au sol.

Quelques jours plus tard, Nicole retourne à Sydney pour avorter dans une clinique clandestine. Elle reste prostrée plusieurs jours dans sa chambre d'étudiante, manquant les cours.

Tjampitjinpa insiste pour la voir, mais elle le repousse.

Plus il insiste, plus son rejet est violent.

Durant les cours, il ne la quitte pas des yeux. Il la supplie de le revoir. Mais elle ne veut même plus lui parler.

Elle le voit maigrir, dépérir, puis il ne vient plus aux cours.

Elle pense qu'il a enfin compris, jusqu'à ce qu'elle apprenne par les journaux qu'il a fini par se suicider en se pendant dans sa chambre d'étudiant.

Nicole sort et noie son chagrin dans l'alcool.

Un soir, alors qu'elle est dans un bar proche de l'université, son père la rejoint.

— Je ne vais pas te culpabiliser, Nicky. Je sais ce que tu vis. Et je ne vais pas non plus te dire que l'alcool n'est pas une solution. Boire est un atavisme irlandais. On fête les victoires avec de l'alcool, on supporte les défaites avec de l'alcool. Le problème, c'est que cela marche si bien que beaucoup finissent par en mourir.

Tout en avalant une gorgée de whisky, Nicole ironise :

— Je préfère mourir d'une cirrhose que d'un cancer.

Rupert O'Connor secoue la tête.

— Je t'ai fait surveiller par un détective et je sais que tu bois beaucoup depuis que tu as effectué ton « choix ». Que vas-tu faire maintenant ? Tu vas devenir une épave à cause de cette première épreuve ? Une O'Connor ne s'avoue pas si facilement vaincue.

— J'ai raté ma vie, dit-elle.

— On ne dit pas ça à dix-huit ans. Ta vie n'a pas encore commencé.

— J'ai déjà créé beaucoup de malheur autour de moi. Et je ne vois comme seule solution que de me détruire à petit feu avec cette délicieuse substance. Je te rassure, papa, je ne bois que du whisky irlandais.

Elle part d'un grand éclat de rire assez similaire à celui de son père.

— Tu comptes vraiment terminer comme ça ?

— C'est moi qui décide de ce que je fais de mon corps. Y compris de mon foie.

Et elle vide d'un trait son verre.

— Il n'y a pas que toi qui décides, objecte son père. Souviens-toi, je t'ai dit que nous faisions partie du troupeau humain. Tu as des comptes à rendre aux autres.

— Désolée, papa, je n'y crois plus. Je suis maudite et je ne fais qu'entraîner les autres dans ma chute.

Elle éclate d'un rire mauvais et fixe son père avec un regard plein de défi.

Il me déteste mais je m'en fiche. Je suis majeure. Je fais ce que je veux.

Une larme coule de l'œil de Rupert. Ce petit détail change tout. Cet homme qu'elle a toujours vu rire et affirmer sa force lui apparaît tout à coup fragile. À cause d'elle. Elle ne supporte pas cette idée.

Alors, elle le serre dans ses bras et pleure à son tour. Dans cette effusion de sentiments et cette étreinte, un flux d'énergie puissant passe de l'un à l'autre. Ils restent longtemps à pleurer dans ce bar où un hard rock tonitruant d'AC/DC, « Ride On », résonne tandis que les autres clients ne leur prêtent aucune attention.

Le lendemain, Nicole consent à s'inscrire à l'association locale des Alcooliques anonymes et là, entourée d'un cercle essentiellement composé d'hommes au visage ridé, elle prononce pour la première fois la phrase rituelle :

— Bonjour. Je m'appelle Nicole.

Tous reprennent en chœur :

— Bonjour, Nicole !

— J'ai dix-huit ans, je suis étudiante en sociologie et j'ai commencé à boire après mon avortement et le suicide de mon fiancé. Maintenant, je veux m'arrêter de boire et je compte sur vous tous pour m'aider à sortir de cette épreuve.

Et au moment où elle énonce cette phrase, elle sent qu'elle a vraiment besoin des autres pour faire face à ce passage éprouvant de son existence.

6

— Je vais partir.

Shanti la regarde, étonnée.

— Cela ne fait que deux semaines que tu es là. Tu n'es pas bien ici avec moi ?

Monica secoue la tête.

Zut, c'est ce que je craignais, elle a fini par s'attacher. Maintenant, la rupture risque d'être compliquée. J'aurais dû faire cela plus tôt, mais j'ai procrastiné parce que je redoutais sa réaction.

L'Indienne approche lentement sa main et lui caresse la nuque.

— Mais moi je t'aime, murmure-t-elle.

Et voilà la phrase qui est censée tout légitimer. Quand elle dit je t'aime, ce qu'elle veut dire, c'est « aime-moi ». J'aurais vraiment dû rompre plus tôt.

— Si tu m'aimes, laisse-moi libre.

— Tu n'es pas libre ici ?

— J'ai apprécié tout ce que tu m'as appris : la méditation, le jeûne, l'hindouisme, le yoga, le bouddhisme, le tantrisme, l'illumination des chakras, et depuis peu la gastronomie végétarienne hindoue, mais je dois partir.

— M'as-tu seulement aimée ?

— Ce n'est pas parce que nous nous sommes aimées durant une période que nous devons rester obligatoirement toute notre vie ensemble. Sinon ce n'est pas de l'amour, c'est de la possession. N'est-ce pas l'un des enseignements du bouddhisme : le lâcher-prise ?

Shanti la regarde durement.

— Tu es une égoïste. Je n'ai jamais vu quelqu'un d'aussi peu tourné vers les autres. Tu vois bien que je souffre, tu n'as donc aucune empathie ?

— Ce genre de concept tel que tu l'évoques me semble plutôt venir de la culture judéo-chrétienne.

Peut-être qu'à ton contact j'ai quitté cette culture et ces valeurs pour adopter les tiennes. N'est-ce pas toi qui m'as enseigné : « Nous ne sommes pas responsable du karma des autres » ?

Le visage de Shanti se ferme encore un peu plus :

— Tu n'as pas de cœur.

— Je suis dans la vérité. Tu préférerais que je mente pour te faire plaisir ?

— Je préférerais que tu m'aimes et que tu restes avec moi ici à tenir l'ashram.

Elle commence à m'énerver.

Shanti vient se serrer contre Monica en frottant sa poitrine contre la sienne. Monica sent ses petits seins fermes.

— Non, tu ne peux pas m'abandonner après tout ce qui s'est passé entre nous. N'est-ce pas moi qui, de ton propre aveu, t'ai fait découvrir la sexualité ?

— Je t'en remercie, mais cela ne m'engage pas.

— Tu dois rester.

Tant pis. C'est comme le homard, mieux vaut le jeter d'un coup dans l'eau bouillante plutôt que le mettre dans la casserole et le faire cuire lentement à feu doux.

Monica monte dans sa chambre, récupère ses affaires puis devant la porte dit simplement :

— *Namasté.* Gratitude. Au revoir.

Elle franchit le seuil et s'éloigne vite. Quand elle se retourne, elle aperçoit Shanti qui la regarde par la fenêtre.

Zut, elle m'aime vraiment… trop. Il faut maintenant la laisser faire son deuil. Nul n'est irremplaçable, elle trouvera une autre visiteuse qui tombera sous son charme.

Elle accélère et lorsqu'elle a tourné à la première avenue perpendiculaire, elle pousse un grand soupir de soulagement.

Est-ce si difficile à comprendre ? Je suis faite pour vivre seule.

Après une bonne heure de marche, elle arrive en bas de son immeuble. Le trajet à pied lui permet de mettre de la distance entre son esprit et l'ashram de Shanti.

Elle prend l'ascenseur, entre chez elle et éclaire la pièce en ouvrant les volets.

Le couple, c'est bien.

La solitude, c'est mieux.

Elle se prépare un thé au jasmin.

Que c'est bon d'être seule chez soi.

Puis elle s'affale avec son mug dans son canapé, allume la télévision et apprécie de se reconnecter à ce monde extérieur dont elle est restée coupée trop longtemps.

Seule chez moi, avec la télévision, un thé au jasmin, ça me convient aussi.

Mais alors qu'elle se détend devant le petit écran, on sonne à la porte.

Par l'œilleton, elle reconnaît Shanti. *Oh non.*

— Qu'est-ce que tu fais là ? demande-t-elle sans ouvrir.

— Je ne peux pas vivre sans toi, répond l'Indienne.

Monica finit par ouvrir et l'autre lui saute aussitôt dessus pour l'embrasser. Monica a du mal à la repousser.

— Comment m'as-tu trouvée ?

— Ton adresse est dans l'annuaire.

Je n'ai jamais pensé à me cacher parce que je n'ai jamais imaginé cette situation.

Shanti tente de nouveau de la serrer dans ses bras et Monica est obligée de la repousser avec un geste plus sec.

— Je te remercie pour le bout de chemin que nous avons accompli ensemble mais désormais nos routes se séparent, dit-elle.

— Nous sommes liées karmiquement. Et depuis plusieurs vies. Tu es mon âme sœur. Et tu es l'unique personne avec laquelle je dois vivre.

— Ça, c'est ta conviction, ce n'est pas la mienne. Désolée. Monica a un geste un peu brutal pour la repousser au-delà du seuil, puis elle ferme la porte.

Le carillon de l'entrée retentit aussitôt.

Monica débranche le fil électrique de la sonnette et Shanti commence à tambouriner sur la porte en criant :

— Je te préviens, je ne partirai pas d'ici !

Si c'est cela l'amour, je crois que cela ne m'intéresse pas du tout.

Monica met très fort de la musique classique, la *Symphonie n° 7* de Beethoven, pour ne plus entendre les coups sur la porte. Mais en regardant par l'œilleton pour voir si Shanti a fini par partir, elle aperçoit les voisins du dessus, apitoyés par cette femme qui gît sur le paillasson, discuter avec elle, en tentant de la consoler.

Elle va me mettre mal avec les voisins… J'avais sous-estimé le problème. Bon, elle finira bien par se fatiguer et rentrer chez elle.

Mais les jours passent et Shanti campe toujours derrière sa porte.

Comme disait Napoléon : « En amour la seule victoire est la fuite. »

Monica prend un sac à dos dans une armoire. Elle le remplit rapidement de vêtements et d'une trousse de toilette. Elle éteint toutes les lumières, coupe l'électricité et ouvre doucement la porte.

Shanti lève une paupière.

— Mon amour !

Elle se met debout d'un bond et tente de l'enlacer, mais Monica la repousse, dévale l'escalier à toute vitesse et court hors de l'immeuble pour rejoindre l'avenue. Après avoir hélé un taxi, elle monte prestement à l'intérieur et ferme la portière.

— Où va-t-on ? questionne le chauffeur.

— Dans un magasin de matériel d'alpinisme. J'ai besoin de prendre un peu de hauteur.

7

Nicole O'Connor prend sa voiture, et roule longtemps, jusqu'à ce qu'apparaisse au loin une lueur.

Le bruit des tam-tams résonne de plus en plus nettement au fur et à mesure qu'elle se rapproche.

La lueur se transforme en grand bûcher.

Et autour de ce foyer, il y a une centaine de personnes.

Elle est arrivée à une Yanda, la fête du Temps du rêve.

C'est ainsi que cela a commencé et c'est ainsi que cela doit s'achever.

Elle se met torse nu, se maquille en copiant les motifs des autres femmes, absorbe des substances hallucinogènes, et danse sans la moindre retenue, passant de bras en bras.

Elle sait qu'en reprenant la force issue du feu, des champignons, de la terre, des autres énergies masculines, elle va pouvoir se reconstruire sur une nouvelle base.

8

Après une heure et demie de voyage en bus, Monica Mac Intyre débarque dans la station du mont Camelback, à cent cinquante kilomètres à l'ouest de New York, en Pennsylvanie, dans les montagnes Poconos.

Le lieu est peu fréquenté à cette époque de l'année, en dehors des vacances scolaires. Il fait froid mais en l'absence de neige on ne peut pas faire de ski.

Monica déploie une carte pour repérer le chemin à parcourir avant de rejoindre un gîte de haute montagne.

À marcher seule dans cette nature, loin de la présence de ses congénères, elle a la sensation d'être enfin en phase avec elle-même.

Même si l'ashram de New York était peu fréquenté, je sentais qu'il y avait autour de l'immeuble tous ces humains à pied et en voiture qui grouillaient. Ici, il n'y a que les arbres, les herbes, le vent et quelques écureuils.

Elle repense à Shanti.

Elle qui était censée être une sage pétrie de cette philosophie hindoue qui vise le détachement, elle s'est comportée comme une petite fille possessive désireuse de garder sa poupée.

Elle se souvient de l'enseignement qu'avait donné Reine, sa grand-mère, à sa mère.

Que disait-elle déjà ? « Si ton bonheur dépend des choix d'une autre personne, prépare-toi à être malheureuse. » Voilà, Shanti était malheureuse parce qu'elle avait décidé que sa vie dépendait d'un autre être humain.

Moi.

Comment peut-on à ce point s'illusionner ?

La présence des autres est une addiction.

Shanti était comme sous l'emprise d'une drogue.

Elle avait l'air hallucinée comme si elle avait eu besoin de sa dose.

Elle repense à sa première nuit avec l'Indienne, aux caresses reçues puis prodiguées.

Son amour était en train de nous étouffer petit à petit, j'ai bien fait de fuir.

OK, je ne suis pas gentille, mais je suis intègre par rapport à moi-même.

Je me respecte.

Je pense que tous ces gens qui se gargarisent du mot « amour » ne font que dissimuler leur peur d'être seul.

Ils veulent juste faire semblant d'aimer pour posséder les autres comme on possède une voiture ou un chien.

Elle regarde le ciel. Les nuages s'assombrissent.

Je vais monter sans m'arrêter pour toucher le sommet de cette montagne.

Le ciel continue de s'obscurcir. Soudain retentit un énorme coup de tonnerre, suivi d'un éclair qui illumine le chemin pentu qu'elle gravit.

La nature me rappelle que je ne suis qu'un petit animal solitaire qui rampe à la surface de la Terre.

Une pluie fine commence à tomber. La carte que Monica a du mal à déployer pour repérer le gîte le plus proche est rapidement trempée.

La pluie devient de plus en plus cinglante.

Monica continue à progresser sous l'orage, uniquement éclairée par une petite lampe électrique qu'elle a fixée sur son front avec un bandeau.

Il faut que je réussisse à atteindre le gîte au plus vite.

Le chemin est de plus en plus raide et la pluie, en tombant, lessive le sol. Elle glisse, se retrouve à quatre pattes.

Elle ne renonce pas et se relève.

Sur le sentier étroit rendu instable par la pluie, bordé à droite par la paroi montagneuse et à gauche par un ravin vertigineux, elle ne voit plus grand-chose.

Une rafale de vent et de pluie la pousse sur le côté. Elle veut se rattraper mais une seconde rafale la déséquilibre. Elle trébuche et bascule dans le ravin.

Elle n'a que le temps de se raccrocher de justesse à un rocher.

Monica ne tient plus que par ses deux mains agrippées au rocher mouillé tandis que ses jambes battent l'air dans le vide.

La pluie glacée lui flagelle les doigts.

Je ne vais pas mourir maintenant comme ça.

Elle essaie de se hisser. Mais chaque mouvement lui fait perdre un peu d'adhérence sur le rocher coupant. Elle continue pourtant de se démener et tente de tirer sur ses bras pour s'élever jusqu'au bord. Elle parvient à remonter un peu mais pas suffisamment pour dépasser son centre de gravité et faire basculer le reste de son corps.

Elle s'y reprend à plusieurs fois. En vain.

Alors, résignée, elle se résout à faire ce qu'elle n'aurait jamais pensé faire.

— Au secours ! crie-t-elle.

Avec la pluie, le fracas de l'orage, le vent, elle est consciente du peu de chances d'être entendue dans cet endroit qu'elle a précisément choisi pour être loin des autres humains.

Cela dure une éternité et à force de tentatives pour se hisser sur le rocher, elle s'épuise. Elle respire fort pour essayer de fournir un maximum d'énergie à ses muscles.

— Au secours !

Les secondes s'égrènent, semblant des minutes, et elle a de plus en plus mal aux doigts.

Et voilà comment ma vie va se terminer alors que je n'ai que dix-huit ans.

Elle visualise déjà son corps qui bascule dans le ravin pour s'écraser en bas : *Il se passera probablement plusieurs jours avant que l'on retrouve mon cadavre.*

Quoique…

Si je tombe dans un coin isolé, on ne me retrouvera peut-être pas et mon corps sera recouvert de neige au prochain hiver. Et vu que personne ne sait que je suis là, maman ne saura même pas ce qu'il m'est arrivé. Elle croira que je suis partie seule faire un tour du monde.

Et soudain surgit une grosse araignée dotée d'épaisses pattes roses.

Elle est suivie d'une voix qui lui crie :

— Agrippez-vous !

Elle n'hésite pas et empoigne l'animal. C'est une main humaine.

Son centre de gravité dépasse le bord et elle est hissée d'un coup jusqu'à pouvoir poser ses pieds sur une surface solide. Elle relève la tête.

Une silhouette équipée d'une lampe frontale lui fait face.

Ce qu'il se passe ensuite ressemble à un rêve. La silhouette la prend par le bras pour la guider et lui éviter de rechuter.

Et ensemble, main dans la main, elles avancent sur la pente rocheuse malgré la pluie, l'obscurité et le vent. Autour, les éléments sont déchaînés mais rien ne semble les arrêter.

Enfin un gîte apparaît. De loin, cela ressemble à une cabane en bois et en pierre, une sorte de bergerie.

La porte n'est fermée par aucune serrure. Monica et la personne qui l'a sauvée franchissent le seuil puis referment vite la porte derrière elles.

Monica est rassurée d'être enfin dans un lieu sec et chaud, où l'on entend encore le vent et la pluie, mais assourdis.

Quand la personne qui l'a sauvée appuie sur l'interrupteur, la pièce s'éclaire et Monica découvre un intérieur sommaire mais chaleureux, avec des poutres en bois, une petite cheminée dans un coin et une table rustique entourée de bancs. Puis la personne enlève son bonnet et Monica voit un visage d'homme brun avec de longs cheveux et une barbe.

— Ça va ? Vous n'êtes pas blessée ? lui demande-t-il. Monica se débarrasse de ses vêtements mouillés. Il sort de son sac à dos un petit réchaud et des boîtes de conserve et commence à préparer un repas.

— Cela devrait vous requinquer car après ce qui vous est arrivé, vous devez être affamée.

— J'ai froid, bredouille-t-elle en claquant des dents.

Il tire de son sac une flasque de cognac et la lui tend.

— Le remède universel contre le froid.

Elle boit avidement le liquide qui la réchauffe, puis ferme les yeux.

— Merci.

À son tour, il boit au goulot à petites lampées.

— Comment vous appelez-vous ?

— Je me nomme Monica. Cela signifie la « seule » en grec. L'homme la regarde avec bienveillance.

— Eh bien, pour cette fois-ci, heureusement que vous n'étiez pas complètement seule ! Moi, c'est Corentin, dit-il en lui tendant la main.

Elle la lui serre, après une courte hésitation, puis lui sourit en le dévisageant avec curiosité. Il plonge son regard dans ses yeux gris argenté.

— En langage celtique, mon prénom signifie quelque chose comme « le vent fort ». Je trouve que ça tombe plutôt bien aujourd'hui. Vous savez, j'ai vraiment failli ne pas réussir à vous remonter tout à l'heure. Votre main mouillée glissait.

— Vous pensez que j'ai une dette envers vous, c'est cela ?

Il est surpris par cette réflexion abrupte.

— Non, pas du tout. Pourquoi ?

— *Timeo Danaos et dona ferentes.* Vous savez ce que cela veut dire ?

— « Je crains les Grecs quand ils font des cadeaux », c'est la phrase prononcée par des Troyens lorsque les

Grecs proposèrent d'offrir le cheval de bois géant à la ville de Troie.

Tiens, il est cultivé.

— Ce que la phrase veut dire, c'est que ceux qui font des cadeaux cherchent à vous embobiner, puisqu'à l'intérieur du cheval, Ulysse était caché, prêt à attaquer. Vous connaissez d'autres devises latines ?

— *Asinus asinum fricat*, déclare-t-il. Elle éclate de rire.

— Les ânes aiment fréquenter les ânes ? Insinuez-vous que je suis une ânesse ?

— Seulement que nous nous ressemblons sur certains points, comme le goût pour les citations latines et l'alpinisme en solitaire.

Il a de l'esprit.

Elle prend une grande inspiration.

— Maintenant nous sommes deux.

— Certes.

— Vous et moi, tout seuls dans ce gîte avec la nature hostile autour. Ça va forcément mal finir, décrète-t-elle.

— Qu'est-ce que vous appelez « mal finir » ?

Je sors ma reine et j'attaque vite et fort, on va voir ce que ça va donner.

— Vous allez tenter de me séduire.

Il cherche une réplique qui ne vient pas.

— Allons, ne soyons pas hypocrites ; nous connaissons une partie du futur immédiat : vous allez chercher à vous faire passer pour un type formidable et essayer de faire l'amour avec moi.

Elle est amusée d'avoir pris aussi vite l'initiative et de le forcer ainsi à jouer en défense. Elle sent bien qu'il est surpris par autant d'audace, alors elle poursuit, imperturbable.

— Mais dans le jeu de la séduction, on ne fait que montrer ses avantages, n'est-ce pas ? Même les animaux font des parades pour sembler plus beaux et plus intelligents qu'ils ne le sont en réalité. Il suffit de regarder les paons qui déploient leur corolle de plumes ou les cerfs qui poussent leur brame. Et puis on ment pour avoir l'air de quelqu'un de mieux que celui qu'on est vraiment.

Il cherche une réponse mais déjà elle enchaîne :

— Disons que je ne suis pas contre l'idée que vous essayiez de me séduire, mais je vous propose de le faire à l'envers. Non plus avec vos qualités, mais avec vos défauts. Alors, quels sont vos défauts, Corentin ?

Le vent souffle fort et fait siffler la cheminée.

— Je suis… français.

— Pas mal. Mais ça, ce n'est pas forcément un défaut. Les Français font bien la cuisine et s'y connaissent en vins, il me semble ?

— Je suis égoïste.

— Normal, vous êtes un homme. Pour l'instant, rien de grave.

— Je suis prétentieux, machiste, mégalomane.

— Ce sont des attributs courants chez la plupart des hommes.

— Je suis infidèle. Pour moi, une femme n'est qu'un papillon à épingler à ma collection.

— Ça, c'est mal. Mais pour l'instant je suis un peu pareille, alors je ne vais pas vous jeter la pierre.

— Quant à mon prénom, il ne signifie pas seulement « vent » ou « tempête », il révèle l'un de mes pires défauts : je produis des vents corporels, notamment en dormant.

Elle éclate de rire.

Corentin lui sert de nouveau à boire.

— Et vous, Monica, quels sont vos défauts ?

— Moi ? Je suis une princesse, je n'ai pas de défauts. Quand je produis des vents corporels, comme vous dites, cela fait des arcs-en-ciel remplis de paillettes.

— Je croyais que nous devions dire la vérité.

— Je ne supporte pas facilement la présence proche des autres. Par exemple, j'exècre les gens qui font des bruits de bouche, a fortiori près de mes oreilles.

— Misophone ?

— En effet c'est le terme. De manière plus générale, je déteste la bêtise et la vulgarité.

Il lui ressert une rasade de cognac qu'elle boit d'un trait.

— Je suis colérique. Je n'accepte pas la contradiction, et quand je me mets en colère, je deviens pire que la fille possédée de *L'Exorciste*. C'est comme si une sorte de démon avait une emprise totale sur moi. Je peux être très violente.

— Ce doit être impressionnant, s'amuse-t-il.

— Ne sous-estimez pas mes colères. Il m'est arrivé de donner un coup d'extincteur dans l'entrejambe d'un garçon parce que je trouvais qu'il se comportait mal, j'ai coupé les cheveux d'une fille parce qu'elle m'avait battue à une élection de délégués de classe et j'ai même tenté d'en étrangler une autre juste parce qu'elle avait gagné une partie contre moi dans un tournoi d'échecs.

— Vous n'avez pourtant pas l'air violente.

— Je cache bien mon jeu. Et puis, ce n'est pas tout : je ne supporte pas les gens qui m'aiment. Je me dis qu'ils sont bien naïfs de me prendre pour quelqu'un d'aimable.

— Je vois.

— Non, vous ne voyez pas l'ampleur du problème. Quand je pique des colères, je mords, je griffe, et s'il y a un couteau ou un objet lourd à portée de main, je peux être tentée de m'en emparer pour en faire une arme.

— C'est peut-être votre style.

— En fait, la seule chose qui m'empêche d'être vraiment moi-même, c'est... le Code pénal.

— Vous me faites peur, dit-il toujours avec ce même ton détaché.

— Ayez peur de moi, fuyez-moi et surtout ne vous laissez pas aller à m'aimer ou alors je vous détruirai, comme j'ai déjà détruit.

... Shanti.

— Qui ?

— Une femme. Parce qu'en plus j'ai oublié de vous dire : vous n'avez aucune chance de m'épingler dans votre collection de papillons vu que les hommes me dégoûtent physiquement. Rien que l'odeur de la peau d'un homme me révulse.

De nouveau, ils se regardent puis éclatent de rire.

— Trinquons à nos défauts avoués, propose-t-il.

— Et puis trinquons aussi à ceux que nous n'avons pas encore avoués, ajoute-t-elle.

— Vous ne les avez pas tous dits ? s'étonne-t-il.

— Eh non. Je change tout le temps d'avis.

Il y a un moment de flottement, puis il s'avance et l'embrasse.

Elle se laisse faire.

À cet instant, elle lui trouve de plus en plus de qualités.

Au point de s'abandonner tout à fait et de connaître sa première expérience d'amour hétérosexuel. Et cela lui plaît, si l'on en croit ses hurlements de plaisir. Un cri qui ne dérange pas les voisins puisque, autour d'eux, il n'y a que des bouquetins, des aigles et des marmottes.

Monica a l'impression que cette expérience lui permet non seulement d'augmenter son champ de perception mais aussi de gravir une des marches du pouvoir qu'elle exerce sur les autres et sur elle-même.

Je peux aussi contrôler physiquement les hommes.

Elle crie une seconde fois dans les minutes qui suivent, et il n'y a que le vent et la pluie qui se déchaînent dehors pour lui répondre.

9

— Je vais mieux, reconnaît Nicole O'Connor.

Rupert est venu retrouver sa fille à la sortie du centre des Alcooliques anonymes de Sydney et lui propose de la ramener dans sa Rolls-Royce rouge. Elle apprécie d'être dans ce vaisseau luxueux si confortable.

— Tu avais encore raison, papa, il ne fallait surtout pas que je me renferme dans ma bulle. Quand on ne va pas bien, on a besoin des autres pour guérir. Grâce aux Alcooliques anonymes, j'ai pu surmonter les épreuves que je traversais. Je vais reprendre du poil de la bête. J'ai réintégré mon ancienne équipe de football et je me suis inscrite au club d'échecs de l'université.

— Et as-tu constaté des effets positifs ?

— Au football, je suis encore un peu lourde. Les excès d'alcool ne sont pas encore vraiment résorbés. Tu sais, j'ai pris du poids et il faut maintenant le perdre, mais, aux échecs, j'ai retrouvé toutes mes facultés. J'ai déjà remporté plusieurs matchs de sélection et mon club me propose de représenter l'Australie au prochain grand tournoi international.

— Quel tournoi ?

— Le championnat des pays anglophones. Il aura lieu à Londres. Toutes les nations du Commonwealth seront représentées : l'Afrique du Sud, le Canada, l'Australie, mais ils aussi ont élargi aux anciennes colonies comme les États-Unis et l'Inde.

— Quand ce tournoi a-t-il lieu ?

— Le mois prochain. Tu veux venir avec moi, papa ?

— Non, désolé, j'ai beaucoup de travail ici, mais je t'appellerai pour que tu me racontes comment ça se passe.

Tout en conduisant, Rupert regarde sa fille avec fierté.

— Sache que je serai toujours avec toi par l'esprit et que ce que tu as accompli en te libérant de l'emprise de l'alcool est peut-être ta plus grande victoire.

Elle serre fort le bras de son père.

— Je t'aime, Nicole.

— Je t'aime, papa.

— Encore autre chose, si tu pars à Londres, il faut que tu saches que c'est le cœur du territoire de nos pires ennemis.

— Les Anglais ?

— Oui. Je crois que le moment est venu de te raconter d'où tu viens et quel sang coule dans tes veines.

Ils ont quitté la ville et roulent maintenant dans la campagne.

— Le plus lointain O'Connor recensé dans mon arbre généalogique vivait en Irlande, et plus précisément dans la ville de Cork. En 1845, il y a eu une grande famine dans le pays. Cette famine était due à l'apparition d'un parasite, le mildiou, qui a détruit les plantations de pommes de terre. Or, à cette époque, les pommes de terre étaient notre principale source d'alimentation. Quand elles ont commencé à manquer, la population en est venue à manger des rats, des copeaux de bois, de la terre. La famine s'est accompagnée d'épidémies de choléra, de typhus, de tuberculose. Les Anglais, qui possédaient toutes les terres, prenaient les récoltes pour eux et nous laissaient crever. Il y avait parfois dans la même rue des maisons anglaises où l'on vivait dans l'abondance et en face des maisons irlandaises où l'on mourait de faim. On aurait même recensé des cas de cannibalisme.

Nicole serre les mâchoires.

— Notre ancêtre, Donovan O'Connor, n'a pas supporté cette situation. Plutôt que de mourir de faim, il a pris le risque de tuer un Anglais pour lui voler ses réserves de nourriture. Il a été arrêté et envoyé au bagne en Australie, comme beaucoup de condamnés à l'époque. Se retrouver avec les pires voleurs et assassins du Royaume-Uni l'a évidemment beaucoup endurci. Comme il a travaillé à la construction des routes de ce nouveau continent, il connaissait bien le pays. Si bien qu'un jour il s'est évadé. Et avec d'autres forçats, ils ont créé une bande. Au début, ils ne faisaient que voler des moutons, mais les éleveurs ont fini par former des milices armées pour protéger leurs troupeaux et traquer les bandits. Certains ont été tués, d'autres arrêtés et pendus, d'autres encore sont tous simplement morts de malaria car la région était infestée de moustiques. Si bien que Donovan s'est retrouvé le seul survivant de sa bande et l'unique détenteur du troupeau de moutons volé. Comprenant qu'il valait mieux pour lui ne pas rester hors-la-loi, il a eu l'idée de soudoyer un type de l'administration australienne pour acquérir un terrain et obtenir un permis de construire une ferme, et d'exploiter son troupeau, alors même que les bêtes avaient été marquées au fer rouge par leurs propriétaires légitimes. Le processus était lancé. Donovan O'Connor a aidé d'autres bagnards d'origine irlandaise à s'évader. Pour agrandir leur cheptel, ils ont continué à voler des bêtes et, accessoirement, à assassiner les propriétaires. Ils ont ainsi constitué le plus grand troupeau d'ovins de la région. Un troupeau illégal, mais un troupeau quand même, et pour mener leurs affaires tranquillement, ils versaient des pots-de-vin aux juges, qui étaient souvent, eux aussi, d'origine irlandaise. Il faut dire que l'Australie, à cette époque, c'était un peu le Far West. Tout était possible pour ceux qui savaient s'organiser et qui n'avaient pas froid aux yeux. La fortune sourit aux audacieux. Les moutons volés ont ensuite produit des agneaux qui, eux, ont pu être marqués du fer du ranch O'Connor. Voilà, tu connais maintenant la source de notre fortune. Avec le recul, je crois que c'est la haine que Donovan éprouvait à l'égard de ces cochons d'Anglais qui lui a permis de bâtir son empire.

— Fascinant, reconnaît Nicole.

— Quand tu seras à Londres, garde en tête que les Anglais sont des gens cyniques et hautains. Ils n'agissent que pour leurs intérêts. Il n'y a chez eux ni compassion, ni générosité, ni pitié. Ils ont exploité tous les pays qu'ils ont colonisés, que ce soit en Amérique, en Asie, en Afrique ou en Océanie. Personnellement, je milite pour que l'Australie quitte complètement le Commonwealth.

Elle hoche la tête et se concentre sur toutes ces informations.

— Donc, n'oublie pas que tu vas sur la terre de nos ennemis, poursuit Rupert, c'est là où tu dois vaincre et montrer la force de ton sang irlandais. Les fantômes de tous les martyrs de notre peuple te regardent. Quant à la stratégie de jeu elle-même, ne change pas de style : étouffe tes adversaires avec des lignes de pions et coupe-leur toute possibilité de mouvement. Chaque partie doit être comme une révolte du peuple irlandais contre les oppresseurs anglais. Et à la fin, tu tueras leur reine, comme moi-même je rêve de tuer Elisabeth II. Sois la reine des damnés qui combat sur son terrain la reine des nantis.

ENCYCLOPÉDIE : LA REINE ELISABETH.

Parmi les personnalités qui ont le plus changé la face du monde, il faut citer Elisabeth Ire d'Angleterre. Au début de sa vie, son destin n'était pas simple car si elle était la fille du charismatique roi Henri VIII, sa mère Anne Boleyn, la deuxième

femme du roi, avait été décapitée sur ordre de ce dernier et Elisabeth avait perdu non seulement sa mère mais aussi son titre de princesse. Sa sœur Marie, issue d'un premier mariage d'Henri VIII, devint à la mort de leur père la première reine d'Angleterre. Marie décida de rendre le pays de nouveau catholique, épousa le roi d'Espagne Philippe II et fit emprisonner Elisabeth, qui soutenait les protestants. Cette reine colérique fit exécuter tant de protestants qu'elle fut surnommée « Bloody Mary ». Elle tomba malade et mourut, et c'est ainsi que sa sœur ennemie lui succéda.
Elle fut couronnée Elisabeth Ire d'Angleterre avec pour devise : « *Video et taceo* », qu'on pourrait traduire ainsi : « Je vois et je me tais. »
Sous son règne, le pays se modernisa rapidement. Elle encouragea le théâtre anglais avec William Shakespeare, un nouveau style architectural et l'installation de colonies anglaises dans le Nouveau Monde.
Quand on lui proposa de se marier, elle répondit qu'elle était déjà mariée au peuple anglais et qu'elle ne voyait pas l'intérêt de recevoir des ordres d'un homme qui deviendrait roi par ce mariage. Elle fut dès lors appelée *« the Virgin Queen »*, la « reine vierge ».
Cependant, après sa propre sœur Marie, elle dut aussi affronter une cousine portant le même prénom, Marie Stuart, reine d'Écosse, qui elle aussi défendait la cause catholique et bénéficiait du soutien de la France et de l'Espagne.
Après avoir déjoué plusieurs complots ourdis par Marie Stuart, Élisabeth Ire la fit arrêter puis finit par la faire décapiter en février 1587. Ce qui aboutit à la

guerre contre l'Espagne et à l'envoi de l'Invincible Armada. Ce fut le choc du vieux monde catholique contre le nouveau monde protestant. Le 6 août 1588, 130 énormes navires espagnols, transportant 30 000 hommes envoyés pour envahir l'Angleterre, se retrouvèrent dans la Manche, confrontés à 150 petits navires anglais avec 20 000 hommes et dirigés par le corsaire Francis Drake.
Une tempête donna l'avantage aux bateaux anglais, plus rapides et plus mobiles. Drake fut le grand vainqueur de cette bataille navale, qui marque le début du déclin de l'Empire espagnol enrichi par l'or en provenance de ses conquêtes américaines.
À partir du XVIe siècle, les Anglais contrôlèrent les océans grâce à leur flotte de guerre, permettant le développement du commerce et la création de colonies dans le monde entier.
Ultime pied de nez, Elisabeth Ire, la reine vierge, n'ayant aucun héritier, désigna pour lui succéder sur le trône d'Angleterre Jacques, le propre fils de sa rivale et pire ennemie, Marie Stuart…

Edmond WELLS,
Encyclopédie du Savoir Relatif et Absolu.

10

— Bonjour, princesse, dit Corentin.
Monica Mac Intyre se réveille doucement et voit que l'alpiniste français est en train de préparer un petit déjeuner sur le réchaud.

— Mmmm…, répond-elle dans une sorte de grognement animal.

Elle se lève, se débarbouille avec l'eau glacée de l'évier, bâille, s'étire, va aux toilettes, change de vêtements, puis revient et s'assoit à la table bien garnie.

— Maintenant que nous nous connaissons mieux et que nous avons déjà épuisé le thème de nos défauts, peux-tu me dire ce que tu me trouves comme qualités ? demande-t-il tout en lui servant du thé fumant.

— Tu me fais rire, dit-elle.

— C'est tout ?

— C'est déjà beaucoup. Puisque tu aimes les mots compliqués, sache que je suis sapio-sexuelle, c'est-à-dire que je suis excitée par l'intelligence. Et je ne regarde pas si c'est…

Elle a failli dire « un homme ou une femme », mais précise autrement sa pensée.

— Si c'est une personne plus âgée que moi. Quel âge as-tu, au fait ?

— J'ai trente ans.

Douze ans de plus que moi. Je viens de me taper un « vieux ». Mais il a une belle prestance pour son âge.

— J'espère que tu n'es pas en train de tomber amoureux, Corentin.

— Non, non, ne t'inquiète pas, je te l'ai dit, je papillonne. Tu es juste mon papillon du moment. Je t'ajoute à ma collection.

Il a répondu d'un ton badin mais elle, pour sa part, garde son sérieux.

Il ment, il est en train de s'attacher à moi. Je vais avoir autant de mal à m'en débarrasser que de Shanti. Encore une sangsue.

— Ça va, princesse ?

— Non, ça ne va pas. La manière dont tu me regardes ne me plaît pas. Et arrête de m'appeler « princesse ».

Et elle songe pour compléter : *Je suis une reine.* Il boit une gorgée de thé, qu'il agrémente d'une barre chocolatée énergisante, puis dit, la bouche pleine :

— Je suis moi aussi sapio-sexuel et j'adore ton caractère et ton esprit qui sont nettement au-dessus des filles de ton âge.

Il se fait passer pour un Don Juan mais c'est un romantique sentimental. Il est en train de tomber amoureux de moi. Il faut à tout prix que je mette un terme à cette relation.

— Demain, on va marcher pour atteindre le sommet, propose-t-il. C'est bien ce que tu voulais faire, non ?

— Je ne sais pas. Je ne sais plus.

Alors pris d'une inspiration, il énonce :

— « Tout seul on va plus vite, à deux on va plus loin. »

Elle réagit aussitôt.

— Quelle phrase stupide ! En plus, c'est faux. Tout seul on va plus vite ET on va plus loin.

Son ton est devenu coupant. Corentin est décontenancé.

— Je disais cela sans arrière-pensée.

— Mais cela montre déjà un certain état d'esprit que je n'aime pas.

Il est surpris, mais tente de reprendre un ton léger.

— Je suis désolé d'avoir déplu à la princess… enfin, de t'avoir déplu.

Pour ne pas montrer son désarroi, Corentin lui ressert du thé et lui fait des tartines beurrées avec de la confiture. Elle ne prête même pas attention à ces aliments contenant du gras et du sucre, les deux substances qu'elle abhorre le plus, et elle le fixe de ses grands yeux gris argenté.

— On arrête tout, déclare-t-elle.

— Pardon ?

— Je te l'ai dit, c'est fini entre nous.

— Qu'est-ce qui ne va pas ?

— Ta phrase.

— Désolé, ce n'était qu'une phrase.

— Mais elle est révélatrice d'un état d'esprit qui me déplaît fortement.

Il ne comprend pas pourquoi j'ai changé de registre émotionnel. J'adore ces instants où je surprends et où je vois l'autre se tortiller comme une crevette dans une poêle à frire.

— Pardon. Ce n'est qu'un détail sans importance.

C'est marrant comme le seul fait d'être éjecté le met en panique, il ne sait plus comment me récupérer. Cela doit le renvoyer à ses peurs d'enfance d'être rejeté ou abandonné. Même du haut de ses trente ans et de sa masculinité, il vient de se faire avoir. Vas-y, rame, Corentin, rame. De toute façon, ma décision est prise. Et je ne reviens jamais en arrière.

— Mais enfin, Monica, notre relation a à peine commencé. Tu plaisantes ?

— Non, je suis sérieuse, plus j'y réfléchis, moins je suis intéressée par ton affection.

Il la regarde, médusé.

— Et puis-je savoir pourquoi ?

— Parce que tu crois au couple. Parce qu'on t'a programmé ainsi, pour que tu croies qu'on est mieux à deux que seul. Allez, c'est fini. Dégage de ma vue.

Il fronce les sourcils.

— Qu'est-ce qui te prend ?

Zut, il va me compliquer la vie, celui-là.

— Tu ne m'amuses plus et ta présence m'insupporte.

Il reste figé, ne sachant comment répondre à ce comportement de plus en plus inattendu.

Monica réunit ses affaires. Il tente de la retenir par le poignet.

— MONICA !

Elle le repousse d'un mouvement sec et franchit le seuil.

Merci, Corentin, je sais désormais que je peux faire aussi bien l'amour avec les hommes qu'avec les femmes, mais je n'ai pas envie d'être en couple.

Elle court sur la piste qui descend, puis s'arrête pour vérifier qu'il ne la suit pas.

Dans quelques jours, il aura oublié cette histoire.

Arrivée au village le plus proche, elle prend un bus pour New York. Lorsque la montagne n'est plus qu'une forme très loin à l'horizon, elle se sent vraiment sereine.

Elle dort pendant une grande partie du trajet.

Une fois à New York, en fin d'après-midi, elle décide de rejoindre sa mère, qui s'étonne de la voir débarquer.

— Monica ! Tu aurais dû m'avertir, je t'aurais préparé à dîner. Où étais-tu ?

La jeune fille aux yeux argentés montre son sac à dos.

— Je suis allée faire une retraite dans un ashram puis une randonnée en montagne pour me changer les idées.

— Ah ? Et c'était bien ?

— Oui, je me suis fait une amie femme et un ami homme..., dit-elle sans préciser.

— Un petit ami ?

— C'était une histoire sans lendemain.

Sentant que sa fille n'a pas envie de s'étendre sur le sujet, Jessica parle d'autre chose.

— J'ai reçu une lettre pour toi, dit-elle. C'est ton club d'échecs qui te propose de participer à une compétition internationale, à Londres. Cela pourrait te changer les idées aussi. Si tu acceptes d'y aller, je suis prête à t'accompagner.

Comme Monica reste dubitative, Jessica ajoute :

— J'ai vu que sur la liste des filles sélectionnées, il y a l'Australienne qui t'avait battue à Reykjavik. Cela pourrait être une occasion de la revoir. Mais si tu perds, il ne faudra pas l'étrangler !...

— Tu sais, maman, j'ai appris à me contrôler, depuis le temps.

La mère va chercher la lettre d'invitation.

— C'est aussi un excellent prétexte pour nous retrouver toutes les deux, Monica. Tu sais, par moments j'ai l'impression que tu me fuis.

Les deux femmes s'étreignent.

— L'Angleterre. C'est le vieux continent, dit d'un ton un peu méprisant Monica.

Jessica baisse les yeux, troublée, car cela lui rappelle des souvenirs.

— C'est pourtant de là que nous venons, nous, les Mac Intyre.

— Pas d'Angleterre, d'Écosse.

— Justement, le temps est peut-être venu que je te parle de tes origines, dit Jessica en invitant sa fille à s'asseoir. Les Mac Intyre étaient jadis un des clans les plus puissants et les plus respectés d'Écosse. *Intyre* signifie « charpentier ». Notre devise était « *Per ardua* », ce qui signifie : « Nous traversons les difficultés pour atteindre nos objectifs. » Nos terres d'origine se situent à l'ouest de l'Écosse, dans la région d'Argyll. Nous avons eu des ancêtres qui furent des héros, tout spécialement dans les luttes contre l'ennemi héréditaire : les Anglais. Dans ma famille, on a toujours détesté les Anglais. Tu sais pourquoi ? Parce que, en 1337, l'une de tes ancêtres, la comtesse Agnès Randolph, a défendu avec succès son château que les envahisseurs anglais assiégeaient, alors que son mari était parti guerroyer. C'est la première héroïne écossaise. J'ai d'ailleurs hésité à te prénommer Agnès en hommage à cette grande dame au courage incontestable.

Jessica regarde sa fille avec admiration. Même si elle a quitté l'école, et a parfois des accès de ce qu'elle nomme « ses bobbyfischeries », elle est bien obligée de reconnaître que cette créature issue de son corps n'a fait que devenir de plus en plus belle et de plus en plus intelligente en grandissant.

Jessica se dit qu'elle a accouché d'une copie d'elle-même améliorée. Une perfection aussi bien esthétique qu'intellectuelle. Quant au côté colérique irrationnel, c'est un moindre prix à payer pour qu'elle ne soit pas parfaite.

— Maman, tu es une guerrière, toi aussi ?

Les yeux gris clair de Monica brillent comme des phares.

— Moi, je ne combats pas les chevaliers anglais, je combats l'ignorance. Ou plutôt j'avantage l'intelligence.

Plus particulièrement celle des enfants. Je crois qu'il est plus intéressant d'investir son énergie pour aider les autres à se hisser plutôt que de vouloir faire chuter ceux qui nous énervent.

Jessica montre l'invitation.

— Quoi qu'il en soit, tu es une Écossaise et puisque tu vas combattre en Angleterre, je pense que c'est mon devoir de t'accompagner.

Les deux femmes se regardent, complices, et s'étreignent de nouveau avec ferveur.

11

Londres sous la pluie.

En voyant les vieux bâtiments de la capitale anglaise, Nicole O'Connor a la sensation de découvrir un monde obsolète qui mérite d'être renvoyé aux oubliettes de l'Histoire. Elle sent les douleurs et les rancunes, les intrigues et les guerres qui se sont déroulées dans le centre nerveux de l'Empire britannique.

Tout dans cette ville lui paraît arrogant, prétentieux, méprisant.

Même les bus rouges à double étage lui font l'effet de gros tas de ferraille lourds et encombrants.

Elle passe devant le palais de Buckingham et le dégoût qu'elle éprouve la fait frissonner.

C'est donc là que vit la famille royale, pétrie d'arrogance et de prétention, dans un luxe outrancier, pleine de mépris pour son peuple et les peuples étrangers. Combien de crimes ont été accomplis pour cette classe aristocratique couverte de bijoux…

Toutes les histoires que lui a racontées son père sur la détresse des Irlandais et l'hostilité des Anglais lui reviennent en mémoire.

À Dublin, dans la même rue, d'un côté les Anglais festoyaient et de l'autre, la faim poussait les Irlandais désespérés à l'exil, à la mort, au cannibalisme.

Elle sait que la meilleure manière de venger ses ancêtres est pour l'instant d'humilier une à une ses adversaires, et tout spécialement les Anglaises.

La rencontre a lieu dans le salon de réception de l'hôtel Southampton, un vieux palace du centre de Londres, à la façade couverte de bas-reliefs compliqués.

Nicole O'Connor n'est plus la novice de douze ans qui avait combattu à Reykjavik ; elle est devenue une jeune femme qui a pris conscience de son pouvoir. Et même si elle n'a pas participé à de grandes compétitions depuis 1972, elle n'a jamais cessé de pratiquer les échecs avec ses amis.

Elle franchit le seuil de l'hôtel, arrive dans un hall rempli de dorures, de marbres, de tableaux. Le sol est recouvert d'une épaisse moquette rouge sang. Des pancartes indiquent le salon où va se dérouler la rencontre.

D'autres joueuses sont là.

Soudain, Nicole reconnaît parmi les jeunes femmes présentes celle qui avait tenté de l'étrangler à Reykjavik.

Non. Ce n'est pas possible.

Elle sent remonter le souvenir de cette sensation d'asphyxie lorsque les mains de la fille lui serraient la gorge avec une volonté évidente de la tuer.

Pourtant, elle ne se laisse pas déstabiliser et se recentre rapidement en respirant lentement et profondément.

Voici venu l'instant de ma vengeance. Je ne sais pas encore comment je vais procéder mais je sais que cela va se passer.

Toutes les joueuses sont réunies. Le président de la fédération anglaise, un homme efféminé, portant chemise et foulard, prend la parole et prononce d'une voix fluette :

— Bienvenue, mesdames et mesdemoiselles. Content que vous soyez venues du monde entier pour cet événement exceptionnel. Sachez que nous avons parmi nous une invitée de marque.

Il se tourne aimablement vers une femme blonde d'une trentaine d'années, de belle prestance. Elle porte un tailleur chic bleu clair agrémenté d'une grosse fleur rose à la boutonnière.

— Je vous présente Margaret Jay Callaghan, la fille de notre Premier ministre James Callaghan.

Tout le monde applaudit. La femme esquisse une révérence. L'organisateur dévoile ensuite le tableau où sont inscrits les noms des participantes.

Nicole cherche et trouve le nom de Monica Mac Intyre.

Après avoir repéré le numéro de table de cette Monica, elle voit qu'elle est déjà assise face à son adversaire.

Elle a bien changé.

Elle est de plus en plus belle.

Nicole se regarde dans un miroir mural proche.

Et moi. Avec ma petite taille, mes cheveux courts blonds et ma peau blanche, j'ai l'air… tellement insignifiante.

Ce constat ne fait que lui donner davantage l'envie de la vaincre.

Monica Mac Intyre n'est pas sa première adversaire. Nicole doit commencer par affronter une Canadienne de Vancouver.

Elle utilise toujours la même stratégie : sa ligne de pions qui avance et qui étouffe. Depuis le temps qu'elle joue de cette manière, elle a déjà testé toutes les défenses possibles.

De fait, la Canadienne a beau chercher, elle ne trouve aucune parade et ne fait que subir la vague d'infanterie qui vient à bout de toutes ses pièces avant de l'achever avec les fous.

Nicole lui serre la main et songe : *Je suis comme ces restaurants qui ne servent qu'un seul plat, mais qu'ils ont amené à la perfection.*

L'adversaire suivante est néo-zélandaise et elle la domine tout aussi facilement. Puis elle affronte d'abord une jeune femme d'Afrique du Sud, suivie d'une Indienne. Toutes ces représentantes de pays anglophones lointains subissent sa ligne de pions impossible à arrêter.

Je visite les restes de l'empire colonial du XVIIIe *siècle…*

Ensuite Nicole doit jouer contre une Anglaise.

C'est une jeune fille plus âgée qu'elle mais, au premier regard, elle devine qu'elle peut l'écraser. Et c'est ce qu'elle fait avec sa stratégie habituelle.

La fille grimace au fur et à mesure que le piège se referme inexorablement sur ses pièces.

Et voilà une première petite blessure d'amour-propre pour une représentante de la perfide Albion.

Tout en jouant, Nicole surveille de loin Monica Mac Intyre et constate que celle-ci remporte tous ses matchs.

Nous allons bientôt nous retrouver.

Et c'est ce qui se produit. Nicole bat l'Anglaise et elle repère que Monica écrase aussi son adversaire. Elles sont donc toutes les deux en quart de finale, à la même table.

Plus que deux parties avant d'accéder à la coupe.

Les quarts de finale se déroulent sur une estrade éclairée par des projecteurs et les jeunes challengers sont photographiées sous tous les angles avant de prendre place face à face.

Elle sait que je l'ai reconnue.

Nicole tire à pile ou face et obtient les blancs. C'est donc à elle de commencer la partie.

Les deux adversaires échangent une poignée de main. Mais comme pour montrer à cette Américaine qu'elle n'a pas peur de sa force physique, Nicole serre très fort, jusqu'à lui arracher un petit rictus de douleur.

Avant que la partie ne commence, Nicole remarque que Monica passe du temps à mettre les pièces exactement au milieu de leur case.

Elle est maniaque, comme Bobby Fischer.

L'organisateur fait un signe.

Nicole avance son pion blanc du roi de deux cases pour occuper le centre du jeu.

L'Américaine fait de même avec son pion noir de la reine.

Déploiement progressif des autres pions blancs.

Nicole continue d'utiliser sa technique habituelle de ligne de pions formant une muraille qui avance peu à peu.

Et puis, il y a un moment où son adversaire s'arrête et reste longtemps à réfléchir. Les secondes de la pendule s'égrènent en libérant un tic-tac sonore.

Tic. Tac. Tic.

Nicole a l'impression qu'elle peut percevoir ce cerveau en train de chercher une solution pour échapper au piège inexorable qui se referme lentement.

Surtout ne pas sourire, garder un visage impassible.

Tic. Tac. Tic.

Nicole sait que dans les minutes qui suivent va se jouer son accession à la demi-finale et peut-être même au titre de championne de cette compétition internationale.

Je vais la battre comme je l'ai déjà battue à Reykjavik, mais si elle essaie de me sauter dessus, cette fois-ci je ne me laisserai pas faire. Je lui décocherai un coup de poing pile sous la pointe du menton.

12

Monica Mac Intyre fixe son ancienne rivale de Reykjavik. *Elle m'a serré la main très fort.*

Elle doit encore m'en vouloir de notre petite altercation. Monica observe ensuite l'échiquier.

Toujours la même stratégie. Elle m'a battue la dernière fois avec sa ligne de pions mais elle ne m'aura pas cette fois-ci.

Je dois trouver le point faible. Il y a forcément un moyen de retourner la situation.

Monica regarde la pendule.

Tic-tac, tic-tac.

Ne pas m'inquiéter du temps, la peur empêche de bien réfléchir. Et surtout ne pas prendre le rôle de la victime. Il faut juste que je trouve une combinaison originale de coups qui me permette de m'en sortir. Elle soupire.

Elle a l'air de parfaitement connaître cette stratégie et elle me force à la subir.

Il doit y avoir une solution pour sortir de son champ de connaissances.

Il y a toujours une solution.

En dehors des échecs, Monica se passionne pour beaucoup de domaines, et notamment l'histoire.

Elle fouille dans sa mémoire pour trouver des situations similaires.

La Grande Muraille de Chine.

Elle a été construite par les empereurs chinois pour empêcher les invasions des Mongols. La fortification a tenu longtemps et puis Gengis Khan a trouvé le point faible. Il a corrompu un soldat chinois, qui a ouvert la porte et laissé passer la cavalerie mongole.

C'en était fini. Ces 21 000 kilomètres de murailles dont la construction entamée en 200 avant J.-C. avait coûté la vie à au moins trois millions d'ouvriers-esclaves sur mille ans, cette muraille réputée infranchissable s'est révélée inutile par la faute du simple facteur humain.

Un seul garde chinois corrompu avait trahi et ouvert la porte aux milliers de cavaliers de Gengis Khan.

Et ensuite plus rien ne les avait arrêtés. Ils avaient conquis toute la Chine.

Une chaîne est solide par son maillon faible. Les cavaliers étaient la solution.

Monica continue de réfléchir malgré le tic-tac lancinant de la pendule.

Et pourquoi ne pas utiliser précisément le cavalier pour frapper en force le point le plus faible…

Après tout, c'est la seule pièce qui peut sauter pour franchir les obstacles. Y compris les murs de pions.

La jeune femme aux yeux gris argenté saisit avec l'extrémité de ses doigts fins son cavalier noir, le soulève et lui fait lentement prendre un pion blanc composant la muraille adverse.

Elle sait que cette pièce importante va être sacrifiée mais c'est le prix à payer pour briser la ligne de pions.

L'Australienne, surprise, joue pour consolider cette brèche.

En fait, le sacrifice d'un cavalier ne suffit pas, et Monica doit sacrifier son second cavalier pour arriver à ouvrir un passage suffisant dans la muraille.

Face à elle, l'Australienne blonde a un infime mouvement de sourcil. Elle comprend que même si elle vient de supprimer deux pièces importantes de son adversaire, elle perd non seulement le centre du jeu mais aussi l'invulnérabilité de sa ligne d'attaque.

Le public autour d'elles ne voit pas l'intérêt de ces coups qui semblent suicidaires. La partie se poursuit.

D'autres pièces du camp des blancs tentent de défendre la faille béante mais c'est trop tard.

La reine noire franchit à son tour la ligne ouverte dans ce qui est désormais la défense des blancs.

Certains spectateurs ne peuvent retenir une petite exclamation d'admiration.

Profitant de sa capacité à frapper de loin, la reine menace les pièces blanches qui se meuvent difficilement car elles sont bloquées derrière leur ligne de pions qui, après les avoir protégées, les bloque. L'avantage du nombre de pièces dès lors n'a plus d'influence puisqu'elles se gênent toutes entre elles.

L'Australienne ne se contente plus d'un haussement de sourcil, elle marque sa préoccupation en se tenant le menton.

Ce qui suit n'est que la conséquence de ce revirement.

La reine noire prend une à une les pièces blanches sans que rien ne parvienne à l'inquiéter. Cette seule pièce accomplit des ravages sans s'aider à aucun moment d'une autre pièce.

La reine noire semble danser sur l'échiquier.

Elle se place toujours au bon endroit et, profitant de sa capacité d'action à distance, frappe fort. Les pièces blanches tombent l'une après l'autre.

Jusqu'au moment où il ne reste plus que le roi blanc, isolé, et quelques pions placés bien trop en avant pour venir le secourir.

— Échec au roi, prononce simplement Monica.

Le roi blanc menacé fuit à petits pas dérisoires. La reine noire le poursuit.

Monica prend son temps pour la mise à mort. Et puis arrive ce qui devait arriver du fait de la situation : le roi noir se retrouve coincé.

L'Australienne réfléchit et le temps passe. Tic-tac.

TIC-TAC, TIC-TAC.

Monica se penche en avant et chuchote :

— *Vulnerant omnes ultima necat.*

Nicole a entendu la phrase mais affiche le même air d'incompréhension que Priscilla quand Monica lui avait sorti une citation latine.

L'Australienne reste pétrifiée et le temps continue de s'écouler sur la petite pendule.

TIC-TAC, TIC-TAC, TIC-TAC.

Le bruit de l'appareil semble assourdissant tant le silence est complet dans l'assistance.

Monica bat lentement des paupières et sent dans tout son corps quelque chose de très agréable.

La vengeance.

Cette fois-ci, tu ne m'auras pas eue avec ta maudite ligne de pions étrangleurs.

L'Australienne pousse un petit soupir puis, sans laisser Monica prononcer le fatidique « échec et mat », elle abaisse son roi. *Je t'ai eue.*

La vaincue tend la main.

Cette fois, c'est l'Américaine qui serre plus fort.

— Votre phrase tout à l'heure… *omnes necat*, c'est de l'espagnol ? l'interroge Nicole.

— Du latin.

— Et cela signifie quoi au juste ?

Le ton est badin comme s'il ne s'était rien passé durant la partie, comme s'il n'y avait pas tous ces gens autour qui les observent, comme s'il n'y avait pas la moindre animosité entre elles.

Monica prend son temps pour bien articuler :

— « Toutes blessent, la dernière tue. » C'est ce qui était écrit sur les cadrans solaires des Romains de l'Antiquité pour signifier que le temps détruit tout. Chaque seconde nous blesse parce que nous vieillissons, et la dernière seconde nous achève parce que nous mourons.

L'Australienne hoche la tête comme s'il s'agissait d'une information qu'elle trouvait fort instructive.

Puis elle prend sa veste et quitte la pièce, pendant que Monica va voir le nom de sa prochaine concurrente en demi-finale.

Jessica vient féliciter sa fille.

— Bravo. Tu as trouvé la faille. Il fallait utiliser les cavaliers, les sacrifier, et ensuite jouer sur la position et sur le temps. L'esprit de tes ancêtres écossais était en toi. Tu as gagné comme jadis ton ancêtre Agnès Randolph. Je suis très fière de toi, ma fille.

13

Nicole O'Connor marche le long de Westminster Avenue. Le ciel est gris et il se remet à pleuvoir.

Moi, une fille du soleil, je suis dans le pays de la tristesse et de l'humidité.

Dans sa tête, le souvenir du bruit de la pendule se superpose avec le claquement des gouttes sur l'asphalte.

Tous ces Anglais qui me regardaient avec dédain, moi la petite Australienne qui a échoué contre une Américaine.

Je les déteste. Je déteste ce pays. Je déteste ce qu'il s'est passé aujourd'hui.

Elle rejoint l'hôtel où son père lui a réservé une suite particulière.

Je ne peux pas laisser l'histoire s'achever ainsi. Elle tourne dans sa chambre, s'arrête devant la fenêtre, regarde la pluie froide qui mouille cette ville qu'elle trouve sinistre. Elle ferme les poings, elle serre les mâchoires.

Ils doivent payer, tous ceux qui étaient là à se moquer de moi. Et surtout elle, elle doit souffrir.

Se tournant vers le réveil, elle commence à avoir des idées qui convergent.

— *Vulnerant omnes ultima necat* ? répète-t-elle.

Elle cherche dans son sac et retrouve le lapin rose en peluche qu'elle avait récupéré après avoir poussé son chien et les moutons à sauter de la falaise.

Elle élabore un plan puis, avec détermination, elle descend dans la rue et rejoint une de ces hideuses cabines de téléphone rouges frappées d'une couronne en relief.

14

Monica joue.

Son adversaire suivante est une Russe au visage impassible. Tout va très vite. Trop vite. Monica perd sans même pouvoir inquiéter cette jeune femme nettement au-dessus de sa capacité de jeu.

Tant pis, je ne serai pas allée jusqu'au bout.

La mère et la fille assistent ensemble à la demi-finale et à la finale, qui est remportée par cette même Russe qui l'a vaincue.

La compétition est terminée et c'est la cérémonie de remise des trophées qui est annoncée.

Il y a de l'agitation dans le salon de l'hôtel Southampton. Le président de la fédération anglaise monte sur une estrade et annonce que ce sera Margaret Jay Callaghan en personne qui remettra les coupes.

La fille du Premier ministre rejoint le président et s'exprime devant le micro :

— Si vous me le permettez, j'aimerais bien faire un petit discours. Ce doit être parce que, après avoir été longtemps journaliste, je réfléchis à me lancer en politique. Je sais, vous vous dites : « Elle veut faire comme papa. » Et… vous avez raison.

Quelques sourires polis.

— Quoi qu'il en soit, j'ai adoré suivre ces parties qui prouvent que le jeu d'échecs n'est pas uniquement réservé aux hommes. J'ai apprécié de voir des femmes aussi jeunes et aussi pugnaces. Je me demande ce que cela va produire plus tard. En tout cas, je pense qu'elles donneront du fil à retordre à… leur futur mari.

Rires un peu plus francs dans l'assistance.

— Les échecs. Que dire sur ce jeu extraordinaire ? Pour ma part, si j'aime autant ce sport, c'est parce que je pense que la politique et les échecs sont liés. D'ailleurs, mon père, avant d'être chef du gouvernement, a été ministre de l'Échiquier qui est, comme vous le savez tous, l'autre nom du ministère anglais le plus important, à savoir celui des Finances. Vous croyez que c'est un hasard ?

Cette fois-ci on entend quelques vrais rires.

— La vie politique est une partie d'échecs. Et à mon avis un bon joueur d'échecs fera forcément un bon politicien alors que… le contraire n'a jamais été prouvé.

L'assistance est maintenant conquise par l'humour de la fille du Premier ministre. Elle laisse de nouveau un temps pour que la salle puisse apprécier son trait :

— Mon père est du parti travailliste mais j'ai toujours considéré que cette étiquette n'avait aucune signification réelle. Il n'y a pas d'opposition conservateurs contre travaillistes, il y a juste une opposition entre ceux qui jouent la partie avec les blancs et ceux qui jouent avec les noirs. Et ils sont souvent interchangeables. Il ne faut pas être naïf. Tous les politiciens ont fait les mêmes écoles prestigieuses, ils sont issus des mêmes familles de la haute bourgeoisie, ils n'ont jamais manqué de rien, ils se sont juste dit à un moment : « J'ai plus de chances d'accéder au sommet en prenant le versant nord ou le versant sud. » Donc le parti conservateur ou le parti travailliste. Mais ce sont les mêmes alpinistes du pouvoir et c'est le même sommet. Et si je devais faire encore un rapprochement avec le jeu d'échecs, je dirais qu'il y aura toujours deux visions politiques : ceux qui misent sur les ouvriers, donc les pions, et ceux qui misent sur les patrons, donc les… fous.

Nouveaux rires.

— D'ailleurs, même au sein du parti de mon père, il y a une division entre certains qui pensent qu'il faut privilégier les investissements orientés vers le peuple et d'autres qui estiment au contraire qu'il faut aider les industriels créateurs d'emplois.

Nouvelle rumeur amusée.

— Néanmoins, je constate que la pièce la plus puissante est la reine et la dernière chose que je voudrais dire ici est…

Elle lance alors :

— GOD SAVE THE QUEEN. Que Dieu sauve la reine.

Certains entonnent l'hymne britannique mais ils ne sont pas suffisamment nombreux et il y un instant de flottement avant que le président de la fédération anglaise d'échecs intervienne de sa voix fluette.

— Merci pour ce discours, chère Margaret. Et soyez sûre que lorsque vous vous déciderez vous aussi à faire de la politique, nous vous soutiendrons. Eh bien, maintenant, nous allons procéder à la remise des coupes des trois gagnantes.

Quand Monica reçoit de l'organisateur la coupe en bronze, elle réfléchit déjà à l'emplacement où elle installera ce précieux trophée dans son studio.

Jessica ne cache pas sa fierté de voir sa fille sinon triompher du moins avoir réussi à atteindre le podium.

— Tu as été géniale, dit-elle. Je ne regrette pas d'être venue pour assister à ça !

— Merci, maman. J'aurais évidemment préféré avoir la coupe en or, mais cette Russe était vraiment trop forte.

— J'ai bien aimé comment tu as battu l'Australienne, c'était très audacieux.

— Souvent, la solution est de sacrifier des pièces pour ouvrir le chemin.

— J'étais persuadée qu'elle allait t'avoir comme elle t'a eue à Reykjavik, dit Jessica.

— L'intelligence, c'est de ne pas faire deux fois la même erreur. Ou bien de trouver une solution quand on n'en avait pas trouvé la première fois.

— J'espère en tout cas que cette victoire va t'encourager à reprendre les échecs. Tu as l'air quand même sacrément douée dans ce domaine.

L'assistance est toujours en train d'applaudir lorsqu'un homme en uniforme de policier vient vers l'organisateur et lui chuchote à l'oreille. L'air stupéfait, il se dirige vers la fille du Premier ministre et lui murmure quelque chose qui entraîne chez elle un changement radical de physionomie. Margaret Jay Callaghan regarde une dernière fois la salle puis récupère son sac et se dirige d'un pas rapide vers la porte.

— Qu'est-ce qui se passe ? demande Monica.

— Peut-être qu'elle a un souci familial, suggère sa mère.

L'organisateur a l'air très inquiet. Après quelques conciliabules avec des gens de son entourage, il annonce d'une voix hachée au micro :

— Mesdames et messieurs, je vous demanderai de garder votre calme.

Aussitôt un frisson d'inquiétude parcourt l'assistance. La phrase « Je vous demande de garder votre calme » étant de manière paradoxale celle qui risque le plus de déclencher de l'angoisse.

— Nous..., bafouille-t-il, nous pensons qu'il s'agit d'un canular mais nous devons en tenir compte, pour ne pas prendre le moindre risque.

L'anxiété collective monte d'un cran.

La diction du président de la fédération d'échecs se fait de plus en plus difficile.

— Nous venons de recevoir un message d'alerte à la bombe.

Aussitôt le brouhaha devient plus fort.

— Le message est, soi-disant, revendiqué par l'IRA. Du fait qu'il y a, ou plutôt devrais-je dire, qu'il y avait parmi nous la fille du Premier ministre, nous sommes obligés de prendre cette menace au sérieux et je vous demanderai donc… de quitter cette salle dans le calme.

Des policiers apparaissent aussitôt pour aider à l'évacuation, mais à peine l'annonce est-elle achevée que c'est la panique générale. Les gens se bousculent pour s'empresser de rejoindre l'unique sortie du grand salon du palace londonien.

Monica et sa mère sont emportées dans la foule. La quantité des individus se précipitant ensemble dans la même direction ne tarde pas à créer un bouchon et bientôt personne ne peut plus avancer. Derrière cela pousse et devant cela bloque. Les gens sont compressés.

Dans l'inconscient de Monica se réactive un compteur de densité qui se met automatiquement en marche.

Nous sommes déjà à cinq humains au mètre carré.

La jeune New-Yorkaise et sa mère ne peuvent plus faire le moindre pas. Elles dépendent de ceux qui les entourent.

Le président de la fédération d'échecs resté sur l'estrade continue de parler dans le micro :

— Je vous en prie, mesdames et messieurs, ne vous précipitez pas tous en même temps vers l'unique sortie.

Personne ne l'écoute. Chacun ne pense qu'à sauver sa peau.

La pression augmente sur Monica et sa mère.

Des cris d'angoisse participent à la tension générale.

— LAISSEZ-NOUS PASSER !

— POUSSEZ-VOUS !

Monica traduit : *Densité : six personnes au mètre carré.* Les gens la serrent de plus en plus.

Bientôt, elle est soulevée par les personnes qui l'entourent. Ses pieds ne touchent plus le sol.

Je ne peux plus contrôler ma direction.

Elle est séparée de sa mère qui, elle aussi, est emportée, mais dans la direction opposée.

— Maman !

Monica commence à avoir des difficultés à respirer, et la pression ne fait qu'augmenter. Les cris de plus en plus forts participent à accroître la panique générale.

Sept personnes au mètre carré.

La pression qui augmente.

Je vis un cauchemar.

Monica perd le son, avant de perdre l'image. Son corps est toujours maintenu hors sol et ballotté comme une marionnette. *Maman…*

Un voile opaque tombe sur les yeux argentés de la jeune fille, elle se sent défaillir et elle perd connaissance.

15

Le téléphone sonne. Dans sa chambre d'hôtel, Nicole O'Connor saisit délicatement le combiné.

— Enfin tu décroches ! Dès que j'ai entendu l'information à la radio, j'ai eu peur que tu sois parmi les victimes de la bousculade, dit Rupert O'Connor. J'ai appris ça à la radio. Il paraît que cela a été terrible. Comment as-tu fait pour en réchapper ?

— Ne t'inquiète pas, papa, tout va bien. J'ai réussi à sortir et à revenir à l'hôtel.

Le père pousse un soupir de soulagement.

— Je me suis vraiment fait du souci. Ils disent qu'il n'y avait qu'une porte de sortie, trop étroite parce que la salle était prévue pour des réceptions mais pas pour des événements comme une compétition sportive d'échecs, qui attirent le public. Ils disent qu'ils ne pensaient pas qu'il y aurait autant de gens. Sans parler de la fille du Premier ministre venue pour remettre les coupes. C'était une cible privilégiée pour des terroristes. Et avec ce message revendiqué par l'IRA, il y a eu un mouvement de panique. Tu t'imagines, si la fille du chef du gouvernement avait été piétinée dans la bousculade !

Nicole laisse encore passer quelques secondes avant d'interroger son père :

— Sais-tu s'il y a eu des morts ?

— En tout cas, d'après ce que j'ai entendu, il y a beaucoup de blessés, dont certains gravement.

— Des Anglais pour la plupart, je présume. Et comme tu me l'as dit, papa, ces gens-là sont tous les descendants des porcs qui ont persécuté nos ancêtres. Finalement, c'est bien fait pour eux, non ?

Rupert O'Connor est étonné par cette remarque dite sur un ton détaché.

— Si la fille du Premier ministre avait été une des victimes, cela aurait été… un juste retour des choses, tu ne trouves pas ? insiste Nicole en manipulant distraitement sa peluche.

Un silence s'installe pendant lequel le père ne sait quoi répondre à sa fille. Puis il reprend :

— En tout cas, je suis soulagé de te savoir indemne, Nicky. Pour avoir plus de détails, je vais regarder les actualités.

ENCYCLOPÉDIE : AFFAIRE DE HAUTEFAYE.

Cela s'est passé en 1870.

La France était en guerre contre la Prusse.

Loin de la zone des combats, dans le village de Hautefaye, en Dordogne, Camille de Maillard, le fils du maire, lisait à haute voix les nouvelles à ceux qui voulaient se tenir au courant des dernières actualités.

Ce 16 août 1870, il y avait foule dans le village à cause de la foire aux bestiaux annuelle. Lorsque Camille annonça la défaite de Reichshoffen qui avait obligé l'armée française à reculer, les gens présents l'accusèrent de colporter volontairement de mauvaises nouvelles pour démoraliser les Français. Certains émirent l'hypothèse que le fils du maire le faisait exprès parce qu'il était à la solde de l'ennemi. Ce dernier tenta de s'expliquer mais la foule devint de plus en plus agressive. Aidé par un de ses métayers, Camille parvint à s'échapper de justesse. Son cousin Alain de Monéys, aristocrate, notable, homme très généreux, très aimé et qui était sur le point de partir pour le front comme engagé volontaire contre les Prussiens, ayant appris l'incident arriva à son tour sur le lieu de la dispute. Il voulait

dissiper ce stupide malentendu et calmer la foule remontée sans aucune raison contre son cousin. Bien mal lui en prit. Un paysan cria : « Lui aussi, c'est un espion à la solde des Prussiens. » La tension monta d'un cran, un premier coup fut porté, ce qui entraîna un début de lynchage. Le curé de Hautefaye décida alors d'intervenir, pistolet à la main, pour secourir Monéys et s'enfuit avec lui pour se réfugier dans le presbytère. Lorsque celui-ci fut assiégé, il tenta une diversion en offrant un coup à boire à la cantonade. Mais le vin ne fit qu'exciter encore plus les assaillants. Les paysans, forts de leur multitude, trouvèrent et attrapèrent Monéys pour le pendre à un cerisier. La branche à laquelle on l'avait accroché craqua et les paysans décidèrent de le tuer en le battant à mort. Mais un des chefs de la meute lança : « Avant de faire périr ce Prussien, il faut le faire souffrir. » Ils le torturèrent chez le maréchal-ferrant. Cependant, un dénommé Pascal, un des serviteurs de Monéys, réussit à le délivrer et à le faire fuir. Ce fut ensuite une véritable chasse à l'homme qui ne dura pas longtemps. Les paysans le capturèrent et le rouèrent de coups avant de le traîner jusqu'à un bûcher. Ils le brûlèrent alors qu'il était encore vivant. À la suite de quoi, certaines personnes ayant participé à la mise à mort… le mangèrent. Cette affaire de lynchage et de cannibalisme eut un énorme retentissement dans la France de l'époque. Quatre des meneurs furent identifiés et arrêtés. Après un rapide procès, ils furent condamnés à mort.

Bien longtemps après ces événements, le village de Hautefaye garde encore le souvenir de cette

tragédie : un malentendu ayant entraîné une folie collective jusqu'au meurtre.

Edmond WELLS,
Encyclopédie du Savoir Relatif et Absolu.

16

Elle a un mauvais goût dans la bouche. Quand Monica Mac Intyre ouvre enfin les yeux, la première chose qu'elle distingue est un gros nez, surmonté de deux yeux et avec une bouche en dessous. C'est un visage masculin qui respire fort. Le bruit produit par les narines et ce regard qui l'examine de trop près la font frissonner.

Elle prend conscience qu'elle est dans un lit avec des draps qui la compressent.

L'homme parle mais c'est à quelqu'un d'autre qu'il s'adresse.

— Ça y est, elle a repris connaissance.

Puis une main lui touche le front.

— Elle n'a plus de fièvre, déclare l'homme.

C'est un homme âgé qui porte une blouse blanche. À côté de lui, une jeune infirmière l'observe avec inquiétude.

Le plafond est blanc, les murs sont blancs.

Je suis dans une chambre d'hôpital.

En un instant, elle se rappelle qui elle est et ce qu'il s'est passé quelques secondes avant qu'elle ne perde connaissance. *L'alerte à la bombe. L'affolement.*

Les gens qui se précipitent vers la sortie tous ensemble. Tous ces gens qui me poussent. Me serrent. Me bousculent.

Mes pieds qui ne touchent plus le sol.

Le moment où je suis emportée vers la gauche.

Maman qui a peur.

La panique.

Les cris.

Et puis… plus rien.

— Vous m'entendez, mademoiselle Mac Intyre ?

Elle cligne des yeux et esquisse un mouvement de tête.

— Vous vous en êtes bien tirée. Seulement quelques ecchymoses et des égratignures.

Monica tente de se relever sur ses coudes, mais cela nécessite un énorme effort, comme si tous ses muscles étaient en carton-pâte.

— Rassurez-vous, dit le médecin.

Me rassurer ? Pourquoi ai-je besoin d'être rassurée ?

— Tout va bien. Vous n'avez que quelques contusions et votre perte de connaissance est avant tout liée à la crise d'angoisse provoquée par la foule.

Le médecin marque un temps, puis fait signe à l'infirmière de redresser Monica.

— Comment vous sentez-vous maintenant ?…

Mais pourquoi tout ce cérémonial ! ?

Le médecin se tortille sur sa chaise, le regard fuyant, puis après un petit soupir, dit dans un murmure :

— Désolé.

Désolé de quoi ?

— Je suis vraiment désolé. Je n'ai rien pu faire…

De quoi il me parle ?

— Votre mère…

Que lui est-il arrivé ?

— Elle a chuté et a été piétinée…

Maman ?

— Elle n'a pas survécu à ses blessures.

Non, ce n'est pas possible. Non, c'est faux. Ce n'est pas arrivé.

— Nous n'avons rien pu faire.

NOOOOOOOON.

Monica se dégage des draps, bondit sur le sol, court hors de sa chambre et casse tout sur son passage en hurlant, jusqu'à ce que les infirmiers parviennent à la maîtriser et à lui faire une piqûre de calmant.

17

Aux actualités télévisées, le présentateur annonce le bilan de la bousculade de l'hôtel Southampton lors de la compétition d'échecs féminine des pays anglophones, où était présente la fille du Premier ministre.

Vingt-sept blessés et trois morts.

On montre les portraits des victimes.

On signale qu'il y a parmi les morts Jessica Mac Intyre, la mère de la championne d'échecs féminine qui a remporté la médaille de bronze, Monica Mac Intyre.

Nicole O'Connor se lève alors lentement, ouvre sa valise, en sort un jeu d'échecs sur lequel elle place toutes les pièces.

Ensuite, après avoir effectué quelques déplacements qui correspondent selon elle à l'évolution des événements récents, elle crée une scène où plusieurs pions encerclent puis finissent par prendre une pièce précise.

Un pion noir.

18

Monica se débat, mais elle est sanglée au lit.

Le médecin arrive. Avec tact et fermeté, il l'informe :

— Mademoiselle Mac Intyre, nous comprenons très bien la douleur que vous venez de ressentir et le deuil que vous allez devoir affronter. C'est une épreuve très lourde. Cependant, votre comportement lors de l'annonce du décès de votre mère nous a intrigués. Aussi, nous avons pris quelques renseignements auprès de la fédération d'échecs et nous nous sommes aperçus que ce… débordement n'est pas le premier. Le diagnostic posé par mes confrères et moi-même indique que vous souffrez de psychose maniaco-dépressive. Mais il y a des traitements efficaces. Aussi, vous allez rester quelque temps avec nous pour que nous puissions vous soigner.

Mais qu'est-ce qu'il me raconte, celui-là ?!

Monica est conduite dans une pièce avec du matériel médical, ainsi que du matériel électrique. Elle comprend alors qu'elle va être traitée par électrochocs. On lui fait une piqûre et elle s'endort. Lorsqu'elle se réveille, elle est endolorie, mais étrangement calme. Une perfusion est accrochée à son bras.

Je suis dans un cauchemar. Tout cela ne s'est pas produit. Je vais me réveiller.

Le médecin s'approche d'elle.

— Vous allez pouvoir sortir, mais votre maladie fait que vous êtes dangereuse à la fois pour vous-même et pour les autres. Il vous faudra prendre un traitement pendant un temps. Vous n'avez pas le choix. Sans quoi les crises reviendraient et s'amplifieraient.

Cet homme n'existe pas. C'est un pur produit de mon imagination. Cette situation n'existe pas. Je vais rouvrir les yeux et je serai dans mon lit et j'entendrai maman qui me dira qu'elle a mis la coupe en bronze que j'ai remportée au-dessus de la cheminée.

— Il existe heureusement une molécule efficace : le lithium. Elle donne de très bons résultats, mais présente aussi des inconvénients, notamment compte tenu de votre jeunesse. Pris en doses importantes et pendant une longue période, ce médicament vous rendra stérile. Vous ne pourrez pas avoir d'enfants.

Monica regarde fixement le médecin puis éclate de rire.

Ils ont failli m'avoir. Un instant, j'ai cru que j'étais vraiment dans un hôpital et qu'on m'avait fait des électrochocs. Vite, que je retrouve maman et que nous puissions rire ensemble de cette mauvaise blague. Mais ma pensée est floue. Tout est flou. J'ai du mal à penser. Pourquoi je n'arrive plus à faire marcher mon cerveau normalement ? Il y a quelque chose que j'ai oublié. Quelque chose d'important qui s'est déroulé et qui reste maintenant flou.

Mais alors qu'elle recommence à s'agiter, une infirmière ajoute une substance transparente dans le liquide de sa perfusion.

— Ne vous inquiétez pas, mademoiselle, vous n'êtes plus seule, vous pourrez bénéficier ici de l'aide de tous les gens de notre service et je peux vous dire qu'ils sont motivés pour vous aider.

Tous ces mots entrent de manière chaotique dans l'esprit de Monica et ne résonnent pas clairement. Tout ce qu'elle comprend, c'est : *Des gens extérieurs me veulent du mal. Il faut que je revienne à ma solitude pour pouvoir penser par moi-même et comprendre ce qu'il se passe vraiment.*

19

L'avion en provenance de Londres atterrit à l'aéroport de Sydney.

Rupert O'Connor vient accueillir Nicole dans sa Rolls-Royce rouge.

Il l'embrasse et lui prend ses bagages. Elle s'installe dans la luxueuse voiture.

Alors qu'ils roulent vers le ranch, il soupire :

— J'ai été vraiment inquiet pour toi avec cette terrible bousculade de l'hôtel Southampton.

— Je suis là et tout va bien.

— Il faut quand même que je t'avoue quelque chose. Je t'ai parlé de nos origines irlandaises, de la famine qui a décimé notre peuple, de notre ancêtre qui a tué des Anglais et qui a fondé notre dynastie ici, en Australie. Je t'ai parlé de mon tropisme pour défendre les opprimés dans le monde entier, j'ai évoqué mon soutien à certains groupes, mais je peux maintenant te l'avouer, c'est surtout l'IRA que je soutiens et que je finance.

Et, quand j'ai appris cet incident, j'ai eu peur que ce soient mes propres amis qui soient la cause de cette alerte à l'attentat.

— C'est intéressant, papa. Peux-tu m'expliquer plus précisément comment tu agis ?

Alors, sur le chemin qui mène au ranch, Rupert explique le circuit de financement qui lui permet, grâce à des sociétés-écrans, de financer en toute discrétion ce qui est considéré par la plupart des nations comme un groupe terroriste.

C'est grâce à son père que les membres de l'IRA ont un armement moderne.

C'est grâce à lui qu'ils peuvent organiser des actions efficaces contre les Anglais.

— Je te donne ces informations car, forcément, un jour je disparaîtrai et ce sera toi qui reprendras le ranch. Je souhaiterais aussi que tu poursuives cette activité parallèle. Au nom du martyre de nos ancêtres.

Nicole approuve d'un simple hochement de tête, et Rupert développe sa pensée :

— La véritable puissance d'un être humain s'exprime quand il s'agit de mener un combat au profit des autres. Le confort, la richesse, la sécurité individuelle ne suffisent pas à rendre heureux. Il faut avoir l'ambition d'accomplir quelque chose dans l'intérêt du plus grand nombre. Regarde, par exemple, tu as été sauvée de l'addiction à l'alcool par les autres, ceux de l'Association des alcooliques anonymes. Tu dois poursuivre notre lutte pour la libération des peuples, à commencer par les Irlandais opprimés.

20

Monica s'est remise au bout de quelques jours de sa dépression grâce à son traitement au lithium.

Elle a retrouvé une partie de ses pensées, mais celles-ci restent déconnectées de ses émotions. Plus rien ne semble la toucher. Elle est capable de comprendre et de raisonner, mais elle ne ressent plus rien, comme si son cerveau était anesthésié.

À peine sortie de l'hôpital, elle s'enferme plusieurs jours chez elle à regarder la télévision. Puis on l'appelle pour qu'elle prenne des dispositions pour les obsèques de sa mère.

Elle commence par accomplir toutes les formalités administratives liées au décès.

À la morgue, le médecin légiste préfère ne pas lui laisser voir le corps, car, selon ses propres termes, il est « trop endommagé ».

De quoi il me parle ?

Elle hoche la tête, compréhensive.

Ensuite, il y a encore d'autres démarches et d'autres papiers à signer avant qu'elle se retrouve seule dans le crématorium où elle voit le cercueil contenant le corps de sa mère avancer sur le tapis roulant pour s'enfoncer dans le four d'où les flammes jaillissent.

Je ne me rappelle plus bien ce que je fais ici.

Malgré les couches d'étanchéité, l'odeur de bois du cercueil se mêle à celle des vêtements et atteint ses narines.

Monica est un peu fatiguée par les médicaments.

Ça y est, je me souviens.

Maman. Piétinée par la foule.

Elle sent de nouveau une rage monter.

Ses battements cardiaques s'accélèrent.

Assassinée par une fausse alerte.

Ses poings se ferment, ses mâchoires se serrent.

Elle parvient à se maîtriser.

Après quelques dizaines de minutes, on lui remet une urne contenant les cendres de sa mère. En référence à ses origines écossaises, le service des pompes funèbres a pris l'initiative de choisir une urne ornée d'un drapeau écossais bleu avec une croix en X blanche. Et en superposition, le symbole du pays, un chardon vert surmonté de sa fleur mauve. En dessous la devise « SCOTLAND FOR EVER ».

Monica sort sonnée du crématorium.

La pluie tombe sur Londres.

Maudite ville. Maudits Anglais. Ils ont eu maman.

Assassinée par la foule.

Alors qu'elle traverse une avenue, une voiture qui la frôle la fait sursauter. Le conducteur klaxonne.

La foule… ou celui qui a envoyé le message d'alerte à la bombe.

Elle s'arrête.

Qui a pu faire ça ?

Elle entre dans un pub anglais et commande un thé. *Qui a tué maman ?*

Elle respire profondément et fixe l'urne. *Je ne vais pas rester à rien faire.*

Son regard s'appesantit sur les détails de l'urne maternelle lorsqu'un mot la fait réagir : SCOTLAND.

Elle décide alors de rejoindre le poste de Scotland Yard sur les bords de la Tamise, juste au nord du pont Westminster, sur le quai Victoria.

C'est un grand bâtiment blanc, semblable à un hôtel moderne.

Après avoir longtemps attendu et avoir été dirigée vers plusieurs services différents, elle finit par être accueillie par un officier. Sur une plaque en cuivre est inscrit son nom : « Lieutenant Maxwell ». Elle s'assoit face à lui sans lâcher l'urne, qu'elle met sur ses genoux.

— On m'a dit qui vous étiez et je tiens tout d'abord à vous transmettre toutes mes condoléances, dit le policier d'un ton respectueux.

— Qui a fait ça ? demande-t-elle en posant l'urne sur son bureau. Qui a lancé l'alerte à la bombe ?

L'officier prend un dossier, l'ouvre et le parcourt rapidement.

— Le coup de téléphone a été passé depuis une cabine publique. Ce qui ne nous permet évidemment pas d'identifier l'utilisateur.

— Vous avez l'enregistrement ?

— Nous l'avons en effet récupéré.

— Puis-je l'entendre ?

— Je suis désolé, en raison du caractère politique, à savoir la présence de la fille du Premier ministre et la revendication par le groupe terroriste de l'Armée révolutionnaire irlandaise, cette pièce à conviction n'est pas accessible au public.

Elle serre les dents et lâche un soupir.

— Un homme ou une femme ?

Il examine les notes du dossier.

— Ça, je peux vous le dire. Une femme.

— Jeune ou âgée ?

Il lit un autre passage de ses feuilles.

— Plutôt jeune.

Monica respire fort. Un long moment se passe pendant lequel elle garde les yeux fixes, à observer ce qu'il y a derrière l'officier.

— Vous voulez un café ? ou un thé ? lui propose-t-il.

— Vous allez retrouver cette jeune femme ? demande-t-elle sans répondre.

— Nous n'avons pas de moyen de l'identifier.

— Donc ça peut être n'importe qui ?

— C'est le problème des alertes à la bombe anonymes. Cela pourrait même être des jeunes plaisantins qui se sont lancé un défi genre « chiche que tu n'es pas capable d'appeler la police pour faire croire qu'il y a une bombe » et l'un d'eux aurait rajouté « annonce que c'est revendiqué par l'IRA, ça fera plus sérieux ».

Monica respire de plus en plus amplement.

Elle songe à ce qu'on aurait pu inscrire sur la pierre tombale de Jessica s'il y en avait une : « Morte piétinée par une foule suite à une fausse alerte à la bombe lancée en guise de plaisanterie. »

Elle reste immobile à regarder les photos d'individus recherchés affichées au mur derrière le policier.

— Pourquoi vous appelez-vous Scotland Yard, cela a-t-il un rapport avec l'Écosse ?

Il est surpris qu'elle parle d'autre chose.

— Non, c'est juste parce que les bureaux se trouvaient à l'origine dans une rue nommée ainsi, dans le quartier de Saint-James.

Monica hoche la tête puis revient sur le premier sujet.

— Si c'était vous qui aviez perdu votre mère dans de telles circonstances, que feriez-vous pour retrouver la personne responsable de son assassinat ?

— Que voulez-vous dire ?

— Disons que si vous souhaitiez à tout prix retrouver la coupable, vous qui êtes enquêteur professionnel, comment vous y prendriez-vous ?

— Eh bien… je crains fortement que je ne puisse rien faire. Car un appel anonyme passé d'une cabine téléphonique ne permet pas d'identifier sa source. Comme je vous l'ai dit, nous n'avons pas les moyens techniques de résoudre cette question. On ne sait pas reconnaître quelqu'un avec sa voix. Cela pourrait être des millions de personnes.

Monica respire par à-coups encore plus nerveusement.

— Mais vous êtes d'accord que tuer de cette manière et dans ces conditions est ignoble ? Elle est morte piétinée, je vous le rappelle.

— Certes.

— Vous êtes d'accord qu'un crime comme celui-ci ne peut pas rester impuni et son auteur continuer de vivre tranquillement ?

— Eh bien.

Alors tout à coup, Monica se lève, le visage tordu d'un rictus effrayant et elle hurle :

— ALORS, QU'EST-CE QUE VOUS ATTENDEZ POUR TROUVER ET ARRÊTER LA COUPABLE ?

Elle attrape le col du lieutenant Maxwell, qui a beaucoup de mal à la repousser. Elle lui postillonne au visage :

— LA VÉRITÉ EST QUE VOUS ÊTES DES POLICIERS INCOMPÉTENTS ! VOUS NE FAITES RIEN ! VOUS LAISSEZ LES TUEURS EN LIBERTÉ ! AVEC VOUS, MA MÈRE NE SERA JAMAIS VENGÉE ! LA JUSTICE N'EXISTE PAS DANS CE PAYS !

Des policiers en uniforme surgissent précipitamment et saisissent Monica.

Ils parviennent difficilement à lui faire lâcher prise.

21

31 décembre 1978.

Six mois ont passé depuis que Nicole O'Connor est rentrée de Londres.

Tout le monde danse et festoie dans le ranch ROC pour le réveillon.

Nicole est en sueur à force d'avoir enchaîné des rocks avec ses amis, essentiellement d'autres étudiants en sociologie de Sydney.

Et puis arrive un slow, « Hotel California », un tube sorti un an plus tôt et qui tient encore la tête des charts. Le titre lui rappelle un autre hôtel, l'hôtel Southampton.

Elle sourit à ce souvenir.

Alors que certains l'invitent à danser sur cette chanson emblématique, elle fait un signe de dénégation, s'éloigne du groupe des joyeux convives et monte au premier étage pour s'installer devant la télévision.

Elle se branche la rétrospective des événements marquants de l'année 1978.

Elle sort son carnet et note :

– Février : lancement du premier satellite de géo positionnement, Navstar, qui permet de situer n'importe quelle personne ou n'importe quel objet sur terre.
– Mars : marée noire provoquée par le naufrage de l'*Amoco Cadiz* au large des côtes bretonnes. L'événement est qualifié de « catastrophe écologique du siècle ».
– Mai : en Italie, les membres des Brigades rouges kidnappent Aldo Moro, le chef de la démocratie chrétienne. Après plusieurs jours de captivité, ils finissent par l'exécuter.
– Juillet : naissance du premier bébé-éprouvette. C'est une fille. Elle se nomme Louise Brown.
– Septembre : Accords de Camp David entre l'Égypte et Israël. Les deux chefs d'État, Anouar el-Sadate et Menahem Begin, signent un accord de paix aux États-Unis sous le parrainage du président Jimmy Carter. L'Égypte reconnaît l'existence d'Israël et Israël se retire du Sinaï.
– Septembre : dans la petite République du Guyana, 914 personnes de la secte du Temple du Peuple se suicident en absorbant du cyanure sur l'ordre de leur gourou Jim Jones, qui se prend pour Jésus-Christ.
– Novembre : crise des *Boat People* : les Vietnamiens fuient le régime communiste. La plupart tentent de rejoindre les pays voisins en partant sur des barques, radeaux ou rafiots bricolés qui n'arrivent pas à tenir la haute mer. Les survivants sont recueillis sur des

bateaux de fortune par des associations occidentales.

– Les États-Unis abandonnent les recherches sur la bombe à neutrons, qui tue les êtres vivants mais laisse intacts les bâtiments.

Nicole pousse un long soupir de satisfaction. À dix-huit ans, elle a déjà tué des moutons et des humains.

Elle a l'impression d'être une bergère qui sait comment guider les troupeaux.

22

Cela fait six mois que Monica vit prostrée, seule, dans l'appartement de sa mère à New York. Depuis son retour de Londres, elle a la sensation d'être coupée du monde.

Elle n'a même plus envie de regarder la rétrospective annuelle à la télévision.

Elle est obnubilée par la mort de sa mère.

Elle prend un album photos, tourne les pages et observe les clichés, souvenirs de l'époque où elles étaient encore ensemble, comme deux amies.

Puis elle fixe l'urne qui contient ses cendres.

— Je trouverai qui a fait ça. Cela prendra le temps qu'il faudra mais je te jure, je te vengerai, maman. Et celle qui a commis ce crime ira en enfer pour y recevoir sa juste punition.

ENCYCLOPÉDIE : LA MÉTAPHORE DES LONGUES CUILLÈRES.

Un jeune ange voulait savoir la différence entre le paradis et l'enfer. Il alla voir un archange pour lui poser la question.
L'archange le conduisit devant deux portes. Il ouvrit la première et le jeune ange vit une pièce où se trouvait une grande table ronde. Au milieu de la table, il y avait une marmite contenant un plat à l'arôme délicieux. Les personnes assises autour de la table étaient faméliques et tenaient des cuillères aux très longs manches. Toutes pouvaient atteindre le plat de ragoût et remplir une cuillerée. Mais, comme le manche de la cuillère était plus long que leur bras, elles ne pouvaient ramener la cuillère à leur bouche.
Du coup elles étaient toutes affamées.
— Ça, c'est l'enfer, signala l'archange. Puis il ouvrit la seconde porte.
La pièce était exactement similaire à la précédente. Même table, même plat, même nombre de personnes équipées des mêmes longues cuillères. Mais, cette fois, les gens présents étaient n'étaient ni maigres ni affamés. Ils parlaient en riant.
— Ça, c'est le paradis, dit l'archange.
Le jeune ange resta hébété sans comprendre.
— Expliquez-moi.
— Eh bien, dans la première, c'est l'enfer, car ils essaient tous de se nourrir eux-mêmes sans penser aux autres. Dans la deuxième, c'est le paradis, car

ils ont eu l'idée d'utiliser les longues cuillères pour se nourrir mutuellement les uns les autres.

Edmond Wells,
Encyclopédie du Savoir Relatif et Absolu.

PARTIE 4

Deux jeunes femmes féroces

1

— Comment parler de la puissance des foules ?

Mars 1985. Sept ans ont passé.

Nicole O'Connor a maintenant vingt-cinq ans.

Elle a quitté l'Australie et a poursuivi ses études sur la terre de ses ancêtres, l'Irlande, et plus précisément à Belfast, en Irlande du Nord. Malgré son jeune âge, la qualité de son travail de recherche lui a rapidement permis d'obtenir un poste de professeur de sociologie. Elle s'est spécialisée dans l'étude des foules.

Debout sur l'estrade de l'amphithéâtre de l'université, elle fait face à quatre cent cinquante étudiants qui l'écoutent avec attention. La jeune femme blonde aux yeux bleus projette sur un écran la diapositive d'un tableau ancien représentant un homme en toge.

— Le concept de sagesse des foules est déjà évoqué par Aristote en 335 avant J.-C. dans son ouvrage *La Politique.* Il y écrit que le groupe est plus sage que l'individu. Mais cela reste pour Aristote une simple intuition pour défendre le concept de démocratie. Il n'apporte pour autant aucune preuve concrète appuyée par aucune expérience à ce concept avant-gardiste pour l'époque.

Nouvelle diapositive présentant le portrait d'un révolutionnaire français.

— En France, en 1790, pendant la Révolution, dans son *Essai sur l'application de l'analyse à la probabilité des décisions rendues à la pluralité des voix*, Nicolas de Condorcet montre que si chaque votant a une chance sur deux de prendre une bonne décision, plus l'assemblée dans laquelle il se trouve est nombreuse, plus la probabilité de faire des bons choix augmente.

Nicole O'Connor poursuit son raisonnement en affichant la photo d'un homme prise à une époque plus récente.

— Et voici l'un des pionniers dans notre domaine, encore un Français, Gustave Le Bon. Dans son livre *Psychologie des foules*, publié en 1880, il est le premier à énoncer qu'on peut étudier l'humain non plus en tant qu'individu, mais en tant que partie d'un ensemble de plusieurs centaines, voire milliers de personnes.

Nouvelle diapositive, où apparaît le visage d'un homme chauve avec des rouflaquettes.

— Et voici mon préféré. Francis Galton. C'est un anthropologue et statisticien britannique. Il était persuadé que les foules étaient stupides. Pour le prouver, lors d'une foire agricole en 1906, il a demandé aux visiteurs d'estimer le poids d'un bœuf. En dépouillant les tests, il s'est aperçu que le résultat obtenu en faisant la moyenne de toutes les réponses était de 1 197 livres, alors que le poids réel était de. 1 198 livres. L'erreur était donc infime. Galton, en voulant établir la bêtise du groupe a paradoxalement montré sa… sagesse !

Nicole sent que les étudiants présents dans la salle sont intrigués par son sujet.

— Comment expliquer cela ?

Un étudiant lève la main et déclare :

— Les excès dans les deux sens se sont compensés et au final la foule détient une sorte de sagesse médiane collective qui lui permet de trouver le bon résultat.

— Exactement. Mais le plus simple est de vous faire expérimenter ce principe d'intelligence collective par le chant. Je vous propose donc de chanter une chanson enfantine que tout le monde connaît, « La berceuse du Connemara », et vous allez vous rendre compte que, parce que vous êtes nombreux, vous finirez par chanter juste.

Elle affiche les paroles sur l'écran :

Sur les ailes du vent,
au-dessus des mouvantes profondeurs obscures,
Des anges viennent veiller sur ton sommeil,
Des anges viennent veiller sur toi,
Aussi, écoute le vent qui vient depuis la mer.

Oh, vents de la nuit, que votre fureur puisse être traversée.
Que personne qui est cher à notre île ne soit perdu.

D'un mouvement de la main, elle leur donne le signal du départ et tout le monde se met à chanter. Quatre cent cinquante étudiants entonnent la même mélodie. Et alors qu'au début certains sont maladroits, plus ils progressent dans la chanson plus le groupe s'harmonise, chante juste, s'entraîne et au final chante à l'unisson.

Quand la chanson s'arrête, tous ont découvert qu'ils ont accompli une sorte d'œuvre d'art collective.

Sentant qu'elle a réussi à conquérir son auditoire, elle poursuit sa démonstration en faisant apparaître l'image d'un troupeau de moutons, celui de son père.

— C'est le principe des chants grégoriens. Voilà la meilleure façon de montrer que plus vous êtes nombreux, plus vous êtes… formidables !

La salle est enthousiaste.

Nicole O'Connor salue l'assemblée sous les applaudissements qui, de la même façon que les voix, s'harmonisent. Elle a même droit à une standing ovation.

Sa journée de cours terminée, elle quitte l'université et prend le chemin de son appartement situé dans le nord de Belfast. Dans la rue, elle a la sensation d'être suivie. Elle regarde discrètement derrière elle et cette sensation se voit confirmée par la présence d'une silhouette.

Un admirateur ? Un harceleur ? Un violeur ? Un tueur ?

Elle tente de mettre un nom sur le profil de l'homme qui apparaît dans le reflet d'une vitrine. C'est un homme de petite taille, avec une barbe rousse. Elle se retourne et lui fait front.

— Qu'est-ce que vous me voulez ? demande-t-elle d'un ton ferme.

De plus près, elle constate que l'homme a de grands yeux verts qui contrastent avec sa barbe rousse presque orange.

— Je me nomme Ryan Murphy. Je suis un membre de l'IRA et je sais qui vous êtes, tout du moins je sais de qui vous êtes la fille. J'aimerais parler avec vous.

Il a bien dit « membre de l'IRA » ?

C'est un soldat de l'Armée de libération irlandaise.

Nicole O'Connor réprime un frisson. Les deux restent à s'observer en silence. Pourtant, elle n'arrive ni à crier ni à fuir. Au même moment l'orage se met à tonner.

— Il va pleuvoir, est-ce que vous accepteriez que je vous invite à prendre une pinte de Guinness dans un pub ?

Elle se laisse guider par le petit rouquin vers une taverne nommée The Leprechaun.

Le pub est rempli de gens qui boivent de la bière, parlent fort et fument des cigarettes ou des pipes qui sentent le caramel et la carotte.

— Ici, c'est un repaire de catholiques, explique Ryan. On se nomme nous-mêmes les Defenders. De l'autre côté de l'avenue, il y a les protestants, on les appelle les orangistes. C'est une référence au roi protestant Guillaume III d'Orange qui a gagné de manière traîtresse la bataille de la Boyne contre le roi catholique Jacques II.

— Cela s'est passé quand ?

— Le 10 juillet 1690.

— Ça date.

— Mais c'est encore dans tous les esprits. Alors, de temps en temps, quand tout le monde a beaucoup bu, les clients de l'une ou l'autre des tavernes traversent la rue et… on refait la bataille de la Boyne en direct, et je peux vous garantir que les protestants gagnent rarement.

— Cela fait partie de votre folklore ?

— Oui, la bière brune, le catholicisme et la haine des Anglais et de leurs alliés orangistes. C'est un atavisme.

Ryan va chercher deux chopes de Guinness recouvertes d'une épaisse mousse blanche.

Nicole goûte la boisson du bout des lèvres, boit une gorgée et retient un petit rot.

— Ici, vous pouvez roter. Nous ne sommes pas formalistes.

Elle observe le lieu.

Une statue du Leprechaun se dresse au fond de la salle, près du piano. Il a les oreilles pointues, un costume et un chapeau haut de forme vert et une barbe rousse.

Ryan explique :

— Je sais que vous êtes née en Australie et que pour vous tout cela est un peu exotique. Les Leprechauns sont des figures du folklore traditionnel irlandais. Ce sont des lutins des forêts. Ils passent leur temps à fabriquer des chaussures, à faire des farces et à essayer de trouver de l'or, qu'ils cachent dans un chaudron au pied d'un arc-en-ciel. Si jamais vous arrivez à en capturer un, il vous proposera d'exaucer trois vœux en échange de sa libération.

— Vous êtes vous-même un Leprechaun en version humaine ?

Il sourit.

— En tout cas, l'une des raisons pour lesquelles je vous contacte est quand même proche des préoccupations « leprechaunesques »…

— Faire des farces ?…

— Remplir mon chaudron d'or.

Il sort une longue pipe qui une fois allumée libère cette même odeur de caramel et de carotte qui emplit déjà la salle.

— Comme vous le savez probablement, votre père, Rupert, est un de nos principaux pourvoyeurs de fonds.

Elle apprécie la douceur de la bière noire et fraîche. Elle ne perçoit même pas l'alcool et a l'impression de boire une sorte de jus malté légèrement amer.

Quelqu'un se met au piano et plusieurs personnes entonnent des chants folkloriques.

— Vous avez bien fait de faire chanter l'amphithéâtre de l'université, dit-il. En Irlande, tout le monde aime chanter. Cela aussi, c'est un atavisme.

— Qu'attendez-vous de moi exactement ? demande Nicole.

— Je vous l'ai dit. Nous aimerions que vous demandiez à votre père de mettre plus d'or dans notre chaudron. Nous avons eu récemment une descente de police qui a entraîné l'arrestation de plusieurs de nos membres, dont notre trésorier et… Bref, les Anglais ont trouvé notre chaudron.

— La police vous a confisqué votre argent ?

— Pas la police, le MI5, ce sont leurs services secrets. Nous manquons actuellement de moyens financiers, ce qui nous empêche de planifier des missions dans de bonnes conditions. Pour faire court, nous sommes ruinés et vous seule pouvez nous sauver.

— Pourquoi ne vous adressez-vous pas directement à mon père ?

— Il nous a répondu qu'il nous avait donné le maximum et que cela ne servait à rien de nous en donner plus si nous n'étions pas capables de le garder.

— Il a raison.

— Nous avons finalement mis au point une procédure de protection pour notre trésor, mais nous n'arrivons plus à contacter votre père… J'ai l'impression que nous avons perdu sa confiance.

C'est donc ça : ils espèrent que la fille sera plus influençable…

— Donc, vous voulez de l'or pour le chaudron du Leprechaun ? reprend Nicole songeuse en observant la statue de l'homme vert à la barbe rousse. Mais d'après ce que vous m'avez dit, pour obtenir ce qu'il veut, le Leprechaun est prêt à satisfaire trois vœux, c'est bien cela ?

Les chants des clients se font de plus en plus bruyants. Sur le zinc le barman distribue les bières en rythme, alors que des serveuses joyeuses filent entre les tables pour apporter les chopes. Il se dégage de l'endroit une atmosphère rare qui galvanise Nicole.

— Trois vœux, oui. Pas un de plus, pas un de moins.

— Alors mon premier vœu est d'assister à l'une de vos réunions. Je vous signifierai les deux autres plus tard.

2

En cette chaude journée de mars 1985, Monica Mac Intyre marche seule dans le désert.

Après la dépression vécue suite au décès de sa mère, elle avait connu une longue phase de rémission, aidée par une grande quantité de médicaments, de conseils de psychiatres et de psychologues. Elle s'était reconstruite progressivement en lisant des livres, et en assistant à des cours universitaires dans ses trois domaines de prédilection : l'histoire, la géostratégie et la psychologie.

Elle avait même passé les examens de professorat pour être certaine d'avoir atteint le niveau optimal dans ces trois matières.

Elle s'était mise également à pratiquer de manière intensive des arts martiaux et de la musculation.

Et elle avait rigoureusement banni de son alimentation les graisses, les sucres, les produits lactés, l'alcool et le café.

Elle avait alterné les efforts physiques et les efforts psychologiques en pratiquant la méditation pour reconquérir la parfaite maîtrise de son esprit.

Partout, Monica voulait être la mieux notée, la première de sa promotion, la ceinture noire, la plus exigeante, la plus rigoureuse, la plus cultivée. Quand elle ne lisait pas, elle écrivait pour organiser sa pensée et développer les concepts qui lui semblaient importants.

Un jour, un des psychothérapeutes qui la suivaient, fasciné par la manière dont elle s'exprimait, lui avait conseillé de réunir ses notes pour en faire un livre. Prenant cette proposition pour un nouveau défi, elle s'était attelée à la rédaction d'un essai avec son souci de perfection habituel mais aussi une envie de mettre à plat toutes ses idées.

Cela avait donné un texte intitulé *Seule contre tous.* C'était un ouvrage à la gloire de l'individualisme, de l'autonomie, du courage d'affirmer ses opinions personnelles contre celles de ce qu'elle nommait le « consensus mou collectif ». Dans ce livre, elle dénonçait la démagogie des politiciens qui, voulant plaire à tout le monde pour être réélus, n'étaient, selon elle, que des « mollusques sans colonne vertébrale, qui ondulent pour s'adapter aux sondages et plaire au plus grand nombre ». Elle y appelait de ses vœux l'apparition de nouveaux gouvernants qui aient enfin une vision courageuse et cohérente du futur.

Elle écrivait : « Le principe de démocratie qui jadis a été utile pour renverser les tyrans installe maintenant une nouvelle forme de totalitarisme : celui de la bêtise généralisée. Ce sont toujours des démagogues qui se présentent aux élections soi-disant démocratiques. Ils font semblant de parler au nom du peuple pour mieux le duper. Partout, c'est le nivellement par le bas. On élit des présidents sur des promesses qu'ils ne tiendront pas et sur leurs sourires artificiels. Et c'est la publicité et les équipes de communication qui font passer cela pour de la modernité. Ce n'est pas ainsi que les choses évolueront vers l'excellence et la paix. Au contraire, cela ne fait qu'accélérer le processus d'abrutissement général qu'on peut par exemple constater avec la mode des émissions débiles à la télévision qui flattent les plus bas instincts de la populace. »

Monica avait écrit avec l'impression d'énoncer des évidences rarement évoquées par peur de déplaire au grand public, qui n'apprécie forcément pas d'être mis en face du miroir de ses faiblesses.

Son psychothérapeute, qui avait adoré son manuscrit, lui avait donné les coordonnées d'un ami éditeur. Celui-ci avait accepté de publier l'ouvrage, sans trop y croire. Cependant, après que le chroniqueur d'une émission littéraire eut encensé *Seule contre tous*, « un ouvrage salvateur et nécessaire » d'après lui, le livre avait suscité de la curiosité puis un véritable engouement. Le bouche à oreille avait fait le reste. Les gens offraient ce livre pour montrer qu'ils considéraient celui qui le recevait comme quelqu'un capable d'adhérer à cette apologie de l'individualisme et à cette dénonciation de la démagogie.

En quelques jours, le premier tirage avait été épuisé. Au bout de deux semaines, le livre de Monica Mac Intyre était entré dans la liste des best-sellers.

Dès lors, elle s'était vue emportée dans une sorte de spirale inversée qui l'avait propulsée vers les sommets sans qu'elle y soit préparée.

La jeune femme avait tenu néanmoins à rester discrète, et alors que son livre continuait d'être présent dans toutes les vitrines des librairies, elle avait systématiquement refusé interviews et invitations dans des émissions de télévision, ce qui avait eu pour effet de lui conférer une aura d'« auteur mystère » et avait accru sa notoriété.

Pour Monica, gagner sa vie en faisant un métier qui ne l'obligeait pas à sortir de chez elle était une aubaine. Elle était consciente d'avoir trouvé une profession originale et adaptée à sa personnalité solitaire.

Cependant, ce succès populaire l'avait troublée. C'est pourquoi, passé le premier enthousiasme, elle avait décidé de partir marcher seule dans le désert pour se retrouver.

Elle avait choisi le désert à la fois le moins peuplé et le plus proche de chez elle : le désert des Mojaves, situé à l'ouest des États-Unis, entre le Nevada et l'Arizona.

Là, dans ce décor sans la moindre accroche pour le regard autre que quelques rares arbustes, elle éprouve comme beaucoup de prophètes avant elle le sentiment d'être connectée à une force invisible issue de l'immensité de l'univers et qui transcende la simple existence des petits parasites humains prétentieux qui grouillent en masse sur la croûte terrestre.

Après son séjour dans l'ashram de New York, qui lui avait apporté la connaissance intellectuelle de la philosophie indienne et la découverte physique de l'amour, après l'expérience de l'alpinisme au mont Camelback, qui lui avait appris à mesurer les limites de sa débrouillardise en milieu hostile et l'expérience de l'amour hétérosexuel, la voici à un nouveau stade de développement de son esprit et de son corps.

Dans le désert des Mojaves, alors que la chaleur est étouffante et que ses pieds meurtris la font souffrir, elle découvre sa capacité d'endurance.

Elle marche sans s'arrêter.

Elle marche pour accepter la mort de sa mère.

Elle marche pour vaincre sans médicaments ce qui peut encore rester de sa maladie maniaco-dépressive.

Plus elle souffre dans sa chair, plus elle a l'impression de se reconstruire.

Le soir, lorsque la nuit tombe, elle sort sa tente de son sac à dos, la monte, se prépare un rapide dîner à base de légumes secs, puis se place en position du lotus. Elle reste ainsi un long moment, la tête tournée vers la voûte céleste, et parle à sa mère, ou tout du moins à l'esprit de sa mère.

— Maman, je réussirai, pour que tu puisses être fière de moi. Je ferai tout ce que je dois faire en ne pensant qu'à toi car tu es la lumière de ma vie, comme cette étoile que je fixe là-haut et qui dirige mes pas.

Puis elle s'allonge et essaie de ne plus penser.

Longtemps, les images de ce qui s'est passé à Londres restent gravées dans son esprit, mais le désert a la vertu de faire tout relativiser. Ce qui était une plaie ouverte devient progressivement une blessure cicatrisée.

Chaque jour, selon un même rituel, à son réveil, elle se lève, plie et range soigneusement ses affaires avant de reprendre sa marche vers l'ouest.

La chaleur, la sécheresse, le froid de la nuit, le sable infini, les étoiles, mais aussi le voisinage des scorpions et des serpents sont les meilleurs remèdes pour apaiser son âme. Elle a épuisé toutes ses réserves alimentaires mais elle continue de marcher. Elle n'a plus d'eau mais elle continue de marcher. Elle attend que son corps soit totalement purifié pour enfin s'approcher d'une zone habitée par des humains.

Elle pénètre dans un hôtel, le Last Chance.

C'est un petit établissement peu fréquenté avec une salle de casino minable au rez-de-chaussée et un restaurant crasseux au premier étage. La dame de l'accueil la prend pour une sans-domicile mais quand elle voit sa carte de crédit elle accepte de l'emmener jusqu'à une chambre.

Là, Monica se fait couler un bain moussant parfumé à la lavande, s'y plonge et découvre des sensations extraordinaires sur sa peau.

Puis elle prend un vrai repas. Elle est seule dans la grande salle et cela lui convient.

Une serveuse très jeune lui apporte sa commande. Une salade de tomates, avocat, laitue, concombre, avec des olives.

Elle observe longuement le mets avant d'en approcher une fourchette de sa bouche. Elle y introduit la nourriture et ferme les yeux. Déguster ces aliments lui procure un plaisir inédit.

À chaque bouchée longuement mâchée, c'est un festival gustatif qui se déroule sur ses papilles. Elle redécouvre le goût délicieux de chaque aliment. L'avocat lui semble une pure fête.

Ensuite elle boit une gorgée d'eau pétillante et a l'impression que le liquide est vivant tellement il est riche en sensations.

Elle dort enfin dans un lit, sur un matelas qui sent le pin.

Le lendemain, elle prend un bus, rejoint un aéroport et puis sur un coup de tête, ne se sentant plus le courage de revenir à New York, décide de partir à Édimbourg, en Écosse, retrouver l'énergie de ses origines. Elle pense : *Tous les problèmes peuvent se résoudre par la fuite, mais il y a un moment où il faut revenir à la source.*

3

— Suivez-moi, intime Ryan Murphy à Nicole.

L'homme aux allures de Leprechaun l'emmène dans une maison isolée sur la lande. Devant la porte, il prononce la phrase qui sert de mot de passe :

— « Pour la liberté jusqu'à la mort ».

La porte s'ouvre.

Un homme lui adresse un salut, paraît étonné qu'il soit accompagné d'une femme, mais les laisse passer.

Ryan pousse un bouton qui fait pivoter un pan de mur, révélant un escalier.

Ils débouchent dans une vaste pièce sous une voûte de brique.

Sept hommes sont attablés devant des cartes géographiques et des photos. Au mur est accroché un drapeau aux couleurs irlandaises : orange, blanc, vert, avec au milieu un fusil-mitrailleur noir en dessous duquel est inscrite une devise en gaélique, *Tiocfaidh ár lá.*

Nicole en connaît la signification : « Notre jour viendra ».

Il y a d'autres symboles irlandais un peu partout, comme le trèfle, la harpe, le chapeau vert, la croix celtique, des représentations de saint Patrick. Elle voit également des armes sur des tables.

Le repaire des lutins verts, songe-t-elle.

— Messieurs, je vous présente la fille O'Connor.

Certains se réjouissent de cette apparition féminine, d'autres s'en inquiètent.

— Pourquoi tu nous l'as ramenée ici ?

— C'est elle qui a souhaité venir.

— Elle a vu nos visages, tu es sûr qu'on peut lui faire confiance ?

— Je ne suis sûr de rien, mais je crois qu'il y a un moment où il faut avancer. C'est une O'Connor, son père nous soutient depuis longtemps.

Puis il ajoute en tapant du poing sur la table :

— De toute façon, nous n'avons plus le choix.

Tous se taisent aussitôt. Elle les observe à tour de rôle.

En fait, c'est lui le chef.

— Nicole O'Connor assistera à cette réunion en tant qu'invitée. Et nous parlerons comme si elle était des nôtres, assène Ryan d'un ton qui n'accepte pas la contradiction.

Quelques regards fuyants et des grimaces retenues suivent cette annonce.

— Bien, je vous écoute. Quel est l'ordre du jour ?

— Nous en parlons devant elle ? s'étonne quand même l'homme qui a le plus de dossiers accumulés devant lui.

— Vas-y.

Nouvel instant de flottement. Après une dernière hésitation, l'homme aux dossiers consent à lire une page.

— Donc… Après le fiasco de notre dernière opération commando, plusieurs de nos frères d'armes ont été arrêtés. Ceux qui ont participé à l'action, plus une vingtaine de membres de leurs familles. Ils sont enfermés à Long Kesh.

Un lourd silence s'installe.

Ryan Murphy se tourne vers son invitée.

— Elle a le droit de savoir. La prison de Long Kesh, près du village de Maze, est une ancienne base aérienne transformée en 1971 en gigantesque prison pour opposants irlandais. Il y a là-bas des quartiers de haute sécurité, les H-Blocks. C'est là que Bobby Sands est décédé après soixante-six jours de jeûne.

Une rumeur hostile s'élève de la petite assistance, avec des insultes envers les Nord-Irlandais protestants et les Anglais, dans lesquelles le mot « cochon » revient souvent.

— Il paraît que c'est un lieu sinistre où l'on pratique des nouvelles formes de torture psychologique pour faire craquer les prisonniers, précise quelqu'un.

— Comment ont-ils su qui arrêter ? demande Ryan avec un tic d'agacement.

Un autre membre témoigne :

— Il y avait un traître au sein de l'équipe qui a participé à l'action. Nous avons fini par trouver qui. Cela a été confirmé par d'autres sources, c'était un agent infiltré du MI5.

Il montre la photo du traître, que tous se passent en hochant la tête car ils le reconnaissent.

Un homme au visage fin déclare :

— Nous ne pouvons pas laisser ce *Gobshite* parader après avoir fait arrêter nos frères d'armes et leurs familles.

Nicole croit se rappeler que cette insulte typiquement irlandaise signifie quelque chose comme « fouille-merde ». Tous approuvent.

— Le Gobshite doit mourir, déclare un homme.

— Il doit mourir, répètent plusieurs autres.

— Il faut qu'on leur donne une leçon pour que les autres agents du MI5 tentés de faire pareil sachent le prix à payer.

Tous se réconfortent avec cette idée de vengeance. Ryan reprend la parole.

— Bien entendu. C'est évident. Il faut lancer une mission commando pour tuer le Gobshite. Reste à définir le mode d'exécution. Des idées ?

— Une voiture piégée, propose l'un.

— Une rafale de mitraillette, suggère un autre.

Un type qui n'a pas parlé jusque-là dit soudain :

— Non.

— Quoi, non ? questionne Ryan.

— Moi, je le connais bien. J'ai déjà accompli des missions avec lui. Je peux vous garantir qu'il est très fort. Ce n'est pas n'importe quel agent du MI5, c'est un malin. Vu qu'il faisait partie de notre armée, il connaît toutes nos méthodes d'action. Il trouvera des parades.

C'est alors que Nicole O'Connor lève la main.

— Si je comprends bien, vous êtes dans un jeu de ping-pong sans fin. Vous commettez un attentat, la police anglaise vous arrête, vous commettez un nouvel attentat pour punir ceux qui sont la cause des arrestations, et la police vous arrête encore plus nombreux, et là vous commettez encore un attentat. Et à chaque fois le nombre de vos membres dans la prison de Long Kesh augmente et le nombre de vos membres actifs diminue.

— C'est… c'est comme ça qu'on a toujours fait, se défend Ryan.

— Il ne faut pas confondre traditions et mauvaises habitudes. L'objectif est de gagner cette guerre, pas de reproduire les erreurs du passé.

Tous se regardent, à la fois vexés dans leur amour-propre et conscients qu'elle a raison.

Le type aux dossiers tape du poing sur la table.

— Vous n'êtes pas des nôtres, vous ne pouvez pas comprendre. C'est notre stratégie de guerre clandestine.

La jeune femme reste impassible.

— Ce que je comprends, c'est que vous êtes prévisibles. Les agents du MI5 doivent se moquer de vous quand ils vous voient avec vos petites bombes et vos mitraillettes. Tout ce folklore n'est pour eux qu'un prétexte pour construire de nouvelles prisons de haute sécurité, mobiliser encore plus de policiers contre vous... Au final, vous êtes des perdants, et l'Irlande du Nord ne sera jamais libérée. Le temps ne joue pas en votre faveur.

— Elle nous insulte ! réagit l'homme.

Ryan intervient.

— Laisse-la parler jusqu'au bout. Vous avez mieux à proposer, comme manière de lutter, mademoiselle O'Connor ?

— J'ai une idée pour agir autrement en tout cas.

Elle laisse passer un instant qu'elle met à profit pour à son tour les scruter un à un.

— Et c'est quoi, votre idée ? dit un des hommes présents.

— Je vous propose un mode d'action complètement original qui a un avantage : éliminer cet agent du MI5 qui vous a fait du mal, mais sans que personne sache que c'est nous. Il n'y aura ni enquête, ni arrestation, ni même soupçon et encore moins de prétexte à l'augmentation du nombre de policiers ou à la construction de prisons. Nos ennemis seront dans la confusion et nous seuls connaîtrons la vérité sur ce qu'il s'est passé.

Enfin elle obtient un silence respectueux. Tous la regardent, curieux de ce qu'elle va proposer.

— Ryan m'a autorisée à faire trois vœux. Le premier était d'assister à votre réunion. C'est fait. Mon deuxième vœu est que vous utilisiez cette technique d'action originale.

Alors, tranquillement, Nicole expose sa stratégie.

4

Monica Mac Intyre s'est allongée sur une grande pierre dans la lande écossaise. Elle se connecte à cette terre sauvage. Les châteaux, la faune, la flore, la musique, la nourriture, tout vibre de la magie celtique.

Elle ferme les yeux, prend une grande inspiration et repense aux légendes de son pays.

Les Selkies, dans l'archipel des Orcades, des phoques qui avaient la faculté de se transformer en femmes.

Le Tourbillon de Corryvreckan, esprit maléfique aquatique qui, au large de la côte ouest de l'Écosse, aspirait les bateaux pour les broyer.

Les Kelpies, sortes de fantômes de chevaux qui vivaient dans les fleuves et les rivières. Le prêtre démoniaque de Forvie, qui pratiquait au XVe siècle la sorcellerie dans une grotte. Le fantôme de la femme sans tête du pont de Buckland, qui surgissait à minuit.

Et bien sûr le monstre du loch Ness, une espèce de dinosaure se cachant dans cet immense lac.

Monica entend un son qu'elle reconnaît. La cornemuse. Elle ouvre les yeux. Au loin, un homme joue de cet instrument puissant face à ses moutons.

Les clans écossais sont encore vivants dans le cœur des hommes.

Elle se lève et rejoint une maison isolée de la banlieue d'Édimbourg où, sur un coup de tête, elle a choisi de vivre quelques mois.

En fait de maison, il s'agit d'une sorte de manoir aux murs épais de plus de deux mètres.

Alors que la pluie se met à tomber avec force, elle s'installe près de la cheminée, où pétille un grand feu. Monica ne peut s'empêcher de penser à sa mère. Elle se souvient d'une de ses phrases fétiches.

Si ton bonheur dépend des choix d'une autre personne, prépare-toi à être malheureuse.

La cloche d'entrée résonne.

Zut... De la visite. Qui cela peut-il être ?

Elle va ouvrir et découvre sur le seuil un homme mouillé par la pluie.

Il porte une casquette, un kilt qui dévoile ses mollets recouverts de hautes chaussettes et une grande moustache en guidon de vélo.

Quand elle l'invite à entrer, il enlève sa casquette puis effectue un salut.

— Bonjour, madame Mac Intyre. Je me présente, Timothy Mac Intyre. Je suis moi aussi un Mac Intyre.

— Vous venez me voir en tant que... cousin lointain ?

— Non, non, répond-il en souriant. Des Mac Intyre, il y en a autant que des Mac Pherson, des Mac Cormack, des Mac Leod ou des Mac Gregor. Je viens vous voir en tant que libraire. Je possède la plus grande librairie d'Édimbourg et je souhaiterais organiser une séance de dédicace précédée d'une conférence qui pourrait se dérouler dans notre petit théâtre municipal.

Monica réfléchit un instant puis demande :

— Il y aura combien de personnes ?

— Le théâtre peut en accueillir deux cents.

Elle lui fait signe de s'asseoir et lui propose un thé à la bergamote.

— C'est-à-dire que j'ai un problème, je suis anthropophobe, ce qui signifie que je n'aime pas avoir beaucoup de gens autour de moi.

— Ah ? Eh bien, si vous voulez, on placera votre fauteuil loin des premiers rangs et, pour la dédicace, un service d'ordre ne laissera passer les gens que un par un.

— Dans ce cas... j'accepte.

Et c'est ainsi qu'une semaine à peine après, Monica se retrouve dans le petit théâtre.

Timothy Mac Intyre est là pour l'accueillir et il a dû vanter ses mérites sur toutes les radios et télés locales car la salle est comble. Il y a même des gens qui, n'ayant pas pu entrer, attendent à l'extérieur pour participer à la dédicace qui suivra la conférence.

Timothy Mac Intyre guide Monica vers l'estrade et lui confie :

— Même si le délai était court, il y a eu un très fort bouche à oreille pour signaler votre présence. Vous savez, en mars les événements sont rares dans la région.

Lorsque la jeune écrivaine de vingt-cinq ans monte sur la scène, les spectateurs se lèvent et l'applaudissent. Monica examine le public.

Elle est à la fois flattée que ces Écossais dont elle se sent faire partie soient venus pour elle et en même temps légèrement inquiète de voir tous ces gens qui la regardent.

— Merci de vous intéresser à mon travail, commence-t-elle d'une voix mal assurée. Je suis passionnée par ces individus qu'on qualifie parfois de génies et qui au final ont le pouvoir de changer le monde à eux seuls.

Ces centaines d'yeux qui la fixent finissent par la déstabiliser.

Timothy Mac Intyre lui fait un signe d'encouragement depuis les coulisses. Heureusement, il y a un grand espace entre l'estrade et les premiers rangs.

— Nous sommes tous différents et complémentaires. Il ne sert à rien d'apprendre à un écureuil à nager, ni à un poisson à grimper aux arbres : chacun a des spécificités qui le caractérisent et qui le rendent unique, indispensable, merveilleux. La culture de sa différence, voilà une valeur que je prône dans mon livre *Seule contre tous.* Et j'insiste sur le fait que ceux qui ont fait avancer le monde sont allés seuls, à contre-courant, avec leur originalité et leur vision unique. Je pourrais citer Archimède, Christophe Colomb, Giordano Bruno… Ils ont dû lutter seuls contre la bêtise de leurs congénères pour faire passer ce qui nous semble désormais des évidences. Et la plupart ont mal fini. Archimède a été assassiné par un soldat romain. Christophe Colomb est mort enfermé dans une prison d'Isabelle la Catholique, Giordano Bruno a péri sur le bûcher après avoir été torturé par l'Inquisition. Tel est le terrible constat. On ne sait pas remercier les pionniers courageux. Par contre, nombre de tyrans s'appuyant sur le peuple pour imposer leur dogme, comme Staline ou Mao Tsé-toung, ont terminé leur vie tranquillement dans leur lit, adulés par les foules qui répètent encore leur nom et pleurent sur leur mausolée.

Elle laisse passer un silence pour que tous prennent bien conscience de ses paroles.

— Ah, comme il est agréable d'être stupide et comme il est fatigant d'être intelligent ! Dans la Bible, il est dit : « *Beati pauperes spiritu, quoniam ipsorum est regnum caelorum* », qu'on pourrait traduire par : « Heureux les simples d'esprit car le royaume des cieux leur appartient. » C'est de l'ironie philosophique et cela résume beaucoup de choses. C'est confortable de ne pas réfléchir : on a l'impression que tout est simple. Et il est pénible d'être intelligent, car a contrario on a l'impression que tout est compliqué. Ainsi les intelligents doutent, et les idiots sont pleins de certitudes. Pour conclure, je dirai que dans l'humanité, il n'y a que deux sortes de gens : les innovants créatifs et les suiveurs passifs.

Monica prend une grande inspiration et poursuit :

— Une société constituée uniquement de suiveurs ne fonctionne pas. Elle ne fait que répéter des scénarios anciens sans jamais innover. Les créatifs en revanche prennent des risques et inquiètent leur entourage. On pourrait croire que ce sont eux qui ont toujours raison, mais là encore ce n'est pas aussi simple. Tous les créatifs ne sont pas forcément inspirés, certains créent des concepts finalement dépourvus d'intérêt. Et puis surtout, il faut prendre conscience qu'une société où il n'y aurait que des créatifs ne fonctionnerait pas davantage. Car ils remettent tout le temps en question l'ordre établi, ce qui, à la longue, peut donner lieu à une société instable. Le bon dosage est selon moi de dix pour cent de créatifs, et de quatre-vingt-dix pour cent de suiveurs. Mais il faut déjà avoir ces dix pour cent, ce qui est rarement le cas. Voilà, vous avez ma vision d'une société idéale. Merci.

La salle, mitigée, applaudit sans enthousiasme. Timothy Mac Intyre monte sur scène pour demander s'il y a des questions, mais Monica tranche :

— Je suis désolée, mais je ne souhaite pas répondre aux questions du public.

D'abord surpris, le libraire se dit que ce refus est cohérent avec le propos élitiste de l'écrivaine.

— Je crois que nous pouvons l'applaudir de nouveau et la remercier chaleureusement puisque, jusqu'à aujourd'hui, elle n'a accordé aucune interview ou dédicace, n'est-ce pas ?

— En effet. C'est un moment un peu exceptionnel, mais c'est vous, Timothy, qui avez su me convaincre de passer outre mes principes pour rencontrer mes lecteurs écossais. Alors je me suis dit que si je ne devais le faire qu'une seule fois, autant que ce soit ici, sur la terre de mes ancêtres.

Aidé de deux assistants, Timothy installe une table, un fauteuil et des piles de livres, puis il prend le micro et s'adresse à l'assistance :

— S'il vous plaît, mettez-vous en file, Monica Mac Intyre dédicacera vos exemplaires de *Seule contre tous*. Surtout, n'essayez pas de l'approcher et encore moins de la toucher. Pas de photos non plus. Je vous remercie pour votre compréhension.

Monica se livre ensuite à l'exercice délicat de la dédicace, jusqu'à ce qu'il ne reste qu'une personne.

C'est une femme avec de fines lunettes, des cheveux châtain clair pris dans un chignon qui forme une boule au-dessus de sa tête.

Elle porte un tailleur bleu marine qui la fait ressembler à une hôtesse de l'air, mais tout dans son port de tête et sa manière de se tenir montre qu'elle est une femme de pouvoir.

— Quel est votre métier ? demande Monica pour personnaliser sa dédicace.

— Je dirige les services secrets. Monica lève son stylo et la dévisage.

— C'est une blague ?

— Plus précisément, je dirige un département des services secrets du MI5 qui s'occupe d'antiterrorisme.

Comme c'est la dernière, personne n'est là pour entendre leur dialogue.

L'écrivaine tousse dans sa main pour se donner contenance et trouver une repartie.

— Et… je croyais qu'il fallait être discret lorsqu'on avait ce genre d'emploi.

— Je pense que vous êtes quelqu'un qui apprécie qu'on ne tourne pas autour du pot, j'ai donc préféré tout de suite annoncer la couleur.

— Bien… bien… Alors je mets quoi comme dédicace : « À la directrice du MI5 » ?

— À Sophie, cela suffira. Mais mon nom complet est Sophie Wellington.

— Et c'est un pseudo ou c'est votre vrai nom ?

— C'est mon vrai nom.

Monica l'observe, étonnée.

— Vous me faites à ce point confiance ? Qui vous dit que je suis capable de garder un secret ?

— En fait, je suis connue. Si vous parlez de moi, vous ne divulguerez rien de confidentiel. On me connaît comme on connaît le chef des services secrets américains ou français. Même si on ne sait pas exactement ce qu'ils font.

— Wellington... Wellington... Vous êtes la descendante du duc de Wellington, le vainqueur de Napoléon à Waterloo ?

— C'est en effet mon ancêtre. Si vous voulez tout savoir, le duc de Wellington est mort en 1852, il a eu un fils, Charles, qui a eu un fils, Arthur, qui a eu une fille, Evelyn, qui a eu un fils qui se prénommait encore Arthur, qui a eu un fils, Richard, qui était donc mon père.

C'est une maniaque de la précision.

— Pour l'anecdote, dans ma famille on vit très vieux. Mon grand-père Arthur est mort à cent dix-huit ans.

Qu'est-ce qu'elle me veut ?

Sophie Wellington semble avoir perçu par télépathie la question car elle déclare aussitôt :

— En fait, je ne suis pas venue seulement pour le plaisir de vous écouter ou de me faire dédicacer un livre. Pouvons-nous parler dans un endroit plus isolé ?

Monica Mac Intyre questionne l'organisateur, qui leur propose de se réfugier dans le bureau de sa librairie, qui jouxte le théâtre.

Sur le chemin, des retardataires quémandent une dernière dédicace mais Timothy leur fait signe que l'écrivaine est fatiguée.

Les deux femmes pénètrent dans le bureau du libraire, une grande pièce remplie de piles de livres.

— Je me débrouille pour que personne ne vous dérange, annonce le propriétaire des lieux.

Sophie cherche des yeux et voit une théière posée sur un réchaud et spontanément sert une tasse à Monica et une autre pour elle.

— Alors, chère madame Wellington, vous vouliez me voir pour quoi au juste ?

— Vous disiez dans votre conférence que certains humains sont les seules et uniques personnes à pouvoir accomplir certaines missions et qu'il ne sert à rien d'apprendre à un écureuil à nager ni à un poisson à grimper aux arbres, chacun a des spécificités qui le caractérisent, n'est-ce pas ? Vous, vous avez une spécificité unique qui nous intéresse, nous, les gens qui travaillons dans l'ombre pour garantir la sécurité des citoyens.

Tout en parlant, Sophie propose des biscuits. Monica refuse poliment ces aliments à ses yeux pleins de sucre et de gluten.

— Le service que je dirige est spécialisé dans la lutte contre les terroristes de l'IRA. Nous avons eu un agent infiltré qui nous a permis d'arrêter plusieurs membres de cette organisation. Cela a été un travail long, dangereux et méthodique, mais au final efficace. L'IRA en a été très affectée et ils cherchent à se venger. Or il s'avère que cet agent avait au préalable pu placer un micro dans leur lieu de réunion, et c'est ainsi que nous avons appris l'arrivée d'une nouvelle recrue. Une étrangère.

— Je ne vois pas en quoi cela me concerne.

— Cette femme a suggéré une technique d'élimination originale. Selon elle, ce sera suffisamment inattendu pour que personne ne se doute qu'il s'agit d'une attaque de leur part.

— Et grâce à votre micro espion, vous en êtes informés. Dans ce cas, tout va bien pour vous.

— Pas tout à fait. Une défaillance technique du système d'émission de ce micro espion a entraîné une coupure du son. Bref, nous ne savons pas quel moyen d'agir différent de ceux qu'utilisent habituellement les membres de l'IRA cette recrue a trouvé.

— Arrêtez-la et demandez-le-lui.

— J'aimerais bien, mais comme vous le savez, c'est l'un des inconvénients des démocraties : on ne peut pas arrêter les gens avant qu'ils aient commis leurs crimes. Mais nous aimerions évidemment savoir quelle est cette nouvelle technique de terrorisme.

— Je ne vois toujours pas en quoi cela me concerne.

Sophie Wellington ouvre son sac et en sort une photo où l'on distingue une femme blonde assez anodine.

— Je crois que vous la connaissez. C'est une Australienne.

Monica jette un coup d'œil à la photo, qui ne lui évoque rien, puis elle l'étudie de plus près et a l'impression d'avoir déjà croisé la personne en question.

— Nicole O'Connor. C'est la fille de Rupert O'Connor, aussi appelé le « milliardaire rouge ». Il se targue d'être le nouveau Robin des Bois de la planète. Pour les uns, c'est le soutien de tous les opprimés, de tous les terroristes pour les autres.

Monica n'arrive pas à quitter des yeux l'image de la jeune femme blonde.

— Vous vous êtes rencontrées une première fois à Reykjavik en 1972, en marge du championnat du monde opposant Fischer à Spassky. Vous aviez à l'époque toutes les deux douze ans. Nicole O'Connor vous avait vaincue et vous aviez essayé de l'étrangler. Puis vous vous êtes retrouvées face à face en 1978 lors d'un championnat anglophone à Londres et c'est vous, cette fois, qui l'aviez vaincue. C'est cela qui nous intéresse. Vous avez été capable de surpasser son intelligence. Nous voudrions que vous nous aidiez de nouveau à la mettre hors d'état de nuire.

Sophie Wellington précise pour être bien comprise :

— Un peu comme si vous étiez encore en train de faire une partie d'échecs. Si ce n'est que ce n'est plus un jeu. Des vies en dépendent.

Monica a toujours les yeux rivés sur la photo.

— Désolée, nous étions des gamines, c'étaient des rivalités entre filles au fort caractère. Elle m'a dominée, je me suis énervée, je l'ai regretté puis c'est moi qui ai trouvé le moyen de la battre loyalement lors de la rencontre suivante. C'était une manière de montrer que je n'avais pas besoin de la force physique pour la surpasser.

Monica étudie toujours le cliché. Elle repère qu'il a été pris au téléobjectif à un moment où la blonde discute dehors avec un petit rouquin barbu.

— Et lui, qui est-ce ?

— Ryan Murphy. Le chef actuel de l'IRA. Alors, que décidez-vous ?

— Désolée, je ne fais pas de politique. Je ne veux pas me mêler de votre guerre. De toute façon, même si je le voulais, je n'ai pas le temps de pratiquer un métier qui m'est étranger. Je ne suis pas une James Bond en jupon.

Sophie Wellington fouille de nouveau dans son sac et en sort une feuille à l'en-tête du MI5.

— Ceci pourra peut-être vous faire changer d'avis. C'est un rapport récent de notre service audiophonique. C'est moi qui, en enquêtant sur vous, ai découvert cet élément. C'est l'analyse de l'enregistrement du message à l'origine de la bousculade qui a entraîné la mort de votre mère en 1978. Je crois que Scotland Yard vous avait dit à l'époque qu'ils ne pouvaient rien faire à partir de cet enregistrement. Ils ne vous ont pas menti, ils en étaient incapables. Mais c'était à l'époque. Aujourd'hui en 1985, les technologies ont évolué. Nous avons des ordinateurs plus perfectionnés qui savent venir à bout de ce genre de défi. Nos équipes techniques ont analysé l'enregistrement. Nous avons pu identifier la voix de cette jeune femme de manière certaine. C'est... Nicole O'Connor.

Monica Mac Intyre ouvre de grands yeux, elle a un irrépressible frémissement.

— Où est-elle ? Dites-moi où je peux la retrouver.

— Vous voulez l'éliminer ? Je comprends. Mais j'ai beaucoup mieux à vous proposer.

La respiration de Monica se fait de plus en plus saccadée.

— Vous trouvez comment Nicole va agir. On sauve notre agent. On arrête cette femme et ensuite on l'envoie dans l'une de nos nouvelles prisons de haute sécurité.

Sophie a prononcé cette phrase tout en buvant tranquillement son thé.

— Où est-elle ? répète Monica.

— Croyez-moi, être détenu dans ces quartiers de haute sécurité est pire que la mort. On laisse les gens pourrir dans des cellules blanches. On nomme cela la « privation sensorielle ». Or, selon nos recherches, Nicole souffre d'un problème psychologique qui a été détecté alors qu'elle était au collège. Elle est autophobe. C'est-à-dire qu'elle ne supporte pas de rester seule. Si nous l'arrêtons, elle subira ce qu'elle craint le plus.

Monica respire de plus en plus vite. Chaque mot de Sophie Wellington résonne dans sa tête comme un écho dans une caverne.

— Où est-elle ?

— Un autre de nos infiltrés a pu avoir accès à quelques informations, dont le lieu et le moment précis où ils tenteront d'éliminer notre agent.

Sophie sort une nouvelle photo, qui montre un terrain de football.

— Cela se passera au stade du Heysel, près de Bruxelles, en Belgique, pendant la finale du championnat d'Europe. Nous avons averti l'homme ciblé mais il se sent suffisamment fort pour se défendre seul. Et c'est un fan de football.

Le regard de Monica reste fixé sur la photo de Nicole O'Connor.

ENCYCLOPÉDIE : LES PUPILLES DES PROIES ET DES PRÉDATEURS.

Les moutons ont la fente des yeux horizontale. L'horizontal permet de balayer le plus large panorama possible pour voir venir les prédateurs.

Les félins, les crocodiles ou les serpents ont la fente des yeux verticale.
Le vertical permet d'évaluer précisément la distance de la proie et de se focaliser sur elle.
Ainsi, rien qu'en regardant la forme des pupilles, on peut savoir si on a affaire à un prédateur ou à une proie.

Edmond WELLS,
Encyclopédie du Savoir Relatif et Absolu.

5

Stade du Heysel, 29 mai 1985.

C'est le jour que tout le monde attend car ce soir va se dérouler la finale de la Coupe d'Europe des clubs champions, entre le Liverpool FC et la Juventus de Turin.

La foule est surexcitée.

Depuis les loges VIP, Sophie Wellington et Monica Mac Intyre, munies de jumelles, observent les premiers spectateurs venus s'asseoir sur les gradins qui leur font face.

À côté d'elles, un journaliste de la Télévision suisse romande parle fort dans son micro devant une caméra : « Il est 18 h 30 ici en Belgique, et il fait très beau. Cependant l'ambiance est un peu tendue. Les supporters anglais et italiens sont arrivés plus tôt que prévu et ont déjà consommé de grandes quantités de bière. Avec la chaleur, cela rend tous les gens présents un peu énervés. Rappelons que, après le match de l'année dernière, les supporters italiens de l'AS Roma ont agressé les supporters de Liverpool au Stadio Olimpico de Rome, les forçant à rentrer se barricader à l'intérieur de leur hôtel. Les supporters anglais ont promis de se venger. En dehors du stade, des menaces ont été proférées des deux côtés. Mais le préfet de police belge a bien organisé la sécurité. Les Italiens seront installés sur le flanc droit du stade, composé des blocs O, N, M, et les Anglais seront cantonnés aux blocs opposés X et Y. Quant au bloc Z, tout comme les deux bords latéraux, ils seront occupés par ce qu'on nomme les "neutres", à savoir essentiellement les spectateurs belges plus quelques Français venus venir voir leur vedette, Michel Platini, qui joue avec l'équipe de la Juventus. En outre, pour éviter tout débordement, la police belge a procédé au désarmement systématique des supporters, qui ont dû abandonner jusqu'aux hampes des drapeaux de leur équipe. Grâce aux nombreuses forces de sécurité, il ne devrait y avoir aucun problème. »

En regardant les spectateurs, Monica pense aux jeux du cirque qui se déroulaient au Colisée, à Rome. La foule du stade déjà excitée lui semble en résonance avec celle des spectacles de l'Empire romain.

Panem et circenses. *Du pain et des jeux. Les Romains avaient déjà bien compris la meilleure manière de canaliser l'énergie violente du peuple pour qu'il ne la retourne pas contre ses dirigeants. Le nourrir et l'amuser avec des spectacles défouloirs, cela marche à tous les coups.*

La directrice du MI5 voit l'Américaine plongée dans ses réflexions et veut les accompagner.

— Voilà donc l'échiquier où va se dérouler la partie, murmure Sophie.

— Combien de pièces y a-t-il ? questionne Monica.

— Soixante mille. Enfin, c'est la jauge du stade, mais selon mes informations des billets ont été vendus sur un circuit parallèle non officiel. Ce chiffre risque d'être largement dépassé.

— De combien ?

— Quatre mille.

— Il y a donc soixante-quatre mille spectateurs. Cela tombe bien, soixante-quatre, c'est le nombre de cases d'un échiquier. Où sont ces places surnuméraires ?

— Essentiellement au bloc Z, celui qui est destiné aux neutres. Donc aux Belges, mais selon mes sources ce sont essentiellement des Italiens qui ont acheté ces places.

De là où elle est, Monica voit en effet qu'il commence à y avoir des drapeaux noir et blanc de la Juventus déployés dans la zone Z qui jouxte les zones X et Y où sont cantonnés les Anglais en tee-shirt rouge. Ces derniers brandissent des drapeaux des Reds ornés du blason du club, un oiseau hybride mi-cormoran mi-aigle.

Monica continue d'explorer les tribunes avec ses jumelles.

Entre les deux groupes de supporters, un grillage de trois mètres de haut, un no man's land d'une quinzaine de mètres et une deuxième grille de trois mètres de haut.

Sophie prend son talkie-walkie et, après un court échange, annonce :

— La cible à protéger est dans le box X avec les supporters de Liverpool.

Donc dans le camp des prédateurs.

Monica est impressionnée par cette foule qui dégage une énergie guerrière.

L'air sent l'alcool, la fumée des pétards et la sueur saturée de testostérone.

— Tous ces gens ont l'air très excités, remarque la jeune femme.

À peine sa phrase terminée, elle voit les supporters des Reds lancer à bout portant des fusées de feux d'artifice qui explosent en gerbes au milieu des supporters de la Juventus dans la zone Z.

Ce qui a pour conséquence d'augmenter l'énervement des Italiens. Les insultes fusent en sens inverse. Puis sont suivies de jets d'objets divers : bouteilles, canettes, mais aussi morceaux de ciment ou bouts de bois arrachés des bancs. Les projectiles volent au-dessus du grillage censé isoler les deux groupes.

La tension monte.

— Vous êtes certaine que les policiers belges ont confisqué toutes les armes ? demande Monica, qui, avec ses jumelles, distingue des Anglais brandissant des sabres, des machettes et même des haches.

Sophie, qui écoute les renseignements qu'on lui donne dans son oreillette, répond :

— En effet, il y a un problème. Un des murs d'enceinte du stade a été percé et des gens de l'extérieur ont pu faire passer des armes.

Monica repère que les Anglais ont jeté drapeaux et écharpes sur les piques du grillage afin de franchir plus facilement l'obstacle. Grâce à des mouvements de balancier, ils finissent par le renverser complètement et entrent dans la zone de sécurité. Simultanément les tifosi qui veulent se venger les défient avec des couteaux. Certains d'entre eux s'acharnent à leur tour sur le second grillage qui les sépare de la zone vide pour en découdre plus vite avec les Anglais.

À 19 h 20, le second grillage cède à son tour. Plus rien ne retient personne. C'est le choc entre les Anglais et les Italiens.

— Où est votre cible ? questionne Monica, intriguée par l'étrange tournure que prend cette soirée alors même que le match n'a pas commencé.

— Je l'ai perdue de vue. Nos gars sur place ne savent pas non plus où elle se trouve.

— Je ne vois pas à cette phase de votre mission en quoi je puis vous être utile.

— Ce que vous voyez est probablement l'œuvre de Nicole O'Connor, je ne sais pas comment, mais je le sens, affirme Sophie Wellington.

À présent, la première ligne d'Italiens et les quelques Belges de la zone Z encaissent mal l'assaut des hooligans anglais.

Ces derniers sont tellement déchaînés que les Italiens de la deuxième ligne essaient de fuir et poussent ceux qui sont derrière eux. Ceux-ci, ne pouvant s'échapper, sont refoulés jusqu'au bas des gradins. Là, il y a une grille épaisse, avec deux portes grillagées donnant sur la pelouse mais qui sont fermées par une grosse chaîne.

— Il faut qu'ils débloquent cette issue pour libérer la pression, remarque Monica en montrant du doigt ce qu'elle voit dans ses jumelles.

Sophie lui fait part des informations qui lui sont transmises par l'oreillette :

— La police belge est concentrée à l'extérieur. Des Italiens cherchent à venir au secours de leurs compatriotes. La police tente de les repousser.

— Mais ce n'est pas ça qu'il faut faire ! Il faut dégager ceux qui sont déjà en bas, pressés contre la grille qui longe le terrain !

À mesure que Sophie reçoit des informations, elle fronce de plus en plus les sourcils.

— Le chef de la police belge a peur que, si on ouvre ces portes, la foule n'envahisse le terrain et que cela empêche le match de se dérouler sereinement.

— Il va donc les laisser mourir pour sauver le match !?

— Les organisateurs ont aussi peur que tous ces incidents entre supporters se voient, car les caméras des télévisions du monde entier sont sur le terrain et pas dans les gradins.

— Mais s'ils n'ouvrent pas cette grille, tous les gens du bloc Z vont être coincés. Ils vont terminer en viande hachée par le grillage.

Comme Monica l'avait pressenti, ceux qui reculent font pression sur ceux qui sont derrière et, dans un enchaînement logique, la bousculade s'amplifie et les spectateurs se poussent les uns les autres de plus en plus fort. Par endroits, quelques Italiens tentent de résister et se battent avec des couteaux contre des Anglais qui eux brandissent des armes beaucoup plus longues.

La pression ne cesse d'augmenter contre le grillage alors que les officiers de la police montée belge restent imperturbables sur leurs destriers tournés vers le terrain, veillant à ne laisser personne pénétrer sur le gazon impeccablement tondu où doit se dérouler le match.

La suite des événements a tout d'une scène de l'enfer, à la manière des tableaux de Jérôme Bosch.

Dans la zone du bloc Z, tout le monde se bat, s'écrase, se piétine.

Sophie est toujours concentrée sur l'échange qu'elle a avec ses informateurs par talkie-walkie interposé. De ce que Monica croit comprendre, elle donne des directives pour retrouver la cible perdue de vue.

Les chevaux des policiers rappellent à Monica une partie d'échecs avec des pions, des cavaliers et surtout des fous.

— C'est bien Nicole O'Connor qui est derrière tout ça, confirme-t-elle.

— Et comment peut-elle agir, selon vous ?

— Elle a pu utiliser des hommes placés dans le camp anglais pour déclencher l'attaque. Elle peut influer sur les communications des policiers belges pour qu'ils n'agissent pas de manière rationnelle. Elle peut… je ne sais pas… elle est peut-être même là-bas parmi eux à agir. J'ai l'impression de revivre ce qu'il s'est passé à l'hôtel Southampton. Une manipulation de foule.

Serait-il possible qu'elle soit à ce point stratège ?

— Pouvez-vous être plus précise ?

— Nicole O'Connor crée des vagues d'attaques de petites pièces, qu'elle dirige ensuite pour coincer des cibles précises.

Sophie n'a pas besoin qu'on le lui explique deux fois, elle multiplie les ordres dans son talkie-walkie. La tension monte encore d'un cran.

Le journaliste suisse proche des deux femmes parle de plus en plus fort et avec émotion face à la caméra :

— Ici, cela tourne au carnage. On dirait la guerre, mais une guerre ancienne, une guerre médiévale. Voyez sur ces images exclusives le niveau de démence collective qu'a pris cet événement censé être pacifique. Dire que c'est pour le sport ! On attend toujours la décision de l'UEFA, qui n'a pas encore tranché sur le déroulement ou non du match. Mais d'ici, je distingue des brancards de fortune, fabriqués à partir de barricades par des spectateurs pour évacuer les premiers corps.

Soudain Monica, n'y tenant plus, profitant de son accès privilégié depuis sa loge VIP, fonce sur le terrain et rejoint la zone où la foule des fuyards fait pression contre le grillage.

— Il faut ouvrir pour libérer la tension ! dit-elle en s'adressant au plus galonné des policiers montés.

— Retournez tout de suite à votre place, mademoiselle, répond-il d'un ton sec.

— Mais les gens sont en train de mourir, vous le voyez bien.

L'homme serre les mâchoires, déterminé.

On lui a appris à respecter la hiérarchie et les ordres quoi qu'il arrive.

Il ne sait pas réfléchir par lui-même. C'est une pièce du jeu d'échecs censée être dans mon camp, mais s'il reste aussi obtus, il ne sert à rien.

Les cris se font de plus en plus nombreux et déchirants mais le policier à cheval reste impassible.

— Si vous ne voulez pas le faire, donnez-moi la clef.

— Retournez à votre place, mademoiselle, il est interdit de mettre un pied sur le terrain.

Agir vite.

Alors voyant que la situation prend une tournure de plus en plus tragique, Monica tire le gendarme par le bras pour le faire choir au sol. L'effet de surprise est suffisant pour lui donner l'avantage. Elle saisit le revolver qui est à sa ceinture et le menace.

— La clef !

— Ce n'est pas moi qui l'ai, bafouille-t-il en tentant de se relever.

— Alors qui ?

— Je... je ne sais pas.

Elle comprend alors qu'elle a perdu la partie face à ces fonctionnaires qui préfèrent ne prendre aucune responsabilité par peur que cela affecte leur carrière ou leur avancement sur l'échelle administrative.

Au niveau du grillage de la zone Z, la bousculade empire. Les cris diminuent en intensité parce que ceux qui pourraient les pousser n'ont plus d'air dans les poumons. Sur les visages écrasés contre la grille, les yeux sont déjà vitreux.

Monica enrage, impuissante devant cette situation d'apocalypse où des humains meurent du fait de l'agressivité et de la bêtise collectives.

6

Nicole porte le tee-shirt rouge de l'équipe des Reds de Liverpool. Elle avance à côté de Ryan Murphy. Ce dernier tient dans sa main une machette.

Au début de l'opération, Ryan voulait que Nicole reste en retrait, mais la jeune Australienne a tenu à se mêler à la foule des hooligans, plus particulièrement au commando de l'IRA placé dans le bloc X et chargé de mener l'attaque sur le bloc Z. Ryan lui avait confirmé que c'était bien là que se trouvait leur cible.

Maintenant que le grillage de protection a été renversé et que les rares gendarmes belges ont reçu l'ordre de rejoindre d'autres points d'action, la voie est libre.

Il ne suffit pas de créer un chaos, encore faut-il le contrôler.

Pour l'instant, tout se passe comme Nicole l'a projeté.

Leur cible, le Gobshite qui les a trahis, est à l'endroit prévu.

Nicole progresse dans sa direction.

Le Gobshite est à cet instant en train de combattre les Italiens avec les autres supporters de Liverpool. Nicole passe derrière lui et appuie sur son nez un chiffon imbibé de chloroforme. Il chancelle.

Ensuite tout va très vite.

Ryan à ses côtés fait signe à un comparse costaud posté quelques mètres plus loin d'entrer en action. Celui-ci soulève la cible, enserre de ses deux bras la cage thoracique de l'homme inconscient, puis la compresse progressivement jusqu'à ce que ce dernier suffoque et succombe.

Nicole ferme les yeux et inspire, comme si elle pouvait récupérer l'énergie de vie de sa victime.

Je dois reconnaître qu'il y a un plaisir étrange à prendre la vie de quelqu'un.

Puis, une fois que Ryan a vérifié que le pouls du Gobshite ne bat plus, Nicole donne des indications pour que le corps soit placé là où elle estime que les supporters vont se replier et donc, dans ce grand mouvement de foule, le piétiner.

Ainsi il portera les traces d'un écrasement et au milieu de toutes les autres victimes personne ne se doutera que sa mort résulte d un acte volontaire.

7

Monica a été arrêtée.

Elle a été rejointe dans la salle de garde à vue du plus proche commissariat par d'autres spectateurs soupçonnés d'avoir participé aux scènes de violence. Ce ne sont même pas des hooligans anglais du bloc Z mais essentiellement des tifosi italiens qui ont été appréhendés à l'extérieur du stade.

La porte s'ouvre et de nouveaux trublions interceptés par la police entrent. Du coup, la densité augmente dans la grande cellule de garde à vue.

Elle perçoit cette odeur ignoble de sueur mélangée aux relents de bière.

Trois types se lèvent et se dirigent vers Monica.

— Bonjour, mademoiselle.

Il ne manquait plus que ça.

— Elle ne te répond pas. Je crois que c'est une timide, précise l'autre.

— N'ayez pas peur de nous, dit le troisième avec un fort accent italien, on sait se tenir devant une dame.

Et ils approchent. Elle serre le poing, prête à frapper.

Mais à ce moment, la porte de la cellule s'ouvre. Un gardien de la police belge cherche Monica des yeux, puis lui fait signe de le rejoindre.

Il l'emmène dans le bureau du commissaire. Face à son téléviseur, ce dernier est en train de suivre en direct ce qui se passe toujours au stade du Heysel. Sophie Wellington est à côté de lui.

— Mme Wellington m'a tout expliqué. Excusez-nous pour la méprise.

Monica s'adresse directement à Sophie.

— Qu'est-ce qui se passe maintenant… là-bas ?

— Vous pouvez rester là pour suivre les informations, propose aimablement le policier.

Monica s'assoit. Le commissaire répond à la place de Sophie.

— Les Italiens veulent se venger. Nous sommes en train d'essayer d'empêcher une confrontation directe entre les supporters des deux équipes.

À 21 h 30, l'UEFA, après avoir fait durer le suspense, décide que le match doit, malgré ce « petit incident regrettable », avoir lieu.

Le championnat d'Europe de football se déroule donc comme s'il ne s'était rien passé alors que la police isole le bloc Z pour cacher le drame aux caméras de télévision et aux photographes.

Les services de premiers secours enfin parvenus sur le lieu du drame évacuent les cadavres le plus discrètement possible. Enfin l'arbitre annonce que le match peut commencer. La partie est bizarre.

Informés de la situation, les joueurs ne sont pas aussi concentrés que d'habitude.

Aucune équipe n'arrive à marquer. Finalement un penalty est accordé pour une faute commise par un joueur de Liverpool à près d'un mètre en dehors de la surface de réparation.

Michel Platini tire.

Le ballon vole longtemps.

Le goal de Liverpool s'élance mais ne parvient pas à intercepter le ballon. Et c'est le but.

L'arbitre siffle la fin du match.

Le score final est donc de 1 à 0 en faveur de la Juventus, sacrée championne d'Europe grâce à ce but unique.

Platini exulte et est félicité par ses collègues.

Les joueurs italiens victorieux de la coupe effectuent un tour d'honneur devant les spectateurs italiens des blocs O, N et M qui les sifflent et les huent car ils savent ce qu'il s'est passé pour leurs malheureux congénères du bloc Z et trouvent indécent ce comportement triomphal.

À écouter les commentateurs, l'ambiance a changé en quelques minutes.

Les journalistes de toutes les chaînes, enfin au courant, sont partagés entre leur envie de commenter l'issue du match et leur devoir d'évoquer la catastrophe ayant entraîné la mort de simples spectateurs venus pour assister à un événement sportif.

La coupe, considérée comme honteuse, est remise discrètement dans un couloir des vestiaires.

Enfin, une demi-heure après la fin du match, le bilan provisoire est annoncé : au moins 400 blessés dont beaucoup gravement, auxquels il faut ajouter 39 morts.

Parmi les décédés : 32 Italiens, 4 Belges, 2 Français et… un citoyen d'Irlande du Nord.

8

Après le match, les hommes du commando de l'IRA se retrouvent dans l'un des trois pubs irlandais de Bruxelles, le Celtica, rue du Marché-aux-Poulets.

Là, dans un décor typiquement irlandais, avec un large comptoir en zinc et une piste de danse que surplombe un écran de télévision, les images du drame du Heysel sont diffusées devant un groupe de consommateurs sidérés.

— Et en plus, il y a un Irlandais parmi les victimes ! déplore une dame qui ignore l'identité du défunt.

Cependant, un groupe de consommateurs a envie de faire la fête malgré tout. La Guinness noire au goût malté coule à flots et la clientèle se montre de plus en plus détendue. Nicole elle-même se sent dans un état cotonneux très agréable, mélange de joie due à la confiance que ceux de l'IRA lui ont accordée et de fierté après la réussite de sa mission si particulière.

Dans un coin de la piste de danse, un groupe de musiciens se prépare. Ils sont trois : un pianiste, un violon et un batteur de tambour. Depuis le bar, Ryan les hèle et leur demande :

— Pouvez-vous jouer l'« Amhrán na bhFiann », s'il vous plaît ?

Ces derniers ne se font pas prier alors que les clients entonnent l'hymne de leur cause. À son tour, Nicole se joint aux chanteurs et bientôt toutes les voix reprennent en chœur le chant gaélique dont la jeune femme comprend maintenant les paroles :

Nous sommes des soldats,
Au service de l'Irlande,
Quelques-uns sont venus
D'une terre au-delà de la mer.
Ils ont juré d'être libres,
De notre ancienne Patrie
À l'abri du despote ou de l'esclavage.
Ce soir nous défions les périls, et
Au nom de l'Irlande, et douleur ou blessure,
Au milieu des canons,
Nous chantons la chanson du soldat de l'Irlande.

Nicole peut presque sentir l'égrégore produit par ces humains chantant leur bonheur d'être ensemble.

Ils se reconnectent à une énergie primitive prenant sa source dans les temps les plus reculés.

Les pintes s'entrechoquent dans l'allégresse, voix et rires se mêlent à la musique celtique. Des couples se mettent à danser et une ronde se forme spontanément autour d'eux. Quelqu'un tire alors Nicole par le bras. Elle se retrouve embarquée dans une gigue endiablée, avec ses compagnons d'armes mélangés aux clients du pub. Ryan Murphy qui partage l'instant avec eux est à quelques mètres d'elle. Tous tourbillonnent et font claquer leurs semelles en rythme, leurs cœurs battant à l'unisson.

Elle est aussi grisée que lors de la cérémonie aborigène en Australie.

Je sens l'esprit des ancêtres qui circule dans le groupe grâce aux percussions qui donnent le rythme des battements de cœur et à la musique qui porte l'âme.

Les morceaux traditionnels se succèdent. Mais une chanson la touche tout particulièrement, « The Fields of Athenry ».

Nicole sait qu'elle a été créée par Pete St John en 1979 pour évoquer la famine de 1845 qui a fait un million de morts et provoqué l'exil d'au moins un autre million d'Irlandais. Les paroles racontent l'histoire d'un homme condamné à la déportation vers l'Australie pour avoir volé du maïs aux Anglais afin de nourrir sa famille.

Comme mon ancêtre, Donovan O'Connor.

Puis la musique s'accélère et la gigue se fait encore plus rapide au rythme du tambour et du violon. Ryan se place au milieu du cercle et virevolte. À cet instant, la jeune femme le trouve particulièrement séduisant.

La ronde se poursuit, Nicole passe de bras en bras, changeant de partenaire au hasard de la danse, jusqu'à ce qu'elle se retrouve face à Ryan. Leurs regards se croisent un peu plus longtemps avec une intensité différente. Et là, alors qu'ils se tiennent par la main, immobiles au milieu des danseurs, Nicole a un geste irréfléchi. Elle lui attrape la nuque, le tire vers elle et l'embrasse sur la bouche.

Aussitôt il se passe quelque chose de magique. Les sons ne parviennent plus à ses oreilles que de façon très étouffée et la scène qui se joue autour d'eux semble se dérouler au ralenti. Dans un mélange de sensations exaltées par l'alcool et la danse, Nicole a l'impression qu'un rayon de lumière qui serait parti d'une étoile les éclaire tous les deux et rien qu'eux deux.

Ce premier baiser est suivi d'un second, beaucoup plus long et plus profond.

Nicole O'Connor ferme les yeux.

C'est jour de victoire.

Et j'embrasse un lutin irlandais.

Tout son corps se met à vibrer, son cœur va exploser. Elle sent le sol qui tremble sous les pas des danseurs.

Elle n'est qu'une énergie connectée à une autre énergie pour former un être complet, mi-homme mi-femme, mi-Ryan mi-Nicole.

Ryan, cela signifie « roi ».

Je crois que j'ai trouvé mon roi blanc.

9

Dans le restaurant de l'hôtel Excelsior de Bruxelles, Monica Mac Intyre sort un petit échiquier et, après avoir disposé les pièces et fait quelques mouvements, renverse un pion noir et grimace.

Une pièce de perdue.

Sophie Wellington, assise devant elle, comprend le geste.

Dans un coin, un téléviseur est allumé. Le présentateur belge du journal commente les images du drame. Les corps étendus et les visages bleus donnent l'impression qu'il y a eu une épidémie fulgurante de peste.

Cette épidémie a pour nom la bêtise humaine et elle est toujours démultipliée par le nombre.

Monica renverse toutes les pièces d'un revers de main rageur.

— Vous espériez quoi ? demande-t-elle.

— J'espérais qu'avec vos facultés surdéveloppées, vous trouveriez une parade à cette femme aux facultés, elles aussi, exceptionnelles.

— Je ne pouvais pas savoir comment allait arriver l'attaque. Nicole O'Connor a l'art de surprendre. La première fois que j'ai joué contre elle, j'ai perdu, rappelle la jeune femme aux yeux gris argenté.

— J'avais oublié ce détail.

— Mais je l'ai battue à la deuxième rencontre. Je peux élaborer une stratégie si je sais comment l'autre joue. Là, je ne pouvais même pas voir tous les mouvements des pièces. Et puis, il y avait un tel nombre de pions qu'on ne pouvait rien prévoir. Quant à l'homme que vous deviez protéger, vous n'avez même pas été capables de le surveiller. J'aurais peut-être pu mieux vous aider si vous m'aviez dit où il se trouvait.

Un serveur vient prendre leur commande. Sophie choisit un waterzooï de poisson. Monica explique en consultant la carte :

— Moi, je voudrais une salade César, mais sans croûtons, sans sauce, sans poulet et sans oignons frits.

— Vous voulez peut-être dans ce cas une salade nature ? suggère le serveur.

— Non, car je voudrais que vous ajoutiez les fraises du dessert – sans sucre évidemment – et un peu de patates douces que vous pourriez prendre dans le plat du jour. Et surtout ne les mélangez pas. Vous me les servez bien séparés. Et puis si vous avez de l'huile de pépins de raisin, dans une coupelle à part ce serait parfait.

— Hum. Je vais voir en cuisine si c'est possible…, répond le serveur un peu décontenancé avant de s'éloigner.

Sophie Wellington ne quitte pas des yeux l'écran de télévision.

— À mon avis, comme l'opération a été programmée par Nicole O'Connor, les hommes de l'IRA devaient forcément être mélangés aux hooligans anglais. C'est comme cela qu'ils ont pu atteindre leur cible. C'est d'ailleurs le seul supporter des Reds de Liverpool à avoir trouvé la mort, dit Sophie Wellington.

— En tout cas, si c'est bien Nicole qui a monté ce coup-là, il faut avouer qu'elle est douée… dans l'art d'utiliser les foules pour tuer.

Sophie acquiesce :

— C'est l'effet de diversion. Dans la confusion, on ne prête pas attention aux assassinats.

— C'est comme les infirmières qui pincent pour qu'on ne sente pas la piqûre ?

Sophie Wellington développe sa pensée.

— C'est un fait rarement évoqué mais les guerres ont vu l'apparition de beaucoup de serial killers.

— Comme si la mort en masse donnait envie à certains de provoquer encore plus de morts ?

— Ces tueurs profitent de l'émotion collective créée par la haine de l'ennemi, et de la douleur des victimes pour agir en toute discrétion. Tout le monde est focalisé sur les batailles et les massacres.

— On ne perçoit pas les petits mouvements individuels au milieu des grands mouvements collectifs, c'est ça ?

— Exactement.

Sur le téléviseur, les images du stade du Heysel continuent de passer.

— Trop de victimes, trop d'assassins. C'est le meurtre parfait, reconnaît Monica. Quelle meilleure arme que la multitude pour tuer quelqu'un sans risquer de se faire attraper ?

Le présentateur annonce, parmi les informations culturelles qui terminent le journal télévisé, un concert extraordinaire de rock qui se déroulera le mois suivant en Irlande.

— J'ai peut-être une idée pour lui rendre la monnaie de sa pièce, déclare Monica. Cela va demander un peu de préparation, mais ça devrait être jouable. Vous avez raison, moi seule peux arrêter Nicole O'Connor. Moi seule comprends comment un esprit aussi machiavélique que le sien peut être contré.

Elle jette un dernier regard à l'écran.

— Nous sommes bien d'accord que tous les coups sont permis et qu'en cas de problème vous me couvrez ?

ENCYCLOPÉDIE : DEUX AMIS DEVENUS ENNEMIS.

Parfois, les meilleurs amis peuvent devenir les pires ennemis. Aetius était fils d'une noble romaine et d'un officier romain d'origine scythe. Élevé à la cour romaine de l'empereur Honorius, il fut très jeune intégré à l'administration de l'Empire. Dans le cadre d'accords diplomatiques, alors qu'il était âgé de 13 ans, il fut envoyé comme otage pendant trois ans à la cour du roi des Huns : Ruga.

Là, il rencontra le jeune Attila, lui-même neveu de Ruga. À la cour, Aetius et Attila devinrent rapidement les meilleurs amis du monde. Ils s'exerçaient ensemble au combat et participaient côte à côte à des batailles contre les peuples germains. Une grande complicité doublée d'une grande estime s'établit entre les deux jeunes nobles.
À la mort de l'empereur Honorius, en 423 après J.-C., Aetius ayant retrouvé sa patrie fut nommé préfet du prétoire des Gaules. Cette fonction consistait essentiellement à repousser les invasions des peuples germains venus de l'est. Après la mort de Ruga, Attila devint roi des Huns.
Or, au printemps 451, le roi Attila décida d'envahir la Gaule avec une immense armée réunissant des Huns et des Germains. En avril de cette même année, il fit le siège de Metz, prit la ville et massacra sa population. Il poursuivit sa route vers Reims qu'il détruisit et incendia. Il contourna Paris puis descendit vers Troyes. Mais en chemin, il fut arrêté par une armée dirigée par Aetius.
Le terrain sur lequel se déroula la bataille avait pour nom les champs Catalauniques.
Ainsi, le 20 septembre 451, les deux anciens amis s'affrontèrent. Le sort du monde occidental dépendait de l'issue de cette confrontation.
Côté romain, on avait une alliance hétéroclite entre Romains, Gallo-Romains, Francs saliens, Burgondes, Alains, Armoricains et Wisigoths. Du côté des Huns, il s'était créé une coalition compliquée entre Huns, Alamans, Sarmates, Thuringiens, Hérules, Ostrogoths.

Le premier jour, Aetius parvint à prendre l'avantage grâce à une audacieuse charge de cavalerie.
Les combats furent d'une férocité inouïe.
Selon certains historiens, la bataille des champs Catalauniques entraîna la mort de 300 000 guerriers, ce qui pour l'époque était énorme.
Au final, Attila se retrouva encerclé. Il fit préparer un grand bûcher avec les selles de ses chevaux pour que son corps y soit jeté après sa mort.
Mais son ancien ami lui laissa une porte de sortie et il put fuir.
L'année suivante, Attila reformait une grande armée et s'attaquait au nord de l'Italie.
Quant à Aetius, sa victoire éclatante contre les Huns provoqua des jalousies à son égard à la cour impériale. Il fut poignardé par l'empereur Valentinien III lui-même, le 21 septembre 454. Sa mort fut ensuite vengée par deux membres de sa propre garde, qui assassinèrent Valentinien.

Edmond WELLS,
Encyclopédie du Savoir Relatif et Absolu.

10

28 juin 1985. Le stade de Croke Park de Dublin est plein à craquer pour le concert « Unforgettable Fire » du groupe de rock irlandais U2.

Quatre-vingt-deux mille personnes sont réunies dans cette immense enceinte. Parmi elles, Nicole O'Connor et Ryan Murphy.

La jeune femme n'aurait raté pour rien au monde un concert de son groupe préféré. Elle arbore un tee-shirt représentant la couverture de leur dernier album avec les visages des quatre musiciens du groupe mythique.

Depuis sa mission réussie, le mois précédent au stade du Heysel, Nicole a pris de l'importance au sein de l'IRA. Elle est maintenant considérée comme une passionaria de la cause. Cependant, beaucoup de militants se méfient d'elle du fait de ses techniques d'action peu conventionnelles. Plusieurs membres ont regretté que l'IRA n'ait pas revendiqué officiellement l'action du Heysel. Ils estimaient qu'il fallait que les médias sachent la vérité afin de bénéficier de la publicité autour de cette opération victorieuse. Certains ont même déclaré : « À quoi cela nous sert-il de détruire nos ennemis, si les journalistes pensent que c'est accidentel ? »

Mais Ryan Murphy a rappelé à ses troupes que Nicole O'Connor avait réussi là où les méthodes anciennes avaient surtout entraîné l'arrestation de dizaines de militants. Progressivement, ses détracteurs ont fini par reconnaître son indéniable efficacité. Et la relation sentimentale de Nicole avec le chef, Ryan, n'a fait que confirmer sa place légitime à la tête de leur groupe.

De son côté, Nicole aime être avec ceux qu'elle nomme déjà sa « nouvelle famille ». Elle dit qu'ils forment une « meute de loups ». Une métaphore qu'elle apprécie.

Durant ce concert de U2, Nicole est précisément avec une dizaine de ses « loups ». Elle est placée dans les gradins en hauteur, du côté des tribunes latérales à droite de la scène. De là, elle observe la multitude des spectateurs qui attendent l'arrivée des chanteurs. Elle sort une petite caméra et commence à filmer.

— Tu filmes quoi ? demande Ryan.

— La foule. J'adore la regarder. Et après, quand je visionne les images, je comprends certaines choses liées à mon cours de sociologie, celui que je donne à l'université, à Belfast.

— Tu aurais un exemple ?

— Regarde, la foule des spectateurs fonctionne comme un océan bercé par la houle. Cela forme des vagues.

En effet, Ryan remarque que par moments la masse des têtes semble traversée de courants, comme des ondes qui apparaissent, s'étirent, glissent puis disparaissent.

— Tu vas voir ce qui va se passer lorsque les musiciens vont arriver, prévient Nicole.

Le premier à faire son entrée est le bassiste Adam Clayton, en veste militaire grise et les pointes de cheveux décolorées en blond. Il fait un vague salut, puis rejoint le fond de la scène pour récupérer sa guitare.

Aussitôt les mouvements de vagues s'arrêtent et les gens se mettent à applaudir.

Puis arrive le batteur, Larry Mullen, en veste de cuir, qui s'installe devant ses instruments.

David Evans, le guitariste surnommé « The Edge », lui emboîte le pas et, en dernier, arrive Bono, le chanteur. Il est en veste de costume et en pantalon de cuir moulant noirs. Il porte un grand chapeau également noir.

L'enthousiasme de la foule ne fait que croître à l'apparition de leur idole.

Bono prononce quelques phrases inaudibles sous les hurlements et les applaudissements des spectateurs.

Et puis, le batteur se met à frapper les peaux tendues.

Les bras se lèvent et bougent en rythme. Les gens commencent à sauter sur place.

— Voilà, c'est toujours comme ça. Quand les musiciens apparaissent, on passe de mouvements horizontaux glissants à des mouvements verticaux rythmés.

La basse installe ensuite une ligne grave, que la guitare électrique reprend à son tour en reproduisant le même accord.

Bono jette alors son chapeau, dévoilant sa longue crinière de cheveux décolorés. Il saisit à pleines mains son micro et lance son premier morceau, « I Will Follow ».

Un ingénieur du son doué parvient à équilibrer ce qui sort des enceintes et à surmonter le brouhaha général, si bien que la foule cesse de hurler et se contente de lever les bras, synchrone avec la batterie. Sur scène, Bono se déhanche au plus grand ravissement des groupies des premiers rangs. Nicole filme toujours.

— C'est incroyable, tu es ici à un concert de ton groupe préféré et tu gardes encore tes réflexes de sociologue, remarque Ryan.

Au début d'une nouvelle chanson, aux quelques notes lancées par un des musiciens, et avant même que Bono ait commencé à chanter, le public reconnaît le thème et l'entonne. Le chanteur, amusé, laisse faire la foule et l'écoute enchaîner les couplets. Les spectateurs égrènent toutes les paroles sans se tromper.

— Tu vois… ils chantent tous parfaitement à l'unisson, observe Nicole.

— Ils connaissent les paroles, c'est tout.

— Non… ce n'est pas que ça. Écoute bien. Ils sont exactement à la bonne mesure.

Ryan tend l'oreille.

— C'est vrai. C'est comme pendant ta démonstration à l'université. Comment tu expliques cela ?

— Les voix de ceux qui chantent trop aigu ont été équilibrées par les voix de ceux qui chantent trop grave. De même que ceux qui chantent trop vite sont compensés par ceux qui chantent trop lentement. Résultat : l'ensemble s'harmonise à la bonne tonalité et au bon rythme.

— Et aux bonnes paroles ?

— Ensuite, ceux qui souhaitent s'ajouter à la masse n'ont plus qu'à suivre les autres, mais ça ne perturbe rien, ils s'ajustent parfaitement. C'est comme un courant qui les entraîne naturellement sur le chemin où tout est juste.

— Impressionnant.

— Le plus étonnant est que si on écoutait séparément chacune des personnes qui composent ce chœur, on s'apercevrait qu'elles chantent pratiquement toutes faux…

Pour la première fois, Ryan comprend que les connaissances de sa compagne vont bien plus loin qu'il ne le pensait.

Les morceaux se succèdent et la foule est de plus en plus enthousiaste et cohérente dans ses réactions.

— Et maintenant notre morceau le plus important, annonce gravement Bono. Celui de notre combat pour l'Irlande.

La rumeur court déjà parmi les spectateurs. Alors il prononce le titre :

— « Bloody Sunday ».

Et la foule pousse une clameur.

Nicole ferme les yeux tandis que sur scène les premiers coups de la batterie claquent comme des rafales de mitraillette. Puis s'enchaînent les arpèges à la guitare électrique de The Edge. Enfin, la voix de Bono chante la tristesse et le désespoir. À la dernière strophe, le public déchaîné reprend le refrain en chœur :

Sunday, Bloody Sunday
Sunday, Bloody Sunday

Tous savent que les paroles font référence à ce fameux « Dimanche sanglant » du 30 janvier 1972 où s'était déroulée une manifestation pacifiste pour les droits civiques à Derry, en Irlande du Nord. Le premier régiment de parachutistes de l'armée britannique avait été déployé pour « gérer » la situation. Ils avaient tiré à balles réelles directement sur la foule, causant la mort de vingt-huit manifestants désarmés. Parmi les victimes, sept adolescents. Cinq personnes avaient été touchées dans le dos. Et deux avaient été écrasées par des véhicules militaires.

À la fin du morceau, les poings se lèvent dans la foule, et le cri « Mort aux cochons », surnom donné aux Anglais par les Irlandais, retentit.

— Tu sens ? dit Nicole à Ryan.

— Quoi ?

— L'égrégore. Il y a comme un nuage, une union des esprits irlandais qui en veulent aux Anglais qui les humilient depuis des siècles. Ce nuage dense part de ce stade de Croke Park.

Ryan ferme les yeux.

— Un nuage ? Tu as raison, je le sens... C'est très fort. Il est presque palpable.

— Bono a le pouvoir des bergers, poursuit Nicole. Il sait réunir le troupeau. Regarde, ils sont en transe.

Et elle songe : *C'est aussi le pouvoir des sorciers chamanes.*

Le concert se termine et les musiciens se retirent sous les applaudissements.

Après un instant de flottement, les quatre-vingt-deux mille spectateurs se dirigent lentement vers la sortie principale. Nicole et ses amis sont parmi les premiers à quitter le stade et à rejoindre le parking, mais soudain une voix résonne dans les haut-parleurs.

— Mesdames et messieurs, nous sommes sincèrement désolés. Il se produit un événement inattendu. Un coup de téléphone nous signale qu'il y a une bombe quelque part dans ce stade. Une équipe de déminage de la police est déjà en chemin pour venir inspecter les lieux, mais dans le doute, nous préférons évacuer au plus vite le stade. Je vous demande de gagner la sortie dans le calme, s'il vous plaît.

— Ah, l'imbécile ! s'exclame Nicole. Passe-moi vite les clefs de notre voiture.

Avant même que Ryan ait pu réagir, elle monte dans la voiture, fait vrombir le moteur et fonce vers l'entrée principale.

— Je vous supplie de garder votre calme ! Veuillez emprunter la sortie sans vous bousculer ! reprend avec force la voix de l'homme qui a annoncé l'alerte à la bombe.

Cette dernière déclaration déclenche un franc mouvement de panique parmi les spectateurs toujours dans l'enceinte du stade. La mer de têtes qui était bercée de douces vagues durant le concert devient un tsunami qui se précipite vers l'unique sortie.

Les gens crient, se poussent violemment.

— Je vous en prie, gardez votre calme, insiste la voix dans les haut-parleurs.

Tout le monde se bouscule.

Et puis il se passe quelque chose d'inattendu.

Une voiture surgit devant les portes à l'extérieur en klaxonnant et en faisant des appels de phares. Elle s'avance lentement à contre-courant de la foule, franchit le seuil du stade et continue d'avancer à l'intérieur. Puis lentement, en forçant les gens à s'écarter, le véhicule se place à dix mètres devant l'unique issue et, là, manœuvre pour se garer en travers de la sortie.

Ce nouvel obstacle oblige les gens à le contourner et de ce fait ralentit le flux. Et là où aurait pu survenir un drame, on ne déplore finalement que quelques pieds écrasés, mais aucune chute, aucun blessé grave, aucun mort.

11

— Raté.

Sophie Wellington et Monica Mac Intyre sont dans la nacelle d'une grue de construction à proximité du stade de Croke Park. Équipées de jumelles, elles suivent la situation.

— C'est Nicole qui est dans cette voiture, n'est-ce pas ? demande Monica.

— En effet.

— Dans ce cas, je dois admettre qu'elle connaît mieux le fonctionnement des foules que moi. Elle sait comment les amener à tuer, mais elle sait aussi comment les sauver.

De leur poste d'observation, les deux femmes repèrent maintenant les voitures de police qui arrivent, probablement avec des équipes de déminage.

— Je me suis trompée, dit Monica. Je pensais vraiment qu'on aurait pu décapiter tout leur groupe terroriste d'un coup. J'ai essayé de jouer avec les pions mais ce n'est pas mon domaine de prédilection. Il faut fortifier ses points forts plutôt que de vouloir combler ses points faibles. Je dois m'y prendre différemment.

— Que voulez-vous faire maintenant ? demande Sophie.

— Montrez-moi le dossier sur Nicole. Il faut que je comprenne mon adversaire et que je sache ce qu'elle fait actuellement, dans les moindres détails. Je veux tout savoir de sa famille, sa santé, sa vie intime, sa vie professionnelle, son signe astrologique, connaître ce qu'elle mange, ce qu'elle aime, ce qui lui fait peur. Et je trouverai la faille. Je vais agir comme vous m'y avez incitée, à ma manière… En utilisant non pas les pions, mais la reine.

12

La verte campagne s'étend à perte de vue. Une odeur d'herbe et de tourbe embaume l'air.

Ryan Murphy et Nicole O'Connor sont hébergés dans la maison d'un des cousins de Ryan, non loin de Dublin.

Au lendemain du concert de U2 avec son cortège d'émotions, les deux membres de l'IRA se sont accordé quelques jours de repos. Ils mangent un morceau dans la cuisine, tous deux juchés sur des tabourets hauts. De là où elle est, la jeune femme distingue des moutons qui paissent, et un peu plus loin une écurie avec des chevaux.

— Explique-moi, Nicole, je veux savoir. Comment as-tu su qu'il fallait faire ça dans cette situation ?

— J'ai vu mon père face à une situation similaire avec des moutons. Ils se précipitaient tous vers une sortie étroite. Il a pris la voiture et l'a mise en travers du passage. Il m'a expliqué qu'il faut placer un « ralentisseur » pour permettre l'évacuation.

Comme Ryan marque son incompréhension, Nicole déclare :

— Une démonstration vaut mieux que tous les discours.

Sur ces mots elle prend un entonnoir, le pose sur un verre et va chercher un paquet de riz qu'elle verse dans l'entonnoir.

Au bout d'un moment, les grains s'agglutinent, l'orifice se bouche et le riz ne coule plus.

— Voilà ce qu'il se passe quand tout le monde fonce vers une sortie de taille trop réduite.

Puis elle prend un autre verre et reprend l'entonnoir. Elle verse de nouveau le riz mais cette fois-ci elle place son doigt au-dessus de l'orifice de l'entonnoir. Les grains sont obligés de contourner le doigt, cela ralentit leur chute et l'entonnoir ne se bouche plus. Le riz parvient à couler d'une manière fluide et remplit le verre.

— Étonnant ! reconnaît Ryan. En fait, la voiture placée en travers a agi comme ton doigt et tu as évité que l'unique issue soit bouchée et que dans la panique les gens finissent par se piétiner.

Il marque un temps puis ajoute :

— ...comme cela s'est passé au stade du Heysel.

Nicole reverse le riz dans le paquet.

— Quand on utilise une arme, il faut connaître sa parade. Tu sais, dans certains théâtres ou salles de concert, des colonnes se dressent devant les portes de sortie, précisément pour obtenir cet effet de ralentisseur en cas d'évacuation du fait d'un incendie.

Elle remet le paquet de riz sur l'étagère.

— Maintenant, reste à savoir qui a cherché à nous faire ce coup.

— D'après ce que j'ai appris, l'alerte a été revendiquée par l'UDA, l'Ulster Defence Association. C'est une cellule radicale de terroristes protestants. Nos pires ennemis.

— Eh bien, moi je n'y crois pas. Ce n'est qu'un paravent. Je pense que notre vrai adversaire est autre.

— Les services secrets anglais ? Le MI5 ?

Nicole sort son petit jeu d'échecs de son sac et le place sur la table de la cuisine. Elle dispose les pièces.

— Je crois que nous jouons une partie contre quelqu'un.

— C'est étonnant que tu aimes à ce point les échecs, c'est pourtant un jeu plutôt considéré comme masculin.

— C'est une vision machiste ancienne : maintenant beaucoup de femmes jouent aux échecs. Pour moi, c'est aussi un moyen de comprendre le monde avec un peu de recul. Mon père disait que tout est stratégie. Aux échecs, on peut mettre cet adage en pratique. Quand je joue, c'est comme si tous les événements qui adviennent pouvaient être synthétisés et reproduits sur ce carré de soixante-quatre cases.

— Mais les possibilités sont infinies.

— Précisément, plus le jeu avance, plus cela devient complexe.

— Le jeu… Moi, j'ai toujours estimé que les jeux, enfin…, tu vois, que c'était pour les enfants. Pour être honnête, je n'aime pas jouer.

— Tu veux dire que tu n'aimes jouer à aucun jeu ? s'étonne Nicole.

— Aucun. Même quand j'étais petit, je n'aimais pas jouer à la marelle.

Nicole bouge des pièces comme si elle reproduisait une chorégraphie.

— Moi, je considère que l'homme ne s'autorise à être vraiment lui-même que lorsqu'il joue, dit-elle. C'est dans le jeu qu'il réalise tout ce qu'il n'ose pas faire dans la vie réelle et développe son potentiel.

Dans le jeu, l'esprit est libéré de la peur de déplaire, de la hantise du jugement des autres, il n'y a plus les blessures d'enfance, il n'y a plus les soucis liés à la santé ou au travail, il n'y a que… l'enjeu précis de la partie.

Ryan se penche sur l'échiquier pour examiner les pièces de plus près tandis qu'elle continue :

— Le jeu est le dernier endroit où l'on autorise l'adulte à se comporter comme un enfant. Et cela lui fait beaucoup de bien. Dans le jeu, on peut être cruel, on peut être injuste, on peut être méchant. Cela ne porte pas à conséquence. Et tout s'arrête une fois la partie terminée.

— Tu ne m'as pas convaincu.

— Sais-tu que le mot « jeu » vient du latin *jocus*, qui signifie la joie ? Dans un monde où tout est interdit, jouer est ce qui nous empêche d'être frustré.

— Tu me refais un de tes cours de sociologie ? dit son compagnon sur un ton légèrement ironique.

— Non, j'essaie de te faire comprendre quelque chose de très important. En Chine, le Parti communiste est arrivé à interdire toutes les drogues, mais ils n'ont pas touché au jeu de mah-jong parce qu'ils savaient que c'était la limite à ne pas dépasser. Le peuple a besoin de ces espaces défoulatoires pour libérer la pression qu'il subit. Le loto, le casino, le poker sont des stabilisateurs d'émotions.

— Ça peut aussi devenir des addictions.

— Dans l'ensemble, les addictions aux jeux font plus de bien que de mal. C'est pour cela qu'il existe des villes comme Las Vegas ou Macao dont les économies ne sont fondées que sur le jeu. Quant aux échecs, la preuve que ce n'est pas qu'un jeu d'enfant est que tous les grands politiciens y jouent.

Ryan sent que Nicole prend ce sujet très au sérieux. Comme il ne veut pas de confrontation, il hausse les épaules :

— Chacun ses passions. Moi, c'est plutôt l'équitation. À ce propos, la météo est favorable, je vais aller faire une promenade à cheval dans la forêt. On n'a pas tous les jours la chance d'avoir accès à une écurie et du beau temps. La dernière fois que je suis venu ici, j'ai repéré des petits sentiers. Ça te dirait de m'accompagner ?

Il est toujours dans le concret. Il m'énerve quand il ne fait pas d'efforts pour comprendre des notions un peu plus abstraites. J'ai l'impression qu'il n'existe que par la guerre, l'Irlande, la bière et ces maudits chevaux.

C'est dommage qu'il soit si primaire.

En même temps, pour diriger une guérilla, il ne faut pas se poser trop de questions. Il faut être simple et déterminé pour pouvoir agir sans états d'âme.

— Désolée, ce n'est pas mon truc, avoue-t-elle.

— Tu ne veux pas essayer de monter un de nos pur-sang ? insiste-t-il.

Après tout, j'ai plus à gagner avec un être complémentaire qu'avec quelqu'un de similaire.

Elle prend un cavalier noir et en caresse la crinière.

— En fait, je déteste les chevaux. Et je crois qu'ils me le rendent bien. Les rares fois où j'ai tenté d'en monter un dans le ranch de mon père, il a dû sentir mon aversion car j'ai fini par chuter. Je préfère rester tranquille à préparer mon prochain cours pour l'université. Justement, je vais leur parler… de la différence entre jeux collectifs et jeux individuels.

Elle replace le cavalier sur l'échiquier face à la reine.

— Et tu veux que je te dise le plus drôle ? Aux échecs aussi, je déteste les chevaux. Le cavalier est une pièce perfide qui saute par-dessus les autres pièces et qui fait des fourchettes.

— Qu'est-ce que c'est ?

— Lorsqu'un cavalier menace simultanément deux pièces, ce qui oblige l'adversaire à en abandonner une.

Elle saisit un pion blanc.

— Ceux que je préfère, ce sont les pions. À la limite les fous, mais surtout pas la dame et les cavaliers.

Ryan Murphy ne comprend rien à ces références, mais approuve pour satisfaire sa compagne. Il la prend dans ses bras, l'enlace et ils échangent un long baiser avant de se séparer.

Le petit homme rouquin enfile alors ses bottes et sa casquette et va sangler un cheval. Une fois en selle, il s'approche de la fenêtre de la cuisine pour adresser un dernier salut à Nicole concentrée sur le jeu d'échecs. Enfin il s'élance au petit trot sur un chemin de terre bordé d'arbres.

Nicole abandonne un instant l'échiquier et l'observe.

Bon, il faudra que je l'éduque aux jeux. Pour commencer, peut-être faudrait-il que je lui apprenne à jouer aux dames.

Nicole n'a pas envie de rester seule dans cette grande maison de pierre et de bois. Heureusement, il y a un pub tout près. Malgré l'air frais, elle décide de s'y rendre. À l'intérieur flotte une odeur de bière aigrelette que n'a pas réussi à dissiper le parfum d'encaustique des boiseries. Nicole s'installe à une table proche de la fenêtre et sort des documents. Elle apprécie de travailler tout en étant entourée et se plaît à observer les autres clients, des figures de ce village typiquement irlandais. Les gens sont plutôt âgés et pour la plupart parlent un patois local qu'elle ne comprend pas.

De leur côté, ces villageois peu habitués aux visiteurs s'étonnent que cette étrangère prenne du plaisir à être avec eux. Mais sa présence égaye leur quotidien et la compagnie d'une personne aussi jeune les flatte. Aussi lui adressent-ils des salutations et des sourires auxquels elle répond par des signes amicaux.

Puis Nicole finit par se replonger dans la préparation de son prochain cours de sociologie.

Ryan, de son côté, avance maintenant dans une forêt de plus en plus sauvage. Il savoure ce moment de détente et il a l'impression de ne faire qu'un avec son cheval, comme s'ils étaient connectés.

Voyant un tronc en travers du chemin, il éperonne le pur-sang et saute l'obstacle. Puis il enchaîne sur un petit galop, avant de revenir au trot. Et recommence plusieurs fois.

Soudain, un cri retentit au loin.

Il s'élance aussitôt dans la direction du cri et découvre une jeune femme étendue au sol à côté de son cheval. Elle se tient le genou. Il s'approche et descend de sa propre monture.

— Vous avez fait une chute ? Ça va ?

Elle grimace.

— J'ai dû me fouler la cheville.

— Je peux ? demande-t-il avant de lui retirer délicatement sa botte.

Elle gémit de douleur.

Il lui enlève sa chaussette et dévoile son pied nu.

— Je ne vois aucun hématome ni même aucun bleu. C'est sans doute un muscle froissé, dit-il.

Il la manipule avec délicatesse.

— Aïe, fait la jeune femme.

— Oui, ça doit être ça. Vous avez dû vous tordre une articulation, ce qui a étiré douloureusement des tendons ou des muscles. Mais heureusement, rien de plus grave.

Il dévoile un peu plus sa jambe et après s'être excusé la palpe à la recherche de la zone touchée.

— Je crois que c'est là.

Elle serre les mâchoires alors qu'il commence à masser la zone endolorie.

Plus il la touche, plus Ryan se trouble. Il s'arrête, lève la tête et voit que son cheval frotte son museau contre celui de l'autre.

La jeune femme blessée enlève alors sa bombe et déploie ses longs cheveux noirs. Elle a de superbes yeux gris clair semblables à des miroirs. Il est subjugué par tant de beauté.

Il se fait la réflexion que cette jeune femme ressemble beaucoup à l'une de ses actrices préférées, une Américaine d'origine irlandaise qu'il a vue l'année précédente dans le film *Il était une fois en Amérique* : Jennifer Connelly.

Ses mains sont toujours en contact avec la peau douce. Les chevaux enlacent maintenant leurs encolures et poussent de petits hennissements joyeux. Le chef de l'IRA est de plus en plus troublé.

Il ferme les yeux et perçoit son parfum. Il hésite puis lui pose la question qui lui occupe l'esprit.

— Vous avez quelqu'un dans votre vie ?

— Dans une ancienne vie, je devais être une chaussette. Je n'arrive pas à rester en couple.

Il éclate de rire devant cette réponse.

— Donc actuellement vous êtes une « chaussette » célibataire ?

13

Où peut-il être ?

Ryan n'est pas rentré alors que la nuit est tombée depuis un moment. Du coup, Nicole reste debout.

Pourvu qu'il ne lui soit rien arrivé de grave.

Si elle n'était pas dans ce pays précis avec cet homme précis, assurément elle appellerait la police. Mais elle sait que Ryan est un excellent cavalier, qu'il connaît la région. Quant à la police, c'est préférable qu'elle n'ait pas le moindre contact avec celui qui est considéré par beaucoup comme un chef terroriste.

Le plus probable reste encore qu'il a dû vouloir, après sa promenade à cheval, s'arrêter dans l'un des nombreux pubs des villages alentour et qu'il ait tellement bu qu'il s'est assoupi.

Nicole avait déjà assisté à ces situations délicates où son compagnon, ayant abusé de boissons fermentées, s'était endormi. Elle l'avait alors laissé cuver sa bière ou son whisky, considérant que cela faisait partie de la vie d'un vrai Leprechaun irlandais. Le lendemain, il avait seulement un peu mal au crâne.

Nous, les Irlandais, nous tenons bien l'alcool. C'est inscrit dans nos gènes. Les autres peuples ne peuvent pas rivaliser avec nous dans ce domaine. Mais il est logique qu'à partir d'une certaine dose le cerveau se mette en veille et que le corps s effondre pour trouver un sommeil réparateur.

Elle finit par aller se coucher en se disant qu'elle aura probablement des nouvelles de son compagnon le lendemain.

Alors je lui apprendrai à jouer aux dames.

Elle regarde quelques minutes le plafond, puis ferme les paupières et s'endort.

Cependant, lorsque le chant du coq la réveille, elle s'aperçoit que la nuit entière est passée mais qu'il n'y a toujours personne à ses côtés.

Ryan a découché.

Il a dû vraiment ingurgiter des quantités déraisonnables d'alcool. Mais bon, j'ai moi-même connu une période d'addiction, je ne peux pas le blâmer.

Il est encore très tôt. Elle sort du lit et se prépare un café fort pour se réveiller. Elle ajoute dans sa tasse sept morceaux de sucre pour se donner des forces.

Puis elle se décide à s'habiller et part à vélo à la recherche de Ryan dans les pubs avoisinants.

Dans l'aube glacée, elle fait le tour des établissements, mais ne le trouve dans aucun.

Elle hésite à faire appel à la police, se retient et rentre. Elle l'attend en buvant des cafés très sucrés et en regardant par la fenêtre le portail d'entrée.

Je ne dois pas m'inquiéter.

Ça ne sert à rien de faire des suppositions.

Soudain, quelque chose attire son attention. Une enveloppe qui dépasse de la grande boîte aux lettres extérieure.

Cette enveloppe n'y était pas quand j'ai quitté la maison au petit jour.

Elle sort précipitamment, prend l'enveloppe. Tout de suite, ce qui la frappe, c'est qu'il n'y a que son nom dessus, pas d'adresse, pas de timbre.

Quelqu'un est venu déposer cette enveloppe pendant que j'étais sortie.

Elle la décachette et découvre, non pas une lettre, mais uniquement des photos. Cinq photos. La première est prise au téléobjectif et montre une scène qui se déroule en forêt. On y distingue un couple formé par un rouquin barbu et une femme brune. Derrière eux, leurs chevaux semblent se lier d'affection.

Nicole sent son cœur accélérer.

Non, ce n'est pas possible.

La deuxième photo montre le même couple devant l'hôtel d'un des villages voisins : le Kingsberry.

Sur le troisième cliché, les deux dînent en riant dans ce même hôtel. Sur le quatrième, ils s'embrassent.

Non, non, non.

Le cinquième montre de nouveau la façade du Kingsberry, de nuit, mais il n'y a qu'une seule chambre allumée au premier étage.

Ses pupilles se dilatent.

Pas ça. Pas lui. Pas avec… elle.

Nicole O'Connor s'est toujours considérée comme parfaitement maîtresse d'elle-même et imperméable aux émotions, mais ce qu'elle ressent à cet instant est une rage animale qui semble venir du plus profond de son être.

Comme si toutes ses ancêtres femmes bafouées se réveillaient dans son sang.

PAS ÇA, PAS ELLE !

Alors elle va dans la chambre, ouvre la valise de Ryan et se saisit d'un objet qu'il lui a récemment appris à utiliser.

C'est un revolver Webley modèle Mark 6 avec un chargeur de six balles.

Il pèse à peu près un kilo.

Puis elle repère dans l'annuaire l'adresse de l'hôtel Kingsberry.

C'est une distance qu'elle peut parcourir à vélo.

Il est maintenant 10 heures et Nicole est seule dans la forêt irlandaise. Son cœur bat fort et son revolver est dans sa poche.

Enfin elle arrive devant la façade de l'établissement qu'elle a vu sur le cliché trouvé dans l'enveloppe. Deux chevaux broutent à proximité de la porte d'entrée de l'hôtel.

Elle ne fait pas attention à la petite fourgonnette noire aux vitres opaques garée sur le bas-côté.

La rage la rend moins vigilante.

Tout comme elle ne trouve pas étrange qu'il y ait si peu de clients. En fait, il n'y en a aucun.

Tout comme il n'y a personne à l'accueil.

Son cerveau ne laisse parler que les émotions, il ne réfléchit plus du tout.

Elle respire de plus en plus fort et de plus en plus vite au fur et à mesure qu'elle grimpe les marches de l'hôtel.

Au premier étage, une seule chambre laisse filtrer de la lumière sous la porte.

Elle appuie sur la poignée et n'est pas non plus étonnée que cette porte ne soit pas fermée à clef.

Ce qu'elle voit suffit à la rendre incapable de la moindre analyse.

Ryan Murphy, le torse nu à moitié sorti des draps, dort à côté de cette jeune femme aux longs cheveux noirs qui a tenté de l'étrangler à Reykjavik et qui l'a battue aux échecs à Londres, Monica Mac Intyre.

Nicole pointe sans hésiter son revolver Webley sur elle.

C'est alors qu'une main ferme surgit de sa droite et détourne la ligne de visée. Le coup part, mais pas dans la direction voulue. La détonation est forte. L'écho résonne longtemps.

La scène semble se passer au ralenti.

L'homme à barbe rousse qui était étendu dans le lit a un trou rouge au milieu du front.

Nicole n'a pas le temps de comprendre ce qui se passe que la main qui a détourné le tir lui enserre le poignet. Deux hommes surgissent sur les côtés pour la ceinturer.

J'AI TUÉ RYAN !!!!

Elle distingue une troisième silhouette, une femme avec un chignon qui tient une caméra et qui filme la scène.

QU'EST-CE QUE J'AI FAIT ? J'AI TUÉ RYAN !

La fille aux yeux gris ouvre les yeux, elle voit ce qui se passe mais ne paraît pas affectée.

C'était un piège.

Étonnamment, les personnes autour de Nicole ne sont pas non plus perturbées. Elles agissent avec méthode, comme si tout cela faisait partie d'un plan.

Je me suis fait manipuler.

Elle voit Ryan mort, elle voit Monica qui la regarde fixement.

Nicole tente de se débattre, mais cela ne fait que pousser les hommes à la serrer plus fort.

Et puis, la femme au chignon pose la caméra, saisit un sac de tissu noir et le lui enfile sur la tête, lui enlevant toute possibilité de voir ce qui va se passer.

On lui tire les bras en arrière, on lui passe des menottes.

Nicole sent qu'elle est soulevée, emportée.

Elle est déposée dans un véhicule qui démarre.

Tout cela est une mise en scène. Les photos. L'hôtel vide. La porte ouverte. Oui, c'était un piège.

Ils ont tout filmé.

Ce doit être le MI5.

Comment ai-je pu être aussi naïve ?

Ils m'ont poussée à tuer Ryan et maintenant ils m'arrêtent.

Qui a pu monter un scénario aussi machiavélique ?

14

Monica Mac Intyre observe, de là où elle est, l'arrière de la camionnette dans laquelle se trouve son adversaire, enfin capturée, hors d'état de nuire.

Sophie Wellington est à côté d'elle. Tout en conduisant, elle enclenche l'autoradio. La symphonie des

Planètes de Gustav Holst s'élève dans la voiture. Plus précisément *Mars*, sous-titré « Celui qui apporte la guerre ».

— Vous aviez raison, il fallait combattre Nicole sur un terrain qu'elle ne comprend pas bien. La sociologie des foules, c'est son truc, mais en ce qui concerne la psychologie des individus, elle a des lacunes.

— Elle maîtrise les petits mouvements des pions, mais pas les grands mouvements de la reine, résume Monica.

— C'est étonnant à quel point elle a réagi vite et fort sans se douter un seul instant qu'il pouvait s'agir d'un coup monté.

— Les émotions, c'est une drogue, ça entraîne des réactions chimiques. Il y a toujours un point de bascule, que ce soit avec la colère, le rire, l'orgasme, à partir duquel il n'y a plus de possibilité de réfléchir. On est emporté par une vague qui submerge et aveugle. Le mental ne fonctionne plus, on a besoin de foncer.

Sophie passe une vitesse.

— En tout cas, dit-elle, nous avons fait d'une pierre deux coups : nous avons éliminé le chef de l'IRA et nous tenons la fille du milliardaire rouge, principal bailleur de fonds de ce groupe terroriste.

— Pour tout vous avouer, soupire Monica, quand je vous ai indiqué le coup à jouer et que vous m'avez expliqué votre plan… j'étais dubitative. La prise de risque était énorme. C'était vraiment complexe. Et si Nicole avait réussi à me tirer dessus ? Après tout, la synchronisation du geste qui a dévié le tir et l'appui sur la détente était assez aléatoire.

— Non.

— Quoi, non ?

— Elle a tiré à blanc. Nous avions au préalable pénétré chez elle pour remplacer les balles du revolver, et c'est un homme à nous placé derrière elle qui a tiré le coup de feu fatal. Il avait une arme identique, un Webley Mark 6, mais équipé d'un silencieux. J'ai pratiqué la prestidigitation quand j'étais jeune. Ce que nous avons fait là correspond à un tour de magie. Celui où un homme tire un coup de feu et celui qui est visé fait surgir de sa bouche une balle, faisant ainsi croire qu'il l'a interceptée avec les dents. En fait, tout a été préparé en amont, la balle tirée est une balle à blanc et la personne visée a déjà une balle sous la langue. C'est Robert-Houdin qui a inventé ce tour en 1860.

Monica est impressionnée.

— Un tour de magie, dites-vous ?

— C'est comme ça que je suis devenue chef de ce département du MI5, en pratiquant l'illusionnisme. C'est la base de tous les métiers du secret. Mon père était magicien et il avait été contacté par les services secrets anglais pour fabriquer des armes ou des objets camouflés. Il me montrait ses appareils et j'étais fascinée. Alors moi aussi j'ai appris la prestidigitation et je suis entrée dans les services secrets. Je crois que j'ai entendu beaucoup d'histoires de la bouche de mon père et que cela m'a fait voir ce métier avec un côté héroïque qui faisait que la voie était tracée.

— C'est certainement aussi pour ça qu'on nomme votre agence « l'Intelligence Service ». Vous êtes très forte, Sophie.

— Nicole est maintenant persuadée d'avoir commis un crime. Elle croit qu'elle a tué son amoureux et elle culpabilise. Ce qui va la rendre bien plus malléable.

Les deux femmes observent la camionnette qui les précède.

— J'ai toujours su que vous, Monica, étiez la seule parade contre cette Nicole O'Connor, reprend Sophie. Qu'y a-t-il de mieux qu'un génie du bien pour bloquer un génie du mal ?

Mais la jeune femme aux yeux gris ne semble pas du tout satisfaite.

— Qu'est-ce qui vous préoccupe, mademoiselle Mac Intyre ?

— Que va-t-il lui arriver maintenant ?

— Nous allons franchir la frontière de l'Irlande du Nord pour pouvoir agir plus facilement et l'incarcérer dans l'un de nos centres de détention spécialisé pour ce genre de cas. Nicole O'Connor détient beaucoup d'informations qui nous manquent, par exemple sur la manière dont l'industrie du mouton australienne finance le terrorisme irlandais. Elle connaît aussi les noms d'autres membres de l'IRA.

Monica regarde par la vitre la lande irlandaise où paissent des moutons.

— Vous allez la torturer pour la faire parler ? demande-t-elle.

— Vous plaisantez ? Nous ne sommes pas des sauvages. Hors de question d'effectuer le moindre acte de violence physique, a fortiori sur une femme.

— Alors qu'allez-vous faire pour obtenir ces informations ?

15

Nicole O'Connor se sent comme la souris blanche enfermée dans la cage de son école lorsqu'elle avait onze ans.

Et comme cette souris, elle n'a pas la possibilité d'ouvrir la porte seule.

Elle est dans une pièce blanche sans fenêtres avec pour seule source lumineuse un néon.

Les murs sont matelassés. Un lit, un coin-toilette avec un lavabo et une cuvette sont les seuls éléments de mobilier. Le lit est en métal et ses pieds sont rivetés au sol.

Dans un des angles du plafond se trouve un haut-parleur, dans un autre une caméra dont l'activité est révélée par une diode rouge.

Nicole se tourne vers la caméra.

— Vous n'avez pas le droit de me garder ici. Je veux un avocat.

Le haut-parleur grésille et une voix de femme lui répond :

— Vous n'êtes plus en République d'Irlande. Vous êtes ici dans le quartier de haute sécurité d'une prison située sur le territoire de l'Irlande du Nord.

C'est pour cela qu'ils m'ont transportée en fourgonnette.

— Je veux téléphoner à un avocat.

— Vous avez assassiné un activiste politique, vous êtes donc une détenue politique et en tant que telle, vous n'avez pas les mêmes droits que les détenus de droit commun.

— Je veux parler à un avocat.

— Donnez-nous le nom de vos complices et vous pourrez téléphoner à qui vous voulez.

— Je veux parler à un avocat.

Elle se met à tambouriner sur la porte, mais cela ne résonne même pas car la toile matelassée amortit ses coups.

— JE VEUX SORTIR !

Elle entend ensuite le bruit d'un interrupteur et elle comprend que le micro de la femme qui lui parlait a été coupé. Alors elle tape sur le mur et tape encore et encore, jusqu'à s'effondrer, épuisée.

Au bout de plusieurs dizaines de minutes, elle se relève.

Elle repense à la scène avant son arrestation.

Monica Mac Intyre a couché avec Ryan.

Elle l'a fait exprès.

Ensuite, ils ont déposé les photos.

Et moi j'ai foncé comme un taureau devant une cape rouge. Je n'ai même pas vu le piège car j'étais aveuglée par la colère et l'envie de vengeance. Et je me suis fait avoir. Ils étaient là à m'attendre dans la chambre. Tout était trop parfait. J'ai tiré.

Et une main a dévié mon tir.

Dire qu'à quelques fractions de seconde près, je la tuais, elle, Monica, et non pas Ryan.

Comment ont-ils pu être aussi précis et rapides ?

Pourquoi a-t-elle accepté de prendre ce risque ?

Maintenant tout est perdu.

J'ai tué mon amour.

J'ai moi-même décapité l'IRA.

Et en plus cette femme au chignon a tout filmé.

Tout cela a dû être préparé par les agents du MI5.

C'est forcément Monica qui a mis au point ce piège.

Elle m'avait eue dans la partie en sacrifiant ses chevaux.

Là aussi, les cavaliers ont été la cause de ma défaite.

Alors qu'elle est recroquevillée à enrager en se repassant le film des événements, du bruit s'échappe de la partie inférieure de la porte.

— Je veux sortir, je veux un avocat, répète-t-elle.

En guise de réponse, une petite trappe s'ouvre et apparaît un plateau contenant un verre d'eau et une assiette en plastique blanc. Dans l'assiette se trouve de la purée blanche et, à côté, une tranche de pain de mie, blanche elle aussi, et un bout de fromage, blanc.

La fourchette et le couteau sont également blancs et en plastique. En guise de dessert, un pot contenant un yaourt.

Elle prend une bouchée de purée et s'aperçoit que celle-ci n'a aucun goût. Pas la moindre once d'arrière-goût de pomme de terre, même pas la moindre saveur salée. Le pain et le fromage sont eux aussi insipides. Le yaourt n'est pas sucré, même pas aigre. Les quatre aliments ne varient que par leur consistance plus ou moins molle.

Elle boit le verre d'eau. Même l'eau n'a pas la moindre minéralité.

Cela doit être de l'eau distillée.

— SORTEZ-MOI D'ICI ! VOUS N'AVEZ PAS LE DROIT DE ME GARDER SANS PROCÈS !

La caméra a toujours sa diode rouge éclairée.

Quelqu'un quelque part m'observe.

Elle prend le yaourt et le lance en direction de la caméra. Mais c'est trop haut et le yaourt retombe sans toucher sa cible.

Elle tape encore une fois sur le mur puis reste prostrée. Une question lui traverse l'esprit.

Quel jour est-on ?

Bon sang, j'ai dormi durant le trajet et je ne sais plus me situer dans le temps.

Quelle heure peut-il bien être ?

Peut-être que nous sommes en pleine nuit.

Pourquoi n'éteignent-ils pas la lumière ?

J'aimerais tellement qu'ils éteignent cette maudite lampe.

Elle se met à marcher en rond, consciente d'être observée par la caméra à la diode rouge. *Isolation sensorielle. C'est le supplice psychologique ultime. Aucune information pour les sens. Pas de couleurs. Pas de bruit. Pas même d'objets.*

Ainsi, c'est donc vrai, les Anglais pratiquent l'isolation sensorielle et tout spécialement sur nous, les membres de l'IRA qu'ils arrivent à capturer.

Elle serre les mâchoires.

Peut-il y avoir une torture plus pénible que celle où votre cerveau ne reçoit plus la moindre information ? Plus de contacts avec les autres humains. Plus d'odeurs. Plus de goûts non plus.

Elle frappe de toutes ses forces contre la porte matelassée.

— SORTEZ-MOI DE LÀ ! Elle tambourine sur les murs.

Elle hurle pour au moins entendre un bruit. Sa propre voix. Elle renifle sa propre odeur.

Le haut-parleur au-dessus d'elle se met enfin à grésiller.

— Coopérez et tout sera fini.

— JE VEUX UN AVOCAT.

— Coopérez et vous sortirez.

— Vous n'avez pas le droit de me détenir ici sans procès. Je veux un avocat. J'ai la nationalité australienne. Je veux parler à quelqu'un de mon ambassade.

— Coopérez et vous aurez ce que vous demandez.

Elle s'effondre.

— SALAUDS DE COCHONS D'ANGLAIS ! ESPÈCES DE BÂTARDS ! ALLEZ TOUS CREVER !

Elle frappe encore de toutes ses forces contre la porte.

Ensuite, il y a de nouveau le silence.

Elle s'étend par terre et se met à pleurer.

Tout ça, c'est à cause de cette salope de Monica. Quand je sortirai je lui ferai subir le pire des châtiments. Désormais ce n'est plus seulement une partie d'échecs, je veux te voir souffrir, sale garce. Je te jure que tu me paieras ça.

16

Monica Mac Intyre séjourne dans un hôtel du village proche de la prison de Maze, aussi appelée par les Irlandais Long Kesh, où est détenue depuis quatre jours sa plus grande ennemie.

Pour s'occuper, elle écrit son prochain livre, provisoirement baptisé *La Rage de vaincre*.

Cet ouvrage a pour thème des personnes surdouées peu connues qui se sont battues pour imposer leur point de vue qui était juste contre l'avis collectif qui était stupide.

En sous-titre : « Ceux qui ont eu raison trop tôt ».

Dans le premier chapitre, elle évoque Hypatie d'Alexandrie qui, au IVe siècle après J.-C., enseignait l'astronomie, la géométrie, la chimie et la biologie à la bibliothèque d'Alexandrie. Elle a fini par inquiéter l'évêque d'Alexandrie, Cyrille, lequel, devant le refus d'Hypatie de se convertir au christianisme, l'a fait kidnapper, et couper en morceaux par ses moines.

Dans le deuxième chapitre, elle parle d'Artemisia Lomi Gentileschi qui vers 1650 s'avéra une peintre encore plus douée que son contemporain le Caravage mais qui, parce qu'elle était une femme, ne put pas se lancer dans la profession de peintre. Son père lui offrit un précepteur, Agostino Tassi, mais celui-ci, jaloux de son talent, la viola et lui vola ses tableaux pour faire croire que c'était lui qui les avait peints. Durant le procès de Tassi, ce fut elle, Artemisia, qui fut torturée par le supplice des *sibili* qui consiste à briser les doigts, et ce… pour vérifier la véracité de ses accusations.

Au troisième chapitre, Monica s'intéresse au chevalier de Lamarck, qui le premier a eu l'intuition que le milieu pouvait modifier le code génétique, en donnant l'exemple de la girafe dont le cou s'est étiré pour atteindre les feuilles supérieures. Jean-Baptiste de Lamarck, mort aveugle et dans la misère, a terminé dans une fosse commune sous les ricanements de tous ses confrères.

Dans le quatrième, elle compte parler d'Ignace Semmelweis, ce médecin autrichien qui soutenait qu'il fallait se laver les mains avant d'opérer et de faire accoucher les femmes. Il a été interdit de pratiquer la médecine parce que ses confrères estimaient que c'était de la superstition. Ensuite, comme il insistait, il a été enfermé dans un asile de fous où les infirmiers le battaient. Leurs mains sales ont provoqué une gangrène qui l'a fait mourir dans d'atroces souffrances.

En faisant revivre dans cet ouvrage la mémoire de ces martyrs de l'intelligence, Monica a l'impression de venger tous les solitaires qui se sont battus contre la bêtise collective de leurs contemporains.

Elle évoque aussi le concept de polymathie.

Ce mot d'origine grecque vient de *poly*, qui signifie « beaucoup » et de *mathes*, qui signifie « apprentissage ». Cela définit les personnes qui s'intéressent à tous les domaines de la connaissance, que ce soient les arts, la science, l'histoire ou la politique. Bref, les génies universels. Ce mot est tellement peu connu qu'on ne le trouve pas dans tous les dictionnaires. Monica dresse la liste de tous ceux qu'elle considère comme des polymathes : Pythagore en 550 avant J.-C., Démocrite en 400 avant J.-C., Isidore de Séville en l'an 600 après J.-C., Avicenne en l'an 1000, Averroès en 1150, Pic de la Mirandole en 1460, Rabelais en 1500, Michel-Ange en 1550, Francis Bacon en 1600, René Descartes en 1650, Benjamin Franklin en 1750, Jean-Henri Fabre en 1870, William James Sidis en 1900, Rabindranath Tagore en 1920, John Von Neumann en 1930, Boris Vian en 1950…

Elle s'arrête. Une idée l'obsède.

Nicole…

Je ne ressens aucune pitié pour celle qui a tué ma mère.

Aucune pitié pour celle qui a, sans le moindre remords, provoqué la bousculade du stade du Heysel, entraînant la mort de dizaines de personnes pour dissimuler l'assassinat d'une seule.

Monica mange une pomme pour se donner de l'énergie.

Ma compassion s'arrête aux bourreaux.

Ce que j'ai fait était juste.

Je devais venger maman.

En mettant cette bête féroce hors d'état de nuire, je l'empêche de faire d'autres victimes.

Elle regarde le téléphone, puis se décide à composer le numéro de Sophie Wellington. Elle ne prononce même pas le mot « allô ».

— Nicole a parlé ?

— C'est une coriace. Mais elle craquera. Ils craquent tous.

— J'aimerais que vous m'autorisiez à dialoguer avec elle.

Sophie est surprise par cette demande, cependant elle ne voit pas comment lui refuser ce privilège.

Une heure plus tard, Monica a rejoint la prison de Maze avec Sophie.

Les deux femmes franchissent le premier haut grillage recouvert de barbelés de l'entrée. Elles aboutissent à un second grillage derrière lequel il y a des baraquements rectangulaires gris clair.

Elles dépassent plusieurs postes de garde, puis sont accompagnées vers le centre de contrôle, une vaste pièce aux murs et aux bureaux couverts d'écrans.

Sur l'écran du téléviseur numéro 113, Monica distingue la silhouette de son adversaire gisant sur le sol.

Sophie lui tend le micro et lui fait signe qu'elle va pouvoir communiquer.

— Mademoiselle O'Connor… vous reconnaissez ma voix?... dit Nicole.

L'autre frémit et relève la tête.

— Je suis Monica Mac Intyre. Vous savez, celle qui a joué contre vous aux échecs à Reykjavik, et plus tard à l'hôtel Southampton de Londres, et enfin qui a « joué » plus récemment à l'hôtel Kingsberry.

Cette fois-ci, le corps de l'Australienne commence à se mouvoir. Très lentement, elle se relève et fait face à la caméra placée au plafond.

Nicole O'Connor affiche un sourire bizarre, aux limites de la folie, et effectue un geste de défi en tendant son majeur vers la caméra.

— Je crois que nous ne nous aimons pas, n'est-ce pas ? C'est normal. Nous sommes parties sur un mauvais pied… Je vous le concède.

La prisonnière crache dans sa direction.

— C'est vous qui avez provoqué la bousculade de Londres, n'est-ce pas, mademoiselle O'Connor ?

Nicole ne répond pas.

— Ma mère y a perdu la vie. Et j'ai souffert. Maintenant c'est à vous de souffrir.

Nicole fixe l'objectif dans une position arrogante.

— Le problème, dit Monica, c'est que désormais c'est vous qui êtes entre mes mains. Je vous ai eue, et vous allez payer pour le meurtre de ma mère. Vous êtes comme ces mouches prises dans les toiles d'araignée qui sont anesthésiées et lentement débitées en morceaux. Et ce… jusqu'à disparaître et être oubliées par tous comme si elles n'avaient jamais existé.

Nicole se met à hurler.

Sophie Wellington coupe le son.

— Je comprends votre désir de vengeance, Monica, dit-elle.

— Cela va au-delà : nous n'avons pas la même vision du monde. Elle croit que l'avenir est au collectif et je crois que l'avenir est à l'individuel.

ENCYCLOPÉDIE : VIKTOR KORTCHNOÏ.

Après le championnat du monde Fischer-Spassky à Reykjavik en 1972, la seconde grande confrontation entre deux grands maîtres d'échecs qui fut déterminante dans la guerre froide fut celle de Viktor Kortchnoï et Anatoli Karpov à Baguio, aux Philippines, le 18 octobre 1978.

Viktor Kortchnoï, dont la famille juive ukrainienne avait survécu de justesse à la Deuxième Guerre mondiale, avait appris à 6 ans à jouer aux échecs avec son père. C'est à cet âge qu'il s'inscrivit dans l'École de Leningrad et se révéla un joueur surdoué. À 25 ans, il obtint le titre de grand maître international. Il eut ensuite le plus grand palmarès de l'histoire des échecs avec 220 premières places seul ou ex æquo en tournoi.

Il fut quadruple champion d'URSS à partir de 1960. Cependant ses prises de position à l'encontre de la Fédération russe et sa sympathie pour l'Américain Bobby Fischer déplurent au gouvernement, qui le

trouvait trop indépendant. Même s'il était le meilleur joueur russe, Viktor Kortchnoï avait tout le système soviétique contre lui. Les autorités lui préféraient nettement Anatoli Karpov, fils d'ouvrier, ancien soldat de l'Armée rouge et membre du Parti communiste.

Lassé des brimades et des menaces du gouvernement russe sur sa famille, Kortchnoï passa à l'Ouest en 1976 et obtint la nationalité suisse.

Et donc arriva en juillet 1978 la finale de championnat du monde à Baguio aux Philippines : Anatoli Karpov contre Viktor Kortchnoï.

Le gagnant était le premier qui avait 6 victoires. Le match dura trois mois et fut l'occasion d'un combat psychologique et... métaphysique. Le KGB fit appel à un para-psychologue hypnotiseur, le docteur Vladimir Zoukhar, qui, placé au premier rang, fixait Kortchnoï en permanence. Lorsque ce dernier s'en plaignit, on lui refusa de le faire sortir. Kortchnoï fit donc entrer à la partie suivante son propre parapsychologue hypnotiseur, le docteur Berguiner.

Mais les Russes obtinrent son exclusion, ensuite Kortchnoï fit venir un couple de méditants yogis (nommés Didi et Dada, qui priaient en robe orange et turban), puis un prêtre jésuite. Mais à chaque fois, le chef du KGB présent sur place pour l'occasion faisait en sorte que ces personnages étranges s'en aillent, alors que le docteur Zoukhar, lui, était toujours là, au premier rang.

À la dernière partie, les deux challengers étaient à égalité avec cinq victoires partout. La tension

psychologique était à son comble. Kortchnoï, après avoir perdu du temps à demander pour la énième fois le renvoi du docteur Zoukhar, fit une erreur stratégique étonnante qui s'avéra déterminante. Karpov gagna la partie et remporta ainsi le titre de champion du monde.

Edmond WELLS,
Encyclopédie du Savoir Relatif et Absolu.

17

Les jours passent.

Les semaines passent.

Les mois passent. Nicole alterne colère et abattement.

Elle s'effondre. Elle pleure.

Je perds pied.

Elle ne sait pas s'il fait jour ou nuit. Même les appels lui demandant de coopérer arrivent à des horaires aléatoires qui ne lui permettent pas de se repérer. L'ordre habituel des repas n'est pas respecté : petit déjeuner, déjeuner, dîner, les trois plateaux sont servis n'importe quand et dans n'importe quel ordre. Parfois, deux petits déjeuners ou deux dîners se suivent. Elle reconnaît le petit déjeuner parce qu'il y a un pain au lait en plus du pain normal. Le dîner au fait qu'il y a de la soupe.

Je dois trouver une solution.

Il y a forcément une solution.

Elle prend alors conscience que si cette épreuve lui est aussi pénible, c'est parce qu'elle n'a rien à se dire à elle-même.

Ayant toujours été entourée, elle n'a jamais senti la nécessité de se bâtir un monde intérieur.

L'idéal serait que je crée un dialogue avec un ami imaginaire, mais même ça je n'y arrive pas.

Je suis tout le temps dans le réel et dans ma vie de Nicole O'Connor.

Je suis tout le temps un être qui a besoin d'avoir ses sens nourris par des stimuli extérieurs, et ce qu'il se passe actuellement est un effondrement global de mon esprit.

Je m'émiette.

Je me dilue.

Je disparais progressivement. Elle repense aux paroles de sa pire ennemie. Elle met sa tête sous l'eau du robinet du lavabo. *Quel jour est-on ?*

Combien de temps vais-je pouvoir tenir ? Elle respire amplement.

Que puis-je faire dans cet endroit où il n'y a rien ni personne ? Elle cherche et trouve.

Une grève de la faim.

Elle se souvient de la grève de la faim de Bobby Sands. *Il est mort.*

Mais au moins, on a su qu'il existait. Il est devenu martyr et il a inspiré d'autres engagements pour la cause de l'indépendance irlandaise.

Tandis que là, je risque juste de mourir sans que personne le sache ou s'en aperçoive. Pour l'extérieur, je ne suis probablement qu'une personne disparue.

Même mon père doit penser que je voyage au loin et que c'est pour cela que je ne donne pas de nouvelles.

Elle regarde le plateau-repas avec les aliments blancs. Pas de pain au lait. Pas de soupe. Il s'agit donc d'un déjeuner. Le troisième de suite.

De toute façon, si c'est pour manger cette nourriture au goût de polystyrène, je ne me prive pas de grand-chose.

Alors elle se lève et, se tournant vers la caméra, elle hurle :

— Je fais une grève de la faim ! Vous m'entendez ? Je fais une grève de la faim !

Elle attend une réaction, mais il ne se passe rien.

La diode rouge de la caméra reste allumée mais le haut-parleur n'émet même pas un grésillement.

Au bout d'une heure, la main qui avait apporté son repas reprend le plateau intact.

Qu'est-ce que j'espérais ? Qu'il y aurait une conférence de presse ?

Elle continue cependant par principe ce qui lui semble quatre jours de grève de la faim.

Les plateaux sont récupérés intacts.

Et puis un jour, qu'elle pense être le cinquième, elle craque et mange du pain sans goût qui accompagne sa purée fade et son yaourt fade. Et un grand verre d'eau pour faire passer. Et le pire, c'est qu'elle y prend du plaisir.

Elle s'effondre et songe : *Échec et mat. J'ai perdu. Maintenant je n'ai que trois options : la folie, la trahison, la mort.*

Et au moment où elle a cette pensée, elle ne sait pas laquelle des trois solutions est la pire.

18

Monica Mac Intyre est devant un unique wagon de métro posé au milieu d'une grande pièce violemment éclairée. Le wagon n'a pas de roues et il est posé directement sur le sol. Deux hommes en uniforme la forcent à y pénétrer et à s'asseoir sur un strapontin.

Une voix résonne depuis les fins haut-parleurs installés dans le plafond :

— Je suis Nicole O'Connor. Je voudrais que vous nous donniez les noms des gens du MI5 pour lesquels vous travaillez.

Monica ne répond pas. Les portes s'ouvrent et surgit une foule d'une centaine de personnes qui s'engouffrent dans la voiture de métal. Une sonnerie stridente similaire à celle de la fermeture des portes du métro de New York retentit. Monica se sent immédiatement oppressée par cette multitude. La voix de Nicole résonne de nouveau.

— Densité : sept personnes au mètre carré. Allez-y, parlez. Pour qui travaillez-vous au MI5 ? Donnez-nous le nom de votre agent de liaison et vous pourrez sortir.

Monica essaie de s'approcher des portes du wagon mais les personnes autour d'elle la bloquent.

— Vous ne voulez pas parler ? Très bien, vous l'aurez voulu. Passons directement à une densité supérieure.

Une vingtaine de personnes entrent dans le wagon, augmentant considérablement la pression sur son corps et réduisant l'air respirable. Nouvelle sonnerie.

— Toujours rien ? Alors on passe à neuf personnes au mètre carré.

Un groupe d'une vingtaine de personnes entre dans l'espace métallique et la sonnerie stridente retentit.

Monica a du mal à respirer. Tout son corps est compressé.

— Pour qui travaillez-vous ?

Comme elle ne répond toujours pas, avant que la sonnerie retentisse de nouveau, vingt personnes entrent tandis que la voix annonce :

— Densité : dix personnes au mètre carré.

Des gens sont tombés au sol et sont piétinés. Des visages sont écrasés sur les vitres en Plexiglas. Certaines personnes, plus grandes, ont la tête qui touche les lampes plafonnières pendant que les autres tordent le cou pour trouver de l'air. Monica est compressée et sent autour de son visage les bouches exhalant bruyamment un air fétide. Il y a plusieurs couches de personnes superposées comme pour des lasagnes.

Nouveaux arrivants et la pression augmente encore. Nouvelle sonnerie.

— Parlez ! Pour qui travaillez-vous ? À moins que vous ne soyez prête à tenter l'expérience de la densité de onze personnes au mètre carré ? Nous pourrions peut-être battre un record et l'inscrire dans le *Guinness* si vous êtes aussi endurante.

Tous les gens qui sont autour d'elle dégagent une immonde odeur de sueur et une haleine nauséabonde. Elle tente de se débattre mais elle ne peut plus bouger. La sensation est abominable, alors elle se met à hurler :

— DÉGAGEZ TOUS !

Elle se réveille d'un coup. Elle se frotte les yeux et est soulagée de découvrir que ce n'était qu'un cauchemar. Pendant quelques secondes, elle éprouve encore des frissons désagréables qui s'estompent progressivement.

Elle va à la fenêtre, l'ouvre, aspire une grande goulée d'air frais.

Elle prend une douche glacée.

Elle s'habille, avale un copieux petit déjeuner, s'installe devant la fenêtre de sa chambre pour écrire la suite de *La Rage de vaincre.*

Elle travaille toute la journée puis se prépare pour sortir dîner.

Pour fêter ce 31 décembre 1985, Sophie Wellington l'invite dans un restaurant écossais de Belfast. Le décor est somptueux. Il y a les symboles de l'Écosse : le Saltire, grand drapeau bleu marine avec la croix blanche en X, la fleur de chardon, le lion rampant rouge, la cornemuse, le kilt, le portrait du roi Robert Bruce et le tableau de la bataille de Bannockburn qui vit en 1314 la victoire des Écossais sur les Anglais d'Édouard II, ainsi que la photo de l'équipe de rugby. En fond sonore, l'hymne « Flower of Scotland » qui fait référence à la bataille de Bannockburn.

Le serveur arrive.

— Quelle est votre spécialité ? lui demande Sophie Wellington.

— Le haggis.

— C'est quoi ?

— De la panse de brebis farcie.

— Euh… Farcie à quoi ?

— Il y a des abats de mouton, poumon, foie, cœur, finement hachés. Le mot provient d'ailleurs du français « hachis ». Mais il n'y a pas que cela. Il y a aussi des oignons, de l'avoine, de la graisse de rognons de mouton, des épices et du sel, explique patiemment le serveur.

— OK, je vais goûter. Et vous, Monica, vous prenez quoi ?

La jeune femme inspecte rapidement la carte puis annonce au serveur :

— Je suis végétarienne. Je voudrais juste votre purée de légumes mais sans beurre, ni sel ni poivre. Ce serait parfait si vous pouviez m'ajouter les câpres qui se trouvent dans votre plat de poisson et les lentilles de votre hors-d'œuvre. Et vous avez du tofu ?

— Non, madame, ici on ne sert que des spécialités écossaises, répond-il d'un ton agacé.

— Dans ce cas, je le prendrai sans tofu. Merci.

— Vous savez, mon ancêtre le duc de Wellington était d'origine irlandaise, dit Sophie à Monica quand le serveur s'est éloigné.

— Les Irlandais sont comme tous les peuples, il y en a des bons et des mauvais, plaisante Monica. Et c'est quoi votre plat traditionnel à vous ?

— C'est le Irish Stew, ou ragoût irlandais. Il est composé de morceaux d'agneau, auxquels on a ajouté des pommes de terre, des carottes et des oignons. Contrairement au haggis, il n'y a pas d'abats, ni morceau de cœur, ni poumon, ni foie, ni rate, ni œil, ni langue.

Au bout de quelques minutes, le serveur revient avec les plats. Sophie semble d'abord méfiante devant l'allure et l'odeur de son haggis, mais, après en avoir pris une petite bouchée, elle reconnaît que c'est délicieux. Monica pour sa part préfère se concentrer sur sa purée de légumes aux câpres. Alors qu'elles ont terminé leurs assiettes, les deux femmes se regardent et songent à la même chose au même moment.

Où en est la grève de la faim de Nicole ?

— Elle a tenu cinq jours et a fini par se remettre à manger. Je vous avais promis une vengeance pire que la mort. J'ai tenu ma promesse.

L'attention de Monica est attirée par un écran. C'est la rétrospective de l'année 1985.

— Excusez-moi, mais il faut que je prenne des notes, annonce-t-elle en sortant un calepin et un stylo de sa veste.

Sophie est étonnée par cette interruption du dîner avant le dessert.

— C'est important pour moi. Cela me donne une sorte de bilan de l'année qui me permet de faire le point sur tout. Je note ce qui me semble important à retenir.

Et sans demander l'avis des autres clients, elle saisit la télécommande proche pour monter le volume. Au fil de l'émission, elle sélectionne pour chaque mois l'information qui lui paraît déterminante :

– Janvier : guerre Iran-Irak. Les mollahs iraniens au pouvoir utilisent la tactique des vagues humaines. Ils envoient des enfants marcher sur les champs de mines. Ils jouent sur la quantité d'humains engagés pour tenter de vaincre les Irakiens, et en profitent pour se débarrasser du même coup des enfants des ethnies hostiles ou des familles non religieuses.

– Mars : Mikhaïl Gorbatchev remplace Tchernenko à la tête de l'URSS. Il annonce la fin de la course aux armements entre son pays et les États-Unis.
– Juin : lancement sur le marché des premiers CD-ROM.
– Juillet : évincé d'Apple par ses actionnaires malgré le fait que c'est sa propre entreprise, Steve Jobs fonde une société pour fabriquer des ordinateurs de nouvelle génération, qu'il baptise NeXT.
– Août : le rapport Whitaker adopté par la commission des droits de l'homme des Nations unies mentionne pour la première fois le massacre des Arméniens par les Turcs comme un cas de génocide.
– Septembre : découverte de l'épave du *Titanic* par une expédition franco-américaine dirigée par Robert Ballard.
– Octobre : le mont Uluru, site sacré des Aborigènes d'Australie, est restitué aux deux tribus qui y vivaient. Celles-ci décident d'en faire un parc naturel protégé.

Puis le présentateur évoque les troubles en Irlande du Nord, où des sympathisants de l'IRA manifestent pour la libération des prisonniers de Long Kesh, qui selon eux font des grèves de la faim sans même que les gens d'Amnesty International soient autorisés à leur rendre visite.

— Je ne comprends pas pourquoi vous accordez autant d'importance à cette rétrospective, dit Sophie.

— Sur une journée on ne voit rien, sur un mois on voit peu. Sur un an, on a enfin une vision globale.

Monica referme son calepin et fixe la directrice du MI5.

— Elle peut tenir combien de temps selon vous ?

— Il y a dans le quartier haute sécurité de la prison de Maze des détenus qui y sont depuis six ans. Ils ne parlent pas, ils ont le regard vide, mais ils sont vivants. C'est ce que vous lui disiez : des mouches anesthésiées dans une toile d'araignée.

Monica hoche la tête, mais ne semble pas entièrement satisfaite.

Comme elle est étrange, cette sensation d'avoir réussi sa vengeance. Je crois que j'étais prête à combattre longtemps et que cette issue me procure un sentiment ambigu. D'où mon rêve de cette nuit.

— Ça va ? Vous avez l'air inquiète du sort de votre ennemie, remarque Sophie.

— La victoire laisse parfois un sentiment d'amertume.

— Vous avez ce que vous vouliez et pourtant, ça a l'air de vous déranger.

La jeune femme secoue la tête et se force à sourire.

— Non, ça va. Merci. Grâce à vous j'ai vengé la mort de ma mère.

Sophie Wellington se penche en avant.

— Jusqu'à quel point es-tu prête à me remercier ? demande la femme officier du MI5 en prenant la main de Monica et en passant au tutoiement.

Elle me drague ?

— Je suis sapio-sexuelle, dit Monica d'un ton déterminé.

— Ça signifie quoi ?

— Je suis attirée par les esprits intelligents. Je ne tiens pas compte du fait qu'ils appartiennent à un homme ou à une femme, à une personne jeune ou âgée. Seule compte la brillance de la pensée.

Sophie Wellington prend cette réponse pour un encouragement, elle se lève et se place face à Monica. Elle s'approche suffisamment pour l'embrasser sur la bouche. Monica se laisse faire.

C'est alors que sonnent les douze coups de minuit annonçant la fin de cette année 1985.

19

Nicole est réveillée par un bruit. Celui-ci est différent de tous ceux qu'elle a perçus dans sa cellule. Jusque-là, il n'y avait que le son de la trappe par laquelle on lui faisait passer ses plateaux-repas. Elle avait fini par apprécier le grincement de la charnière métallique.

Au moins, c'était un son.

Mais là, ce n'est pas un petit grincement, c'est un bruit beaucoup plus compliqué.

Elle finit par comprendre que c'est le bruit de l'épaisse serrure en train de libérer le pêne.

Et puis, il se passe quelque chose d'inattendu.

La porte s'ouvre en grand.

Tout d'abord, elle sent une odeur qu'elle trouve fabuleuse, celle de l'air frais. Probablement parce qu'elle vit dans l'atmosphère peu aérée de sa cellule, son olfaction est décuplée.

Dans l'air provenant du couloir, elle perçoit des relents de détergent parfumé au pin.

Et elle trouve cela délicieux.

Après l'odorat, c'est la vue, il y a un homme à la porte. Il est habillé avec des vêtements de couleur qui détonnent par rapport à la cellule blanche. Elle apprécie le très beau bleu marine de son uniforme et les insignes en métal doré. Elle trouve qu'il a lui-même un visage d'un joli rose agrémenté d'une moustache couleur noisette assortie à ses yeux. *Enfin quelqu'un d'autre que moi.*

Elle le renifle et découvre qu'il sent une enivrante odeur de sueur d'homme.

— Vite, suivez-moi ! dit-il.

Nicole montre la caméra.

— Ne vous inquiétez pas. Je l'ai désactivée.

Et si c'était un piège ? S'il me faisait croire que je vais sortir pour me ramener et rendre cette prison encore plus pénible ?

On finit par s'habituer, mais si on retourne quelques minutes au paradis, l'enfer devient encore plus insupportable.

— Qui êtes-vous ?

— Celui qui va vous faire sortir d'ici.

— Vous êtes un gardien. Pourquoi feriez-vous cela ?

— Je vous expliquerai plus tard, pour l'instant il faut filer, répond l'homme en lui tendant la main.

— Pourquoi devrais-je vous faire confiance ?

— Parce que vous n'avez pas le choix.

Voyant avec gourmandise le couloir rempli d'odeurs, de couleurs, peut-être même de possibilités de croiser d'autres êtres humains, et comprenant que c'est une situation étonnante mais potentiellement positive, elle décide de prendre le risque, saisit la main du gardien et se laisse entraîner.

Le contact avec un épiderme étranger lui provoque une petite décharge électrique agréable.

Ils empruntent plusieurs couloirs déserts, puis l'homme s'arrête et lui demande d'attendre dans un coin.

Il observe sa montre. Plusieurs minutes passent pendant lesquelles Nicole gave ses yeux de grains de lumières colorées, ses narines de molécules parfumées, ses capteurs tactiles de contact avec les briques du mur. Même la sensation de la main du gardien pourtant poilue et moite lui paraît délicieuse.

L'homme moustachu ne quitte pas des yeux sa montre.

Ils ne bougent toujours pas et puis soudain retentit une première explosion, suivie rapidement par une deuxième. Et une troisième. La sirène d'alerte résonne.

Même ce son tonitruant lui semble merveilleux après les longues journées passées dans le silence.

Son sauveur lui fait signe d'attendre encore un peu. Et les nouveaux sons qui parviennent à ses oreilles sont ceux de cris enthousiastes et d'objets cassés. Il lui chuchote :

— J'ai fait sauter le système qui contrôle les ouvertures de portes des cinq H-Blocks. Maintenant tous les détenus sont en liberté.

Quel bonheur d'entendre ces paroles.

Après les cris de joie des prisonniers arrive le bruit d'un groupe de gens qui courent en soufflant dans des sifflets.

Ce sont les policiers anti-émeutes qui viennent pour les affronter.

Et c'est le choc entre les deux groupes. Détenus contre policiers. Les cris se font différents, cris de rage ou cris de douleur.

— On peut y aller maintenant ! dit le gardien et il tire Nicole par la main dans une direction précise.

Ils arrivent devant une grille qu'il ouvre avec une clef. Ils se retrouvent dans un couloir. La porte est fermée, mais il a, là encore, la clef adéquate.

Ils courent.

Nouveaux couloirs, nouvelles portes fermées dont il possède les clefs.

Les bruits proviennent maintenant de plusieurs directions. Les émeutiers sont en train de mettre le feu aux baraquements. Une sympathique odeur de plastique brûlé chatouille les narines de Nicole.

Elle se laisse guider par le gardien.

Partout autour d'eux le chaos gagne. Elle distingue de loin les combats. Les deux groupes sont enragés. C'est bien plus violent que lors de la manifestation pour les Aborigènes à laquelle elle avait assisté adolescente à Sydney.

Des hommes avec des matraques et d'autres armés de barres de fer ou de planches cassées se battent.

J'adore cet instant.

Elle inspire un grand coup l'odeur de brûlé à laquelle s'ajoutent désormais d'infimes relents de sueur et de sang.

Mais le gardien lui fait signe qu'il ne faut pas rester une seconde de plus dans les parages. Il utilise une nouvelle clef pour ouvrir la fenêtre.

Les voici à l'extérieur. Ils courent dans des espaces bétonnés entourés de grillages de trois mètres de haut.

La prison de Long Kesh est maintenant transformée en champ de bataille. Partout des groupes de détenus libérés affrontent les gardiens.

Mon sauveur a créé une émeute pour faire diversion mais les policiers vont forcément réussir à maîtriser les détenus.

Il ne faut pas traîner.

Le gardien va chercher dans une cachette un sac à dos volumineux, puis il mène Nicole à une tour de surveillance devant le mur extérieur. Il lui confie le sac à dos, monte en premier, assomme le gardien qui s'y trouve, après quoi elle le rejoint.

Du haut du mirador, l'ensemble de la prison est visible. C'est une sorte de large rectangle à l'intérieur duquel se trouvent de grands bâtiments en forme de H.

Ce doit être les H-Blocks.

On voit des flammes un peu partout, sans doute des feux allumés par les émeutiers.

Le gardien sort du sac une longue corde. Il l'accroche à la poignée de la porte puis après avoir brisé la vitre de la tour de surveillance, il la lance dans le vide.

— Allez-y !

Nicole regarde en bas et éprouve un instant de vertige, mais elle se reprend rapidement et saisit la corde. Ses mains tremblent, elle sent qu'elle a du mal à les serrer autour de la corde.

— Et vous ? demande-t-elle.

— Ne vous inquiétez pas, je vais me mêler aux gardiens qui combattent les émeutes.

— Merci, bafouille-t-elle.

— Quand vous serez en bas, foncez vers le parking des gardiens. Quelqu'un vous y attend dans une voiture.

— Comment reconnaîtrai-je la bonne voiture ?

— Vous la reconnaîtrez, répond-il en lui faisant signe qu'il est temps d'y aller.

Elle enjambe le rebord du parapet en agrippant la corde. Tout son corps manque d'énergie, mais elle parvient à solliciter ses dernières ressources. *Je dois vite sortir de cet enfer.*

Elle prend une grande inspiration et commence à descendre lentement en respirant fort.

La corde étant trop courte, elle est obligée de sauter et se tord un peu la cheville, mais elle est si déterminée qu'elle continue en direction d'un vaste parking.

Comme elle le craignait, il y a là une centaine de véhicules. Elle court en boitant à la recherche de celui censé l'aider quand tout à coup une voiture garée à l'autre extrémité fait des appels de phares.

Elle se précipite vers la lumière, espérant que les signaux s'adressent bien à elle, et lorsqu'elle est proche, elle s'aperçoit que c'est une Rolls-Royce rouge.

La vitre arrière s'abaisse et il s'en échappe un nuage de fumée dont elle identifie immédiatement le subtil parfum des feuilles de tabac grillées.

Un havane Romeo y Julieta.

La portière s'ouvre et une large silhouette sort qui ouvre ses bras et, là, Nicole a envie de hurler de joie, mais se contente de murmurer le mot qui lui paraît à cet instant le plus beau de tous :

— Papa !

Elle le serre fort dans ses bras, incapable de retenir ses larmes. Ils démarrent sans attendre.

Elle le regarde, encore hallucinée par ce qui vient de lui arriver, puis déclare d'une voix chevrotante :

— Faim.

— Je m'en doutais.

Rupert ouvre une mallette et en sort des toasts au caviar et des blinis au saumon fumé, beurre et citron.

Elle dévore. Elle ferme les yeux à chaque bouchée, montrant qu'elle se régale.

Puis après avoir tout mangé, elle prononce un second mot :

— Soif.

Il sort une coupe et y verse du champagne rosé. Elle hume l'alcool pétillant, sent les bulles éclater sur sa langue, glisser dans sa bouche et pour finir dans sa gorge.

Elle sourit, elle est grisée, elle a envie de rire, d'embrasser, d'étreindre ce gros papa. Elle le fait. Elle lui fait plein de baisers et répète le mot magique :

— Papa. Papa. Papa. Comment as-tu réussi ce coup-là ?

— J'ai payé le gardien. Cela m'a coûté cher, dit-il avec un clin d'œil, mais c'est le prix de la victoire. Maintenant, il faut se tenir tranquille, tu me le promets, Nicole ?

20

Le téléphone sonne.

Les deux corps nus en sueur se détachent progressivement. La main tâtonne et finit par trouver le combiné du téléphone.

— Qui est-ce ? dit Sophie Wellington d'une voix pâteuse en décrochant.

Quelqu'un à l'autre bout du fil parle à toute vitesse. La directrice du MI5 se libère des bras de Monica Mac Intyre et se redresse d'un coup.

— Vous en êtes sûr !?

De nouveau la voix parle à toute vitesse puis Sophie raccroche, atterrée.

— Qu'est-ce qui se passe, pourquoi on t'appelle si tard ? questionne Monica Mac Intyre.

— Nicole.

— Morte ?

— Non, évadée.

Les deux femmes restent un moment sous le choc de cette nouvelle, puis Sophie regarde sa montre et déclare :

— Ce n'est peut-être pas complètement fichu. Viens.

Elles s'habillent à la hâte. Puis rejoignent la voiture de Sophie, une Austin Mini noire.

Sophie se branche sur la fréquence de la police pour écouter des informations plus précises sur cette évasion surprise. Elle roule en prenant tous les risques pour gagner du temps.

— On va où ? demande Monica.

— À l'aéroport de Belfast. On a intercepté une communication de O'Connor avec un pilote de jet privé. Il annonçait qu'il arrivait et souhaitait un décollage immédiat.

— C'est loin ?

— Vingt-six kilomètres. Il n'y a pas encore d'équipe opérationnelle suffisamment proche pour agir efficacement, mais nous deux nous pouvons tenter d'intercepter Nicole et son père avant qu'ils ne montent dans cet avion. Nous pouvons y être dans vingt minutes.

Sophie grille les feux rouges, manquant plusieurs fois de percuter d'autres véhicules ou des piétons, heureusement peu nombreux à cette heure de la nuit.

Puis les deux femmes roulent sur la route qui mène du petit village de Maze à l'aéroport.

Elles ne parlent pas, concentrées sur la situation.

Dans le ciel, la pleine lune forme un disque blanc lumineux qui éclaire encore plus nettement la route.

C'est étrange mais cette nouvelle me ravit. Comme si le jeu reprenait.

Enfin le petit aéroport avec sa tour grise se profile devant elles.

Sophie ne perd pas de temps à se présenter au guichet de contrôle. Elle défonce la barrière d'entrée avec sa Mini et se dirige vers le tarmac. Un unique petit avion avec ses phares allumés est positionné sur la piste d'envol.

C'est un jet privé de type Falcon 50.

Une Rolls-Royce rouge roule vers l'engin.

La voiture de Sophie et Monica fonce pour la rejoindre.

La Rolls ralentit puis s'arrête à quelques mètres de l'arrière du fuselage.

La porte du Falcon s'ouvre et déploie sa passerelle d'embarquement.

Mais personne ne sort de la voiture ou de l'avion. Sophie s'arrête à son tour, prend un pistolet automatique dans la boîte à gants.

— Police ! Rendez-vous ou je tire ! hurle-t-elle en direction de la Rolls.

Toujours pas de réaction. Les trois réacteurs du Falcon ronronnent toujours.

Instant d'hésitation. Sophie a le doigt sur la détente. *Quelque chose cloche*, se dit Monica.

Et comme pour confirmer son intuition, un gros homme avec un cigare coincé entre ses lèvres descend enfin de la voiture. Il tient un fusil-mitrailleur et arrose l'Austin Mini d'une rafale de gros calibre qui transperce la carrosserie.

La vitre est brisée.

Sophie est touchée de plusieurs impacts à la poitrine et bascule sur le côté. Monica n'a eu que le temps d'ouvrir la portière côté passager et de se plaquer au sol.

Le vacarme des balles ne cesse pas pour autant. Les projectiles sifflent. Le métal percé produit des sons cinglants. Le pare-brise explose en miettes.

Une fois que l'homme au cigare a terminé de tirer toutes les balles, il s'arrête pour mettre un nouveau chargeur.

Monica profite de cet infime répit pour s'approcher du corps de Sophie criblé de balles. Elle détache l'arme des doigts crispés de son amie. Puis elle se replace au sol, sous la voiture. Profitant de sa position allongée qui lui assure une certaine stabilité, elle vise le cœur et tire une seule balle.

Le gros homme ouvre la bouche, son cigare tombe, il reste un instant comme hébété avant de s'effondrer en avant.

Aussitôt une jeune femme blonde surgit par l'autre portière de la Rolls et tire à son tour une balle, qui frôle le visage de Monica.

Cette dernière se remet sous la voiture pour se protéger.

S'ensuit un moment de silence où l'Américaine est assourdie par le bruit de sa propre respiration impossible à maîtriser.

Les trois réacteurs du Falcon 50 n'ont pas cessé de tourner, le moteur de la Rolls-Royce non plus.

Il faut aussi tenir compte qu'il y a un ou deux pilotes dans l'avion. Ont-ils des armes ? Prendront-ils le risque d'intervenir ?

Monica fait le tour de l'Austin Mini criblée d'impacts de projectiles de gros calibres et distingue de loin un pilote dans le cockpit.

Un nouveau tir, et une nouvelle balle la frôle.

Nicole s'est cachée derrière la portière et me vise.

Monica est tentée de sortir et de tirer dans sa direction, mais comme elle sait qu'elle n'aura pas suffisamment de précision pour être efficace, elle préfère attendre que la situation se modifie.

Il faut que je tienne compte du fait que les portières de la Rolls sont plus épaisses que celles de l'Austin. Il n'y a que lorsque je suis par terre que l'épaisseur du plancher me protège par rapport à l'angle de tir.

Une nouvelle balle siffle près de ses oreilles.

L'Américaine utilise son vêtement comme un leurre et celui-ci est rapidement percé de deux balles.

Pour quelqu'un d'éprouvé par plusieurs mois de prison et par une évasion forcément difficile, Nicole a encore des ressources. Il ne faut pas la sous-estimer.

Dans un éclat du rétroviseur brisé, Monica repère l'emplacement de son adversaire.

C'est alors qu'une nouvelle balle siffle près d'elle, provenant d'une autre direction. Entre-temps le pilote s'est décidé à intervenir, il est sorti de son jet.

Il a lui aussi une arme de poing et lui tire dessus.

Monica roule sur le côté, trouve un nouvel angle de tir, presse la détente. La première balle le rate, la seconde le touche au cou. Il s'effondre. Un deuxième homme sort aussitôt. Il fait feu dans sa direction et de nouveau elle ajuste son tir et l'abat.

L'entraînement que Sophie lui a imposé avant la mission du stade du Heysel s'avère déterminant.

Bon, maintenant au moins, Nicole ne pourra pas fuir.

En réponse, la jeune femme blonde tire quatre balles qui ne l'atteignent pas.

La colère l'empêche d'être efficace.

Monica regarde le corps de Sophie et essaie de se couper de toute émotion.

Ce n'est pas le moment de faire du sentiment. Nicole a tué Sophie, j'ai tué son père. Nous nous sommes pris deux pièces importantes. Le jeu reprend.

Monica regarde le chargeur de son pistolet automatique et constate qu'il ne reste qu'une seule balle.

Si j'ai bien compté et si elle n'a pas rechargé, Nicole ne doit plus avoir que deux cartouches. Comme une partie d'échecs dans laquelle il ne reste qu'un pion à l'une et deux à l'autre. Un pion de différence peut changer le cours d'une partie complète. Cette balle-là, il ne faut pas que je la tire n'importe comment. Je n'ai vraiment droit qu'à un seul tir.

Et puis il se passe quelque chose d'étonnant. Monica voit dans le rétroviseur que Nicole sort à decouvert. Elle porte encore sa tenue blanche de la prison de Long Kesh.

Elle ne se dissimule pas, mais tient son pistolet pointé dans sa direction.

Elle veut jouer au duel d'un film de cow-boys ?

Qu'est-ce que je fais ? Je sors et je tire mon unique balle en prenant le risque qu'elle m'en envoie deux ?

Les secondes s'écoulent et elle a l'impression d'entendre le tic-tac des pendules d'échecs.

Il faut que je reprenne l'ascendant psychologique. Je dois la déstabiliser. Il faut qu'elle ait peur de moi.

Alors elle lance comme une imprécation :

— *Vulnerant omnes ultima necat.*

Elle va se rappeler la traduction.

Toutes blessent, la dernière tue.

Tic-tac.

Les secondes continuent de s'égrener.

Monica est consciente qu'elle doit accélérer son temps d'analyse sinon elle perdra.

Est-ce que la prise de risque est acceptable ?

Cela va se jouer à une fraction de seconde.

Monica respire de plus en plus amplement pour se calmer et s'assurer que sa main ne tremble pas si elle doit tirer.

Tic-tac tic-tac.

Une balle contre deux, cela fait une sacrée différence.

Elle a deux fois plus de chances de gagner.

Dans l'esprit de la New-Yorkaise, les idées fusent dans tous les sens. Envie de venger sa mère et Sophie, de gagner contre ce redoutable adversaire, mais aussi peur de mourir.

Et cette dernière émotion est plus forte que les autres.

Monica hésite trop longtemps et lorsque enfin elle se décide à sortir pour tirer son unique balle, Nicole a déjà mis ce laps de temps à profit pour pénétrer dans le Falcon 50, relever la passerelle et verrouiller la porte.

Elle ne sait quand même pas piloter…

Monica tire sa dernière cartouche vers le cockpit et ne provoque qu'un impact mineur sur la carlingue.

Les réacteurs vrombissent plus fort et l'avion commence à avancer sur le tarmac.

Au même moment, les renforts de police arrivent, toutes sirènes hurlantes.

Mais déjà l'avion roule sur la piste et s'élance vers le ciel comme un oiseau.

Alors qu'autour d'elle les policiers en retard s'activent, Monica impuissante fixe le point blanc du Falcon 50 qui fend le disque de la lune et rejoint les autres infimes points blancs des étoiles.

Elle ne pourra pas m'échapper éternellement. Je l'aurai. Je ne suis pas pressée.

Tant que je ne l'aurai pas tuée, ma vie sera incomplète.

ENCYCLOPÉDIE : BRUNEHAUT ET FRÉDÉGONDE.

Rarement on a vu deux femmes autant se détester. Leur histoire commença en l'an 561. La France était alors partagée entre les petits-fils du roi Clovis (le premier roi franc à s'être converti au christianisme). L'un de ceux-ci, Chilpéric, était roi de Neustrie, et avait pour capitale Soissons. Un autre, Sigebert, était roi d'Austrasie, et avait pour capitale Reims.

Les deux jeunes rois francs épousèrent les deux filles du roi des Wisigoths, qui régnait sur le territoire correspondant aujourd'hui à l'Espagne.
Sigebert prit comme compagne Brunehaut, et son frère Chilpéric, sa sœur Galswinthe.
Tout aurait pu aller ainsi au mieux si ce n'est que Chilpéric avait une liaison avec une servante, une ancienne prostituée d'une grande beauté, qui se prénommait Frédégonde. Celle-ci était déterminée à s'élever socialement. Elle étrangla la reine Galswinthe dans son sommeil et dans la foulée passa du statut de concubine à celui d'épouse officielle du roi Chilpéric.
En apprenant les circonstances sinistres de l'assassinat de sa sœur, la reine Brunehaut persuada son mari le roi Sigebert de réagir. Celui-ci obtint par jugement, en réparation pour l'assassinat de sa belle-sœur, les villes de Bordeaux, Limoges et Cahors.
Frédégonde, de son côté, fit pression sur son mari Chilpéric pour qu'il ne cède aucune ville.
La guerre éclata entre les deux rois sous l'emprise de leurs femmes.
Après cinq ans de conflits et de massacres, Sigebert parvint à prendre la ville de Tournai, où était refugié Chilpéric, qui dut s'avouer vaincu. Mais Frédégonde réagit immédiatement en envoyant deux tueurs qui surgirent par surprise et poignardèrent Sigebert.
Chilpéric retrouva son trône et prit Paris où s'était réfugiée Brunehaut, qu'il envoya en exil à Rouen.
Or, à Rouen, Brunehaut rencontra l'un des fils

d'un premier mariage de Chilpéric, le jeune et beau Mérovée. Les deux tourtereaux tombèrent aussitôt amoureux et se marièrent.

Frédégonde réussit alors à convaincre son mari d'arrêter son propre fils, Mérovée. Une fois que celui-ci fut emprisonné, Frédégonde le fit torturer à mort. Elle n'en resta pas là et élimina ensuite son mari, le roi Chilpéric, dans une embuscade au cours d'une partie de chasse. Les deux premiers fils de Frédégonde moururent de dysenterie. Il ne restait donc plus comme héritier que le dernier fils de Chilpéric, Clovis (prénommé comme son arrière-grand-père), issu lui aussi du premier mariage. Frédégonde le fit arrêter et assassiner. Puis, pour la déshonorer, elle envoya ses hommes violer Basine, la fille que Chilpéric avait eue avec sa première femme. Et dans la foulée, elle fit égorger cette dernière.

Dès lors, la voie vers le trône était libre. Frédégonde devint régente et régna en attendant que son dernier fils survivant, Clotaire, puisse monter sur le trône. Mais en 595, ce fut le jeune fils de Brunehaut, Childebert II, qui fut pressenti par les barons pour être roi de France. Et Brunehaut monta sur le trône en tant que reine régente.

L'année suivante, Frédégonde réussit à faire empoisonner Childebert II, et la guerre reprit entre les armées des deux femmes. Là encore, des milliers de morts payèrent la rivalité de ces furies. Frédégonde gagna militairement mais tomba malade et mourut à l'âge de 52 ans en 597 d'une simple grippe.

Brunehaut redevint reine régente, cette fois pour son petit-fils Sigebert II, âgé de 12 ans.

Mais en 613, Clotaire, le fils de Frédégonde, monta une armée et arriva à vaincre les troupes de Brunehaut. Il captura la rivale de sa mère et la livra à ses soldats, qui la violèrent et la torturèrent durant trois jours. Puis Clotaire la fit exhiber nue sur un chameau (ce qui était considéré à l'époque comme l'humiliation ultime), avant de l'attacher par les cheveux à la queue d'un cheval sauvage qui la traîna au galop jusqu'à ce que son corps soit transformé en bouillie.
Clotaire, devenu roi des Francs, installa sur le trône sa lignée. C'est ainsi que les rois des Francs qui suivirent eurent tous pour ancêtre la terrible Frédégonde, une prostituée ambitieuse qui n'avait pas hésité à assassiner, à torturer et à empoisonner tous ceux qui étaient sur son chemin.

Edmond WELLS,
Encyclopédie du Savoir Relatif et Absolu.

PARTIE 5

Deux femmes d'action déterminées

1

Septembre 1986, vallée du Panshir dans le nord-est de l'Afghanistan. Nicole O'Connor est sur la place d'un village avec quelques amis et beaucoup d'habitants des alentours. Ils sont rassemblés en cercle en attendant le spectacle qui va bientôt commencer.

— Vous allez voir, cela va vous plaire, promet l'interprète afghan.

Nicole O'Connor observe les hommes barbus en kurta, le vêtement traditionnel afghan. Il n'y a ici ni chaises ni bancs et les hommes s'échangent de l'argent, accroupis sur le sol. Ils crient en annonçant des nombres, signe qu'ils font des paris. Aucune autre femme n'est autorisée à participer à cette activité essentiellement masculine.

Enfin le spectacle commence.

Un homme en robe grise se présente avec un ours, muselé et une chaîne passée au cou, qui doit mesurer plus de deux mètres cinquante. L'homme accroche la chaîne à un anneau planté dans le sol, puis lui retire sa muselière. L'ours pousse alors un retentissant grognement de rage auquel l'assemblée répond aussitôt par une clameur joyeuse. Dans la foulée, un autre homme arrive en tenant cinq chiens beiges qui tirent fort sur leurs laisses.

L'interprète semble particulièrement excité par la situation, il rassure la jeune Australienne :

— Ne vous inquiétez pas, la chaîne est solide. Et les chiens sont entraînés spécialement pour ce genre de combat. Ce sont les Anglais qui nous ont fait découvrir ce sport. Ils avaient l'ambition d'« éduquer » les populations locales. Cette activité leur permettait de démontrer que plusieurs attaquants qui agissent ensemble arrivent à bout d'un être plus grand et plus gros censé être plus fort.

J'aime bien le concept mais le fait qu'ils aient attaché l'ours à une chaîne biaise l'équilibre des forces. L'ours devrait être libre.

— Cela vous plaît ? insiste l'interprète.

Nicole ne répond pas.

Déçu, il poursuit :

— Au Pakistan, ils font beaucoup plus de combats de ce genre qu'ici. Mais eux, ils trichent. Ils arrachent les molaires et les griffes des ours. Ce n'est pas très équitable. Ici nous respectons la vraie nature des animaux. Les chances sont vraiment égales.

Il m'annonce cela comme s'il attendait des félicitations pour la supériorité des traditions afghanes sur les traditions pakistanaises.

— Et si l'ours gagne, il redevient libre ?

— Non, il participe au tournoi suivant.

Tandis que la foule crie de plus en plus fort, un homme, sorte de juge-arbitre, tape sur un gong qui fait taire tout le monde. Les chiens sont alors lâchés. Ils foncent sur l'ours, qui d'un coup de patte aux griffes acérées comme des lames de rasoir blesse les deux premiers chiens. Puis l'ours enfonce ses crocs dans l'un d'eux et le jette comme s'il s'agissait d'un bout de viande en direction du public.

Les spectateurs se lèvent et, avec force cris et applaudissements, saluent ce début de spectacle.

À leur tour, les trois autres molosses ont attaqué le plantigrade, mais de façon simultanée, et ils sont parvenus à planter leurs mâchoires dans son dos. L'ours rugit de douleur, essaie de se secouer l'échine et finit par se rejeter d'un coup en arrière pour les écraser. Mais les chiens tiennent bon et resserrent un peu plus leur prise.

L'ours se roule au sol. Et les chiens lâchent.

La foule est de plus en plus excitée et l'argent des paris circule alors que tous s'invectivent sur les sommes en jeu.

Ici ils ne captent pas la télévision alors ils doivent avoir besoin de ces spectacles pour se distraire.

Pendant ce temps, l'ours se relève et fait face aux trois chiens survivants. Il se dresse sur ses pattes arrière, babines retroussées, et pousse un grondement puissant, comme un mélange de défi et de colère. Les molosses repartent à l'attaque, mais l'ours parvient à en saisir un, sur lequel il referme sa gueule dans un bruit d'os brisés rapidement suivi d'un jappement de douleur. Comme pour le précédent, l'ours lance son adversaire vaincu sur la foule des humains.

Il ne reste plus que deux chiens, qui ont vu comment leurs congénères se sont fait avoir et qui semblent devenus plus prudents, et peut-être aussi plus stratèges. Ils aboient tout en se regardant comme s'ils se concertaient. Jusqu'à ce que le premier attaque par-devant tandis que l'autre, profitant de la diversion, bondit par-derrière et atteint la gorge de l'ours dans laquelle il enfonce ses crocs. Celle-ci se met à saigner.

Il cherche instinctivement la carotide.

De nouveau les cris des spectateurs fusent et les billets froissés des paris circulent. Mais le combat n'est pas encore terminé. *Les chiens comme l'ours savent désormais à qui ils ont affaire et c'est maintenant que le vrai jeu va commencer.*

La suite de la confrontation est plus nuancée.

Nicole, elle, trouve le spectacle un peu long. Elle ferme les yeux et coupe le son. Elle repense à ce qui l'a poussée ici par cet après-midi de janvier.

Une année s'est écoulée depuis son évasion de la prison de Long Kesh.

Elle repense à son amant, Ryan.

Elle repense à son père.

Après sa fuite in extremis en avion, Nicole O'Connor était donc rentrée en Australie. Heureusement sa détention étant illégale, ni les Irlandais du Nord ni les Anglais n'avaient pu lancer contre elle le moindre mandat d'arrêt international. En outre, ils avaient peur qu'elle ne témoigne sur les quartiers de haute sécurité en Irlande du Nord. Elle n'avait donc pas eu à changer d'identité et pouvait voyager avec son propre passeport. Pourtant elle savait qu'il lui fallait faire une croix sur son activité universitaire. Finalement, ça ne la gênait pas tant que ça. Elle se disait : *Je ne veux pas être spectatrice de l'actualité, je veux que ce soit moi qui change le cours du monde.*

Et puis, elle avait tant de mauvais souvenirs sur cette île où il pleuvait beaucoup trop souvent pour elle, qui avait passé son enfance au soleil.

Nicole avait alors confié la gestion du ranch ROC et de toutes les entreprises de son père à Joshua, le cow-boy au chapeau avec son lacet en peau de serpent, qui avait autrefois été licencié par sa faute. C'était un ultime pied de nez à son passé. Joshua, passé la surprise, n'avait pas rechigné à prendre en tant qu'homme de confiance les rênes de l'empire de Rupert. Il connaissait non seulement la gestion des troupeaux mais aussi suffisamment la gestion des employés et la comptabilité pour se montrer un directeur compétent. Ils étaient convenus que Joshua devait faire fructifier les activités O'Connor et verser régulièrement à Nicole une somme d'argent pour ses frais personnels.

Elle voulait désormais se consacrer entièrement à la politique internationale. Un temps, elle s'était intéressée à d'autres groupes révolutionnaires à travers le monde mais s'était vite aperçue que le cœur de toutes les révoltes populaires était Moscou.

C'étaient les Russes qui avaient aidé la révolution chinoise, c'étaient eux qui avaient permis la victoire des révolutions cubaine, vietnamienne, cambodgienne. C'étaient eux qui fournissaient en armes la plupart des mouvements anti-américains, donc anti-capitalistes, donc anti-exploiteurs.

Aussi avait-elle effectué un voyage à Moscou. Là, elle était allée au siège du Parti communiste et s'était présentée comme la fille du milliardaire rouge, Rupert O'Connor, grand soutien de la cause mondiale de la révolte des peuples.

Elle avait signalé qu'elle souhaitait participer au niveau planétaire à l'évolution de l'humanité grâce à la pensée collectiviste inspirée par Marx et Lénine.

Son premier interlocuteur avait commencé par être méfiant. Elle avait expliqué sa démarche et raconté son combat et ses actions pour l'émancipation du peuple nord-irlandais. D'abord intrigué, l'homme avait finalement consenti à passer un coup de fil à quelqu'un qui, selon lui, pourrait mieux l'aider.

Il l'avait donc dirigée vers un autre membre du Parti qui lui-même l'avait questionnée longuement avant de lui présenter un troisième personnage, puis un quatrième et un cinquième. C'était ce dernier qui semblait détenir le plus grand pouvoir.

Il s'agissait d'un homme avec un gros ventre, chauve, rigolard, qui contrairement aux précédents n'exhibait pas ses médailles mais était vêtu, comme un simple civil, d'un costume cravate. Sur le coup, elle s'était dit : *La vraie force n'a pas besoin d'être montrée. Même en caleçon de bain à fleurs, cet homme dégagerait un charisme et une autorité qui susciteront un respect immédiat. Cela doit être un grand ponte du Parti communiste ou peut-être même du KGB.*

Le hasard faisait qu'il fumait les mêmes cigares que son père…

— Qu'attendez-vous de nous, mademoiselle O'Connor ?

— Participer à la révolution mondiale. Je veux entrer dans vos services de manière active.

— Et vous y feriez quoi ?

— Agent de terrain.

L'homme au cigare avait affiché une moue dubitative. Il avait ouvert une chemise de carton et consulté quelques documents.

— Je lis le dossier que nous avons sur vous et je dois avouer que je le trouve « parfait ».

Elle avait songé : *Extraordinaire : ils me connaissent déjà…*

— Le problème, c'est que je le trouve « trop » parfait. Vous avez toujours les bonnes réponses. Comme si vous les aviez apprises par cœur. À mon avis, vous pouvez très bien être un agent ennemi qui se fait passer pour une sympathisante afin de nous infiltrer. Nous avons déjà eu à faire avec ce genre de situation. Et nous avons payé cher le fait d'avoir laissé le ver s'installer dans la pomme.

Il avait lâché une longue bouffée de fumée.

— Ensuite, nous avons dû pulvériser de l'insecticide sur tous les vers que nous avons trouvés. Et cela a un peu dénaturé le goût de la pomme.

Il s'était levé et tourné vers la fenêtre, tout en continuant de parler sans la regarder.

— Nous-mêmes, en sens inverse, avons infiltré le camp ennemi avec certains de nos agents qui se faisaient passer pour des activistes anti-communistes. Nous sommes même, je dois vous l'avouer, devenus très forts dans ce domaine.

Cela confirme mon intuition : j'ai devant moi non un agent du Parti communiste mais un chef membre du KGB.

— Vous faites allusion à l'affaire Kim Philby ?

Il s'était retourné.

— Ah, vous connaissez ? En effet, c'est l'une des affaires dont nous sommes le plus fiers.

Il avait ri et poursuivi, comme désireux de partager des souvenirs.

— Philby, quel génie ! Et quelle carrière ! Le chef des services secrets anglais était une taupe à notre service ! Et il a même convaincu les Américains de la CIA et les Français de la DGSE de lui faire confiance. Grâce à lui, nous connaissions le nom de tous ceux qui tentaient de nous faire des coups fourrés. Et nous interceptions tout. Ils ne comprenaient pas pourquoi leurs missions échouaient systématiquement et pourquoi tous leurs agents étaient repérés. Kim Philby était si british, et il avait un discours anti-communiste si convaincant ! Un vrai acteur. Ah ! c'était le bon temps. Kim était un ami personnel. Les Occidentaux l'ont percé à jour trop tard. Même quand l'un des nôtres l'a dénoncé… les services secrets ennemis ne voulaient pas le croire ! Résultat, Philby a pu rentrer ici en Russie où il a été traité en héros. Il est mort riche et heureux l'année dernière, dans sa datcha, en buvant de la vodka, entouré de sa femme, Rufina, de toutes ses maîtresses et de tous ses enfants plus ou moins légitimes… Une référence dans le monde de l'espionnage ! Un exemple à suivre. Parfois, je vais me recueillir sur sa tombe au cimetière de Kountsevo.

L'officier russe s'était retourné et l'avait fixée avant d'éclater du même rire que son père. Et puis, tout à coup, il était redevenu sérieux.

Elle s'était dit : *C'est son truc pour surprendre, passer du rire au sérieux sans transition.*

Il était revenu s'asseoir à son bureau et avait repris l'examen du dossier de Nicole.

— Je vois dans les informations vous concernant que m'ont transmises mes subordonnés que vous êtes une championne du jeu d'échecs, mademoiselle O'Connor. Je suis moi-même un joueur amateur. Pour moi, les échecs sont la meilleure manière de comprendre comment fonctionne la pensée de la personne qui vous fait face.

Il ne souriait plus du tout.

— Aussi… si vous le voulez bien, j'aimerais faire une partie contre vous. Ce sera en quelque sorte le moyen pour moi de savoir qui vous êtes vraiment.

Il avait sorti un jeu d'échecs où les pièces étaient des figurines peintes représentant Napoléon et le général Koutozov.

— Je suis désolé, je n'ai qu'un jeu avec des pièces fantaisistes locales, s'était-il excusé.

Il avait joué une ouverture étrange en déplaçant d'une case le pion face à la tour.

— Au fait, je ne me suis pas présenté, je m'appelle Sergueï Lewkowicz.

Après quoi, ils avaient joué.

Étonnamment, Sergueï lui laissait le centre et ne développait pas ses pièces sur l'échiquier. Sur le coup, elle s'était dit qu'il était tellement à l'aise qu'il lui laissait le champ libre. Elle avait donc comme à son habitude fait avancer ses pions jusqu'à contrôler le centre du jeu.

Nicole avait rapidement compris que Sergueï ne jouait pas pour gagner, mais pour l'analyser. Elle avait cependant employé sa stratégie qui tant de fois lui avait apporté la victoire.

De son côté, Sergueï jouait de plus en plus mal. Non seulement ses pièces ne se déployaient pas mais elles se gênaient.

Pour autant, Nicole n'arrivait pas à l'inquiéter et au final, comme par un tour de passe-passe, Sergueï avait trouvé un coup qui retournait la situation. Dès lors, elle avait subi ses attaques jusqu'au mat qui l'avait achevée.

Elle avait été d'autant plus impressionnée qu'elle sentait qu'en dehors de la partie, elle avait été scrutée dans le moindre de ses gestes.

Il me scanne le corps et l'esprit pour comprendre mon essence.

— J'aime bien votre style, avait-il conclu. Vous aimez les pions, n'est-ce pas ?

Il avait éclaté de rire, puis lui avait servi un verre de vodka sans lui demander son avis et lui avait ordonné de boire.

La boisson était forte mais le goût était plus suave que toutes les vodkas qu'elle avait goûtées jusque-là. Elle s'était dit que, là encore, tout comme pour la bière irlandaise, il fallait être dans le pays pour consommer les spécialités locales.

— Le second test après les échecs, c'est la vodka, avait-il expliqué. Nous n'avons pas besoin comme les Américains de détecteurs de mensonges, nous pensons que sous l'effet de l'alcool les langues se délient naturellement. Buvez. C'est mon premier ordre.

Elle avait bu et cela avait semblé le satisfaire.

— Très bien. J'aimerais que vous terminiez la bouteille.

Elle ne s'attendait pas à ce que le test pour avoir le droit de participer à la révolte mondiale des opprimés consiste à…boire. À cet instant, elle avait remercié ses gènes irlandais qui lui donnaient un foie capable d'encaisser une telle quantité d'alcool.

Alors qu'elle avait absorbé toute la bouteille de vodka, il la pressa encore de questions avant de lui tendre la main et de déclarer :

— Je fonctionne à l'intuition et j'ai envie de vous faire confiance, mademoiselle O'Connor. Votre test ne verra jamais de fin. Vous serez toujours surveillée, on ne vous fera jamais complètement confiance, parfois on vous mentira, parfois on vous trahira, parfois on vous décevra, mais ce sont les conditions à l'admission dans notre petite famille d'acteurs de la révolution mondiale. Cela vous intéresse toujours ?

— Euh… oui, bien sûr.

— Dans ce cas, bienvenue chez nous.

Il faut quand même que je sache dans quoi je m'engage.

— Juste une question : je suis où exactement ? Au Parti communiste ou au KGB ?

— Pour l'instant, cela n'a aucune importance.

Elle avait marqué la surprise.

— Il y a un moment où le vrai pouvoir n'a pas besoin de nom, de grade ou d'uniforme. Le vrai pouvoir est discret. Le vrai pouvoir est secret. À la limite, je ne tiens mon autorité que de mon regard qui inspire le respect, et c'est largement suffisant. La vraie force n'a pas besoin d'être visible ou exprimée. Mais je crois que, vu vos actions pour l'IRA, vous aviez déjà compris cette évidence.

Le personnage l'avait tout de suite fascinée.

Ensuite, elle avait bénéficié d'un entraînement spécial pour devenir agent de terrain. Elle qui aimait les groupes, elle avait été servie. Les exercices avaient lieu dans une base secrète du Kamtchatka où elle s'était retrouvée avec une majorité d'hommes à apprendre aussi bien à combattre à mains nues, au couteau, qu'à manier des armes de tout calibre, à poser des bombes, à crocheter des serrures ou à poser des pièges qu'on pouvait activer à distance. Elle avait appris aussi à manipuler les hommes, que ce soit par la psychologie ou le sexe. Elle avait surtout travaillé dans sa spécialité : les tactiques et les stratégies militaires. Le soir, la détente consistait à chanter des chants russes avec la chorale du centre et puis à jouer d'interminables parties d'échecs avec ses collègues jusqu'à ce que la fatigue ou la vodka fassent tomber les paupières.

Son entrée dans ce groupe qu'elle avait quand même fini par identifier comme étant le KGB avait été comme une renaissance après son aventure au sein de l'IRA.

Le groupe terroriste irlandais lui semblait maintenant très « amateur », comparé au professionnalisme des Russes.

Elle avait beaucoup appris dans tous les domaines, et était motivée pour s'intégrer toujours plus. Elle parlait russe, pensait russe, analysait le monde du point de vue de Moscou.

Ce qu'elle appréciait par-dessus tout, c'était de participer à une guerre mondiale clandestine dans laquelle elle était certaine que la Russie ne pouvait que gagner parce qu'elle ne connaissait pas les atermoiements et la lâcheté égoïste des Américains, des Européens et même des Australiens. Le camp soviétique faisait preuve de l'efficacité et du pragmatisme propres aux vainqueurs du futur.

Cependant, elle n'arrivait pas à oublier celle qui avait fait de sa vie un cauchemar. Celle dont la simple évocation entraînait chez elle une poussée d'adrénaline et une accélération de la respiration et des battements cardiaques.

Monica Mac Intyre.

Après l'entraînement, Nicole avait été jugée assez fiable pour opérer sur le terrain.

En avril 1986, elle avait été envoyée à Tchernobyl avec pour mission de garder l'affaire secrète le plus longtemps possible. Nicole O'Connor avait coordonné et dirigé les cinq mille soldats qui avaient encerclé la ville de Pripyat pour couper ses habitants de toute possibilité de fuir ou de communiquer avec l'extérieur.

Comme le lui avait dit Sergueï, il ne fallait pas que ce « petit incident » donne une mauvaise image de la technologie soviétique, car ils étaient en train d'essayer précisément d'exporter leur savoir-faire dans le domaine de la construction de centrales nucléaires nouvelle génération dont la centrale de Tchernobyl était le fleuron.

Elle avait suffisamment montré ses talents d'organisatrice et de stratège pour qu'on finisse par l'envoyer ici, en Afghanistan, en septembre 1986.

Elle avait rapidement analysé la situation sur le terrain : les soi-disant alliés afghans n'étaient pas fiables et la Russie avait beau doter le gouvernement de Mohammad Najibullah de l'armement le plus performant, les défections des soldats afghans se multipliaient.

Les chiffres parlaient d'eux-mêmes.

L'armée afghane pro-russe comprenait officiellement trois cent deux mille hommes, mais tous les ans, plus de trente-trois mille désertaient en emportant leurs armes, qui du coup passaient à l'ennemi.

Ce n'étaient plus des cas isolés, c'était une hémorragie.

Cependant Nicole O'Connor aimait les défis. Et vaincre malgré tous ces handicaps était pour elle comme gagner une partie d'échecs dans un contexte difficile.

Là encore, même en tant que femme et étrangère, elle avait damé le pion à la plupart des officiers russes sortis des meilleures écoles militaires.

Elle était rapidement montée en grade.

Et maintenant Nicole O'Connor, du haut de ses vingt-six ans, a déjà le grade de capitaine. Son uniforme vert est garni des épaulettes vertes à bande rouge et des quatre étoiles dorées.

Autour d'elle, le vacarme des cris d'encouragement mêlés aux grognements de l'ours et aux aboiements des chiens continue toujours et finit par la lasser. Elle commence à être agacée de voir cette foule d'hommes excités par ce spectacle d'animaux qui se déchirent.

Je ne pense pas que ce soit en faisant combattre un ours contre des chiens qu'on défend les peuples opprimés.

Un homme en uniforme surgit et lui dit précipitamment :

— Vite, venez, mon capitaine !

— Quoi ?

— Il y a quelque chose de bizarre au point d'observation A75. Il faut que vous y alliez.

Nicole se lève et vérifie rapidement que le chargeur de son pistolet automatique Makarov 9 millimètres est plein. Elle quitte la place et descend la pente pour retrouver sa moto tout-terrain russe de marque Tula modèle TM3-5 garée en contrebas. Elle tourne la clef de contact, fait rugir le moteur et s'élance sur les pistes pour rejoindre le point A75 dont lui a parlé l'homme.

Elle longe des ravins et traverse des passages creusés dans la montagne et, après quelques dizaines de minutes, rejoint le point d'observation où se trouve déjà un soldat en faction.

Elle descend de la moto et saisit les jumelles que l'homme lui tend.

— Là, dit-il en désignant du doigt une direction.

Elle cherche, puis distingue une zone où s'agitent des silhouettes.

Des Moudjahidines.

Elle observe ce qu'il se passe dans le camp ennemi. *Ce sont des Tadjiks. Probablement des hommes de Ahmed Chah Massoud.*

— Je fais intervenir les hélicoptères pour qu'ils les pulvérisent ? Il est déjà prêt à communiquer avec son talkie-walkie pour mettre cette menace à exécution.

— Non.

L'homme semble déçu.

Nicole observe ce Russe en tenue de camouflage comme elle, repère qu'il a deux étoiles dorées, insigne d'un lieutenant.

— Comment vous appelez-vous ?

— Viktor Kuprienko, du 4e régiment de parachutistes. À vos ordres, mon capitaine.

Il est jeune.

Il doit avoir mon âge.

— Vous êtes nouveau ici ? Je ne vous ai encore jamais vu.

— Je suis pourtant dans le pays depuis trois semaines. Mais je n'avais pas encore été envoyé dans la vallée du Panshir.

Elle est surprise qu'un officier aussi jeune soit en première ligne dans un coin si dangereux.

— Alors pour les hélicos, je fais quoi, mon capitaine ?

— D'abord on observe, ensuite on réfléchit et enfin seulement on agit.

Nicole lui propose de rester à côté d'elle à profiter de ce point de vue pour surveiller ce qu'il se passe en face. Elle le sent fébrile.

Comme il est impatient. C'est le genre d'homme qui veut vite démontrer son héroïsme. C'est aussi le genre d'homme qui meurt jeune.

Ce serait dommage. Il est trop beau pour mourir. Ils restent immobiles à observer le camp des Moudjahidines tadjiks.

— Maintenant ? demande Viktor Kuprienko.

C'est peut-être mon séjour dans la prison de Long Kesh qui a modifié ma perception du temps. Pour moi, attendre une minute, une heure ou un jour, c'est pareil.

Sans même se donner la peine de répondre, elle garde les jumelles fixées sur la montagne.

Et puis soudain, elle repère une colonne de poussière qui s'élève de la piste.

Elle règle ses jumelles et distingue une dizaine de cavaliers qui portent tous le pakol, le chapeau traditionnel en forme de tourte typique des Moudjahidines.

Les cavaliers descendent de cheval et saluent les autres Tadjiks. Puis le dernier d'entre eux détache une grosse caisse accrochée à la selle de sa monture.

Lorsqu'il enlève son pakol, le cavalier libère de longs cheveux noirs luisant comme des ailes de corbeaux. C'est une femme.

Le cœur de Nicole O'Connor accélère. Elle tourne la molette de ses jumelles pour améliorer encore la mise au point mais il n'y a pas de doute, ce visage est celui qu'elle ne connaît que trop bien.

Elle grimace puis sourit.

Mon ange gardien m'offre ce cadeau.

Après son engagement dans les services secrets russes, Nicole avait évidemment cherché à retrouver sa trace mais Monica Mac Intyre avait disparu. Elle n'avait plus publié de livre, son éditeur répondait aux journalistes qu'il ignorait ce qu'elle était devenue, et son nom n'apparaissait dans les fichiers d'aucune administration.

Ce à quoi le KGB avait conclu qu'elle avait procédé à un « effacement », une technique utilisée par les mafieux, les traîtres, les agents secrets en danger et les criminels de guerre, qui consistait à changer, non seulement de pays, mais aussi d'identité. Les Russes usaient d'ailleurs de ce genre de manipulation pour leurs propres agents grillés. Parfois, ils poussaient le zèle jusqu'à charcuter l'extrémité de leurs doigts pour effacer toute empreinte.

Si Monica est là, c'est qu'elle fait comme moi un travail de stratège pour l'armée. Si ce n'est qu'elle est une fois de plus dans le camp ennemi. Après avoir servi le MI5 des Anglais, elle doit donc être à la CIA ou dans les services secrets américains, la NSA.

Viktor Kuprienko l'interroge :

— C'est qui ?…

— Une amie « trop » proche, murmure Nicole.

Déjà le Russe a saisi son talkie-walkie pour donner un ordre d'attaque aérienne.

— Attendez, dit-elle en lui bloquant la main.

Dans leurs jumelles, la caisse est ouverte et la femme déguisée en Moudjahidine en sort un tube.

Des Stinger. Elle vient livrer ce lanceur de missiles sol-air pour que les rebelles afghans puissent abattre nos hélicoptères. Voilà enfin la preuve de l'implication des Américains aux côtés de nos ennemis.

— Maintenant ? insiste Viktor.

Zut, j'ai affaire au genre de personne qui se rassure en voulant écraser un moustique avec un marteau-piqueur.

— Ils ont déjà un lance-missile sol-air visible, réfléchit à haute voix Nicole. Il se recharge en moins d'une minute. S'ils arrivent à le déployer, tous les appareils qu'on leur enverra se feront descendre comme au tir au pigeon.

— Alors on fait quoi ?

— Il nous faut à tout prix récupérer un de ces engins. Nos ingénieurs doivent analyser ces missiles pour savoir comment ils fonctionnent. Cela fait des mois que nous voulons ces Stinger. Il y a des unités spéciales qui sont sur les dents avec pour mission de ramener un lanceur et un missile de ce genre. Ils n'ont pour l'instant mis la main que sur des fragments. Une médaille de héros de l'Union soviétique sera décernée en récompense à celui ou ceux qui récupéreront un Stinger intact. Ne vous inquiétez pas, lieutenant, nous allons agir, mais à ma manière.

— Comment ?

Elle réfléchit vite.

Comment ? Voyons quelle serait la meilleure stratégie…

— Une attaque d'infanterie d'envergure. On les encercle pour être sûrs de nous saisir de ce lance-missile avant que les Moudjahidines puissent l'utiliser ou le détruire, dit-elle.

— Quel genre d'infanterie ?

— Les Pachtouns.

— Pourquoi eux ?

— Tout simplement parce qu'ils haïssent viscéralement les Tadjiks, répond Nicole. Seules les rivalités entre tribus locales perdurant depuis des dizaines de générations peuvent nous garantir un minimum de loyauté.

Le jeune officier semble ignorer ces subtilités locales, alors elle explique, agacée :

— Les autres tribus, les Hazaras, les Ouzbeks ou les Turkmènes, ne sont pas aussi hostiles aux Tadjiks, donc ils sont moins fiables.

Mais je ne suis pas là pour expliquer la géopolitique locale à ce blanc-bec.

— Je veux au moins sept cents soldats pachtouns avec des kalachnikovs et des lance-roquettes. Ils doivent encercler toute la zone. Et ils n'attaqueront qu'à mon signal.

Viktor commence à parler vite dans son talkie-walkie pour transmettre les ordres.

Nicole lui serre fort l'avant-bras.

— Encore un détail. Cette femme qui est arrivée en dernier à cheval et qui a déchargé la caisse, il ne faut surtout pas la tuer. Je la veux vivante. Vous m'entendez, c'est très important. Capturez-la mais surtout ne la tuez pas.

Puis elle ferme les yeux et soupire.

Les pions sont lâchés.

La reine va se faire coincer.

Enfin la partie reprend.

2

Un homme s'avance.

Monica Mac Intyre le reconnaît.

C'est lui le chef de l'Alliance du Nord, celui qu'on surnomme le Lion du Panshir, le commandant Ahmed Chah Massoud, le maître de cette vallée de la chaîne montagneuse de l'Hindou Kouch.

Elle est impressionnée par la puissance de son regard et l'énergie qu'il dégage.

Il est habillé simplement avec une veste militaire verte et arbore son béret pakol gris légèrement de travers.

— Vous êtes en retard, dit-il en guise de bonjour.

Il fait signe à ses soldats de nourrir les chevaux et de les faire boire.

La jeune New-Yorkaise de vingt-six ans sait que ce chef d'une trentaine d'années à peine a passé sa scolarité dans le très prestigieux lycée français de Kaboul, où il avait été repéré par ses professeurs comme étant surdoué. Ensuite, il avait effectué des études d'ingénieur, toujours dans la capitale afghane. À vingt-deux ans, lors de l'élection du président Mohammed Daoud Khan soutenu par le parti communiste afghan et les Russes, Massoud avait participé à la mise en place d'un mouvement de jeunesse musulman opposé au gouvernement. Mais après une tentative de soulèvement ratée, une scission s'était opérée entre musulmans modérés et extrémistes, et des étudiants radicaux dirigés par le sulfureux Gulbuddin Hekmatyar avaient tenté de l'assassiner.

En décembre 1979, les soldats de l'Armée rouge avaient pénétré sur le territoire afghan, et Massoud avait organisé la guérilla pour lutter contre eux dans la vallée du Panshir. À l'époque, ses Moudjahidines n'avaient aucun soutien et pour tout armement les quelques armes russes qu'ils parvenaient à dérober à l'ennemi. Depuis, tout a changé. L'Amérique les soutient.

— Je vous ai apporté un cadeau, annonce Monica.

Elle montre l'appareil.

— Voilà donc votre fameux FIM-92 Stinger, dit Massoud.

— C'est léger, maniable. Opérationnel en trente secondes. Quand la cible est verrouillée, il est impossible de tromper le missile avec des fusées éclairantes. Avec ça, vous descendrez non seulement tous les hélicoptères russes de type Mi-24 Hind, mais aussi les chasseurs-bombardiers Tu-16 et Tu-22.

— Quand pourrons-nous en avoir davantage ? questionne le chef tadjik en lissant sa barbiche.

— Vous avez eu le général Hutchinson ?

— Il parle beaucoup, il agit peu. Il nous fait des promesses qu'il ne tient pas.

— Quelles promesses ?

Massoud a un geste vague de la main.

— Il nous a parlé d'une vingtaine de ces lance-missiles et une centaine de missiles sol-air, et vous arrivez avec un seul Stinger et trois missiles. C'est forcément décevant.

— Ce sont des engins qui coûtent très cher, et le Congrès a réduit le budget. C'est de la politique, nous ne pouvons pas influer là-dessus pour l'instant, mais la situation devrait bientôt changer.

— Alors pourquoi êtes-vous là ?

— Précisément, on m'a chargée de vous apprendre à les utiliser. Je vais vous montrer comment on…

Une détonation au loin la coupe. Elle est suivie de plusieurs autres.

Des hommes surgissent et parlent à l'oreille de Massoud alors que de nombreux coups de feu et des explosions se font entendre.

— C'est une attaque, dit Massoud d'un ton détaché comme s'il avait annoncé : « C'est un orage. »

Il écoute les détonations puis précise :

— Ce sont les kalachnikovs des Pachtouns. Je les reconnais car ils reçoivent des modèles plus perfectionnés qui ne font pas le même crépitement. Ces pourritures humaines sont la honte de l'Afghanistan, des traîtres obéissant à l'envahisseur soviétique.

Le commandant Massoud crache par terre, puis tend les jumelles à Monica qui voit une multitude de points mobiles en train de converger vers eux.

Les Tadjiks se cachent derrière les blocs de roche à des points stratégiques de défense. Ils utilisent des mitrailleuses, des mortiers, des bazookas et des fusils-mitrailleurs pour stopper l'offensive. Mais les tirs arrivent de toutes les directions.

— Ils sont nombreux et ils vont tenter de nous encercler, analyse Massoud.

Le chef tadjik donne quelques ordres brefs à ses hommes, qui replacent le lance-missile et son projectile dans leur caisse.

— Je vais emporter cette caisse à l'abri, loin d'ici, déclare Massoud.

— Non, désolée, cette arme est sous ma responsabilité, répond Monica.

— Je suis un bon cavalier et je connais tous les chemins pour filer.

— Je suis moi aussi une très bonne cavalière, c'est moi qui dois y aller.

— Vous ne connaissez pas le terrain.

Elle replace la selle sur sa monture.

— Alors c'est vous qui allez me dire où aller.

Il réfléchit vite.

— Si les Pachtouns encerclent tout, il n'y a qu'un moyen de traverser leurs lignes. La montagne.

— Par le sommet ?

— Non, par l'intérieur, en utilisant les tunnels.

Massoud sort une carte de sa poche et indique un point précis.

— L'entrée est ici.

— Des tunnels creusés dans la montagne ? Mais il doit y faire très sombre ?

— Non, il y a tout un réseau d'éclairage, vous verrez.

Elle regarde la carte et mémorise l'endroit.

— Vous êtes vraiment sûre de vouloir y aller ? demande le commandant Massoud.

— Vous devez rester avec vos hommes à défendre ce camp. Si vous les quittez maintenant ils ne tiendront pas longtemps.

Comme les Moudjahidines ont achevé de fixer la lourde caisse au flanc du cheval, elle grimpe en selle.

— Mes cavaliers vont attaquer simultanément, lui dit Massoud, cela fera diversion afin que vous ayez plus de facilité pour fuir.

Sans autre formalité, Monica lance sa monture au galop sur le sentier qui doit la conduire à l'entrée des tunnels.

Les rafales de mitrailleuses et de fusils-mitrailleurs résonnent en échos infinis dans la montagne. Monica galope.

De là où elle est, elle voit maintenant que les cavaliers tadjiks échangent des tirs nourris avec les soldats d'infanterie pachtouns.

Cavaliers contre pions.

Elle n'a cependant pas de temps à perdre à suivre l'issue de la bataille. Elle sait qu'elle doit fuir avec le lance-missile qu'elle était venue livrer.

Alors qu'elle parvient dans une zone plus plane, un élément inattendu surgit.

Une moto. Le conducteur lui tire dessus. Il tient un revolver d'une main et la poignée des gaz de l'autre.

Monica Mac Intyre dégaine son revolver et essaie de viser son poursuivant.

Pas le moment de me faire attraper avec mon Stinger.

Elle ajuste son tir.

Durant la fraction de seconde où Monica distingue le motard, elle reconnaît ses yeux bleus.

ELLE !?

L'effet de surprise est tel qu'elle n'ose pas tirer. Cet infime moment d'étonnement lui est fatal.

Une balle de sa poursuivante atteint sa jambe gauche.

Elle sent aussitôt une douleur fulgurante.

3

Je l'ai touchée.

Nicole O'Connor tourne la manette de gaz de sa Tula.

Cette moto très légère tout-terrain de fabrication russe n'a, selon elle, rien à envier aux derniers modèles japonais ou américains. Nicole accélère et grimpe sans difficulté le sentier où galope le cheval de Monica Mac Intyre.

Elle est blessée à la jambe. Elle est alourdie par la caisse du Stinger. Normalement, c'est plié. Mais pour être certaine de la faire prisonnière, il faudrait que je la blesse un peu plus. À l'épaule, par exemple.

Mais je dois bien viser. Il ne faut surtout pas que je la tue.

Nicole se souvient de ce qu'elle a appris à l'école militaire russe.

Régler son tir par rapport à sa respiration. On vise, on s'arrête complètement de respirer. On bloque bien le bras et puis on tire.

Elle presse la détente.

Le coup part.

Mais les secousses de la moto, la mobilité de sa cible et sa volonté de ne pas toucher de zone vitale lui compliquent la tâche.

Les tirs suivants sifflent près des oreilles de sa proie.

Monica se retourne sur sa selle et réplique avec des tirs mal ajustés.

Je ne dois pas me laisser distancer, se dit Nicole. *Elle est blessée. Elle doit avoir mal. Cela l'empêche forcément de se concentrer pour avoir un tir efficace.*

Autour d'elles, les montagnes du Panshir sont impressionnantes. Pics rocheux, crevasses, rivières sinueuses, sentiers rocailleux enneigés débouchant sur des tourbières. Au loin retentit l'écho des combats des cavaliers tadjiks contre les soldats pachtouns.

Nicole essaie de rester concentrée.

Évidemment ce serait plus simple si je tirais pour la tuer. Il me suffirait de viser le milieu de son dos. Elle hésite.

Non, je la veux vivante, pour lui faire payer ce qu'elle m'a fait subir.

Je l'enfermerai dans une de nos prisons construites à l'époque de Staline.

Lui aussi, il savait utiliser la privation sensorielle. Il y ajoutait même l'interdiction de dormir pour rendre les détenus encore plus coopératifs.

Elle se rapproche de plus en plus de la cavalière.

Ça y est, je la tiens. Oui, je vais la capturer, je vais l'enfermer et je vais la faire souffrir. Mais plutôt que la privation sensorielle, je vais lui faire quelque chose de plus adapté à son cas particulier. Je crois qu'elle ne supporte pas la présence des autres... Tiens, j'ai une idée...

Je vais la mettre dans une cellule étroite que je bourrerai d'autres détenus. Dix détenus dans une pièce de dix mètres carrés avec des lits superposés. Elle devra vivre dans une promiscuité permanente. Et pour que ce soit encore plus amusant, je la mettrai avec uniquement des hommes. Des criminels. Des Tchétchènes. Ils sauront s'occuper d'elle. Ils sont bons pour ça.

Nicole réduit encore la distance qui la sépare de sa cible.

Je te tiens, ma petite reine fuyante. Prépare-toi à découvrir nos QHS.

Elle vise à nouveau avec soin pour essayer de la blesser à l'autre jambe. Mais elle s'y prend trop lentement. L'Américaine se retourne et parvient à l'atteindre au visage, lui labourant profondément l'épiderme de la pommette pour y laisser un fin sillon.

Nicole pose sa main sur la zone d'impact.

Heureusement, la blessure n'est que superficielle, elle n'a pas touché l'os mais a juste fendu la peau. J'en suis quitte pour une cicatrice.

La poursuite continue sur les sentiers escarpés des montagnes du Panshir. Un cheval poursuivi par une moto. Animal contre mécanique.

Nicole a soudain une idée.

Au lieu de tirer sur Monica, elle vise son cheval, cible beaucoup plus importante. Mais au moment où elle s'apprête à presser la détente, la cavalière bifurque subitement pour entrer dans une caverne.

Bon, cette fois-ci elle est coincée.

Nicole la prend en chasse, estimant que Monica débouchera forcément dans un cul-de-sac, mais à sa grande surprise la caverne n'est que l'entrée d'un tunnel éclairé par une multitude de petites ampoules électriques.

Un tunnel creusé par les Moudjahidines.

Le passage est suffisamment large pour laisser passer un cheval et suffisamment long pour que celui-ci n'ait pas besoin de ralentir l'allure.

Nicole allume le phare de sa moto et accélère.

La cavalière tourne d'un coup sur la droite. Quand Nicole arrive à la fourche, le cheval n'est plus visible, mais un nuage de poussière lui indique la direction à prendre. Elle débouche ainsi sur un carrefour de quatre embranchements. Le sable au sol a laissé place à de la roche et il n'y a plus ni traces de sabots ni poussière en suspens.

Lequel prendre ?

Nicole O'Connor s'arrête, coupe le moteur de sa moto et écoute. Elle perçoit un bruit de sabots qui lui semble provenir de sa droite. Elle relance sa moto dans cette direction. Loin devant elle, le bruit des sabots se fait plus précis.

Par là.

Et puis le bruit des sabots cesse. *Elle s'est cachée dans une anfractuosité.*

Nicole coupe le contact et descend de sa moto et, après avoir mis un chargeur neuf dans son Makarov, avance à pied dans le tunnel.

Elle se retrouve face à la monture avec la caisse contenant le Stinger. La cavalière par contre a disparu.

Nicole distingue des taches de sang par terre.

Elle est toute proche. Elle va essayer de me sauter dessus par surprise.

Nicole suit le chemin dessiné par les gouttes de sang. Elle s'arrête et écoute. Entend comme une respiration courte et rapide.

Elle se dirige vers le bruit. Au sol, les gouttes se font plus nombreuses. Mieux, elles se prolongent dans une zone sableuse où elle repère enfin des empreintes fraîches.

Je te tiens, petit mouton.

Voilà le loup qui arrive pour te dévorer.

Elle trouve Monica dans un cul-de-sac. L'Américaine est debout mais elle grimace, une main plaquée sur sa blessure à la jambe gauche. De l'autre main, elle tient en tremblant son revolver.

Si elle avait encore des balles, elle aurait déjà tiré.

Les deux femmes se regardent. Yeux bleu turquoise face aux yeux gris argenté.

Soudain, Monica fixe un point derrière Nicole comme si elle voyait approcher quelqu'un. Cela suffit à créer un doute, Nicole fait volte-face pour prévenir l'attaque d'un potentiel Moudjahidine et l'Américaine profite de cette seconde d'inattention pour ramasser du sable. Lorsque Nicole, n'ayant vu personne, fait à nouveau face à son adversaire, elle se prend le sable dans la figure.

Momentanément aveuglée, elle tire par réflexe, vidant son chargeur sans toucher sa cible, tandis que Monica la contourne et file en boitant.

L'Américaine remonte péniblement sur son cheval et ce dernier donne une grande ruade dans la roue avant de la moto.

Nicole court mais il est trop tard : Monica galope déjà dans les tunnels de ce labyrinthe. Quant à la Tula avec sa roue voilée, elle est inutilisable.

Nicole jette rageusement son revolver au sol.

La prochaine fois, je n'hésiterai pas, tant pis pour la cellule remplie de Tchétchènes, je viserai pour la tuer.

ENCYCLOPÉDIE : RIVALITÉ DUPONT-FOURNIER.

Le plus long duel de l'histoire de France s'est déroulé sous le Consulat et l'Empire. Il a duré dix-neuf ans.

Il opposa le capitaine de hussards François Fournier-Sarlovèze (surnommé durant la campagne d'Espagne « El Demonio »), et le capitaine Pierre Dupont de l'Étang, aide de camp du général Moreau.

Tout commença en 1794 à Strasbourg. Fournier aimait se battre, et il avait provoqué en duel pour un prétexte futile un jeune homme beaucoup moins fort que lui, seul appui d'une famille nombreuse. Il l'avait facilement vaincu et tué, ce qui avait beaucoup choqué dans la ville. Moreau chargea donc son aide de camp, Dupont de l'Étang, d'interdire à Fournier l'accès à un bal de la bourgeoisie locale. Mais ce dernier prit très mal d'être éconduit et provoqua Dupont de l'Étang à l'épée le lendemain matin. Ce fut leur premier duel.

Dupont de l'Étang gagna et blessa Fournier-Sarlovèze.

Mais au lieu de s'avouer vaincu, celui-ci déclara : « première manche ».

Un mois plus tard, ils se retrouvèrent et ce fut au tour de Dupont de l'Étang d'être blessé. À dater de

ce jour, les deux hommes établirent une convention : chaque fois qu'ils seraient à moins de 120 kilomètres l'un de l'autre, ils feraient chacun la moitié du chemin et se rencontreraient pour un nouveau duel. Aucune excuse autre que militaire ne pouvant être admise.

Ils se retrouvèrent ainsi une vingtaine de fois en dix-neuf ans. Au début, ils étaient des ennemis jurés, mais au fur et à mesure, une sorte d'estime mutuelle se développa entre les deux guerriers. Ils se tenaient au courant de leurs activités militaires et se félicitaient de leurs promotions respectives.

En 1813, sur le point de se marier, Dupont proposa à Fournier une traque au pistolet dans un bois. Il utilisa des leurres pour que Fournier gâche toutes ses balles. Quand ce fut fait, Dupont surgit devant son adversaire avec son pistolet chargé et lui dit : « J'ai gagné. Ta vie m'appartient, mais je ne la prendrai pas. J'ai décidé que notre combat s'arrêtait ici. »

Cette rivalité inspira le film de Ridley Scott, *Les Duellistes*, sorti en 1977.

Edmond WELLS,
Encyclopédie du Savoir Relatif et Absolu.

4

Trois mois ont passé.

Monica Mac Intyre descend d'une jeep et rejoint en s'aidant d'une canne la grotte où vit Massoud.

L'entrée débouche sur une pièce remplie d'armes mais aussi de piles de livres dans plusieurs langues. Le lieu est confortablement aménagé.

— Qu'est-ce qui vous est arrivé ? lui demande-t-il en la voyant arriver en claudiquant.

Elle a un geste fataliste puis raconte :

— Après vous avoir laissé lors de l'attaque des Pachtouns, j'ai été poursuivie dans les montagnes. J'ai reçu une balle qui m'a brisé le tibia. J'ai réussi à me traîner jusqu'à Kaboul où j'ai été soignée à l'hôpital, mais ils s'y sont mal pris. Quand enfin j'ai pu être traitée par des médecins français, ils se sont aperçus que la gangrène menaçait. Il a fallu amputer. Du coup, j'ai une prothèse en titane qui remonte jusqu'à ma cuisse.

Elle soulève son pantalon et dévoile sa jambe gauche artificielle.

— Au début j'étais démoralisée, puis mes collègues ont positivé cette « blessure de guerre » en me disant qu'ainsi je ressemblais à un pirate. J'ai fini par m'y faire. Je ne pourrai plus jamais courir, mais au moins je suis vivante.

— Désolé, dit Massoud.

— Vous n'y êtes pour rien. C'est le prix à payer pour être sur le terrain. Mais ce n'est pas à vous que je vais l'apprendre.

Elle sent qu'il a d'autant plus d'estime pour elle qu'elle a perdu sa jambe dans cette guerre qui ne la concerne pas.

— En tout cas, depuis qu'on vous a livré les Stinger, la situation a bien évolué, n'est-ce pas ? C'est moi qui ai insisté pour que vous en ayez plus que prévu. Vous en avez reçu deux cent cinquante pièces si mes informations sont bonnes.

Il hoche la tête, mais ne semble pas satisfait, alors Monica poursuit :

— Maintenant que les Russes ont perdu la maîtrise du ciel, même leurs sections spéciales subissent de lourdes pertes. Ils n'osent plus sortir des casernes. Il n'y a plus de grosses opérations militaires. Six régiments entiers de soldats soviétiques se sont déjà retirés en octobre dernier. Selon nos estimations, les Moudjahidines contrôlent quatre-vingts pour cent du pays. Mohammad Najibullah a été nommé à la tête de la République afghane en remplacement de Babrak Karmal et il veut négocier avec vous une réconciliation nationale. Même le chef d'État russe, Mikhaïl Gorbatchev, a évoqué la possibilité d'un retrait complet unilatéral.

Massoud reste imperturbable.

Quelle ingratitude. Il pourrait au moins me remercier, c'est quand même moi qui ai œuvré auprès de ma hiérarchie pour qu'on en arrive là.

— Du thé ? propose Massoud.

Il déplace des livres mais aussi des caisses de grenades, de kalachnikovs et des lance-roquettes pour lui libérer une place sur un sofa défoncé.

Puis il va vers le coin équipé d'un évier rudimentaire et d'une bouilloire et en rapporte une théière fumante ainsi que deux tasses accompagnées de petits gâteaux.

À ce moment, le téléphone lié par satellite, sorte de grosse boîte plastique que Monica transporte dans sa valise, sonne.

Elle décroche, écoute, puis lâche plusieurs « merci » avant de raccrocher.

— Des bonnes nouvelles ?

— Une promotion. Pour services rendus en Afghanistan je vais recevoir une médaille et monter en grade.

— Félicitations, dit Massoud avant de boire lentement son thé.

— J'espérais un peu plus d'enthousiasme. Qu'est-ce qui ne va pas, Massoud ?

— L'avenir appartient à ceux qui pensent à plusieurs coups d'avance. Je réfléchis donc à ce que sera notre pays une fois que les Russes seront partis.

— Et vous le voyez comment, votre futur ?

Il se lisse la barbe avec la main droite.

— Je crois qu'il y a un réel danger… islamiste.

— Mais vous êtes vous-même musulman, il me semble ?

— Il y a des prêcheurs étrangers fondamentalistes qui ont détourné notre religion pour porter un message d'intolérance et de haine. Ils veulent interdire aux femmes l'accès à l'éducation, ils veulent réhabiliter la lapidation des femmes adultères, ils veulent obliger les femmes à porter la burqa et qu'on puisse vendre les petites filles à des vieux riches, ils veulent pendre les homosexuels, fermer les universités pour les remplacer par des écoles coraniques où les jeunes ne font que répéter les mêmes phrases par cœur jusqu'à devenir des perroquets sans cervelle, ils veulent qu'on revende des êtres humains sur le marché aux esclaves. Ce sont les ennemis de la liberté et de l'intelligence. Ils veulent de manière globale tuer ou convertir tous les non-musulmans.

— Vous faites allusion à Gulbuddin Hekmatyar ?

Massoud crache par terre à l'évocation de ce nom.

— C'est un radical islamiste qui a été financé par le Pakistan, mais aussi par vous, les gens de la CIA. Une grande erreur, je crois. Mais je ne pense pas seulement à lui.

— Les Talibans ?

— Il y a ici d'autres mouvements fondamentalistes qui sont dans la surenchère, soi-disant pour le Djihad. Ils appliquent la charia à la lettre. Ce sont des fanatiques qui imposent par la violence leur vision limitée du monde. Même pour moi, ce sont des obscurantistes.

— À qui pensez-vous, précisément ?

— Récemment, j'ai entendu les discours d'un groupe financé par des salafistes d'Arabie saoudite. Ils se font appeler Al Qaïda. Il y a parmi eux un certain Oussama ben Laden. Il tient des propos hostiles contre vous, les Américains.

— Vous êtes sûr qu'il ne parlait pas des Russes ?

— Il a parlé des chrétiens, des juifs mais aussi des bouddhistes et des hindous. Il a déjà demandé à ce qu'on dynamite les statues géantes des bouddhas de Bâmiyân.

— Je pense que vous exagérez. Que ce soit Hekmatyar, les Talibans ou les gens d'Al Qaïda, tous sont actuellement nos alliés dans la région. Nous les avons aidés et leur avons fourni, comme à vous, des armes modernes. Quant à la religion, pour nous ce n'est pas un problème. Nous avons même dans le cadre de notre lutte contre l'envahisseur soviétique publié et distribué des centaines de milliers de corans.

Massoud soulève un sourcil amusé.

— Cela s'appelle tresser la corde pour l'offrir à celui qui va vous pendre. À mon avis, vous devriez mieux choisir vos alliés. Tous ceux qui luttent « contre » le communisme ne sont pas forcément vos amis. Et tous ceux qui luttent « pour » le communisme ne sont pas forcément vos ennemis.

— Je ne comprends pas.

— Il y a une duplicité chez ces islamistes que vous prenez pour des alliés politiques. Ils vous font des sourires par-devant tout en s'apprêtant à vous poignarder dans le dos dès que l'occasion se présentera.

— Commandant Massoud, vous êtes un Tadjik, vous voulez diriger l'Afghanistan, il est normal que vous dénigriez vos rivaux, qu'il soit pachtouns, talibans ou… salafistes saoudiens.

Il fait une grimace qui exprime le doute puis lui ressert du thé.

— Pour l'instant, le travail n'est pas achevé, reprend Monica. Toutes les forces de résistance à l'occupant russe doivent rester unies. Les Russes sont encore là. Ce n'est pas le moment de parler de vos petites divergences sur l'interprétation de votre religion.

Le commandant afghan se lisse la barbe en affichant un air dubitatif.

— Vous avez une dent contre cet Oussama ben Laden, c'est bien cela ? questionne Monica.

— J'ai conscience du danger qu'il y a à mélanger la religion et la politique, répond Massoud. A fortiori quand il y a l'argent du pétrole pour soutenir des fanatiques rêvant d'asservir le monde. Je vous rappelle que le mot *islam* signifie « soumission ».

Il lisse de plus en plus vite sa barbiche, signe d'une intense nervosité.

— Vous, les Américains, vous finirez par vous entendre avec les Russes, mais vous ne pourrez jamais juguler la pression du Djihad.

Monica fixe le Lion du Panshir et voit dans son regard une flamme qui ne cesse de se consumer.

— Vous ne pourrez pas dire que je ne vous ai pas avertis, conclut-il.

C'est un sage, mais cette fois-ci, pourtant, il se trompe. Une religion datant du VIIe *siècle ne peut pas influer sur le monde moderne.*

5

Nicole O'Connor est rentrée à Moscou avec le 5e régiment auquel elle était affectée.

À peine a-t-elle rejoint la capitale qu'elle a voulu retrouver Sergueï Lewkowicz.

Elle a essayé de l'appeler mais son numéro de téléphone ne répondait plus.

Elle a tenté de le retrouver chez lui, dans l'appartement où elle avait déjà eu le privilège d'être invitée. Sur sa porte, une pancarte indiquait que l'appartement était à vendre.

Étonnamment, même sa famille semblait s'être évaporée. C'était comme si Sergueï n'avait jamais existé.

Elle rejoint le bâtiment du KGB, place Dzerjinski. Au centre de la place trône la statue de Félix Dzerjinski, premier chef des services secrets russes. À l'arrière se dresse la Loubianka, qui sert de prison pour les détenus politiques. Lorsque Nicole pénètre dans l'immeuble elle demande au planton de l'accueil d'avertir le colonel Lewkowicz qu'elle veut le voir. Le militaire répond presque mécaniquement :

— Lewkowicz ? Jamais entendu ce nom. Je ne sais pas de qui vous parlez.

Qu'est-ce qu'il se passe ici ?

Elle montre sa carte et demande à rencontrer la personne qui occupe le bureau numéro 113.

Le militaire lui demande de rester là tout en prenant sa carte. Il va téléphoner, puis après qu'elle a attendu une heure, lui annonce qu'elle peut aller au troisième étage.

L'étage des chefs.

Elle repère la porte marquée du nombre 113.

Le numéro du bureau de Sergueï.

Elle frappe à la porte avec appréhension.

La décoration a changé. Il y a toujours les portraits de militaires, le drapeau national, les écussons, mais il y a surtout des cartes et des photos de lieux stratégiques prises par satellite.

Au centre de la pièce se trouve un bureau avec un fauteuil occupé par un homme qui est manifestement au téléphone. Mais comme il est tourné vers la fenêtre, elle ne voit que son dos.

Lorsqu'il se retourne, elle a la surprise de reconnaître Viktor Kuprienko. Il est en uniforme et porte une décoration, la grosse étoile sur fond vert avec deux fins liserés rouges réservée aux colonels.

Comment ce simple lieutenant peut-il se retrouver en si peu de temps promu colonel et occuper ce bureau ?

Le jeune homme semble entendre la question car il répond :

— Sergueï n'est plus des nôtres.

— Retraite ?

— Congé maladie. Je le remplace le temps qu'il se remette sur pied.

— Rapide ascension. Bravo… colonel Kuprienko.

— Asseyez-vous. Vous vous demandez pourquoi moi, n'est-ce pas ?

— En effet, camarade. Pourquoi vous ?

— La réponse tient en un mot. Papa.

Il sourit puis poursuit comme s'il voulait devancer ses pensées :

— Népotisme. C'est le fléau de toutes les sociétés qui visent la stabilité, elles placent les « fils de » aux postes à responsabilité comme si le talent était héréditaire. Mon père est un ami de Vladimir Krioutchkov.

Krioutchkov en personne… Le chef du KGB.

— Le poste de Lewkowicz étant temporairement vacant, papa a pensé que j'y serais moins exposé qu'en Afghanistan.

Nicole regarde différemment celui qu'elle avait pris au premier abord pour une jeune recrue inexpérimentée.

— C'est la balafre que vous a causée l'espionne américaine ? demande Viktor Kuprienko.

Il ouvre un réfrigérateur et lui sert un grand verre de vodka.

— Comment s'appelle-t-elle déjà ?

Il retourne s'asseoir à son bureau, ouvre un dossier et lit.

— Monica Mac Intyre.

— Je lui ai fait perdre l'usage de sa jambe gauche, rétorque Nicole. Disons que cela fait un point partout.

— Vous lui vouez vraiment une haine toute spéciale. Vous m'aviez demandé de la garder vivante, c'était pour la faire souffrir, n'est-ce pas ?

— Oui, petite, j'arrachais les ailes des papillons que je trouvais trop beaux, ironise-t-elle.

Il la regarde et saisit un autre dossier.

— Arrêtez de vous faire passer pour pire que vous n'êtes. J'ai lu un rapport détaillé sur vous. Il paraît que vous avez fait un esclandre au collège pour sauver des… souris blanches de la vivisection.

— C'est mon côté communiste, j'aime ceux qui sont sans distinction, comme les souris blanches. Je déteste ceux qui friment avec leur beauté, comme les papillons.

Il la regarde avec bienveillance.

— Vous voulez m'impressionner avec votre ferveur pour le Parti ?

— Je veux juste vous avertir pour que vous compreniez qui je suis vraiment. J'alterne les phases de sadisme et les phases de compassion. C'est pour cela que je me sens aussi bien au sein de ce service.

— De mon côté, je me dois de préciser que si j'ai accédé à ce poste de responsabilité, c'est aussi parce qu'en ce moment précis de l'histoire plus personne n'en veut. Ne m'enviez pas, je pense qu'en occupant le bureau de Lewkowicz, j'accepte le risque de terminer comme lui.

C'est bien ce que je pensais. Sergueï est tombé en disgrâce.

— Où est-il ? Que lui est-il arrivé ?

Viktor a un geste résigné.

— L'Afghanistan est une grande défaite pour notre cause. Il fallait que quelqu'un paye cet échec.

Si ça se trouve, au moment où je parle, Sergueï est torturé pour lui faire avouer qu'il est une taupe de la CIA et qu'il a trahi volontairement les intérêts nationaux.

Sergueï est une victime indirecte de l'action de Monica.

En fournissant des Stinger aux Moudjahidines, elle a causé la chute de l'armée soviétique et de ce chef important du KGB.

C'est le jeu des dominos. On fait tomber le premier et cela entraîne la chute des suivants, même s'ils sont plus gros.

Il faut que je sache s'ils me soupçonnent aussi de trahison.

— Et moi, je fais quoi ?

Le colonel se lève et se dirige vers une carte du monde.

— Tchernobyl plus l'Afghanistan, c'est trop. Je vous propose de fêter la chute de notre Empire soviétique, qui aura été mis à mal par les radiations et les Moudjahidines.

Fêter ?

Il regarde sa montre.

— Allez vous changer, faites-vous belle et retrouvez-moi après le travail à 23 heures au bar clandestin Le Berezina dans le quartier Basmanny pour célébrer le nouvel an.

— À vos ordres, mon colonel.

Et le soir même, après s'être longuement préparée, Nicole arrive en tenue chic, robe rouge, escarpins noirs à hauts talons, bijoux à pierres rouges, dans ce lieu où règnent la fumée, le bruit et une foule bruyante.

La décoration du Berezina est une accumulation de peintures et de photos de toutes les grandes catastrophes : l'invasion des hordes mongoles, la Peste noire, l'armée de Napoléon en déroute, le tremblement de terre de San Francisco en 1906, le naufrage du *Titanic*, le zeppelin *Hindenburg* en feu, le tsunami de 1960 au Japon, et la centrale de Tchernobyl transformée en ruines fumantes. La dernière photo est un hélicoptère russe abattu sur lequel des Moudjahidines brandissent des fusils-mitrailleurs en effectuant, rigolards, le signe de la victoire.

Au moins c'est actualisé.

Viktor s'est également habillé élégamment, en smoking et nœud papillon. Il porte quand même ses médailles militaires.

L'exhibition de médaille est un atavisme national.

Des fêtards alcoolisés entonnent l'hymne russe au fond du bas. L'air est repris par la foule.

C'est l'esprit russe que j'aime, ils chantent et ils dansent quand tout va mal. Je les adore.

— Vous saviez qu'au moment où le *Titanic* a coulé, lui dit Viktor, des gens se sont retrouvés dans l'eau froide à faire une grande ronde en se tenant tous par la main et en chantant. Et qu'à chaque fois que l'un d'entre eux mourait, ils l'évacuaient du cercle et continuaient à chanter ?

— Il est probable que cette ronde leur a permis de tenir plus longtemps. C'est la force du groupe. Il offre plus de résistance dans les pires épreuves.

Dans un coin de la salle, un téléviseur passe des clips. Nicole demande à un serveur la télécommande et cherche une chaîne d'information qui diffuse la rétrospective des actualités de l'année.

— Qu'est-ce que vous faites ? demande Viktor.

— C'est l'une de mes marottes. Le 31 décembre, j'aime bien écouter un résumé de tout ce qui s'est passé durant l'année pour avoir une vision globale.

Elle sort un calepin.

– Janvier : la navette spatiale Challenger se désintègre au décollage, tuant sept astronautes.
– Février : le Premier ministre suédois Olof Palme est assassiné dans la rue.
– Mars : première transplantation d'un cœur artificiel en France par le professeur Alain Carpentier.
– Avril : explosion de la centrale nucléaire de Tchernobyl. Officiellement, selon le gouvernement russe, 31 morts, mais le nombre de décès se situerait plutôt entre 700 000 et un million selon les sources occidentales.
– Septembre : attentat de la rue de Rennes à Paris commis par Fouad Ali Saleh pour le compte du mouvement islamiste libanais Hezbollah. Des passants qui circulaient sur le trottoir sont touchés par l'explosif dissimulé dans une poubelle. 7 morts. 55 blessés.
– Octobre : Reagan rencontre Gorbatchev à Reykjavik pour évoquer la signature d'un traité

visant au désarmement mutuel et à la destruction de tous les missiles nucléaires intercontinentaux.

En entendant cette dernière information, Viktor pousse un soupir désabusé.

— Voilà, ça y est, c'est la paix honteuse… Je déteste Gorbatchev, c'est notre pire dirigeant.

Nicole ne sait pas s'il y a des micros et, dans l'éventualité où cela soit un test pour la pousser à prononcer des phrases qui pourraient signer son arrêt de mort, elle préfère ne rien répondre.

Viktor cependant ne lâche pas l'affaire. Il se lève en brandissant son verre plein.

— Trinquons à notre défaite !

— Vous avez peut-être baissé les bras, mais pas moi. Je continuerai la lutte d'une manière ou d'une autre. Ce n'est pas seulement politique, c'est aussi personnel, répond Nicole en s'emparant d'une bouteille de vodka. Mais d'abord, il faut que je fasse le deuil de toutes ces mauvaises nouvelles.

Alors ils boivent puis ils dansent jusqu'à minuit.

Quelqu'un fait le décompte du passage à la nouvelle année.

— 5… 4… 3… 2… 1… Et nous voilà en 1987 !

Clameurs, applaudissements, les gens autour d'eux s'embrassent.

Viktor et Nicole s'embrassent sur les joues dans un premier temps, puis sur la bouche dans un second, et ce dernier baiser se prolonge longtemps.

Je suis complètement saoule alors plus rien n'a d'importance.

Un second baiser encore plus profond et plus long suit, alors que la musique jusque-là plutôt rythmée se fait plus douce.

Nicole reconnaît l'air. C'est « Nous avons besoin d'une victoire » du chanteur-compositeur Boulat Okoudjava.

La planète tourne et brûle,
Au-dessus de notre patrie, il y a de la fumée.
Et cela signifie que nous avons besoin d'une victoire.
Une pour tous, nous ne regarderons pas au prix.

Tous reprennent le refrain en chœur. Viktor profite de cette joie collective pour prendre Nicole par la main et ils se remettent à danser, très proches.

De nouveau, il l'embrasse. Son haleine est parfumée à la vodka mais Nicole ne trouve pas cela désagréable. Lui a les pommettes écarlates.

— Je t'aime, déclare-t-il.

— Tu as tort. Je ne crois pas que ce soit inscrit dans ma ligne de vie d'aimer ou d'être aimée.

— Qu'est-ce qui te pousse à dire ça ?

— Les gens qui m'ont aimée ont mal fini. Mon premier amant s'est suicidé et mon père est mort abattu d'une balle en plein cœur à côté de moi.

— Nous, les Russes, nous n'avons pas peur de la mort. Mais en attendant, nous vivons à fond.

Ils dansent de plus en plus serré. Nicole s'immobilise pour prendre une nouvelle gorgée de vodka.

— C'est ma vie de guerrière, pas ma vie d'amante ou de mère. Ma programmation est déjà inscrite dans mon prénom. Nicole signifie « Victoire du peuple » en grec. Je dois mener ce combat pour l'avenir de tous.

— Tu as trop bu, tu dis n'importe quoi, Nikolevna.

— Non, au contraire, je n'ai jamais eu l'esprit aussi clair. Dansons avant la fin de notre monde et la préparation de celui à venir, où le peuple sera victorieux et où l'Amérique, refuge des riches et des cyniques qui veulent dominer les autres pour leurs profits égoïstes, sera punie.

Elle rallume la télévision sur la rétrospective des actualités de l'année.

On voit les troupes russes de retour d'Afghanistan accueillies par leurs familles et les portraits des chefs de la rébellion.

— J'ai peut-être même une idée pour faire bouger les choses à notre avantage. Mais il risque de falloir un peu de temps pour préparer le coup, si nous voulons un maximum d'impact.

— Tu penses à quoi ?

— Fais-moi confiance.

— Tu sais, Nicole, pour moi tu représentes une sorte de génie de notre cause, et si notre président Gorbatchev a baissé les bras, je sais que toi, toi toute seule, tu peux faire beaucoup de choses.

Alors que la chanson « Nous avons besoin de la victoire » s'achève, ils rejoignent leur table. Nicole semble soudain dégrisée.

— J'aurai besoin de beaucoup d'hommes.

— Tu peux me donner plus de détails ?

— Pour l'instant, tout ce que je peux te dire, c'est qu'il s'agit de quelque chose d'énorme, qui devrait marquer les esprits durablement et faire oublier notre humiliation en Afghanistan. Les Américains vont comprendre qu'ils ne sont pas les seuls à pouvoir manipuler les terroristes.

Et elle songe : *Et si je m'y prends vraiment bien, j'aurai peut-être en bonus la tête de ma pire ennemie.*

ENCYCLOPÉDIE : L'AMIRAL CORÉEN YI SUN-SHIN.

Yi Sun-shin était un amiral de la flotte coréenne au XVIe siècle.
Pour prévenir une attaque des Japonais, il mit au point de nouveaux bateaux, les navires-tortues (*Kobuk Son* en coréen). Ces voiliers cuirassés étaient équipés de 12 canons auxquels s'ajoutaient 22 meurtrières pour tirer au mousquet. En cas de bataille, les mâts étaient repliables pour offrir moins de prise et le bateau se manœuvrait alors à la rame. Une figure de proue en forme de dragon répandait un brouillard artificiel produit par la combustion de soufre et de salpêtre qui permettait au bateau de se dissimuler. En 1592, voulant envahir la Chine, les Japonais commencèrent par attaquer la péninsule coréenne avec une armée de 250 000 hommes. Ils écrasèrent la résistance et occupèrent la capitale.
Cependant l'amiral Yi Sun-shin ne voulait pas se résigner. Il ne disposait que de 104 vaisseaux pour affronter les 1 200 gros navires de guerre japonais mais il décida d'attaquer.
La bataille navale eut lieu à Sacheon. L'amiral coréen imagina un piège : quelques-uns de ses

navires attirèrent les Japonais dans une zone où ses navires-tortues étaient cachés. Alors, mettant la marée à profit, les Coréens parvinrent à détruire en un seul combat 400 navires ennemis. C'était enfin une grande victoire coréenne sur les Japonais. À la bataille de Pusan, Yi Sun-shin réitéra l'exploit et envoya 130 bateaux nippons par le fond. À Tangpo, il s'attaqua au plus grand bateau de guerre japonais, dont le château était placé à 10 mètres au-dessus des flots. Là encore, ses petits navires-tortues firent merveille. Yi Sun-shin captura l'amiral japonais, le fit décapiter et utilisa sa tête pour orner son mât. Ensuite, il enchaîna les victoires au point d'affaiblir radicalement l'envahisseur. Pourtant, au lieu de tirer parti de cet avantage pour affronter les Japonais, les Chinois signèrent avec eux un traité de paix. Ce dernier stipulait que les Chinois occuperaient le nord de la Corée et laisseraient le sud aux Japonais. Cependant, grâce à la hardiesse de Yi Sun-shin, les Coréens avaient repris espoir. La résistance s'organisa enfin de manière efficace, parvint progressivement à reconquérir le territoire et finit par rendre le pouvoir au roi Seonjo, de la dynastie Choson.

Pourtant, des courtisans, aidés d'espions japonais, élaborèrent un complot et firent passer Yi Sun-shin pour un traître à la solde du Japon malgré ses remarquables états de service. Il fut alors destitué, arrêté, torturé, puis finalement jugé et libéré, mais rétrogradé au rang de simple soldat.

En 1597, les Japonais repassèrent à l'attaque avec une énorme flotte, et l'amiral ayant remplacé Yi

Sun-shin se montra incompétent, enchaînant défaite sur défaite. Le roi Seonjo rappela en urgence Yi Sun-shin qui fut de nouveau nommé amiral de ce qui restait de la flotte coréenne. Il n'y avait plus alors que 13 bateaux. Il ne se découragea pas pour autant. Il mit au point un piège qui utilisait une nouvelle fois la force de la marée et des courants du détroit de Myong Yang. Il réussit ainsi à vaincre avec sa flotte réduite les 333 navires japonais.
À l'issue de ce combat naval, il y eut 18 000 morts côté japonais contre 2 seulement côté coréen. À la suite de cette victoire éclatante, le moral des Coréens remonta. Et Yi Sun-shin écrasa ce qui restait de la flotte japonaise dans le détroit de Noryang. Il trouva la mort au cours de cette bataille. Après son décès, il devint non seulement un héros national en Corée mais aussi la divinité officielle de la flotte impériale… japonaise, en reconnaissance de son courage et de son génie militaire.

Edmond WELLS,
Encyclopédie du Savoir Relatif et Absolu.

PARTIE 6

Deux directrices de service sans scrupules

1

9 septembre 2001. Quinze ans ont passé. Monica Mac Intyre a quarante et un ans.

Après la réussite de sa mission dans les montagnes d'Afghanistan, elle était restée active pour le compte de l'armée américaine.

Malgré sa jambe de titane, elle avait participé à d'autres opérations et pensait retomber sur sa rivale Nicole. Elle espérait bien qu'elles poursuivraient leur partie d'échecs géante, utilisant le monde comme un grand plateau de jeu et les petits humains comme des pions.

Mais il n'y avait plus eu le moindre signal sur la surface du globe de la présence de cette femme étrange. Même ses amis de la CIA n'avaient pas d'informations sur la fille du milliardaire rouge devenue agent à la solde du KGB. Au point que Monica se demandait si Nicole n'était pas morte en Afghanistan.

À moins que comme moi elle n'ait tenu à effacer sa trace. Sinon, elle est peut-être tombée en disgrâce après sa mission ratée dans le Panshir et, dans ce cas, elle pourrit sans doute dans une prison en Sibérie.

Les années passant, elle avait fini par ne plus s'en préoccuper. Et elle avait poursuivi son ascension au sein du Pentagone.

Forte de la réussite de sa mission Stinger auprès des Moudjahidines, elle avait été choisie pour des opérations délicates dans plusieurs points chauds du monde.

En 1988, en Angola, Monica avait aidé les troupes de l'UNITA (Union nationale pour l'indépendance totale de l'Angola) à combattre les forces du MPLA (Mouvement populaire de libération de l'Angola) soutenues par les Russes et les Cubains.

En janvier 1989, quand George H. W. Bush avait succédé à Reagan, elle avait vu la chute du Mur de Berlin et assisté à la réunification de l'Allemagne qui eut lieu le 2 décembre de cette même année.

En 1990, Monica était au Nicaragua pour lutter contre les sandinistes, là encore soutenus par les communistes cubains.

En août 1991, elle avait même aidé les hommes de Gorbatchev à déjouer un coup d'État fomenté par les conservateurs communistes avec l'aide du KGB.

À la suite de ces différentes missions, on lui avait proposé le grade de colonel, ce qui était peu fréquent à l'époque, notamment pour une femme. Cependant elle avait préféré rester simple major avec le statut de « conseillère stratégique ».

Elle avait reconnu être meilleure pour faire des coups que pour gérer les susceptibilités des officiers. Elle détestait les réunions d'équipe, les mises au point, les votes, les longs échanges d'arguments avant les prises de décisions importantes.

Elle estimait qu'elle avait des intuitions originales qui ne souffraient pas d'être discutées. Soit on l'écoutait, soit elle se retirait.

— Ce qui m'énerve quand on travaille à plusieurs, c'est la perte de temps. Pour moi, une action l'emporte par son effet de rapidité et de surprise. Plus on parle avec des officiers, plus on risque de tomber sur un agent infiltré par des services secrets ennemis, qui fera échouer toute l'entreprise. Je sais trouver des idées originales, mais je ne sais pas gérer des équipes, reconnaissait-elle volontiers.

Et étant donné que ses solutions étaient bonnes, ses supérieurs avaient fini par accepter cette étrange conseillère en stratégie dont l'efficacité n'avait jamais été remise en question. Ainsi avait-elle continué à prendre part à des missions dans le monde entier. C'était la petite main qui faisait que les miracles se produisaient.

En décembre 1991, le pacte de Varsovie avait été rompu. C'était la fin de l'Empire soviétique et par contrecoup la fin de la guerre froide. De fait, cette rivalité américano-soviétique qui était née en février 1945 avec les accords de Yalta, lorsque Staline et Roosevelt s'étaient partagé le monde, s'était poursuivie par la crise de Berlin en 1948, la guerre de Corée en juin 1950, la guerre du Vietnam en 1955, la crise de Cuba en 1962, la guerre du Kippour en Israël en 1973, puis la guerre d'Afghanistan en 1979. Et elle se terminait enfin par ce symbole fort : la chute du Mur de Berlin.

Sur le moment, Monica s'était dit : *J'ai fait gagner mon camp sur l'échiquier mondial.*

Ils avaient fêté ça au Pentagone durant une soirée où, malgré ses principes, elle avait bu et dansé avec ses collègues jusqu'à une heure du matin.

Puis son travail avait changé, elle n'était plus partie sur le terrain, se contentant de participer aux réunions de stratégie globale initiées par le chef des armées.

On voyait en elle une sorte de Jiminy Cricket donnant des conseils originaux ou trouvant des idées auxquelles personne n'avait songé.

Le fait qu'elle soit aussi belle et n'ait ni mari ni compagnon participait à son mystère. Plusieurs hommes et femmes avaient tenté de la séduire. Elle avait parfois cédé, mais on ne lui connaissait aucune relation sérieuse sur le long terme.

Elle-même disait : « Pour moi, l'amour ne doit pas être confondu avec la possession. Je ne veux prendre que le meilleur de la sexualité et du couple. Le plaisir, pas le devoir. »

Et si cela ne suffisait pas, elle rappelait que « le meilleur dirigeant politique de tous les temps était la reine Élisabeth d'Angleterre, qui avait gagné toutes les batailles, propulsé son pays à la tête des nations au point de faire qu'en Amérique du Nord on parle aujourd'hui encore anglais. Pourtant elle ne s'était jamais mariée et n'avait pas eu d'enfants. On l'appelait la "reine vierge", ce qui ne l'avait pas empêchée d'avoir des amants. Si elle s'était mariée, elle n'aurait été que la femme d'un roi et n'aurait pas pu exprimer son génie politique ».

Mais à propos de Monica, de nombreuses rumeurs couraient : on disait qu'elle avait passé des nuits de plaisir avec la plupart des officiers haut gradés, là encore sans distinction de sexe.

Alors qu'elle se trouve maintenant assise sur le fauteuil de son bureau du Pentagone, quelqu'un frappe à la porte. C'est son assistant, le lieutenant Gary Sullivan, un grand et maigre rouquin aux allures d'éternel adolescent. Il effectue un rapide salut militaire mais semble bouleversé.

— Massoud ! dit-il sans les formules militaires habituelles.

— Quoi, Massoud, lieutenant ?

— Il a été assassiné.

Monica a une crispation immédiate de tout son corps.

— Qu'est-ce que vous me racontez ?

Gary Sullivan lit les détails de la dépêche contenue dans le dossier qu'on vient de lui transmettre.

— C'est arrivé à la base de Khwaja Bahauddin, deux soi-disant journalistes ont prétendu tourner un documentaire pour le centre culturel islamique de Grande-Bretagne. Ils avaient des passeports belges volés. Ils ont dû attendre dix jours sur place avant que Massoud consente à les recevoir pour l'interview. Khalili, son bras droit qui servait de traducteur, a assisté à la scène. C'est lui qui a rapporté à notre ambassade le déroulé des événements. Le journaliste qui posait les questions était très calme et le caméraman n'arrêtait pas d'avoir, selon lui, « un sourire méchant ».

Qu'est-ce que c'est que cette histoire ?...

— Continuez, ordonne-t-elle en respirant de plus en plus vite.

— À un moment, alors que les questions étaient terminées et que Massoud s'apprêtait à conclure l'interview, le caméraman a déclenché une bombe cachée dans la caméra.

— Et ce bras droit de Massoud que tu nommes Khalili a survécu ?

— Il était suffisamment éloigné pour y échapper. Il s'en est tiré avec des blessures, mais Massoud est mort.

— L'attentat a été revendiqué ?

— Par Al Qaïda.

Donc Ben Laden !

— Vous êtes sûr, lieutenant ?

— Depuis 1996 et la prise du pouvoir par les Talibans, le régime islamiste et ses alliés d'Al Qaïda traquaient Massoud, répond Gary Sullivan. Il était le dernier commandant afghan à leur résister.

Monica sent une grande tristesse l'envahir.

Massoud…

Pourquoi faut-il que les types aussi intelligents et généreux que lui se fassent assassiner d'une manière aussi sordide par des ratés fanatisés ?

Sullivan lui tend le dossier, Monica lit et examine les photos des détails de la scène de crime. Le corps blessé de Massoud reste reconnaissable.

— Apportez-moi le dossier Ben Laden. Il a jadis été un agent de la CIA, n'est-ce pas ?

— C'était à l'époque où l'ennemi était le communisme…, dit Sullivan.

Au fil de sa lecture, Monica voit comment ce fils d'une riche famille saoudienne a commencé à mettre en place une organisation religieuse et militaire en vue de lancer ce qu'il nomme lui-même le Djihad mondial.

Monica se souvient des conseils de Massoud : « Se méfier de ces intégristes musulmans. »

À l'époque, elle pensait qu'il s'agissait d'une simple rivalité de tribus et, sur ses propres conseils, les Américains avaient fourni aussi bien des Stinger à Massoud qu'à Ben Laden. Et même davantage à ce dernier.

J'ai été stupide.

Elle revient sur les éléments de l'assassinat de Massoud et examine plus précisément chaque photo à la loupe.

Il m'avait avertie et j'ai été aveugle et sourde.

— Vous en pensez quoi, lieutenant ?

— Maintenant, tout le pays va être livré aux Talibans sans la moindre résistance possible.

Monica n'a pas lâché la loupe.

— Une bombe cachée dans une caméra… de faux journalistes avec des passeports belges. Même si Ben Laden a jadis reçu des cours particuliers de la part de nos propres services secrets, ça m'a l'air sacrément bien organisé pour un simple coup monté par des locaux.

Monica se tourne vers la fenêtre, d'où elle peut distinguer les autres bâtiments du Pentagone.

Il y a quelque chose à comprendre qui m'échappe parce que je n'ai pas encore trouvé le bon angle d'analyse de cette nouvelle donnée.

2

— Tu es sûr que cela va marcher ? Ces gens-là ne sont pas fiables, rappelle Viktor Kuprienko. Nous les avons fréquentés durant la guerre. Ils ont trahi tout le monde, ils ont menti à tout le monde, ils jouent toujours double jeu et, pour eux, nous ne sommes que des infidèles.

Dans le bureau 113, Nicole O'Connor regarde les photos de l'attentat de Khwaja Bahauddin.

— Nous les avons facilement téléguidés pour qu'ils fassent exactement ce que nous voulions avec Massoud, dit-elle.

— Nous avons eu de la chance. Je n'aime pas miser sur la chance. Je mise sur la fiabilité des gens.

— Eh bien, moi je mise sur leur haine. Ils détestent les Américains.

Viktor secoue la tête, dubitatif. Il fixe l'Australienne dont il a pu admirer les qualités de stratège. Elle semble sûre d'elle.

— Quatre ans. Quatre ans pour leur expliquer précisément chaque étape. Je trouve intéressant d'utiliser nos anciens ennemis islamistes pour lutter contre leurs anciens alliés américains. C'est une sorte de retour à l'envoyeur. L'arroseur arrosé.

— Tu as toujours aimé les opérations où l'adversaire ne sait même pas d'où vient le coup, n'est-ce pas ?

— C'est ma marque de fabrique.

— De là à utiliser les gens d'Al Qaïda.

— Il a fallu les former un peu. L'assassinat de Massoud leur semblait compliqué, ils préféraient foncer sans réfléchir. J'ai dû leur expliquer qu'il valait mieux respecter les étapes que je leur indiquais, et être patients. C'était la condition pour obtenir un effet optimal.

— Et en ce qui concerne la prochaine étape, justement, ils en sont où ?

— Ben Laden a suivi tous mes ordres sans discuter.

Viktor lit le dossier qu'elle lui a transmis où se trouvent aussi les photos des dix-neuf hommes choisis pour participer à l'opération commando.

— Ce sont des gens qui ont des vies bourgeoises classiques, c'est cela ?

— Bien sûr, dit Nicole.

— Et l'organisateur avec lequel tu es en lien ?

— Khalid Cheikh Mohammed. Il est né au Koweït. Il a fait ses études aux USA où il a passé un diplôme d'ingénieur en mécanique à l'université de Caroline du Nord. Il a ensuite rejoint Ben Laden en Afghanistan et a combattu les troupes de Massoud. Il a été à la tête d'un complot pour assassiner Bill Clinton, mais il s'y prenait mal, on a dû l'arrêter. Il a aussi organisé un attentat contre le navire USS *Cole* au Yémen l'année dernière. Il piaffe d'impatience à l'idée d'agir et de tuer. Mais il lui manquait deux choses : la méthode et l'ambition, c'est pourquoi je l'ai pris en main.

Viktor observe un à un les portraits des dix-neuf hommes.

— Ils vont avoir assez de cran ? demande-t-il.

— Tu sais, il y a une sorte d'ivresse à savoir qu'une seule vie va en détruire des milliers.

— Tu veux dire une ivresse dans la tuerie de masse ?

— Bien sûr. Cela signifie que ta vie équivaut à celle de toutes tes victimes.

Au moment où elle prononce cette phrase, elle se rappelle comment elle avait lancé sa peluche rose pour que le chien Mao saute dans le vide suivi par les centaines de moutons.

Ce n'est finalement que ce scénario lié à ma vie qui se répète.

— Et s'ils nous trahissaient ?

— Bien sûr qu'ils vont nous trahir, mais pas tout de suite. D'abord ils veulent que le sang des infidèles coule. Ils sont motivés. Ils sont persuadés qu'en tuant un maximum d'humains ils vont pouvoir aller au paradis, où les attendent soixante-douze vierges.

Viktor éclate de rire.

— Moi, soixante-douze vierges, ça ne me fait pas rêver. Je préfère les femmes expérimentées, dit-il en s'approchant de Nicole pour l'embrasser. D'où te vient cette passion pour l'action sur les foules ?

— Mon père était un grand propriétaire d'ovins en Australie. Il a fait fortune dans ce domaine. C'est peut-être un atavisme. J'ai toujours eu l'impression qu'on gagnait en manipulant une grande quantité d'individus. L'action sur une personne est oubliée, par contre, si on arrive à influer sur une foule, cela marque les esprits et on entre dans l'histoire.

— Tu veux influer sur l'histoire ?

— Je veux par mes actions toucher le plus d'humains possible. J'espère qu'avec ce coup je vais créer une émotion collective planétaire qui changera l'histoire. C'est cela ma motivation.

Elle se tourne vers Viktor et dit :

— Quand on assassine un être humain, on est un criminel. Quand on assassine des centaines d'êtres humains, on est un chef de guerre. Quand on assassine des milliers d'êtres humains, on est un héros national.

La formule amuse le colonel.

— Tu es…

— Surprenante ? C'est cela que tu voulais dire, Viktor ?

— Machiavélique, ma chère Nicole. Mais je dois avouer que je t'admire. En tant que joueur d'échecs, je ne peux que tirer mon chapeau à quelqu'un qui joue si bien avec des petits pions de rien du tout, en les faisant agir ensemble sans même qu'ils comprennent ce qu'ils font.

Il s'approche d'un jeu d'échecs posé sur un guéridon.

— Et donc, là, tes pions blancs vont viser les deux tours noires.

— C'est l'idée.

— Mais tu as aussi fait programmer un autre avion censé détruire le Pentagone.

— Les deux tours ne sont qu'une diversion. C'est le Pentagone ma vraie cible.

— Pour détruire le ministère de la Défense ?

Nicole sort de la poche de sa veste un étui à cigares. Elle en extrait un long barreau cubain, en décapite une extrémité, l'allume, aspire et lâche une grosse bouffée de fumée bleutée.

— Je vais peut-être t'étonner, mais c'est surtout pour tuer une personne. J'ai une dent personnelle contre quelqu'un qui, je le sais, sera là-bas au moment de l'impact.

— Toujours ta grande amie ?

Il a un petit rire sardonique et ajoute :

— Elle a donc réussi à te déstabiliser. Comment ce miracle peut-il exister ?

— Elle est douée, il faut le reconnaître.

— Parle-moi un peu plus de cette femme.

Nicole aspire d'un coup la fumée et la garde longtemps avant de la relâcher.

— Au début, alors que nous n'avions que douze ans, nous nous sommes rencontrées dans une compétition d'échecs internationale. J'ai gagné mais comme elle était mauvaise joueuse, elle a tenté de m'étrangler.

Viktor éclate de rire.

— Bon début.

— Ensuite, nous nous sommes revues à dix-huit ans. Cette fois, c'est elle qui m'a battue. Pour la remettre à sa place, j'ai créé un mouvement de foule qui a tué sa mère.

— Logique.

— Nous nous sommes retrouvées en Irlande alors que nous avions toutes les deux vingt-cinq ans. J'étais membre de l'IRA et, elle, des services anglais du MI5. Elle a séduit mon fiancé. Et je la soupçonne d'avoir fait exprès pour me forcer à le… tuer.

— Enchaînement imparable.

— Ensuite, elle m'a fait incarcérer dans un QHS pendant des mois où l'on m'a torturée selon le principe des privations sensorielles. Alors que j'avais réussi à m'évader, elle m'a poursuivie jusqu'à l'aéroport où m'attendait un avion, et là, il y a eu un échange de coups de feu. Elle a froidement abattu mon père.

Viktor récupère la dame noire du jeu d'échecs et la manipule.

— J'ai été très surprise quand je l'ai retrouvée en Afghanistan, elle travaillait cette fois non plus pour les Anglais mais pour les Américains. Je lui ai tiré dans la jambe et c'est elle qui m'a infligé cette cicatrice au visage.

— Dans mon métier, réplique Viktor, on dit qu'avoir une rancune personnelle contre quelqu'un n'est pas très professionnel.

— Elle est la seule à m'avoir vraiment déstabilisée. Disons même que si je me suis donné autant de mal pour cette nouvelle mission avec Ben Laden, c'est parce qu'elle a su me motiver. Comme on dit chez moi, « la vengeance est un plat qui se mange froid ». J'ai attendu suffisamment d'années, maintenant j'ai très faim. Elle va payer et personne ne saura que je suis responsable de sa mort car cette fois-ci, elle sera au milieu d'une foule d'autres victimes.

ENCYCLOPÉDIE : EDWARD BERNAYS.

Comment influencer les foules ? L'un des pionniers modernes de cette science fut Edward Bernays, un neveu de Sigmund Freud.
Alors que dès le début du XXe siècle plusieurs sociologues recherchaient des techniques de persuasion pour lutter contre les grèves, Edward Bernays eut l'idée de s'inspirer des codes de la publicité pour faire adhérer de leur propre gré les ouvriers au capitalisme.
En 1917, il faisait partie du Committee on Public Information créé par le président Wilson pour retourner l'opinion américaine de manière à la rendre favorable à l'entrée du pays dans la Première Guerre mondiale. (comité notamment connu pour l'affiche « I Want You for Us Army » avec un personnage à chapeau blanc et barbe blanche, bras tendu, doigt pointé en avant).

Quelques années plus tard, Bernays fit la promotion du petit déjeuner copieux avec œufs au plat et bacon pour une compagnie agroalimentaire. Il lança une étude scientifique et arriva à convaincre les consommateurs de la nécessité d'un petit déjeuner riche en protéines. Cela devint même une tradition américaine qui perdure.

En 1920, il produisit des publicités avec des femmes qui fument des cigarettes Lucky Strike en expliquant que c'est un signe de féminité. Pour cette campagne, il choisit non pas des actrices, mais des femmes ordinaires, ce qui donna à ses publicités un côté authentique. Succès total. Il a persuadé les Américains d'acheter des pianos et d'installer des bibliothèques aux murs de leur maison (même s'ils ne jouaient pas de cet instrument et s'ils ne lisaient pas) pour paraître cultivés auprès de leurs visiteurs. Il a également répandu l'idée que le fluor était bon pour le dentifrice afin d'écouler ce déchet industriel que personne ne savait recycler.

Il fut à l'origine des petits déjeuners présidentiels à la Maison Blanche avec des célébrités du cinéma ou de la chanson pour changer l'image d'austérité des chefs de l'État. En 1928, il écrivit *Propaganda*, sous-titré « Comment manipuler l'opinion en démocratie », un ouvrage dans lequel il expliquait sa philosophie. Selon Bernays, une foule est plus régie par ses pulsions que par sa raison. La démocratie devient le lieu où l'on manipule l'opinion du peuple sans le contraindre ; où l'on va chercher à influencer plutôt qu'à imposer. Et parce que le peuple va avoir l'impression de faire ses propres choix librement, il

aura moins tendance à vouloir se révolter contre le pouvoir en place. Edward Bernays mélangeait les idées sur la psychologie des foules de Gustave Le Bon à celles de son oncle Sigmund Freud sur l'inconscient collectif. Il cherchait notamment à identifier les désirs réprimés de la foule et jouait sur les pulsions inconscientes pour provoquer l'achat de produit, l'admiration envers un artiste ou un vote pour un politicien. Il écrivait dans *Propaganda* : « Un homme qui achète une voiture (alors qu'il n'en a pas de réel besoin pour se déplacer) sait au fond de lui qu'il n'a pas envie de s'encombrer de cet objet coûteux. Il sait aussi qu'il vaut mieux marcher pour être en bonne santé. Mais la voiture est un symbole de statut social, une preuve de réussite dans les affaires et un moyen de séduire les femmes. Ainsi, la plupart de nos actes sont déterminés par des mobiles que nous nous dissimulons à nous-mêmes. »

Edmond WELLS,
Encyclopédie du Savoir Relatif et Absolu.

3

Mardi 11 septembre. 7 heures du matin. Monica Mac Intyre est dans son petit bureau du Pentagone. Elle rédige son bilan sur la situation en Afghanistan pour la réunion collective des officiers supérieurs qui doit se tenir comme chaque mardi à 8 h 30.

On toque à la porte.

— Entrez.

C'est Gary Sullivan.

Il effectue le salut protocolaire.

— Major !

— Quoi, lieutenant ?

— J'ai du nouveau à propos de Ben Laden. Cela devrait vous intéresser. Vous m'avez raconté avoir une ennemie jurée dans les services secrets russes. Une certaine Nicole O'Connor, n'est-ce pas ?

— En effet.

— Il semble qu'elle ait rencontré Ben Laden.

Le lieutenant Gary Sullivan pose un dossier ouvert devant elle et Monica découvre les photos et les informations rassemblées par les agents infiltrés. Elle est bouleversée.

Quelques minutes plus tard, Monica est dans la grande salle de réunion avec les hauts gradés.

— Excusez-moi, mon général, mais je crois qu'il est important, voire urgent, que vous m'écoutiez avant de commencer les débats.

Les hommes en uniforme la regardent, étonnés d'une telle entrée en matière.

— C'est-à-dire, major Mac Intyre, que nous avons un ordre du jour et que je trouverais plus normal de le respecter, tranche d'un ton sec le général Hutchinson.

— Non, je suis désolée. C'est peut-être une question de minutes.

Le vieux chef aux allures de bouledogue à poils gris consent à la laisser parler mais en lui faisant signe d'être brève pour qu'on puisse aborder les sujets vraiment sérieux.

— Mon général, je pense qu'il se prépare une action d'envergure contre nous sur notre territoire. J'ai, dans le passé, affronté une terroriste de l'IRA devenue agent du KGB qui avait pour spécialité de manipuler les foules de sorte que sa cible meure d'une façon qui paraisse accidentelle. Elle se nomme Nicole O'Connor.

Elle sort d'un dossier une photo de l'Australienne blonde aux yeux bleus.

— C'est une photo ancienne car nous n'avons plus de ses nouvelles depuis longtemps.

— Qu'est-ce que c'est que cette histoire de foules ?

— J'y viens, mon général. Nicole O'Connor a une manière d'attaquer spéciale, qu'on pourrait qualifier d'« indirecte ».

— Un peu comme un billard à trois bandes ? commente un autre officier.

Sans tenir compte de la remarque, Monica développe son argumentation.

— Sa spécialité est de noyer dans une action collective une frappe individuelle. Quand elle travaillait pour les terroristes de l'IRA, elle a utilisé des bousculades pour tuer un agent secret du MI5 au stade du Heysel. Résultat : trente-neuf morts, quatre cents blessés, pour un seul homme visé. Et bien sûr aucune enquête criminelle n'a suivi.

Elle montre des images de la catastrophe.

— C'est sa technique. Et elle la maîtrise parfaitement. Comme il y a beaucoup d'attaquants et beaucoup de victimes, cela crée une confusion et personne ne soupçonne que cela puisse être préparé. Après l'IRA, elle a travaillé pour les services secrets russes et je pense qu'elle a dû déjà utiliser une stratégie qu'on pourrait qualifier, comme aux échecs, d'« avancée de pions », pour tuer discrètement certaines de ses cibles. Je l'ai même croisée dans la vallée du Panshir, il y a quelques années.

— Admettons, major Mac Intyre, et en quoi y a-t-il urgence ? questionne le général.

— Le lieutenant Sullivan vient de m'apporter l'information selon laquelle elle aurait été en contact avec Ben Laden. Je pense qu'ils se sont alliés, et d'après ce que j'ai compris, les cibles seraient ici.

— Ici ? Aux États-Unis !?

— Parfaitement, sur le sol américain et a fortiori, ici, dans le Pentagone. Et ce pour une bonne raison.

— Il me tarde de savoir laquelle..., ironise l'officier supérieur.

— Parce que j'y suis.

Le général Hutchinson éclate de rire. Les autres hommes autour de la table rient eux aussi.

— Vous êtes trop égocentrique et trop paranoïaque, major Mac Intyre. Le monde ne tourne pas autour de votre nombril. Votre intelligence et votre vigilance jouent contre vous en vous faisant voir des complots partout. Ben Laden a combattu les Russes avec les armes que nous lui avons fournies, il ne va pas pactiser avec eux.

Un autre officier confirme :

— J'ai connu personnellement Ben Laden. Il a été un allié efficace et précieux.

— Je suis désolée de vous l'apprendre, mon général, mais leur soi-disant alliance ne tient que par l'intérêt qu'ils voient à nous utiliser. Les islamistes radicaux sont des spécialistes du double langage. Si vous avez un doute, vous n'avez qu'à lire leur livre de référence, *Le Livre des ruses.* C'est un classique de la littérature arabe écrit au XVe siècle. Ce n'est qu'une leçon de duplicité de bout en bout. On y voit par exemple un chef militaire promettre qu'il ne tuera pas un seul homme si une ville assiégée se rend. Il obtient ainsi la reddition de la ville et fait massacrer tous les habitants sauf… un. C'est une autre tournure de pensée.

Quelques militaires ricanent de cette forme d'humour macabre.

— Je suis sérieuse. J'ai la conviction qu'il va se passer quelque chose de grave.

— Qu'est-ce qui a déclenché chez vous cette inquiétude, major ?

— Trois choses : premièrement l'assassinat de Massoud, deuxièmement le fait que je viens d'apprendre que Nicole O'Connor a rencontré Ben Laden et troisièmement mon intuition.

— Ben Laden est en Afghanistan… C'est loin, avance un officier.

— Et si Ben Laden envoyait des hommes frapper ici ? dit Monica.

— C'est ridicule. Ce sont des guérilleros montagnards. Si ça se trouve, ils n'ont jamais pris l'avion, dit l'officier.

— Soyons sérieux, major. J'ai l'impression que vous mélangez tout pour nourrir votre délire paranoïaque. Nos frontières sont étanches, il y a des contrôles partout, rappelle Hutchinson.

— À mon avis, mon général, il ne suffit pas de mettre des douaniers dans les aéroports et des grillages à la frontière mexicaine pour décourager des terroristes déterminés.

Alors que les officiers présents affichent des mines mi-moqueuses mi-sceptiques, Monica ne se laisse pas démonter.

— Le commandant Massoud m'avait avertie que Ben Laden dirigeait des centaines de fanatiques prêts à tout. Le culte du martyre fait partie de leur lavage de cerveau. Et il n'y a pas que des bergers montagnards, il y a aussi des gens instruits, riches et modernes. Ce sont eux les plus dangereux. Même s'ils semblent intégrés à la société américaine, ils sont réellement persuadés que s'ils tuent des infidèles, ils commettent un acte sacré dont ils tireront une récompense dans l'au-delà.

Tous se moquent mais Monica reste imperturbable.

— Ne sous-estimez pas le pouvoir de la religion, mon général.

— Quand bien même. Je ne vois pas en quoi la rencontre de Ben Laden avec cette Nicole O'Connor vous semble à ce point inquiétante, dit Hutchinson.

Monica n'a pas le temps de répondre qu'un militaire entre en coup de vent dans la salle et chuchote quelque chose à l'oreille du général.

Celui-ci marque sa surprise avant d'annoncer d'une voix émue :

— Un avion civil détourné par des terroristes vient de frapper la tour nord du World Trade Center à New York…

Aussitôt, les officiers présents foncent dans la salle qui sert de cellule de crise où plusieurs membres du Pentagone sont déjà branchés sur la chaîne CNN. Celle-ci retransmet en direct les images filmées sur place. Tous les regards sont tournés vers le grand écran. Et ce qu'ils voient est encore plus surprenant que tout ce qu'ils pouvaient imaginer.

À 9 h 03, un deuxième avion, un Boeing 767 de la compagnie United Airlines, percute la tour sud du World Trade Center.

Monica pour sa part essaie de se libérer du facteur émotionnel pour réfléchir.

Et si j'avais raison et que le drame se produisait justement maintenant ? Si l'attaque des tours ne servait que de diversion pour d'autres attaques avec d'autres cibles ?

Soudain, elle a une fulgurance. Alors elle se lève et d'un ton déterminé annonce :

— S'il s'agit bien de ce que j'ai prévu, cela ne va pas s'arrêter, il va forcément y avoir d'autres attaques, peut-être même contre la Maison Blanche ou… ici, contre le Pentagone. Nous devons faire évacuer les bâtiments.

— Mais ça y est, l'attaque est commise, deux tours viennent déjà d'être touchées en plein cœur de New York. Que voulez-vous de plus ? C'est déjà terrible. Vous vous rendez compte du nombre de morts potentiel ! lui réplique un officier.

— Ça ne s'arrêtera pas là, je vous dis. Nous n'avons plus de temps à perdre.

— Pourquoi voulez-vous que cela continue ? s'entête un autre officier.

— Parce que c'est la manière d'agir de celle que je soupçonne d'orchestrer tout ça. Elle suscite des effets de panique et multiplie les points d'action, comme si elle donnait des coups de pied dans la fourmilière. Elle crée ainsi le chaos. En quelques instants, le monde s'aveugle, submergé par l'émotion, l'émotion empêche de réfléchir et arrive une dernière attaque, celle que personne n'avait vue venir, encore plus ravageuse. ÉVACUEZ LE PENTAGONE, BON SANG !

— Cette cellule de crise est le seul endroit où l'on puisse réunir les informations et penser à une défense ou à une contre-attaque, vous le savez bien, major Mac Intyre.

Elle comprend surtout que le général Hutchison a une pensée limitée.

Son néocortex ne fonctionne plus. Il est juste dans le système limbique. Il est dans la colère et la peur. Elle regarde sa montre. *9 h 20.*

Elle regarde le ciel par la fenêtre.

J'ai un mauvais pressentiment.

Alors Monica retourne à son bureau et ordonne à son unique subalterne, le lieutenant Sullivan, d'évacuer le bâtiment.

Elle-même, tout en boitant et en s'appuyant sur sa canne, rejoint le plus vite possible l'ascenseur qui lui permet de descendre au parking. Une fois au volant de sa voiture, elle tourne la clef d'une main tremblante mais parvient tout de même à démarrer, décidée à s'éloigner de ce lieu le plus vite possible.

À peine a-t-elle dépassé l'immense bâtiment du ministère de la Défense de quelques centaines de mètres qu'elle repère dans le ciel un avion volant à très basse altitude.

Oh non.

À 9 h 38, elle voit ce même avion percuter la partie centrale de l'aile ouest du Pentagone. À l'endroit précis où elle se trouvait quelques dizaines de secondes plus tôt. Une grande déflagration succède à l'impact.

4

Nicole O'Connor est dans son bureau du FSB, le nouveau nom du KGB depuis la tentative de coup d'État des officiers du KGB contre Gorbatchev en 1991.

Cette pièce ressemble plus à un laboratoire de biologie qu'à un bureau d'espion. Entourée de divers vivariums, elle a le sourire aux lèvres, excitée par une expérience qu'elle est en train de réaliser. Ce n'est pas la première fois qu'elle la fait, mais, comme une enfant qui joue, elle ne se lasse pas de la répéter et d'en observer le résultat.

Au même moment, le colonel Viktor Kuprienko entre sans frapper. Alors qu'il s'apprête à parler, elle le coupe en montrant son expérience :

— Chut, attends, tu vas voir comment fonctionnent les pions. Elle lance une caméra vidéo qui bourdonne doucement, puis avec un aspirateur miniature prélève une centaine de fourmis qu'elle dépose dans une boîte transparente dotée de deux sorties respectivement signalées par les lettres A et B.

Les fourmis, hébétées, restent au centre.

Ensuite, dans une cage à proximité, elle attrape un gros lézard qu'elle dépose au milieu des fourmis.

— Regarde.

Dès que le lézard est dans la boîte, il crée un mouvement de panique. À l'échelle des fourmis, c'est un dinosaure, un *Tyrannosaurus rex* effrayant.

Toutes les fourmis se précipitent vers la sortie A. Mais, comme celle-ci ne permet l'évacuation que de trois ou quatre individus à la fois, un embouteillage se forme et le lézard n'a aucune difficulté à les dévorer alors qu'elles sont agglutinées. Une fois que toutes, hormis quelques chanceuses, ont été mangées, Nicole enlève le lézard de la boîte. Elle récupère les survivantes et les replace dans leur cage de verre, avant de lancer sur un téléviseur la vidéo de l'expérience. Elle passe la scène au ralenti tout en expliquant :

— La distance entre le centre et les sorties A comme B est exactement la même. Alors pourquoi ont-elles pris la A, selon toi ?

Avant que Viktor ne réponde, elle poursuit :

— Parce que la première fourmi à percevoir l'arrivée du lézard a émis une odeur d'alerte et a fui vers la sortie A. Les autres ne se sont pas posé de questions. Cette phéromone d'alerte les a coupées de toute réflexion ou analyse individuelle et elles ont suivi la première. À aucun moment elles n'ont analysé leur environnement, ce qui aurait pu leur permettre de trouver la sortie B et ainsi d'avoir plus de chances d'être sauvées. Bien entendu, tu peux te dire que nous les humains nous ne nous ferions pas avoir de la même manière. Eh bien, tu te trompes. C'est exactement pareil pour nous. La peur nous enlève l'intelligence. La fainéantise nous fait suivre les premiers à prendre une initiative, aussi stupide soit-elle.

Viktor paraît amusé par cette expérience.

— J'ai vu les actualités américaines, dit-il. Je crois qu'il est en train de se passer la même chose à New

York. Tu ne veux pas venir voir la suite de ton expérience à échelle humaine ?

— Je sais que cela a marché, dit-elle sans quitter des yeux les fourmis affolées qui racontent leur terreur à leurs comparses incrédules en agitant leurs antennes à toute vitesse.

— Je ne te comprends pas, Nicole. Tu passes quatre ans à mettre au point un coup spectaculaire et maintenant qu'il a lieu tu t'en désintéresses ?

Elle lui fait un clin d'œil et l'embrasse.

— Tout est déjà accompli, le reste n'est que… la résultante de mon plan, profère-t-elle fièrement, mais si cela t'amuse, je veux bien commenter les images de la télévision avec toi.

Elle le suit dans son bureau. Tout autour de la pièce, une dizaine d'écrans diffusent les vidéos des télévisions étrangères. Toutes retransmettent en direct les mêmes images en provenance de New York.

— Franchement, je n'aurais pas cru que ça marcherait, dit Viktor.

Nicole O'Connor sort un cigare, l'allume et, avec un air satisfait, expire des petites bouffées bleutées.

— Et en plus, cet attentat va créer une nouvelle zone de conflit. Nous ne sommes désormais plus les ennemis principaux des États-Unis, nous pouvons faire ce que nous voulons, ils sont obnubilés par ce Ben Laden.

— Il est où d'ailleurs ? demande Viktor.

— Au Pakistan. C'est moi qui lui ai donné l'idée de se cacher là-bas. Ce pays est censé être, dans la région, le grand allié des États-Unis. Il faut toujours parier sur leur duplicité.

— Les Américains vont se transformer, comme tu l'as prédit, Nicole, en taureau rendu fou par une piqûre de guêpe. Et, à mon avis, maintenant, ils vont donner des coups de corne partout sauf… au Pakistan. C'est vraiment un coup génial.

Fasciné, Viktor regarde les images qui tournent en boucle.

— On a la liste des victimes du Pentagone ? s'inquiète la femme aux yeux bleu turquoise.

— Pas encore.

— C'est celle que j'attends.

Enfin un officier entre en brandissant une feuille.

— C'est la liste du Pentagone ? questionne Nicole aussitôt avant de saisir la feuille.

Elle lâche un long soupir agacé.

— Qu'est-ce qui ne va pas ?

— Parmi la centaine de morts du Pentagone identifiés dans les décombres, il n'y a pas celle que je visais.

Viktor lui donne une tape amicale.

— Cela me rappelle la blague du cow-boy qui entre dans un saloon et qui dit à un autre cow-boy : « Tu vois, Billy, ce type qui est au bar, je le déteste. » Alors Billy répond : « Quel type précisément ? Il y en a sept alignés devant le comptoir. » Le cow-boy sort son revolver, tue six types, si bien qu'il n'en reste qu'un seul debout, et dit : « Tu vois ? Celui qui reste debout, eh bien, c'est lui que je déteste. »

Il rit de sa propre blague, mais Nicole ne semble pas du tout de la même humeur enjouée.

— J'ai échoué, déclare-t-elle.

— Non, dit Viktor, tu as réussi à m'impressionner et je vais de ce pas demander la médaille du mérite pour toi. Évidemment, je ne préciserai pas pour quelle affaire. Je vais même faire mieux : pour ajouter de la confusion à la confusion, je vais mettre nos services de désinformation sur la fabrication de rumeurs sous-entendant que c'est un coup des services secrets américains. Encore plus fort, je vais utiliser notre nouveau service de désinformation pour répandre la rumeur que ce sont les services secrets israéliens qui ont fait le coup pour donner une mauvaise image des islamistes. C'est un peu gros, mais il y aura toujours des gens pour le croire.

Nicole met la main sur la cicatrice de sa pommette.

— J'ai l'impression que vous êtes connectées toutes les deux, dit Viktor. Comme si elle était ton âme damnée, ton double maudit. Du coup, elle te sent comme tu la sens.

— Je ne crois pas à l'irrationnel. Tout ce que je vois, c'est qu'elle s'en est tirée.

Nicole O'Connor écrase d'un coup sec son cigare dans un cendrier en forme d'ours. Viktor, pour sa part, semble amusé par sa mauvaise humeur.

— Ce qui est quand même dingue, c'est que tu as sacrifié au moins trois mille personnes pour essayer de tuer une seule femme ! Qui, en plus, ironie suprême, est indemne.

Viktor vient vers elle et lui masse les épaules pour la détendre. Il en profite pour essayer de l'embrasser mais elle se défile et évite le baiser.

— Tu es toujours en colère, Nicole. Il faut par moments faire des pauses.

— Pas tant que cette chienne vivra.

— J'aurais rêvé d'avoir un enfant avec toi, Nicole, dit-il soudain. Ne veux-tu pas être ma femme ?

— Je suis désolé, je ne me sens aucune fibre maternelle. Je te l'ai dit, c'est une vie de guerrière, pas une vie de maman. Si tu veux tout savoir, j'ai déjà avorté de jumeaux. C'était un signe. Mes vrais enfants sont tous les opprimés du monde et c'est en combattant leurs oppresseurs que je les aiderai.

Elle se tourne vers le jeu d'échecs posé sur le guéridon, renverse deux tours noires et laisse au milieu du jeu la reine ennemie entourée de pions blancs.

Quant à toi, Monica, tu t'en es peut-être tirée de justesse cette fois-ci mais la partie est loin d'être finie.

5

À la suite de l'assassinat de Massoud et de l'attentat du World Trade Center de 2001, Monica Mac Intyre traverse, de nouveau, une dépression nerveuse.

Après avoir essayé de se reprendre, elle s'est gavée d'antidépresseurs et de somnifères pour arrêter de réfléchir et dormir. Mais elle n'arrive pas à retrouver le goût de vivre. Elle reste prostrée en regardant la fenêtre avec des pulsions suicidaires. La seule chose qui l'empêche de sauter est… son envie d'éliminer définitivement celle qu'elle considère comme la « plaie du monde ».

Si je sautais, ce serait sa victoire totale.

Alors, pour tenter de se reconstruire, Monica décide de faire un séjour dans un centre psychiatrique spécialisé dans la gestion des dépressions, situé dans la banlieue de Washington.

Là, on la gave encore plus de médicaments qui la laissent dans un état cotonneux, la rendant incapable de se faire du mal.

Pendant plusieurs semaines, elle dort les trois quarts de la journée. Quand enfin elle arrive à reprendre la maîtrise de son cerveau, elle décide de lire et passe son temps dans la bibliothèque du centre. Les livres sont pour elle comme un jogging des neurones. Elle reprend grâce à eux le contrôle d'elle-même.

Après Sigmund Freud et Alfred Adler, elle se spécialise dans les biographies de dépressifs, comme si elle se sentait faire désormais partie de cette tribu précise.

Elle apprend en détail la vie d'Abraham Lincoln et découvre que ce dernier venait d'une famille de dépressifs chroniques et qu'il souffrait de crises de panique qui se sont accrues à la mort de sa femme et de sa sœur.

Elle apprend qu'Edgar Poe a trouvé l'inspiration de ses textes d'horreur dans ses propres cauchemars. Ces derniers étaient à moitié influencés par sa consommation d'alcool et de drogue et à moitié par ses dépressions. Il en est mort à quarante ans.

Elle lit la biographie de Charles Dickens, un auteur qui selon ses proches était tout le temps triste et mélancolique. Puis elle s'intéresse à Léon Tolstoï qui, après avoir écrit *Guerre et Paix*, s'est retrouvé complètement déprimé et a fini par abandonner sa maison et par mendier dans les rues avant de mourir d'une pneumonie.

Winston Churchill était lui aussi dépressif. Il nommait « retour du chien noir » ses périodes d'insomnies suivies de pensées suicidaires.

Ernest Hemingway, prix Nobel de littérature et dépressif chronique, après avoir tenté de se soigner à coups d'électrochocs, est retombé dans l'alcool avant de se suicider à soixante et un ans d'une balle de fusil dans la bouche.

Enfin, Martin Luther King a connu à la mort de sa grand-mère des phases de dépressions suivies d'envies suicidaires.

Le fait de ne pas être seule à souffrir de cette affliction rassure Monica. Et que ce soient des gens qu'elle admire qui aient traversé les mêmes épreuves lui permet de relativiser sa peine.

C'est peut-être le prix à payer pour toutes les personnes qui réfléchissent beaucoup. On finit par y avoir une prise de conscience de la tragédie de l'existence. Finalement, être intelligent peut être une malédiction. Par moments, je souhaiterais être naïve comme tout le monde.

Cela doit être agréable de ne pas se poser de questions, de rester des heures à regarder la télévision, à consommer n'importe quoi pour obéir aux publicités, à voter pour n'importe qui pour obéir à la propagande.

Cela doit être grisant de hurler avec les loups et de se comporter comme un mouton dans un troupeau en évitant de se distinguer ou d'émettre la moindre opinion personnelle.

Oui, heureux les simples d'esprit, le royaume des cieux leur appartient.

Cette pensée la fait rire, seule dans sa chambre du centre psychiatrique.

Et son rire dure anormalement longtemps, au point d'inquiéter les infirmiers. Elle reçoit des calmants, puis des tranquillisants, et enfin des somnifères et s'endort avec cette douce sensation qu'enfin sa machine à penser ne fonctionne plus.

Parfois, elle repense à Nicole.

Monica reste persuadée que l'attentat des deux tours du World Trade Center n'était qu'une diversion pour mieux réussir l'attaque du Pentagone.

Le 31 décembre, elle demande à se rendre dans la salle de télévision. Elle saisit un carnet et un stylo et, comme à son habitude, suit la rétrospective de l'année qui vient de s'écouler. Et elle note :

– Février : première publication d'une version complète du génome humain. Enfin on connaît tout ce qui compose l'ADN d'un individu.
– Mars : les Talibans dynamitent les bouddhas de Bâmiyân.
– 9 septembre : assassinat de Massoud.
– 11 septembre : attentat contre les tours du World Trade Center et le Pentagone. Revendiqué par Oussama ben Laden.
– Début de la guerre mondiale des États-Unis contre le terrorisme musulman, nouvel objectif militaire depuis la fin de la guerre froide en 1989.

Elle songe :

Massoud avait raison, il y a toujours un adversaire.
Cela a été les nazis en 1940.
Cela a été les communistes en 1960.
Ce sont les islamistes en 2000.
Comme le Yin et le Yang.
Les Irlandais et les Anglais.
Les Serbes et les Croates.

Les Arméniens et les Turcs.

Ce ne sont que des haines séculaires de gens qui se détestent sur plusieurs générations voire plusieurs siècles sans jamais envisager de faire la paix.

Et maintenant, Nicole et moi.

6

31 décembre 2001.

Nicole O'Connor est avec Viktor Kuprienko dans leur superbe datcha de Roubliovka, le quartier huppé de la banlieue ouest de Moscou.

Nus sous des couvertures en vison, tous les deux regardent la télévision. Viktor connaît cette habitude de sa compagne de vouloir suivre chaque année, le 31 décembre, la rétrospective de tous les coups joués dans l'année pour comprendre où en est ce qu'elle nomme « la partie mondiale d'échecs ».

Il lui propose un verre de vodka, mais elle veut garder l'esprit clair et se concentre sur les phrases prononcées par le journaliste. Elle note les informations qui lui semblent révélatrices de ce qu'elle appelle « l'avancée globale du troupeau humain » :

– Février : découverte au Tchad d'un crâne fossilisé d'une espèce de primate proche de l'homme, donnant la première lignée d'humains datée de 7 millions d'années. Le crâne est fendu, signe que son possesseur a été tué lors d'une bataille ou d'un duel.
– Août : des scientifiques israéliens arrivent à reproduire des cellules cardiaques à partir de cellules

souches, ouvrant la possibilité de la reproduction des organes humains par la culture de ces mêmes cellules souches. Cela devrait permettre de soigner des gens qu'on croyait condamnés en remplaçant ce qu'ils nomment les « pièces usagées ».

– Novembre : les Talibans sont chassés de Kaboul, la capitale afghane, par les troupes des anciens amis de Massoud.

Viktor s'approche de Nicole et lui masse les épaules en essayant d'être le plus sensuel possible.

— Je pense que le plus dur reste à faire, murmure-t-elle sans prêter la moindre attention à ses caresses. Mais je commence à comprendre comment je vais m'y prendre.

— C'est toi qui devrais être chef à ma place, plaisante-t-il.

— Pour l'instant les mentalités sont encore très réactionnaires et on croit que les hommes sont plus intelligents que les femmes. Mais après tout, c'est peut-être mieux ainsi. Comme ça, nous, les femmes, pouvons agir sans que vous compreniez comment on s'y prend.

Il ne sait comment il doit interpréter cette déclaration, aussi, dans le doute, il l'embrasse pour la faire taire.

ENCYCLOPÉDIE : BAISSE DU QI MOYEN MONDIAL

Le QI moyen de la population mondiale a augmenté jusqu'en 1975, date à laquelle ce nombre s'est stabilisé. À partir de 1990, il a amorcé une descente

et on compte une baisse moyenne de 2,4 points de QI au niveau mondial en dix ans.
Parmi les explications avancées par les psychologues ayant participé à l'étude : les diplômés, passant beaucoup de temps dans leurs études, se mettent en couple plus tard et font moins d'enfants que les personnes non diplômées. Autre cause évoquée : l'automatisation a réduit nos compétences cognitives, on ne sait plus coudre, on ne sait plus allumer un feu, on ne sait plus se servir de ses doigts. La sollicitation permanente des écrans entraîne une difficulté à nous concentrer sur une seule tâche avec précision. D'autres experts évoquent la pollution, la moins bonne qualité de l'éducation, la baisse de la lecture chez les jeunes.
Enfin, dernier facteur responsable : l'appauvrissement du langage.
La disparition progressive de l'usage des temps (subjonctif imparfait, formes composées du futur, participe passé) produirait une pensée incapable de perspectives. George Orwell dans *1984* ou Ray Bradbury dans *Fahrenheit 451* ont rappelé comment les régimes totalitaires ont toujours souhaité une réduction du vocabulaire pour éviter que s'élabore une pensée contestataire. En 220 avant J.-C., le premier empereur de Chine Qin Shi Huangdi voulait que son peuple cesse de penser car, selon lui, toute pensée était tournée contre lui. Mao Tsé-toung, grand admirateur de Qin Shi Huangdi, a modifié la langue usuelle pour inventer le chinois simplifié, sous prétexte qu'il était plus facile à enseigner au peuple. Mais c'est juste une

langue appauvrie, et moins susceptible d'inspirer la révolte.

Edmond Wells,
Encyclopédie du Savoir Relatif et Absolu.

PARTIE 7

Deux stratèges perverses

1

14 juillet 2015. Monica Mac Intyre a cinquante-cinq ans.

Après cette douloureuse année 2001, elle avait cherché comment s'éloigner encore un peu plus de cette humanité qui la dégoûtait.

Elle s'était souvenue de sa jeunesse et de ses évasions dans la montagne et le désert, et, cette fois, elle avait eu envie de tester l'océan.

Elle avait acheté un catamaran de douze mètres pour faire le tour du monde en solitaire. Après l'avoir rempli de matériel et de victuailles, elle était partie du port de Cape Cod, au sud de Boston.

Bien plus encore que quand elle se trouvait au milieu des rochers enneigés ou des déserts de sable, la solitude qu'elle découvrit sur l'eau lui sembla un moyen de réfléchir à sa mission de vie.

Après avoir quitté les États-Unis, elle avait rejoint les Açores, puis le Portugal, était descendue en Afrique, en avait fait le tour, était remontée jusqu'en Inde, avait longé la côte chinoise avant de rallier le Japon, puis l'Australie, pour finir par traverser l'océan Pacifique jusqu'à San Francisco.

Ce fut un an de conversation avec elle-même.

Elle écrivait lorsque la mer était calme.

Tous les jours, elle se parlait à elle-même à travers l'écriture. Elle faisait le point sur tout.

Cela avait donné un premier ouvrage autobiographique simplement nommé *Comme une larme dans la pluie.* Elle y évoquait ce qui faisait la différence entre un être particulier et la multitude de ceux qui l'entourent. Elle tentait de comprendre en quoi elle-même était singulière.

Mais la rédaction terminée vit la fin de son tour du monde d'est en ouest, or elle ne souhaitait toujours pas revenir parmi ses congénères.

Elle décida donc de se lancer dans un second tour du monde, cette fois-ci du pôle Nord au pôle Sud. Et durant ce deuxième tour, elle écrivit un deuxième volume titré *Le mystère de qui nous sommes.*

Là encore, le voyage fut éprouvant et l'écriture libératrice.

Deux ans passés sans parler à quiconque et en ne réfléchissant qu'à sa propre raison d'exister, entourée uniquement d'eau, l'avait amenée à des niveaux de conscience étranges.

Seules les tempêtes, les apparitions de baleines ou les rencontres avec d'autres bateaux la sortaient de cet état de torpeur philosophique que lui procurait son isolement.

Mais la troisième année, elle eut l'impression de ne plus rien avoir à dire sur elle-même comme si, en faisant le tour du monde de droite à gauche et de haut en bas, elle avait fait le tour d'elle-même, et elle eut envie d'écrire sur les autres humains.

Elle chercha un sujet et se dit que le mieux serait d'écrire une fiction où elle parlerait de son expérience.

Elle inventa un personnage : Beatrice Quale, B.Q., surnommée Black Queen. Il s'agissait d'une agente de la CIA qui s'opposait à une terrible adversaire, une certaine W.P., Woïna Petrovna, alias White Pawn, au service du KGB.

Les deux femmes s'affrontaient sur l'échiquier de l'Afghanistan par le biais d'opérations militaires mais aussi dans certaines tractations diplomatiques, ainsi que par la séduction exercée sur des hommes qu'elles partageaient.

Elle titra son roman *La Reine noire*.

Il y avait tous les ingrédients du roman d'espionnage moderne : suspense, politique, sexe, violence, amour, trahison. Et le tout aboutissait en apothéose à la tragédie du World Trade Center, sorte de feu d'artifice macabre.

Lorsque Monica estima que son roman était achevé, elle contacta une amie de New York, Fiona Goldblum, qui avait ses entrées dans le monde de l'édition.

Fiona se montra tout de suite enthousiaste. Selon elle, le roman aurait autant de succès qu'un John le Carré, car comme dans les livres de ce célèbre auteur jadis espion du MI5, on sentait que les informations étaient authentiques.

Monica prit un pseudonyme, Kate Phoenix, et insista pour qu'il n'y ait pas sa photo en couverture. Elle signala qu'elle refuserait les interviews à la télévision, à la radio ou dans la presse écrite, de même qu'elle ne participerait à aucune dédicace ou salon du livre.

En fait, Fiona devait lui servir de bouclier pour empêcher qui que ce soit de connaître sa véritable identité. Celle-ci fut emballée par l'idée : cette discrétion allait lui donner un côté énigmatique qui attiserait la curiosité du public.

Plusieurs éditeurs se dirent intéressés par le premier roman d'espionnage de cette Kate Phoenix et le firent savoir. Dans la profession, la rumeur grandit qu'un best-seller, avec un fort potentiel de diffusion mondiale et la possibilité de céder facilement les droits audiovisuels, allait être sur le marché.

Il y eut des enchères qui montèrent jusqu'à trois cent mille dollars, ce qui était rare pour un premier manuscrit, comme le précisa Fiona Goldblum lorsqu'elle appela Monica pour lui annoncer la bonne nouvelle. Pour tout retour, Monica, bien que réjouie, lui annonça qu'elle comptait disparaître des radars et couper tous les ponts. Elle ne souhaitait absolument pas être identifiée et ne serait plus joignable. En prévision de leur prochaine communication, elle prévint Fiona qu'elle utiliserait un système informatique crypté qu'elle savait, grâce à ses liens avec le Pentagone, être inviolable. Ainsi, Fiona ne saurait jamais où la trouver. Monica sous-entendait qu'elle allait désormais vivre sur un bateau, changeant sans cesse d'endroit.

Ces deux années de vie en mer lui avaient en réalité suffi. Alors, comme un saumon arrivé à la moitié de sa vie, elle avait décidé de renoncer à la mer, de remonter les fleuves et les rivières pour retourner sur la terre de ses ancêtres.

Grâce à Gary Sullivan, son assistant au Pentagone qui avait pris du galon et était resté son unique homme de confiance, elle s'était fait fabriquer des faux papiers, un faux passeport, un faux passé.

C'est ainsi que sous un nouveau nom, elle s'était rendue dans des agences immobilières à la recherche de son refuge. Plus elle visitait de lieux, plus l'évidence lui apparaissait : elle souhaitait s'installer dans un vieux château écossais. Et ce fut le libraire Timothy Mac Intyre qui finit par lui trouver la perle rare. Il avait repéré un petit château médiéval sur la côte atlantique à quelques kilomètres du village d'Inveraray. Cette bâtisse était en vente mais ne se trouvait répertoriée dans aucune agence. Timothy prétendait qu'elle avait appartenu au clan Mac Intyre. Monica le visita. C'était une ruine, mais le fait que ses ancêtres Mac Intyre aient peut-être vécu sur cette terre lui semblait un signe. Elle s'installa dans le coin le moins délabré du château et y campa le temps des travaux.

La Reine noire une fois publiée n'eut aucun succès. Le roman ne fut remarqué par aucun journaliste et la stratégie de l'auteur mystère ne fonctionna pas autant qu'espéré. Cependant, Fiona parvint à convaincre l'éditeur qu'il fallait jouer la carte « série » et que, tout comme pour Sherlock Holmes, Hercule Poirot ou James Bond, héros qui avaient mis du temps à éveiller durablement la curiosité du public, il fallait attendre qu'il y ait un effet de collection. L'éditeur accepta, monnayant un à-valoir un peu moins important, de lui commander un second ouvrage.

L'argent permit à Monica d'améliorer le chauffage, l'électricité, la plomberie. Elle put même mettre des doubles vitrages à certaines fenêtres. Elle savait qu'étant donné l'état de délabrement du château, le chantier serait sans fin, mais elle put tout de même installer un bureau près de la grande cheminée de la pièce centrale.

Malgré les conditions de vie sommaires, elle appréciait sa solitude écossaise. Dans cet édifice aux murs parfois épais de plus de deux mètres, elle avait l'impression de vivre en compagnie des fantômes de ses ancêtres.

À ces présences invisibles vint bientôt s'ajouter un compagnon de vie bien réel. C'était un chat noir, qu'elle baptisa spontanément Massoud.

Monica rédigea le deuxième volume des aventures de *La Reine noire* qui voyait s'affronter Beatrice Quale et son âme damnée, Woïna Petrovna. L'écrivaine s'amusait de plus en plus à décrire et à entretenir la haine que se portaient ces deux femmes aussi intelligentes que machiavéliques.

Ce nouveau roman connut un succès aussi limité que le premier, mais paradoxalement relança l'intérêt pour celui-ci, qui doubla ses ventes. Le phénomène était enclenché. Cela permit à Fiona de signer un troisième contrat.

Monica se dit : *En fait, c'est comme une partie de poker. Comme mon éditeur a beaucoup misé, malgré les ventes décevantes, il continue de miser pour essayer de récupérer ses pertes. C'est la différence entre les joueurs d'échecs et les joueurs de poker. Aux échecs, la dimension chance et psychologie est minime, c'est la stratégie qui compte ; au poker, tout se gagne et se perd avec des facteurs psychologiques.*

En ce beau matin de juillet 2015, Monica caresse Massoud et repense à son ami le Lion du Panshir.

J'ai fait cela aussi pour toi, pour que la vérité soit couchée noir sur blanc, même si on croit que c'est de la fiction.

Monica a retrouvé son intérêt pour la géopolitique. Elle a confectionné une carte du monde qu'elle a doublée d'une plaque aimantée. Elle y place des petits aimants colorés représentant les pièces du jeu comme s'il s'agissait d'un immense échiquier.

Elle ne s'est pas limitée aux trente-deux pièces d'un jeu normal. Sur son échiquier géant, il y a des centaines de pièces : pions, reines, rois, fous, tours, cavaliers.

Elle fait correspondre les fonctions de chacune à un type d'action. Les pions sont l'infanterie, les tours les forteresses, les chevaux sont les tanks ou les bateaux, les reines les généraux et les rois les présidents. Aux deux couleurs blanche et noire initiales, elle a ajouté d'autres couleurs. Afin de s'y reconnaître, elle a décidé que les couleurs chaudes (jaune, orange, rouge) faisaient partie du camp occidental et les couleurs froides (bleu, turquoise, vert) du camp oriental.

Toujours la confrontation des deux énergies opposées Yin/Yang. Mais il y a des couleurs neutres comme le mauve et le gris pour les nations n'ayant rejoint aucun des deux camps.

Monica sait qu'en plus des guerres ouvertes, il y a des combats invisibles : ceux des services secrets, de la diplomatie cachée, des manipulations, des attentats terroristes. Cela fait aussi partie du jeu.

Tout à coup, alors qu'elle est en train de regarder la télévision, quelque chose la fait tiquer.

Le journaliste annonce qu'un traité de non-prolifération nucléaire a été signé à Vienne entre l'Allemagne, la Chine, les États-Unis, la France, le Royaume-Uni, l'Union européenne, la Russie et l'Iran en vue de contrôler le programme nucléaire iranien et de permettre la levée progressive des sanctions économiques qui touchent Téhéran. Après plus de quinze ans de tensions, cet accord est salué par le secrétaire général de l'ONU, Ban Ki-moon. Il y voit une « coopération qui permettra de pacifier la région ». L'AIEA, Agence internationale de l'énergie atomique, prévoit d'envoyer des émissaires pour surveiller sur place la désactivation des sites suspects. Seul Israël, par l'entremise de son premier ministre Benjamin Netanyahou, a déclaré son hostilité à ce traité, qu'il considère comme un « accord de dupes ».

Monica articule en direction de son chat :

— Les Iraniens vont forcément fabriquer leur bombe. Mais en secret. Les agents de l'AIEA ne trouveront rien, et l'Iran gagnera du temps.

Le chat agite les oreilles en attendant que soit prononcé le mot « croquettes », le seul à l'intéresser.

La suite des informations sur le sujet ne fait que conforter Monica dans son intuition. Elle dit encore à son chat :

— C'est comme les accords de Munich en 1938. Ils veulent la paix, ils ne font que se coucher en accordant du temps à ceux qui préparent une guerre à outrance.

Et tout le monde fait semblant d'y croire.

À partir de combien de personnes qui croient au même mensonge celui-ci devient-il une vérité ?

Elle scrute de plus près les images du reportage et soudain elle sursaute.

Nicole.

Elle est à Vienne…

En tant que quoi ? Négociatrice pour les Russes ? Agent du FSB ?

Cela ne peut pas être une coïncidence.

Elle serre le poing.

— Si Nicole était à Vienne, c'est qu'elle est forcément partie prenante de cette histoire.

Le chat la regarde comme s'il la comprenait, mais Monica n'a pas dit le mot qu'il attend, alors il affiche une mine désabusée qui semble vouloir dire : « Si tu savais à quel point je m'en fiche de tes histoires d'humains. »

Monica zappe sur les différentes chaînes du monde entier qu'elle capte grâce à une antenne satellite. Jusqu'à ce qu'un détail attire son attention : la télévision nord-coréenne salue l'accord de Vienne comme une avancée majeure pour la paix dans le monde.

— Si la Corée du Nord approuve, c'est qu'ils y trouvent un intérêt direct… Bon sang, comment n'y ai-je pas pensé plus tôt ? La Corée de Kim Jong-un ! C'est l'endroit où l'on peut faire toutes les manipulations, y compris dans le domaine de l'atome, sans aucun risque de contrôle extérieur. Et en plus, ils ont déjà la technologie nécessaire aux missiles et aux bombes nucléaires.

Le chat Massoud remue ses petites oreilles pointues en signe d'approbation. Monica poursuit donc son raisonnement :

— Les Iraniens vont sous-traiter la fabrication de leur bombe atomique en Corée avec la bénédiction de la Russie et de la Chine. Et les Occidentaux, loin de s'en rendre compte, annoncent que c'est une victoire pour la paix…

Une sourde colère commence à faire trembler sa main. Monica reconnaît ce signe d'agitation et avale rapidement un calmant qu'elle conserve toujours près d'elle. Puis elle prend une grande inspiration, ferme les yeux et se calme.

— Seule je ne peux rien. Et je ne veux pas rester ici comme simple spectatrice de cette catastrophe à venir.

N'y tenant plus, elle attrape son téléphone et compose le numéro de Sullivan, au Pentagone.

— Allô, Gary, c'est Monica.

— Ah, content d'avoir de vos nouvelles, depuis tout ce temps. Vous m'appelez d'où ?

— Je n'ai pas de temps à perdre en bavardages, je crois qu'un nouveau danger menace la paix mondiale.

— De quoi parlez-vous ?

— De l'accord sur le nucléaire iranien à Vienne.

— C'est un accord de paix, c'est bien, non ?

— Obama est d'une naïveté affligeante. Vos services n'écoutent pas les informations iraniennes, lesquelles annoncent que l'Iran aura, quoi qu'il arrive, la bombe pour détruire Israël, l'Arabie saoudite, Dubaï, et libérer la région des influences américaine, sunnite et juive.

— C'est seulement de la propagande interne, dit Gary.

— Non, c'est vraiment ce qu'ils vont faire ! Ils ne s'en cachent même pas. Avez-vous contrôlé la piste nord-coréenne ?

— C'est loin de l'Iran, Monica…

— Visiblement, aux informations coréennes, ils se réjouissent de cet accord, et lorsqu'on sait que la dictature de Corée du Nord soutient à fond l'Iran, alors qu'elle possède elle-même la bombe atomique, on devrait peut-être chercher ce qui se trame.

Un silence suit.

— Pourquoi ne me répondez-vous pas, Gary ?

— J'ai moi-même participé aux négociations et je pense que nous avons suffisamment de garanties pour que cela tienne.

— Souvenez-vous du 11 Septembre, j'avais eu un bon pressentiment, n'est-ce pas ?

— Un peu trop tard.

— Cela avait suffi à nous sauver la vie à tous les deux, il me semble.

Cette fois-ci, Sullivan n'a pas d'argument à opposer.

— Vous voulez que je fasse quoi ?

— Vous êtes lieutenant-colonel, vous avez donc le pouvoir d'agir. Pour commencer, je voudrais que vous surveilliez Nicole O'Connor et que vous m'expliquiez par quel étrange détour elle se retrouve parmi les diplomates russes pour cet accord à Vienne. Je veux aussi savoir quels sont ses liens avec les Iraniens. Je veux les noms, les fonctions, les titres officiels et les affectations officieuses de tous ceux qui travaillent pour et avec elle. Une fois que vous m'aurez fourni toutes ces informations, je vais trouver un plan d'action pour essayer d'éviter, à mon petit niveau, ce qui me semble les prémices d'une troisième guerre mondiale.

2

24 septembre 2015. Nicole O'Connor a cinquante-cinq ans, elle ne sent pas vieille, elle se sent même en pleine maturité.

L'attentat du World Trade Center avait eu l'avantage d'impressionner ses supérieurs hiérarchiques. Arriver à un résultat aussi spectaculaire et avec autant de répercussions, sans même qu'on se doute de l'origine véritable de la manipulation, avait été considéré par ses collègues comme un chef-d'œuvre.

Elle était donc montée en grade pour devenir colonel, avec cette fois non plus deux, mais trois étoiles sur ses épaulettes à double ligne rouge.

Ce titre lui avait donné accès à une vie bien plus privilégiée. Quand elle se déplaçait, elle avait un chauffeur personnel et deux gardes du corps. Son bureau était situé dans une tour luxueuse d'où elle mettait au point ses opérations qu'elle nommait ses « mouvements de pions ».

Son style peu orthodoxe avait donné suffisamment de bons résultats pour convaincre ses chefs de lui faire confiance et de lui accorder du temps et des moyens pour réussir ses coups compliqués.

De même, son idée de frapper ses cibles au milieu d'une foule pour créer de la confusion avait fini par convaincre tous ses collègues.

Ils appelaient ce type d'opérations le « coup de la bergère », en référence à son passé dans l'industrie du mouton en Australie.

Ses supérieurs avaient d'autant plus apprécié l'attentat qu'il avait permis d'entraîner les États-Unis de George Bush dans une guerre contre l'Irak de Saddam Hussein.

C'était la cerise sur le gâteau.

La formule de Nicole : « Il faut être comme la guêpe qui pique l'œil du taureau, alors il devient aveugle et fou, et frappe tout autour de lui, y compris ses propres alliés » participait d'autant plus à sa légende parmi les services secrets russes.

Source de satisfaction supplémentaire, les Américains avaient fini par éliminer le plus grand ennemi des Iraniens. Ils avaient encouragé un vote démocratique qui avait abouti à placer à la tête de l'Irak jusque-là sunnite des gouvernants chiites !

Nicole avait trouvé une autre formule qui avait eu du succès au sein de son service : « La meilleure manière de vaincre un ennemi, c'est de lui donner envie de s'autodétruire. »

En parallèle, la colonelle O'Connor avait essayé d'éliminer Monica Mac Intyre. Mais malgré tous ses efforts et la participation de plusieurs services secrets russes, l'Américaine était restée introuvable.

Selon certaines sources, Monica était devenue navigatrice en solitaire.

D'autres disaient qu'elle s'était installée dans un chalet isolé en montagne ou qu'elle avait fait de la chirurgie esthétique et pris un nouveau nom.

Tout cela restait trop évasif pour être considéré comme fiable et lancer une mission d'ampleur. Aussi Nicole avait-elle momentanément renoncé à cet objectif. Elle restait convaincue que son adversaire finirait par réapparaître.

En dehors de ses succès professionnels, l'Australienne s'était rendue célèbre par son activité nocturne et tout spécialement par ses fêtes. Que ce soit à Moscou, à Saint-Pétersbourg, à Cuba, au Nicaragua et même en Corée du Nord, elle avait révélé un talent exceptionnel d'organisatrice de fêtes spectaculaires.

Le jour, elle paraissait être une travailleuse acharnée, une militaire toujours vêtue de son uniforme strict et exhibant ses médailles, mais le soir, elle se métamorphosait en quelqu'un de très différent.

Elle devenait la reine de ces fêtes qu'elle nommait des « égrégores ».

Elle s'habillait intégralement de blanc, sous-vêtements compris.

Pour ces soirées, elle se donnait du mal pour élaborer des décors magnifiques dans des lieux inattendus comme des ambassades, des musées, des châteaux ou encore des casernes.

Elle était très créative et se mettait elle-même aux platines. Elle avait un talent particulier pour mixer musique rock russe et musique des Aborigènes d'Australie. Elle savait faire battre les cœurs à l'unisson en réglant précisément la rythmique.

Et une fois que tous les participants s'agitaient de manière synchrone sur sa musique, elle abandonnait ses platines pour aller danser au milieu de la piste.

Nicole se déchaînait.

Elle fouettait l'air de ses cheveux blonds et commençait à libérer sa poitrine. Dès minuit, la température montait.

Elle disait que « l'égrégore des corps » permettait d'améliorer « l'égrégore des esprits ». À ses yeux, ces fêtes étaient surtout l'occasion de créer une cohésion dans le groupe de ses collègues militaires ou espions. Elle avait conscience qu'elle transformait ce qui semblait être une simple soirée techno en véritable cérémonie chamanique.

L'égrégore se produisait par différents biais, qui allaient de l'impulsion donnée par la musique assourdissante à la consommation de vodka, mais aussi à des pilules colorées aux effets psychédéliques.

Si bien que les participantes perdaient toute pudeur.

Nicole reproduisait ainsi des transes similaires à celles des Yanda de sa jeunesse, les fameuses cérémonies des Aborigènes australiens.

Je suis une Maîtresse de rêves. Comme le père de Tjampitjinpa, songeait-elle.

Et à chaque fois, le souvenir de la perte de ses fœtus jumeaux et du suicide de Tjampitjinpa lui donnait un frisson désagréable. Alors elle buvait et dansait pour oublier. Quand l'excitation était à son summum, une autre idée lui venait à l'esprit : *Je suis la reine blanche, je suis la bergère qui regroupe et guide le troupeau. Et c'est moi qui décide s'ils vont terminer à l'abattoir ou sauter du haut de la falaise.*

Cette idée, mélange des deux énergies vitales Éros et Thanatos, la faisait d'autant plus apprécier son pouvoir sur les autres. Elle qui ne se trouvait pas vraiment belle acquérait dans ces instants un sentiment de puissance inégalable.

Les hommes qui étaient présents, même les plus gradés, étaient à sa merci. Ils étaient ses pions.

En tant qu'initiatrice de missions, elle avait réussi de nombreuses opérations. Toujours des accidents de foule ou des actions terroristes créant des paniques collectives.

Elle était donc montée en grade pour devenir elle-même général. Cette fois, ses épaulettes étaient ornées d'un galon vert avec en son centre trois grosses étoiles dorées.

Dorénavant, elle était en mesure de prendre des décisions qui influaient sur le rapport de force entre les nations.

Je peux enfin jouer aux échecs dans la cour des gouvernants du monde.

De son point de vue, l'Iran comme la Corée du Nord étaient des partenaires fiables. Même s'il s'agissait de dictatures, ces deux nations présentaient précisément l'avantage de ne pas être ralenties par les oppositions politiques, les élections libres, la presse ou une justice indépendantes. Le communisme à la coréenne et l'islamisme à l'iranienne étaient deux totalitarismes qui fonctionnaient comme de bons bergers pour la masse des moutons de leurs propres populations.

Grâce à l'armée, à la police, aux services secrets, à la presse (qui servait de relais à la propagande) et aux camps construits pour les prisonniers politiques, ces pays étaient stables.

Selon le principe de Machiavel, « la fin justifie les moyens », la fin consistant pour elle à donner aux exploités leur revanche sur les exploiteurs.

Cependant, pour poursuivre ses projets en toute discrétion, elle avait demandé à avoir une « façade » plus présentable. Elle était donc devenue diplomate auprès de l'OMC, la fameuse Organisation mondiale du commerce installée à Genève, et en tant que telle voyageait beaucoup pour participer aux négociations. Officiellement première secrétaire de la délégation russe, elle avait ainsi participé aux accords de Vienne.

Et c'est avec cette fonction que, par ce beau matin du 24 septembre 2015, elle pénètre dans le consulat russe d'Arabie saoudite situé à Djeddah dans le district Al-Hamra, rue Andalus, pour jouer son prochain coup géopolitique.

Nicole O'Connor a préféré que la rencontre se déroule dans ce consulat de Djeddah plutôt que dans l'ambassade de Riyad, car, selon elle, les services secrets américains surveillent bien plus rarement les consulats que les ambassades. En outre, l'homme qu'elle vient rencontrer doit se rendre dès le lendemain en pèlerinage à La Mecque, qui n'est qu'à soixante-dix kilomètres de là, soit une heure de voiture, alors que Riyad est à plus de neuf cent soixante kilomètres.

Nicole a prévu de recevoir l'homme dans le salon principal du consulat. De là où elle est maintenant assise, elle l'observe qui se dirige vers elle. De belle prestance avec sa barbe poivre et sel finement taillée, il est habillé à l'occidentale. Seule sa veste noire à col Mao dénote un petit décalage par rapport aux standards courants.

Elle se lève et lui tend la main.

— Enchantée de vous rencontrer, dit-elle.

Il regarde sa main comme si c'était un morceau de viande avariée.

J'avais sous-estimé le problème. Il est très religieux et tout contact avec une femme le dégoûte.

L'homme sourit, mais son regard est fuyant.

Nicole est assez professionnelle pour n'accorder aucune importance à sa première impression. Pour elle, cet individu est une pièce sur l'échiquier, rien qu'une pièce, et ce qu'elle pense de lui en tant que personne n'entre pas en ligne de compte.

Elle prend cependant le temps de l'étudier. Le célèbre Mohsen Fakhrizadeh, ancien officier iranien des Gardiens de la révolution islamique et ancien professeur de physique à l'université de l'Imam Hossein de Téhéran, est au cœur du projet Amad : fournir l'arme nucléaire à l'Iran. Plus précisément, c'est lui qui travaille actuellement à la phase 111 visant à mettre au point l'ogive nucléaire placée sur les têtes des missiles longue portée.

Elle est consciente de la chance qu'elle a de le rencontrer.

Mohsen Fakhrizadeh est un homme très secret.

Il n'était même pas à Vienne. Dans le cadre de l'accord, l'AIEA a demandé à plusieurs reprises à la voir, mais Fakhrizadeh a toujours refusé.

Nicole laisse retomber sa main puis lui propose de s'installer autour d'une table.

Pour cette rencontre, elle n'est pas seule. Sont présents le consul russe de Djeddah, un ingénieur et un officier supérieur des services secrets russes. L'Iranien, lui, est accompagné de deux barbus dont elle ignore les fonctions précises.

— Nous avons besoin des pièces dont voici la liste, annonce Fakhrizadeh en plongeant les yeux dans ceux du consul russe, qui pourtant ne lui a pas encore adressé la parole.

Il tend au consul une feuille toujours sans accorder le moindre regard à Nicole.

— Nous sommes là pour vous les fournir, répond poliment cette dernière.

— Nous voulons aussi que vous nous débarrassiez de ces personnes, poursuit-il en donnant une liste de noms au consul, qui la passe à Nicole. Si vous ne voulez pas les exécuter vous-mêmes, il faudra nous les livrer, précise-t-il.

Sur la liste, Nicole reconnaît des noms d'officiers de la CIA et du Mossad.

Les palabres durent une heure même si, l'accord sur les éléments principaux étant déjà entériné, la conversation ne sert qu'à rappeler les modalités de l'arrangement. Une fois tous les détails réglés, Nicole sort de la pièce et invite un groupe de trois militaires nord-coréens à venir se joindre à leur conversation.

Au bout d'une nouvelle heure de discussion, l'Iranien se lève et signale qu'il va devoir partir pour La Mecque assister à l'Aïd al-Adha, la fête du sacrifice.

— Je croyais que cela commençait demain, dit Nicole.

— Pour moi, cela commence maintenant, répond-il en s'adressant toujours exclusivement au consul. D'ailleurs je crois que vous avez fait préparer une pièce pour moi. Pouvez-vous m'y conduire ?

Tout en se levant à son tour, le consul acquiesce en indiquant de la main la direction des sous-sols et accompagne les trois Iraniens dans une pièce aménagée spécialement pour l'occasion. Nicole qui les suit demande, avant d'y pénétrer à son tour :

— Puis-je rester ?

Comme personne ne lui répond, le consul répète la question en persan jusqu'à ce que l'un des hommes qui accompagnent Fakhrizadeh, visiblement plus ouvert, hoche la tête en signe d'approbation.

La pièce est tendue de bâches en plastique. Les Iraniens s'agenouillent, et après plusieurs prières psalmodiées, Fakhrizadeh se relève, sort un énorme poignard courbe dissimulé dans sa veste puis attrape un mouton qui attendait, les quatre pattes ligotées, au centre de la pièce.

Et il l'égorge.

C'est donc ce que papa évoquait quand il parlait des bêtes qu'il envoyait vivantes en Arabie saoudite. Et cette scène doit se reproduire dans bien d'autres endroits.

Les trois hommes se sont remis à genoux et continuent à prier.

Et donc ça, c'est un acte censé les purifier ? Je préfère les cérémonies aborigènes.

Cependant Nicole est trop passionnée par la géopolitique mondiale pour avoir le moindre état d'âme : *Si nos alliés aiment sacrifier les moutons, grand bien leur fasse, moi je vais les aider à sacrifier des… humains.*

Elle assiste à la cérémonie jusqu'à ce que les équipes de nettoyage arrivent pour laver la pièce à grandes eaux.

Ce sont pourtant forcément eux qui ont raison.

Les 1,5 milliard de personnes qui pratiquent elles aussi ce rituel ne peuvent pas toutes se tromper.

3

24 septembre 2015. 8 heures du matin.

Pour ce premier jour du pèlerinage du Hajj dans la ville sainte de La Mecque, plus de deux millions de personnes venues du monde entier sont réunies.

Monica Mac Intyre est installée avec Gary Sullivan sur le balcon d'une chambre du dernier étage d'un hôtel de luxe qui donne sur la Kaaba, la stèle noire de dix-huit mètres de haut censée représenter le diable.

Elle sait que le rituel de ce premier jour consiste à jeter sept pierres sur cette stèle. Puis les pèlerins doivent revenir le lendemain ou le surlendemain pour jeter vingt et une pierres supplémentaires.

Mais Monica ne s'intéresse pas au cube noir, elle regarde à gauche du côté de la vallée de la Mina, où se trouve la large avenue que doivent emprunter les croyants pour parvenir jusqu'à la Kaaba.

Elle a longuement étudié les lieux. Et c'est ainsi qu'elle a trouvé la faille du système.

C'est ici que va se jouer le prochain coup.

Merci, Nicole, de m'avoir appris comment jouer avec les pions.

J'avais échoué à Croke Park en 1985, à Dublin, mais cette fois, je ne pense pas que tu puisses surgir avec une voiture qui aura un effet fluidifiant sur la foule. Ça n'arrivera pas pour une raison simple : toute la zone est strictement interdite aux véhicules.

Elle se tourne vers Sullivan.

— Vous me confirmez que Fakhrizadeh est bien présent parmi les pèlerins ?

— Nous avons pu placer une balise dans le talon d'une de ses chaussures. Nous pouvons donc suivre ses déplacements en direct.

— Et vos hommes avec les faux uniformes des services de sécurité saoudiens sont prêts ?

Sullivan passe quelques coups de fil puis confirme :

— Tout est en place comme vous me l'avez demandé. Ils n'attendent que votre feu vert pour agir.

De la place privilégiée où elle se trouve, Monica surveille la foule, puis elle élève sa visée de ses jumelles pour examiner les étages des immeubles alentour.

Je sais que tu n'es pas loin.

Et je sais que tu me sens. Nous avons toujours senti nos présences mutuelles, n'est-ce pas, Nicole ?

Même sans les micros espions installés dans le consulat de Djeddah qui m'ont permis d'entendre ta conversation avec Fakhrizadeh, j'aurais pu sentir que tu étais dans les parages.

Nous voici dans une nouvelle partie d'échecs.

La dernière fois, tu as abattu deux tours et endommagé une citadelle avec dix-neuf pions.

Je vais essayer d'éliminer ce qui pourrait correspondre chez toi à un fou.

Le chef du programme nucléaire iranien, par exemple.

4

— Qu'est-ce que vous faites là ? Vous n'êtes pas musulmane !

Mohsen Fakhrizadeh marche au milieu de la foule en direction de la Kaaba. Il s'exprime toujours sans regarder Nicole. Il est en blanc, symbole de pureté. Elle porte elle aussi la tenue rituelle, les cheveux dissimulés sous un tissu.

— Vous n'avez pas le droit de participer à notre pèlerinage sacré. Partez, vous n'êtes qu'une… qu'une…

Il cherche le mot insultant précis pour la définir. *Il va dire « infidèle » ?*

— Une… Occidentale.

Elle ravale sa salive.

Cet homme n'est qu'une pièce de mon jeu. Je ne dois surtout pas réagir de manière personnelle. Il est religieux, il a des convictions. Je dois les respecter.

Nicole O'Connor a été suffisamment maligne pour franchir les contrôles sans difficulté. Parmi les pèlerins, elle sait que plus personne n'ira vérifier sa religion. Elle tient dans la main une ombrelle blanche pour se protéger du soleil et se dissimuler.

— Je suis venue pour vous protéger, dit-elle à Fakhrizadeh. Ils vont tenter quelque chose contre vous.

— Qui ? Les Israéliens ?

Ce mot déclenche chez lui un frisson.

— Les Américains, répond Nicole. Nous avons des taupes au sein de leurs services secrets. Ils sont formels. Il y a une action prévue contre vous aujourd'hui. Excusez-moi de ne pas vous avoir averti plus tôt, je n'ai eu l'information qu'il y a quelques minutes seulement.

L'homme secoue la tête en signe de dénégation.

— Même si vous m'aviez averti plus tôt, je serais venu. Venir ici maintenant est plus important que tout. Cela fait partie des cinq devoirs du croyant.

— Et si vous mourez ?

— Ma vie est entre les mains de Dieu. Il est le seul à décider.

— Dans ce cas, pouvez-vous envisager que ce soit lui qui m'envoie pour vous sauver ?

Mohsen Fakhrizadeh a un petit rire aigre.

— De toute façon, aucun agent étranger ne peut agir contre moi ici. Nous sommes bien trop nombreux. Si quelqu'un essayait de me toucher, il se ferait automatiquement lapider par la foule, comme je vais dans quelques minutes lapider la stèle représentant Satan.

— Vous ne me comprenez pas, votre vie est réellement en danger.

Il prend un air navré tout en regardant ailleurs.

— Vous êtes une femme. Pourquoi voudriez-vous que moi, qui suis un homme, je vous écoute ?

De nouveau, il émet un petit rire sarcastique.

Bon, il est un peu énervant mais tant pis, je le sauverai malgré lui.

C'est alors que la masse des pèlerins qui avançait depuis le début d'un bon pas est ralentie, puis complètement stoppée. Ils sont arrêtés au milieu du pont Djamarat qui relie les deux falaises de la vallée de la Mina.

Nicole se souvient d'avoir lu que, neuf ans auparavant, trois cent soixante-deux pèlerins étaient morts étouffés ou piétinés exactement au même endroit.

Sur le qui-vive, elle se dresse sur la pointe des pieds pour voir au-dessus des têtes et analyser le terrain.

Ce pont est un goulot d'étranglement.

Dans le même temps, elle ressent une pression autour d'elle. Les hommes mais aussi les quelques femmes qui l'entourent commencent à subir l'effet de leur propre tassement.

Elle regarde Fakhrizadeh. Celui-ci a fermé les yeux et s'est spontanément mis à prier.

Autour de Nicole, d'autres silhouettes blanches psalmodient elles aussi des phrases qu'elles répètent en boucle.

Pour sa part, elle a toujours considéré la religion, selon l'adage communiste, comme l'opium du peuple, un moyen de manipuler les foules, et tout spécialement les analphabètes.

— Il faut se dégager tant que c'est encore possible, lui dit-elle.

Mais Fakhrizadeh ne lui prête aucune attention, se contentant de prier plus fort.

Cette technique utilisant la foule, c'est la mienne.

Je crois que c'est Monica qui manigance ce coup-là.

Elle lève le regard pour essayer de distinguer si sa pire ennemie ne l'observe pas depuis un étage élevé, mais il y a déjà tellement de gens aux balcons des hôtels proches qu'il lui est impossible à cette distance de reconnaître un visage.

Désolée, Monica, tu ne m'auras pas avec mes propres pièges. Je ne joue pas avec la dame et les chevaux, tu ne peux pas jouer avec les pions et les fous.

Ses pensées s'accompagnent d'une grimace car la pression vient encore de monter d'un cran et certaines personnes trop compressées se mettent à crier.

Je vais trouver une solution.

Nicole regarde loin devant.

Il suffirait que tous les gens arrêtent de ne penser qu'à eux et prennent conscience de ce qu'il se passe de manière collective pour que nous soyons saufs. Mais là, c'est uniquement l'égoïsme qui leur donne envie d'avancer pour sauver leur propre peau. Donc ils poussent et donc… nous risquons tous de mourir.

Elle réfléchit.

Monica a tiré la leçon de son échec face aux mouvements de mes pions. Elle a choisi le moment et l'endroit précis avec la personne précise. Exactement comme je l'avais fait au stade du Heysel. Je lui ai appris à faire cela. Et elle ne refait plus les mêmes erreurs. Cette fois-ci, je n'ai aucune possibilité de créer un ralentisseur avec une voiture. Il va y avoir des morts.

Autour d'elle, les cris de détresse deviennent assourdissants.

À première vue, je dirais qu'il y a déjà une densité de cinq personnes au mètre carré.

Elle ferme les yeux.

Rester calme.

Je ne suis pas encore échec et mat. Je ne suis pas encore complètement coincée.

Il y a toujours une solution. Réfléchir vite.

Mais penser en toute sérénité alors qu'une dizaine d'hommes, dont celui qu'elle doit protéger, s'appuient sur tout son corps, devient de plus en plus difficile. Pour ne rien arranger, la température ne cesse de monter pour atteindre déjà les quarante-trois degrés sur ce pont accablé de soleil.

Une main a surgi pour lui voler son ombrelle blanche, mais elle n'en a cure car elle espère que ce geste sera au bénéfice d'une personne âgée qui en a plus besoin qu'elle.

Alentour, beaucoup suffoquent. Un mouvement qui ressemble à un courant marin les pousse. Et la densité continue d'augmenter.

L'Iranien dont elle est censée assurer la protection la compresse, elle sent l'odeur de sa sueur, qui a le parfum de la peur.

Le mouvement brusque d'un voisin fait chuter Mohsen Fakhrizadeh. Il reçoit des coups de pied, un coup au visage le fait saigner à l'arcade sourcilière. Un autre le touche au nez.

Quelqu'un de lourd lui marche sur le ventre, lui brisant des côtes. Nicole pousse pour le dégager alors qu'un nouveau coup de pied à l'oreille l'atteint.

— Je suis blessé, j'ai mal, je dois avoir une côte cassée, gémit-il en consentant enfin à regarder Nicole dans les yeux. Emmenez-moi à l'hôpital ! Vite !

Elle parvient à le redresser à la verticale.

— Il faut s'éloigner en sens inverse pour sortir de la zone dangereuse. Pensez à notre déplacement comme s'il s'agissait d'un kayak qui remonte une rivière à contre-courant. Si on se retrouve séparés, voici trois conseils importants : premièrement, ne pas se laisser pousser contre les bords du pont. Rester le plus loin possible des parapets. Deuxièmement, garder les pieds au sol. Troisièmement, faire bouclier avec ses bras, comme un boxeur. Il faut protéger votre thorax pour pouvoir respirer malgré votre côte cassée.

Nicole s'efforce de percevoir l'élément qui l'entoure comme une mélasse.

Une foule est comme une rivière boueuse parcourue de remous. Je dois oublier que ce sont mes congénères : ce ne sont que des éléments d'une mélasse tiède.

Maintenant, des courants spontanés apparaissent qui poussent la foule dans des directions précises. Cela forme des tourbillons.

Une des balustrades du pont cède sous la pression.

Comme un petit torrent, la masse blanche des pèlerins s'écoule par le parapet défoncé pour tomber et s'écraser quelques mètres plus bas. Et au pied du parapet les tissus immaculés se couvrent de taches pourpres comme des fleurs de coquelicot.

5

Monica est au balcon de sa chambre d'hôtel tout en haut de l'immeuble donnant sur la Kaaba. Elle suit avec ses jumelles à fort grossissement la situation.

À ses côtés, Gary Sullivan est au téléphone et reçoit en flux continu des informations qui lui parviennent des agents sur le terrain et des hommes de la CIA déguisés en policiers saoudiens placés à proximité du pont.

Monica est impressionnée par cet océan d'humains habillés de blanc. Des courants agitent la foule et par la brèche dans le parapet coule une cascade de formes blanches.

La bousculade commence à prendre des proportions spectaculaires.

Cela dure plusieurs minutes durant lesquelles elle se doute que, compte tenu de la confusion générale, les informations des agents sur place ont du mal à arriver.

Enfin, Sullivan se tourne vers elle.

— Mohsen Fakhrizadeh est blessé mais il s'en est tiré.

— Comment ça, il s'en est tiré !?

— Selon nos hommes, il est tombé, il a reçu beaucoup de coups, mais il semble qu'il y ait eu une femme à côté de lui qui est parvenue à le faire avancer à contre-courant.

Nicole.

J'aurais pu avoir les deux !

Bon sang, je ne gagnerai donc jamais avec les pions ? Tant pis, je vais agir en reine.

— Avec la balise, vous savez où est Fakhrizadeh ? demande-t-elle.

Sullivan appelle ses hommes, qui lui transmettent la localisation du GPS sur son propre téléphone.

— Il est à l'hôpital Mina Al-Wadi. C'est l'hôpital des pèlerins.

— Vous avez une arme avec un silencieux ?

Gary Sullivan ouvre une mallette et en sort un petit pistolet-mitrailleur UZI auquel il visse un silencieux et un pointeur laser.

— Vous voulez faire quoi ?

— Terminer le travail.

— Je viens avec vous.

— Non, je serai plus efficace seule.

Elle fonce. Elle boite toujours avec sa jambe en titane, mais après l'Afghanistan elle a suivi une rééducation intensive qui lui a permis de récupérer la maîtrise de son corps. Puis, seule, elle a poursuivi cet entraînement avec acharnement. Sa longue pratique des arts martiaux l'a également aidée à retrouver une souplesse et une vivacité qui compensent son handicap.

Elle parvient ainsi à se déplacer avec rapidité dans la ville en plein chaos. Tout est bloqué. Partout, des embouteillages au milieu desquels des ambulances ou des voitures de police font hurler leurs sirènes. Les piétons affolés courent dans tous les sens.

C'est la panique, la police saoudienne et les services des secours n'arrivent pas à synchroniser leurs actions et se gênent mutuellement.

Le chemin est long et compliqué mais Monica avance à bonne allure.

Enfin, elle voit l'inscription « Mina Al-Wadi Hospital ». Elle franchit l'entrée. Les équipes médicales sont submergées par l'affluence de blessés. Profitant de la confusion, Monica rejoint le vestiaire du personnel et y emprunte une blouse de médecin ainsi qu'un stéthoscope pour circuler librement sans que qui que ce soit cherche à la contrôler. Elle consulte ensuite les listes de noms affichées sur les différentes portes du couloir et trouve la salle où est Fakhrizadeh. Elle sort son arme, vérifie que la sécurité est levée, allume son laser et ouvre d'un coup la porte.

À l'intérieur, une cinquantaine de personnes couchées dans des lits serrés.

Elle commence à examiner les visages, mais soudain elle remarque un point vert lumineux sur son cœur. Elle a à peine le temps de faire un pas de côté pour éviter la balle qui suit la visée laser.

Il a une arme similaire à la mienne.

Monica déduit rapidement d'où est parti le coup et, après avoir mis son UZI en mode rafale, arrose la zone où elle pense que se trouve son agresseur.

Autour d'elle, les blessés ne prêtent même pas attention à cette femme en blouse de médecin qui échange des coups de feu avec un mystérieux tireur extérieur.

C'était un piège et c'est moi la cible.

Monica ne veut pas que cette fusillade se poursuive au milieu des malades. Elle sort de la pièce, enjambe plusieurs blessés étendus à même le sol du couloir, et rejoint l'entrée de l'hôpital. Le parvis est saturé d'ambulances, et elle en profite pour se cacher derrière l'une d'elles.

Il va venir.

Un point vert apparaît soudain tout près de son visage et une balle siffle à ses oreilles sans la toucher. Mais maintenant, elle sait au moins d'où provient l'attaque.

Il va se rapprocher.

De derrière le véhicule qui la protège, Monica repère la silhouette de la femme blonde qui avance sans se laisser déconcentrer par ce qui se passe autour d'elle. *Bon sang, c'est elle !*

Monica s'extirpe de sa cachette, tire et… la rate. En retour une balle lui frôle la tempe, mais déjà elle s'est replacée derrière une voiture.

Elle a l'impression d'être dans le duel final d'un western, si ce n'est que ça ne se passe pas dans l'Ouest américain mais sous la chaleur de plomb du soleil saoudien, sur une avenue encombrée devant l'hôpital Mina Al-Wadi.

Le vacarme des sirènes des ambulances, celui des klaxons de voitures de particuliers qui tentent d'amener leurs blessés, ajoutés aux cris de toutes parts, ne font qu'augmenter la tension.

Pour Monica, cette multitude de stimuli qui agresse ses sens est un cauchemar.

Là, j'ai une opportunité extraordinaire de l'avoir. Je ne la laisserai pas passer.

Monica a remis son arme dans sa ceinture, elle rampe maintenant sous une voiture de façon à voir les pieds de sa rivale. Une fois qu'elle ne les voit plus, elle sort de sa cachette sans bruit et se retrouve derrière

Nicole. Elle approche imperceptiblement et, une fois suffisamment proche, elle bondit, lui enserre le cou du bras gauche et la tire en arrière, tout en lui bloquant le poignet de sa main droite qui tient l'arme.

Profitant de l'effet de surprise, Monica réussit à lui faire lâcher son arme, mais l'Australienne parvient à se dégager d'un coup de coude au foie. Nicole cherche à récupérer l'arme, mais déjà Monica lui tombe dessus.

Les deux femmes roulent au sol en s'agrippant par les poignets. On dirait des chattes enragées.

Autour, le ballet des infirmiers se poursuit dans la plus totale indifférence. On les enjambe avec des brancards. Quelques passants ne manquent cependant pas de leur adresser des reproches parce qu'elles ne portent pas de voile, mais la violence des coups entre les deux femmes les retient de pousser plus loin leurs invectives.

Monica mord Nicole au cou jusqu'au sang. Celle-ci en retour lui laboure le visage avec ses ongles.

Elles roulent encore sur l'asphalte.

Nicole parvient à prendre le dessus et s'agenouille sur Monica, lui serrant le cou pour l'étrangler. Monica suffoque. Elle tâtonne à la recherche d'un objet qui lui permettrait de se dégager de l'emprise de son adversaire. C'est alors que ses doigts effleurent un tesson de bouteille. Monica le saisit et l'enfonce d'un geste précis dans l'œil de son assaillante. La sensation est étrange. D'abord mou puis dur. Du sang jaillit. Nicole pousse un hurlement en plaquant ses mains sur son visage.

Je l'ai eue.

Des bras surgissent et les séparent jusqu'à les maîtriser.

Ce sont des policiers saoudiens qui ont fini par être alertés par l'étrange comportement de ces deux furies.

Dans la voiture de police, Monica voit dans le rétroviseur qu'elle porte désormais les stigmates de cette lutte : trois griffures sanglantes, mais elle estime avoir gagné.

J'avais une jambe en moins, elle a un œil en moins.

Monica est emmenée au commissariat le plus proche où on la met dans une cellule de dégrisement. Heureusement, Gary Sullivan vient rapidement la chercher pour la ramener à l'ambassade où elle est soignée de ses égratignures. Il lui donne les dernières informations sur l'opération en cours :

— Selon les premières estimations, plus de deux mille morts dont cinq cents Iraniens. L'Iran accuse l'Arabie saoudite d'être responsable de cette catastrophe, ce qui ne fait que dégrader les rapports entre Riyad et Téhéran.

— Et Fakhrizadeh ?

— Il s'en est tiré.

ENCYCLOPÉDIE : BOUSCULADE DE KHODYNKA.

Le 18 mai 1896, le tsar Nicolas II avait voulu accompagner son couronnement de festivités populaires et notamment d'une distribution de cadeaux dans un lieu appelé « champ de Khodynka », près de Moscou.
Pour fêter l'événement, chaque personne présente devait recevoir un saucisson, des noisettes, des

raisins secs, des figues et surtout un gobelet en métal émaillé gravé aux initiales de Nicolas II et de sa femme Alexandra. L'information avait circulé, si bien qu'un grand nombre de personnes voulurent profiter de cette nourriture gratuite et de ce cadeau exceptionnel, même s'il était de fabrication bon marché.
À minuit, elles étaient déjà 200 000 dans le champ de Khodynka. À 4 heures du matin, leur nombre avait doublé. Les gens dormaient sur place pour être certains de ne pas rater la distribution.
Celle-ci était censée commencer à 10 heures, mais la foule impatiente n'attendit pas. Les soldats chargés de la distribution étaient dépassés par la demande et, pour tenter de calmer la foule, ils lancèrent au hasard les gobelets métalliques qui retombèrent en pluie sur les gens de plus en plus énervés.
Le mouvement prit de l'ampleur, la foule incontrôlable envahit le terrain. Les gens placés sur le bord d'un ravin qui jouxtait les lieux chutaient, les autres se piétinaient. La police et l'armée arrivèrent trop tard, ils ne firent que remonter les corps du ravin. Bilan officiel : 1 389 morts et entre 10 000 et 20 000 blessés.
Lorsque Nicolas II apprit la nouvelle, il ne montra aucune émotion et proposa de poursuivre les festivités comme prévu, avec un bal qui se déroula en son honneur à l'ambassade de France.
Cet événement tragique épouvanta la population. Il est relaté en détail par l'écrivain Léon Tolstoï dans son texte *Khodynka* et est considéré comme un des ferments de la révolution qui se déclenchera

en 1917 et qui verra la mise à mort du même tsar Nicolas II.

Edmond WELLS,
Encyclopédie du Savoir Relatif et Absolu.

6

31 décembre 2015.

Monica fait le grand ménage annuel dans son château en Écosse. Elle fredonne en français un petit air du chanteur Georges Brassens que son don pour les langues lui a permis de traduire, « Le pluriel ».

Le pluriel ne vaut rien à l'homme et sitôt qu'on
Est plus de quatre on est une bande de cons
Bande à part, c'est ma règle et j'y tiens
Parmi les cris des loups on n'entend pas le mien.

Elle reprend plusieurs fois le dernier vers.

Une fois que tout est assez propre à son goût, elle regarde la pendule du salon et constate que l'instant est venu.

Elle s'installe avec un plaid dans un grand fauteuil face au téléviseur, rejointe par Massoud qui se pelotonne sur ses genoux.

Elle prend sa zapette, cherche la chaîne d'informations. Comme chaque 31 décembre, elle tient à regarder la rétrospective des événements de l'année.

Elle saisit son carnet et note au fil de l'émission les sujets importants des mois écoulés :

– Janvier : le procureur argentin Alberto Nisman est assassiné d'une balle dans la tête chez lui, la veille du jour où il allait révéler l'implication de la présidente Cristina Kirchner dans l'attentat de 1994 contre l'ambassade d'Israël de Buenos Aires. Cet attentat a fait 29 morts. Officiellement, la mort de Nisman est un suicide.
– Mars : le roi d'Arabie saoudite Salmane décide d'intervenir au Yémen contre les rebelles houthistes de confession chiite ouvertement soutenus par l'Iran.
– Septembre : découverte par la sonde robot Curiosity de traces d'eau sur Mars. Il y aurait eu un océan et il en resterait encore du sable humide.
– Novembre : attentats à Paris. Sept terroristes se revendiquant du groupe État islamique tirent dans la foule des spectateurs d'un concert de rock, puis poursuivent leur tuerie dans différents arrondissements parisiens, tuant 131 personnes et en blessant 413 autres.

Monica éteint, s'approche d'une fenêtre et regarde la lande écossaise. Elle décide d'aller marcher. Quand elle passe devant le miroir du couloir qui mène à la porte d'entrée, elle s'observe, songeuse. Elle touche ses cicatrices au visage puis sa cuisse en titane.

J'en ai assez d'être obsédée par toi, Nicole. Tant pis. J'arrête tout. Désormais, je ne ferai plus rien ni pour te retrouver, ni pour te nuire, ni même pour t'empêcher d'agir. Nous sommes peut-être pareilles après tout.

Suis ton destin et je suivrai le mien en parallèle.

7

Après l'incident de La Mecque, ne faisant pas confiance aux hôpitaux saoudiens qu'elle soupçonnait d'être infiltrés par la CIA, Nicole O'Connor est rentrée se faire soigner à Moscou. Là, malgré tous leurs efforts, les plus grands spécialistes ne sont pas parvenus à sauver son œil. Elle a eu le choix entre porter une prothèse, plus précisément un œil de verre, ou bien un cache-œil. Elle a choisi cette seconde solution qu'elle trouve plus assumée. Elle entre ainsi dans la famille des guerriers ayant arboré des cache-œil, que ce soit le pirate Barbe Noire, le tireur d'élite canadien Leo Major ou le général israélien Moshe Dayan.

On ne s'aperçoit de sa chance d'avoir deux yeux que lorsque l'on en perd un, a-t-elle constaté avec philosophie.

Dès son rétablissement, elle a souhaité remettre une équipe de ses meilleurs limiers sur le dossier Monica Mac Intyre.

Mais, de nouveau, malgré tous leurs efforts, ils ont dû reconnaître qu'ils n'arrivaient pas à la retrouver.

Nicole s'est dit alors que le collectif pouvait réussir là où la méthode individuelle échouait. Elle a donc commencé par se mettre en contact avec les informaticiens du SVR, le service spécial des services secrets russes dédié aux renseignements extérieurs. Et particulièrement le centre 21, celui où se fabriquent les virus informatiques, les messages et les vidéos de désinformation, les infiltrations dans les systèmes informatiques.

Grâce au virus Ouroboros, en référence au serpent de la mythologie grecque qui se mord la queue, elle a pu infiltrer tous les services administratifs occidentaux à la recherche de son ennemie jurée.

Officiellement, Monica Mac Intyre a pris sa retraite et n'a plus de contact avec aucun service des administrations américaine et occidentales.

— Continuez à chercher, je veux savoir où elle est.

Cependant les jours, les semaines passaient et Monica Mac Intyre restait introuvable.

Les systèmes de reconnaissance vocale ou faciale les plus performants se révélaient tout aussi incapables de la localiser. Aucune caméra vidéo, aucun filtre de communication téléphonique ne signalait sa présence.

La seule explication, c'est qu'elle vit seule terrée dans une caverne et qu'elle n'en sort pas.

Nicole savait que elle, par contre, avec sa vie sociale foisonnante, était plus facile à tracer.

Elle peut savoir où je suis mais moi je ne le peux pas.

Un informaticien du SVR finit par lui conseiller de se servir du groupe Anonymous en prétendant que cette Monica Mac Intyre est une criminelle des services secrets américains. L'informaticien lui a fourni des éléments pour inciter les cyber-activistes à faire de son combat le leur.

Elle a ainsi pu bénéficier pendant quelques semaines du travail non plus seulement des agents secrets russes mais de tous les jeunes hackers du monde qui agissent de manière bénévole en croyant faire justice.

Désormais, une meute de jeunes loups motivés traque Monica sur la planète.

C'est la puissance de l'intelligence collective.

Elle finira bien par montrer le bout de son museau.

Cependant, les jours, les semaines et les mois passent et il n'y a toujours aucune trace de sa cible.

Alors, de guerre lasse, Nicole finit par reprendre ses activités normales et revient s'installer à Genève avec son ancienne couverture de diplomate de l'OMC.

Et c'est ainsi qu'elle passe le réveillon du 31 décembre au consulat russe. Elle a une fois de plus organisé une gigantesque fête techno.

Au moment où elle sent que les invités sont bien « détendus », elle se décide à tenter quelque chose. Elle se penche sur le micro et déclare :

— Ce n'est pas parce que la Russie a renoncé à son passé communiste que nous devons oublier le rêve de nos parents. Forcément, le collectif vaincra l'individuel. Forcément, il y aura une revanche de la foule des opprimés sur les oppresseurs isolés. Et c'est cela qui est notre vrai et notre plus beau combat.

Et elle lance sur les platines son hymne préféré entre tous : « L'Internationale ».

— Chantons tous en chœur ce qui nous guide et nous motive, dit-elle.

Et à son injonction, tous les diplomates de l'ambassade comme les invités entonnent ensemble le chant révolutionnaire, pour former un égrégore d'une seule voix :

Debout les damnés de la terre
Debout les forçats de la faim
Du passé faisons table rase
Foule esclave debout, debout

Le monde va changer de base
Nous ne sommes rien soyons tout

Et alors qu'elle-même chante avec émotion, Nicole se sent vibrer comme lorsqu'elle était jeune et qu'elle découvrait son amour pour la cause du peuple. Et elle songe : *Voilà ma raison de vivre.*

Voilà ma raison de me lever le matin et d'agir.

Voilà ma raison de tuer.

L'enjeu est mondial, il y a une revanche à prendre pour ceux qui souffrent et qui ne peuvent agir seuls.

Viktor la regarde avec admiration.

— Tu es si forte, dit-il. Par moments je ne comprends pas d'où tu tires tant d'énergie.

— C'est la certitude d'avoir raison qui me motive. Et d'entendre à nouveau cet hymne rappelle à tous ces gens qui pourraient parfois douter que nous sommes les « gentils », et qu'en face, ce sont les « méchants ».

Ces dénominations enfantines amusent Viktor. Il la prend dans ses bras pour l'embrasser avant de lui chuchoter à l'oreille :

— Et si c'étaient nous, les « méchants » ?

Elle ne répond pas à cette phrase, regarde l'heure puis met un enchaînement automatique de morceaux techno russes et quitte la scène.

Elle prend Viktor par la main et l'invite à la suivre dans un petit salon proche.

— Tu veux quoi ? lui demande Viktor.

— Faire le point pour savoir précisément où en sont les gentils et les méchants, répond-elle en l'embrassant sur le front.

Et c'est ainsi que, blottie contre le torse de son compagnon, elle dégaine son smartphone et sa télécommande. Elle sélectionne la chaîne proposant la rétrospective de l'année 2015.

Elle utilise son smartphone pour noter ce qui lui semble important dans sa vision globale de la partie d'échecs mondiale de l'année :

– Février : accord de Minsk. Les dirigeants d'Ukraine, de Russie, de France et d'Allemagne signent un accord pour garantir un cessez-le-feu dans l'est de l'Ukraine.
– Avril : découverte au nord du Kenya, par l'archéologue française Sonia Harmand, du plus ancien outil de pierre qui serait vieux de trois millions d'années.
– Mai : Inde, une vague de chaleur avec des pointes à plus de 46 degrés à l'ombre tue environ 2 000 personnes dans les grandes métropoles et entraîne des pannes de courant suite à l'usage intensif des climatiseurs.
– Juin : la Cour suprême américaine légalise le mariage homosexuel.
– Août : l'État islamique détruit le site archéologique de Palmyre, en Syrie.
– L'année 2015 est la plus chaude jamais enregistrée sur la planète.
– Décembre : conférence sur le changement climatique à Paris. On s'attend pour l'instant à un échec car aucun pays n'est prêt à renoncer à sa croissance économique pour l'intérêt collectif. C'est d'ailleurs ce qu'avait prévu le projet WebBot, qui utilise des

mots clés trouvés sur Internet pour tirer des déductions sur l'avenir.

Elle s'arrête, impressionnée.

Le WebBot ? Voilà ce que j'attendais : l'intelligence collective est en train de s'exprimer dans le monde virtuel. Et cela a des conséquences sur l'actualité.

Ce concept de conscience collective globale a été baptisé « noo-sphère » par son inventeur Vernadsky avant d'être repris par le philosophe Teilhard de Chardin.

Nous y sommes.

Elle songe à l'expérience de transe qu'elle avait eue dans sa jeunesse, avec les Aborigènes qui lui avaient déjà parlé d'un nuage entourant la planète et constitué de toutes les pensées des humains.

Maintenant ce nuage est connectable et perceptible sur le Web, la toile qui entoure la planète.

Mais sa pensée est perturbée par le souvenir de Monica Mac Intyre.

Vais-je passer ma vie à être obsédée par cette Américaine ? J'ai l'impression que c'est à cause d'elle que j'échoue dans mes missions et que je me mets le plus en danger.

Elle a fait suffisamment de dégâts dans mon existence et j'ai beaucoup de choses importantes à accomplir.

Tant pis. Elle m'a peut-être pris un œil mais je n'appliquerai pas la règle « œil pour œil, dent pour dent ».

J'ai des objectifs plus ambitieux pour toute mon espèce que celui de m'acharner sur un seul individu.

Chaque fois que je pense à elle, je pense à une personne.

Chaque fois que je pense à mes objectifs, je pense à la globalité. Je ne dois plus la laisser me faire perdre mon cap.

Qu'elle vive sa vie et je vivrai la mienne. Je vais tenter de l'oublier pour me retrouver.

ENCYCLOPÉDIE : INCONSCIENT COLLECTIF INFORMATIQUE.

Le projet WebBot pourrait être comparé à un programme de déduction du futur à partir de l'analyse de tout ce qui se dit sur Internet. Les concepteurs ont imaginé un programme qui, en effectuant un balayage systématique du Web, obtient une vision de l'inconscient collectif, et par là même, une projection sur les probabilités d'avenir. Ce programme est censé déduire ce qui va se passer en analysant les agissements de tous les gens connectés. Parmi les prévisions réussies : le tremblement de terre accompagné de vagues dévastatrices qui a frappé l'Indonésie en décembre 2004 et l'ouragan Katrina qui a ravagé la Louisiane en 2005. Plus étonnant encore, en juin 2001, le WebBot a pressenti qu'il se produirait un événement qui allait changer la vie des Américains dans les trois mois à venir. C'était juste avant l'attentat du World Trade Center du 11 septembre.

Edmond WELLS,
Encyclopédie du Savoir Relatif et Absolu.

PARTIE 8

Deux petites vieilles étranges

PARTIE [illegible]

[illegible]

[illegible]

[illegible] a [illegible] noire

Elle vit seule, tranquille, dans son château écossais [illegible]

Le souffle énergique du vent préservé de la pollution [illegible] les plaines [illegible] sur les terres ancestrales [illegible]

[illegible] que [illegible]

solitaire que [illegible]

Elle [illegible]

[illegible] Elizabeth II. [illegible]

[illegible]

1

Décembre 2045.

Trente ans ont passé depuis la bousculade de La Mecque.

Monica Mac Intyre a quatre-vingt-cinq ans. Elle est devenue une vieille dame. Ses cheveux sont encore plus argentés que ses yeux, son visage est ridé et son beau regard gris est protégé par des lunettes épaisses à monture noire.

Elle vit seule, tranquille dans son château écossais entièrement rénové.

Le souffle énergique du vent préservé de la pollution, les longues pluies pures sur les terres ancestrales, la présence d'une faune et d'une flore sauvages, ainsi que l'isolement de sa tanière lui ont apporté la sérénité solitaire qu'elle a toujours recherchée.

Elle ne ressemble plus à l'actrice Jennifer Connelly, mais plutôt à l'ancienne reine d'Angleterre, Elisabeth II.

Même si son physique accuse l'usure du temps, l'ensemble de son organisme a été préservé. Elle est toujours bien habillée, bien coiffée, bien maquillée, comme pour dîner dans un restaurant chic.

Malgré la prothèse à sa jambe gauche, elle n'a jamais cessé de faire du sport. Elle dort bien, elle mange sainement, ses articulations sont souples et elle sourit naturellement lorsqu'elle ne pense à rien.

Quand elle n'est pas à l'intérieur de son château, elle fait de longues marches dans la lande écossaise, ou s'adonne à de grandes chevauchées sur sa vieille pouliche qu'elle a baptisée Shanti.

Quand le temps est trop froid, ce qui arrive souvent dans la région, elle reste près de l'âtre à savourer sa vie tranquille.

L'intérieur de la vieille bâtisse, entièrement réaménagé, ressemble à un décor de film d'espionnage. Des photos d'actualité montrant des guerres, des chefs d'État ou des fusées sont encadrées à côté de tableaux anciens et de grandes tentures représentant des batailles moyenâgeuses. Quelques mannequins dans des armures rouillées brandissant des hallebardes ajoutent à l'impression d'être dans un environnement de film.

Partout circulent des silhouettes furtives miaulantes.

Ses chats.

Depuis la mort de son premier félin, Massoud, Monica n'a jamais cessé d'en posséder. Elle compte actuellement vingt et un de ces colocataires à fourrure.

Elle s'est souvent demandé ce qui lui plaisait tant chez ces animaux et elle a trouvé : même en groupe, ils restent des animaux indépendants, individualistes, égoïstes, uniquement préoccupés de leur confort, leur plaisir et leur propreté corporelle. Résultat : ils sont beaux, ils sont propres, ils ont l'air heureux. Et surtout, ils ne se mêlent pas des affaires des autres. C'est comme s'ils avaient intégré cette sagesse ancestrale difficile à accepter par les humains mais enseignée par certains textes bouddhistes et qui se résume à trois mots : « Chacun sa merde. »

Elle aime quand ça miaule autour d'elle et que le bois crépite dans le foyer de la cheminée.

Monica tient plus que jamais à son isolement et reste éloignée de ses congénères.

Professionnellement, après sa retraite du Pentagone, elle a poursuivi l'écriture des romans de sa série d'espionnage *La Reine noire.*

Elle en est déjà au trente-troisième opus avec un lectorat moyen d'à peu près trente mille personnes par volume. C'est le cœur de ses fans.

Elle en a déduit que le métier d'écrivain n'était pas un sprint mais un marathon. Il faut trouver un rythme régulier et tenir sur la durée. Être à la mode ne présente aucun intérêt, seul importe de maintenir le lien privilégié avec ses lecteurs en leur garantissant un produit original et de qualité.

Cela ne la propulse pas au rang d'auteur de best-sellers mais suffit à lui assurer une source de revenus continue.

De toute façon, elle a peu de dépenses.

Tout dans son château écossais est conçu pour l'autarcie. À la bonne saison, elle cultive un champ de céréales, un potager, un verger et en tire l'essentiel de son alimentation.

Elle cuit son propre pain dans un four à bois.

Dans son étable, quatre vaches lui fournissent du lait, dans le poulailler, vingt poules lui donnent des œufs. Elle ne consomme pas la chair de ces animaux et une fois qu'ils ne sont plus productifs, elle les laisse vieillir dans l'enceinte de son château.

D'ailleurs, elle mange très peu.

Pour ce qui est de ses besoins en électricité, elle obtient son énergie d'une turbine placée sur le torrent proche, qui fait office de mini-station hydraulique. Ainsi, l'eau de la rivière qui traverse son domaine suffit à charger la grosse batterie lui servant de réserve. Cela lui permet de se chauffer en hiver et de s'éclairer toute l'année, d'écouter de la musique, de faire marcher son ordinateur.

Elle utilise Internet uniquement pour envoyer les fichiers de ses manuscrits et gérer l'argent que lui transmet Fiona Goldblum.

Quand elle a besoin de matériel ou d'un objet précis, comme un appareil électronique neuf, elle se le fait livrer sous la fausse identité qu'elle a conservée à la poste d'Inveraray, où elle va le récupérer à cheval.

Et aucun des cinq cent soixante-huit habitants de cette bourgade ne sait que derrière cette petite dame aux épaisses lunettes et à la canne de marche se cache l'écrivaine Kate Phoenix.

Sa passion pour la géopolitique ne l'a jamais quittée et Monica continue de suivre les aventures de l'humanité en gardant son esprit d'analyse stratégique.

Elle porte toujours un intérêt particulier aux conflits liés à l'axe historique Est-Ouest. Pour elle, la guerre froide n'a jamais cessé, elle s'est juste transformée.

Dans ses romans, elle explique que la plupart des événements historiques qui semblent incompréhensibles ou peu logiques ne sont que les remous apparents de la lutte secrète que se livrent en sous-main ses deux héroïnes, directrices de différents services secrets.

À cet instant, Monica Mac Intyre s'est comme à son habitude installée près de la cheminée où brûle un grand feu, réchauffant l'atmosphère et projetant des lueurs dansantes sur les murs du salon. La musique de Bach, interprétée au piano par Glenn Gould, sort des enceintes de la vieille chaîne hifi récupérée chez un brocanteur. Monica tape sur le clavier de son ordinateur portable les aventures de Beatrice Quale, un de ses vingt et un chats sur les genoux.

Elle est en train d'écrire une scène de poursuite. Elle adore quand ça bouge, ça court, ça saute, ça tire. Plus elle écrit, plus elle considère son métier comme étant similaire à celui de réalisateur. Il faut décider où placer les caméras et alterner les plans serrés, les plans moyens et les plans larges pour donner du rythme. Et puis elle pimente ses récits de péripéties surprenantes car, pour elle, il ne faut pas lésiner sur l'action. Des dangers. Des problèmes. Des menaces qui surgissent partout.

Elle n'oublie jamais la formule que répète son héroïne : « Sans adversité, il n'y a pas de héros. »

Elle sait qu'il faut presque que le lecteur soit épuisé de visualiser les scènes d'action qui se succèdent à toute vitesse. Elle-même tape de plus en plus rapidement, signe qu'elle vit avec ses personnages les événements au fur et à mesure de leur apparition. Elle sait qu'écrire peut être comparé à une activité sportive. Une fois, elle s'est pesée avant et après une séance d'écriture : elle avait perdu un kilo.

Elle s'est dit que cela venait du fait qu'elle ressentait les émotions de ses personnages comme si elle vivait vraiment les situations.

Elle s'est liée à ses deux protagonistes, ses « méchantes petites filles », devenues « des reines cruelles ».

Paradoxalement, les aventures qu'elle vit avec le plus d'intensité sont celles de Woïna Petrovna, censée être la méchante, et non celles de la gentille Béatrice Quale.

Peut-être que pour parvenir à équilibrer la rivalité entre ses protagonistes, elle a fini par aimer ses deux héroïnes de manière égale, un peu comme une mère avec ses deux enfants. Peut-être aussi que comme Woïna était a priori celle avec laquelle elle avait le moins de points communs, elle a pris plus de plaisir à se mettre dans sa peau.

Oui, ces temps-ci j'ai tendance à plus favoriser Woïna…

Cette idée paradoxale l'amuse et elle rit.

Le rire, une activité qu'on ne croit possible qu'avec les autres, mais qu'elle arrive à pratiquer seule, uniquement entourée de ses chats, des mannequins en armure et de ses personnages imaginaires.

Après la scène de poursuite, elle enchaîne sur une scène de combat. Les phrases sont plus courtes. Elle visualise chaque geste. Elle décrit même la lumière qui éclaire certaines zones et en laisse d'autres dans l'ombre.

Elle est de plus en plus excitée et, comme chaque fois, le chat sur ses genoux perçoit son émotion et se met à participer à sa manière à la créativité de l'humaine en ronronnant comme pour l'encourager.

Et ce ronronnement lui donne encore plus envie d'accélérer sa frappe.

Elle est là-bas avec ses personnages.

Monica sent les odeurs. La poudre, la sueur, le bois brûlé, les herbes coupées, la fumée nocive des pots d'échappement, le parfum de ses deux reines. Elle sent aussi le goût du sang dans la bouche et entend la respiration de ses personnages qu'elle synchronise avec sa propre respiration et les battements de son cœur.

Ses doigts courent toujours plus vite sur le clavier. Elle se surprend à trouver un enchaînement de situations qui crée des surprises. Sa seule crainte est de sortir de la zone de vraisemblance.

Elle sait qu'elle ne doit pas trop s'emballer sinon elle risque le dérapage.

Elle tient aussi compte du fait que, parfois, le réel n'est pas vraisemblable. Dans ce cas il faut l'atténuer, le minimiser, ou l'édulcorer.

Qui aurait pu s'attendre à l'attentat du World Trade Center ?

Après avoir terminé un chapitre, elle le relit, le numérote et pose un saut de page pour démarrer le chapitre suivant.

Elle s'arrête, ferme les yeux, caresse son chat et s'apprête à reprendre quand soudain la cloche de l'entrée retentit.

Le chat cesse aussitôt de ronronner, se fige, gonfle son poil, tourne ses oreilles mobiles et pointues en direction de la porte.

Monica regarde la grande pendule qui lui fait face.

Les grosses aiguilles indiquent 21 h 21.

Un rôdeur ?

Un touriste égaré ?

Elle hésite, sauvegarde une nouvelle fois son texte, se lève et s'aidant de sa canne rejoint la porte, suivie de ses chats.

Elle perçoit le bruit de la pluie qui cingle le bois.

Elle regarde à l'œilleton et voit une silhouette dont elle ne discerne pas clairement le visage dissimulé sous une capuche. Celle-ci ruisselle de pluie.

— C'est pour quoi ? dit-elle à travers l'épaisseur du bois. Pas de réponse.

— Qui est là ? Toujours pas de réponse.

Monica dégaine l'épée dissimulée dans sa canne et tire doucement les deux verrous.

Elle ouvre lentement la porte.

La lumière issue du vestibule éclaire un peu plus la silhouette mais elle n'arrive toujours pas à identifier le visage sous la capuche.

Un instant, Monica a l'impression de voir une caricature de l'ange de la mort. Si ce n'est que la silhouette ne brandit pas une faux.

Un éclair zèbre le ciel et fait trembler le sol, projetant des lueurs stroboscopiques dans le hall.

Un frisson glacé lui parcourt le corps, mais elle parvient à prononcer ces deux mots :

— Bonsoir, Nicole.

ENCYCLOPÉDIE : UN ANTHROPOPHOBE CÉLÈBRE, ISAAC NEWTON.

Newton naquit en 1642, mais sa vie commença très mal. Son père mourut trois mois avant sa naissance et sa mère se remaria quand il avait trois ans.

Son beau-père et sa mère lui firent comprendre qu'il gênait. Il fut alors placé sous la tutelle de sa grand-mère, qui le maltraita. Il devint maigre et chétif. Sa scolarité s'avéra difficile. Élève peu attentif, il était introverti, n'avait pas d'amis et ne communiquait avec personne. Par contre, il développa un intérêt particulier pour la chimie. Devenu adolescent, sa mère voulut lui faire gérer le domaine familial mais il était si peu doué pour ce travail pratique qu'elle l'autorisa à continuer son cursus scolaire. Il entra au Trinity College de Cambridge, où il étudia les mathématiques mais aussi à titre personnel l'astronomie, l'astrologie et la théologie. En 1665, la peste frappa Londres et il dut retourner dans sa région natale, où il passa deux années à conduire ses propres recherches en physique et en optique. Il se passionna pour la compréhension de la lumière et émit l'idée que la couleur blanche était un mélange de toutes les couleurs de l'arc-en-ciel. Il fit des expériences scientifiques douloureuses sur lui-même en absorbant du mercure ou en s'enfonçant des tiges de bois dans l'œil pour comprendre comment cela modifiait sa perception des couleurs. En 1672, alors qu'il n'avait que 29 ans, il fut admis à la prestigieuse Royal Society et mit au point un télescope à miroir concave bien plus performant que les longues-vues utilisées jusque-là.
En 1687, il publia son œuvre majeure, *Principes mathématiques de la philosophie naturelle*, ouvrage dans lequel il développa ses concepts sur les lois d'inertie, d'action/réaction (toute action entraîne une réaction contraire proportionnée) et sur la

gravité. Ces lois expliquaient que les planètes tournaient autour du Soleil mais n'étaient ni aspirées ni repoussées par celui-ci.
Il ne voulut cependant pas discuter avec les autres scientifiques et publia ses découvertes sans en informer ses collègues. Il envoya des lettres d'insultes à Gottfried Leibniz ou à Robert Hooke, autres grands scientifiques qui se permettaient de donner leur avis sur son travail. En 1693, après la mort de sa mère et l'explosion de son cabinet d'alchimie, il souffrit de dépression. À la fin de sa vie, la reine d'Angleterre Marie II le nomma maître de la Monnaie, une fonction honorifique qui consistait à repérer les faux-monnayeurs. Il prit cette activité très au sérieux, allant jusqu'à se déguiser pour les surprendre.
Il participait aux interrogatoires où la torture était de mise, et assistait avec satisfaction à la pendaison des contrevenants.
Selon les témoignages de ceux qui le connurent, Newton détestait tout le monde. Il ne riait jamais, n'eut pas de femme et resta vierge. Il ne supportait que la présence de ses nombreux chats qui l'accompagnèrent toute sa vie.

Edmond WELLS,
Encyclopédie du Savoir Relatif et Absolu.

2

Ainsi cet instant que j'ai tant souhaité arrive enfin.

Nicole O'Connor pousse un énorme soupir de soulagement.

J'avais tellement peur qu'elle ne soit pas là. Ou pire, qu'elle soit déjà morte.

Elle reconnaît derrière les lunettes les yeux gris aux reflets argentés de Monica, qui sont toujours aussi beaux.

Par contre, ses cheveux noirs sont devenus blancs.

Tout le temps où elle scrute de son œil unique la vieille femme qui lui barre l'entrée du château, Nicole ne sent plus la pluie, le froid, ni le poids des ans. Il lui semble qu'elle vient de retrouver une vieille amie.

— Puis-je entrer ? demande-t-elle en désignant la canne-épée qui pourrait l'empêcher d'avancer.

Monica rengaine son arme dans le fourreau de sa canne de marche.

Nicole, prenant ce geste pour un assentiment, franchit le seuil.

Elle découvre alors un salon décoré de photos sous cadre, de tableaux, et, le long des murs, des armures de taille humaine.

Elle enlève délicatement son grand manteau mouillé et après avoir cherché un endroit où l'accrocher, se décide à le poser sur un fauteuil à proximité. Puis elle s'avance vers la cheminée pour se réchauffer, et se frotte les mains devant les flammes.

3

— Je ne pensais plus te revoir, dit Monica Mac Intyre en la rejoignant.

— Je tenais à ce qu'on se retrouve avant que je meure, répond Nicole.

Puis elle ajoute :

— J'ai un cancer.

Les deux femmes se regardent longuement en silence. Monica observe le visage de Nicole, pâle, ridé et fatigué. Elle a du mal à ne pas fixer le cache-œil noir.

Je me suis toujours demandé si elle avait réussi à sauver son œil. Voilà la réponse.

De nouveau un éclair illumine la scène, accentuant les détails du visage de la visiteuse.

Monica se débarrasse de sa canne et tend à Nicole une serviette pour qu'elle s'essuie.

— Le temps nous a rendues similaires sur un point : la couleur de nos cheveux.

Nicole s'assoit dans le fauteuil proche de la cheminée, pose son sac sur ses genoux et en sort un étui à cigares d'où elle extrait un havane Romeo y Julieta qu'elle hume, caresse puis décapite avec ses incisives. Elle prend ensuite une branche à l'extrémité rougeoyante qui pointe de l'âtre pour allumer son cigare. Elle aspire une grande bouffée qui semble la détendre.

— Tu vois, ce n'est pas toi qui m'as eue, Monica, c'est un… crabe. Ironie du sort, je suis du signe astrologique du cancer, ascendant cancer qui plus est. Était-ce prémonitoire ? Il paraît que c'est le signe qui aime le plus la notion de famille. J'étais donc programmée pour vouloir être entourée de gens. Dommage que je n'aie pas eu d'enfants. J'ai dû me contenter d'avoir des amis, des amants, des collègues et… une ennemie.

Un grand sourire étire sa bouche.

— Tu as vraiment un cancer ? demande Monica.

— Il y a deux autres mots que j'ai découverts récemment qui me semblent révélateurs, répond

Nicole. Le premier est « tumeur ». En français, cela signifie que « tu es fichu ». Et le second est « morphine ». Toujours en français, cela veut dire que « ta fin va être douce ».

Nicole rit toute seule de sa remarque.

— Mais avant mon dernier souffle, je voulais te voir. Je me suis donné beaucoup de mal pour te retrouver. Vraiment beaucoup de mal.

— Comment as-tu réussi ?

— Cela t'intrigue, hein ? Ça n'a pas été facile. J'ai dû utiliser... beaucoup d'intermédiaires. Si tu savais le nombre de personnes dans le monde qui avaient pour mission de te traquer. Ils ont mis du temps mais tu as dû à un moment ou un autre commettre une petite négligence. Tu as laissé une trace infime mais une trace quand même. Il a fallu le travail conjugué d'encore beaucoup d'autres personnes pour comprendre que tu étais Kate Phoenix, l'écrivaine des romans de la série *La Reine noire*.

Nicole expire une nouvelle bouffée de fumée. Monica ne cesse d'observer les détails de son visage.

— Et je les ai tous lus. J'ai vraiment adoré. Bravo. Je t'admire d'autant plus que j'ai moi-même essayé d'écrire pour ne pas oublier nos aventures. J'ai trouvé cela insupportable. Écrire est l'activité solitaire par excellence. Rien ne vous isole plus du monde et des autres que de se retrouver face à un texte qu'on crée seul à partir de rien. Je pense que le métier de romancier est le métier le plus proche de la condition de moine, et encore, pas n'importe lesquels, les chartreux, ceux qui ont fait vœu de silence et de méditation.

Une autre idée lui vient.

— En fait, c'est un peu comme la masturbation. Quand on écrit avec son imaginaire, on se fait plaisir toute seule, non ? Et dans ce cas, les lecteurs seraient des sortes de… voyeurs, conclut-elle amusée par sa métaphore.

— Toi, tu n'es pas du genre à trouver ton plaisir toute seule. Tu as besoin des autres, n'est-ce pas ? ironise Monica.

— Je ne me suis jamais masturbée car j'ai toujours trouvé des hommes pour me faire l'amour, parfois un par un, parfois deux par deux, parfois nous étions plus de trois. Dans ce cas, je ne comptais plus, c'était comme si j'étais avec un animal aux multiples mains, bouches et protubérances. C'est la puissance du collectif.

— Tu as participé à ce qu'on nomme des « partouzes » ?

— Quel drôle de mot. Personnellement, j'appelle cela un « égrégore des corps », précise l'Australienne.

— C'est l'éternelle question : mieux vaut-il être seul ou mal accompagné ?

— On peut aussi être bien accompagné, rectifie Nicole avant de lâcher une longue bouffée de fumée de cigare. Dans tes romans, tu t'es inspirée de moi pour le personnage de Woïna, n'est-ce pas ? En fait, je devrais te réclamer la moitié de tes droits d'auteur.

— Tu ne m'as toujours pas dit comment tu étais arrivée ici ?

— Après avoir découvert ton identité, j'ai à nouveau mis une multitude de hackers sur ton dossier. Ils ont fini par repérer l'identification de ton ordinateur. Celui-ci, je présume. Tu sais, les ordinateurs sont tous pourvus d'une puce RFID qui permet de les géolocaliser. C'est fait pour retrouver son appareil en cas de vol, je suppose, mais là cela m'a bien servi.

Monica, par réflexe, éteint son ordinateur et le referme pendant que Nicole poursuit :

— Je dois reconnaître que tu as fait un travail remarquable pour te dissimuler et brouiller les pistes de ceux qui partiraient à ta recherche. Mais c'est comme aux échecs. Il arrive un moment où l'intelligence artificielle parvient forcément à battre la meilleure des intelligences naturelles. Autant d'années d'anonymat, cela reste néanmoins une performance, une sorte de record dans le domaine de la clandestinité dans un monde de plus en plus surveillé et informatisé.

— Tu voulais me retrouver pour me tuer ?

— Bien sûr. Tout du moins au début. Et puis, tu sais ce que c'est : avec le temps, même la colère finit par s'émousser. J'ai fini par penser que je devais t'être reconnaissante de beaucoup de choses. Sans toi, j'aurais peut-être été quelqu'un de normal. Je me serais peut-être mariée, j'aurais eu des enfants, un métier banal, genre comptable, avocate, décoratrice d'intérieur.

Nicole aperçoit des bouteilles d'alcool sur un meuble. Elle se lève, prend deux grands verres, saisit une bouteille de whisky et, sans demander la permission à Monica, la débouche.

— Nous sommes comme deux anciennes combattantes. Et si nous trinquions en souvenir du bon vieux temps ?

Sans attendre la réponse, elle verse le liquide ambré.

— Tu as pris du whisky écossais, signale Monica. Tu sais ce qui le différencie du whisky irlandais ?

— Ah oui, j'oubliais que tu es « spécialiste en tout ». Rappelle-le-moi, s'il te plaît.

— L'irlandais est fabriqué à partir d'orge maltée et subit une triple distillation dans des alambics en cuivre. C'est ce qui lui donne cet arôme particulier et cette douceur. Le whisky écossais est élaboré à partir d'orge germée séchée sur un feu de tourbe et il n'est distillé que deux fois. C'est ce qui lui donne ce goût de tourbe fumée.

— Ils ont quand même beaucoup de points communs, je crois. Le taux d'alcool, de quarante pour cent, la maturation dans des fûts ayant déjà servi à d'autres alcools, comme le sherry ou le porto, et la durée de vieillissement d'au moins trois ans.

Monica sourit et reconnaît :

— Quel plaisir de discuter avec un esprit éduqué.

— Nous avons peu parlé ensemble jusqu'ici, c'est bien de découvrir que nous avons les mêmes centres d'intérêt. Nous nous détestons parce que nous nous ressemblons, reconnaît Nicole.

Les deux vieilles dames trinquent, puis dégustent lentement leur whisky.

— Je crois qu'en dehors des whiskies, nous avons une passion pour les échecs et l'étymologie, reprend Nicole. Savais-tu que le mot « échec » lui-même vient du persan *sheykh*, qui signifie « roi », et *mat* qui signifie « mort » ? C'est le « jeu du roi mort ».

— J'ai toujours été surprise par le fait que dans ce jeu, essentiellement pratiqué par des hommes, la pièce la plus puissante soit la reine. Finalement, le roi ne se meut que d'une seule case, comme un simple pion, et passe son temps à fuir.

— Tu as raison. C'est la reine la pièce la plus puissante. Ce jeu exprime d'une certaine façon l'idée que les femmes sont plus fortes et que les hommes sont des êtres limités et lâches.

Elles rient toutes les deux.

— De même, j'ai toujours trouvé étrange que le mot « échecs » soit synonyme en français de « défaites ». Pourquoi n'a-t-on pas appelé ce jeu « réussite » ? s'étonne Monica.

Elles boivent et se sourient, de plus en plus détendues.

— Tu sais, je peux te l'avouer maintenant, c'est bien moi qui suis à origine de la mort de ta mère. Je voulais te faire payer ma défaite, dit Nicole.

Monica déglutit mais se reprend vite.

— J'ai séduit ton amant Ryan Murphy. Il était petit et rouquin, ce qui ne me plaisait pas. Quand il embrassait, il avait mauvaise haleine, mais j'ai fait un effort. Uniquement parce que je savais que cela allait causer ta perte.

— C'était un coup monté, bien sûr.

— Oui. Ce n'est même pas toi qui l'as tué. Les balles de ton revolver avaient été remplacées par des balles à blanc.

Nicole hoche la tête, admirative.

— Dans ce cas, je dois admettre que je me suis bien fait avoir. Joli coup de la reine noire. Sais-tu que j'ai même culpabilisé ? C'était vraiment une action bien menée.

— Tu as tué mon amie Sophie Wellington.

— Il n'y avait pas de réelle préméditation. C'est juste parce qu'elle me tirait dessus. Et puis, j'étais un peu à bout, après ces mois de détention. Tu sais, j'ai vraiment souffert dans cette prison. C'était bien le minimum que j'utilise mon arme pour m'enfuir. Tu aurais fait pareil à ma place, n'est-ce pas ?

Monica fait un petit signe d'assentiment, puis elle lance à Nicole :

— Moi, en revanche, quand j'ai tué ton père je contrôlais totalement mes nerfs. Je suis désolée.

Nicole lui sert une nouvelle rasade de whisky écossais et lui propose un nouveau toast.

— À nos chers disparus.

Elles trinquent de nouveau.

— Et puis il y a eu le Heysel, soupire Nicole.

— Tous ces morts pour une seule cible. N'était-ce pas un peu excessif ?

— C'est moi qui ai pensé à dissimuler un simple assassinat dans une bousculade mortelle.

— Comment t'est venue l'idée ?

— Dans toutes les guerres, il y a eu des serial killers qui ont pu opérer en toute impunité. Ce constat a été une révélation. Même pendant les canicules, les typhons ou les tremblements de terre, il y a des assassinats ciblés qui passent inaperçus à cause du nombre des autres victimes.

— Pervers mais efficace, reconnaît Monica.

— Je sais que, toi, tu n'aimes pas jouer collectif.

— Je suis moins douée avec les pions. Souviens-toi du concert de U2.

— Chacune son style, répond Nicole. Et j'ai pu voir que dans ton genre, qui consiste à jouer la reine, tu étais bien plus performante que moi. Tu aimes frapper de loin, de face ou en diagonale, vite et fort. Comme tes… missiles Stinger.

— Oui, une jolie opération, et j'ai même reçu une médaille pour ça, se souvient Monica.

De nouveau, elles boivent leur whisky en silence, avant de reprendre leur conversation.

— Tu sais… quand j'ai fait assassiner Massoud et que j'ai organisé l'attaque du World Trade Center, j'ai moi aussi reçu une médaille. Je crois que nos entourages respectifs et nos hiérarchies nous appréciaient beaucoup.

— Nous sommes des êtres rares. Je reconnais que c'est agréable de se rencontrer entre… femmes intelligentes, dit Monica en leur resservant un peu de whisky.

— Et La Mecque ? demande Nicole.

— En fait, je ne voulais pas rester sur l'échec du concert de U2 au stade de Croke, je voulais réussir au moins une fois à jouer avec les pions.

— J'ai tout de suite eu l'intuition que c'était toi à La Mecque. Comment as-tu trouvé l'endroit précis où créer la bousculade ?

— Des travaux avaient fragilisé un point du pont, explique Monica. C'était peu de chose, mais cela me semblait suffisant pour créer une opportunité.

— Très joli coup. Tu sais que tu as battu le record de victimes au cours d'une simple bousculade ? Deux mille deux cent trente-six morts ! Et le double de blessés !

— Pour moi, c'était un fiasco. Je ne visais pas la quantité. J'ai raté ma cible une fois de plus. Les pions, décidément, ce n'est pas mon truc.

— Deux mille deux cent trente-six, quand même. C'est une sacrée performance ! Pour ma part, je n'ai jamais dépassé le millier. En plus, à La Mecque, toutes les pièces étaient habillées en blanc. Quel sens du détail ! Des milliers de pions blancs qui chutent, c'était la symbolique parfaite de la partie d'échecs où je jouais les blancs et toi les noirs.

Elles restent un instant silencieuses. Puis Monica relève le bas de son pantalon et dévoile la prothèse en titane de sa jambe.

— En me tirant dessus dans le Panshir, tu m'as pris ma jambe.

— Je ne voulais pas te tuer comme ça, dans une poursuite, dit Nicole. Je trouvais cela minable. Pour moi, la fin de la partie devait ressembler à une apothéose. Ce n'était pas le moment.

Elle rallume son cigare et lâche des petites bouffées.

— Désolée pour la gêne.

— Non, il n'y a pas à être désolée, c'est le jeu. Et d'ailleurs à La Mecque, je t'ai bien crevé un œil, il me semble.

À son tour, Nicole soulève son cache-œil qui révèle une cavité sombre.

— Le plus gênant, c'est la perte de la vision en relief. J'ai des difficultés à saisir une tasse ou un stylo. On n'y pense pas quand on a deux yeux, mais la perception en trois dimensions, c'est précieux pour estimer les distances. En quelque sorte, le monde devient plat…

À sa grande surprise, Monica commence à trouver sa visiteuse sympathique.

— Je t'ai tellement détestée, avoue Nicole.

— À quel point ?

— Par moments, je me relevais la nuit pour prononcer ton nom comme si c'était celui du diable.

Elle hausse les épaules.

— Pareil pour moi. Bien sûr, j'ai utilisé des agents pour essayer de te tuer. Beaucoup t'ont cherchée, avec pour mission de te faire souffrir avant de t'achever.

— Je te remercie de t'être intéressée à ma petite personne ! Je dois confesser que tu m'as suffisamment obsédée pour que, moi aussi, je mette quelques collègues sur ton dossier. S'ils avaient réussi, cette rencontre n'aurait pu avoir lieu aujourd'hui.

— Heureusement que nous étions entourées de subalternes incompétents.

Nicole, voyant que le verre de Monica est vide, le remplit une nouvelle fois.

— Au fait, dit-elle, je n'ai pas pensé à te demander si tu souhaitais des glaçons ?

— Non, merci, je le prends sec.

Un chat, qui jusque-là était resté méfiant, s'approche. Il se place en position de saut, puis s'élance pour venir se blottir sur ses genoux de l'étrangère. Un autre vient se frotter contre ses jambes pour qu'elle s'imprègne de son odeur.

— Ça y est, ils t'ont acceptée. Tu ne leur fais plus peur, dit Monica.

— Les chats sont difficiles à duper. Ils sont aussi difficiles à apprivoiser. C'est pour cela que j'ai toujours préféré les chiens. Mais il n'y a que les imbéciles qui ne changent pas d'avis. Je trouve tes chats vraiment très sympathiques.

— Tu sais, Nicole, quand je t'ai vue la première fois, je me suis dit : enfin un esprit à ma hauteur. Quand tu m'as battue aux échecs avec ta ligne de pions qui avançait sans qu'on puisse la stopper, j'étais vraiment impressionnée. Quelle virtuosité. Quelle intelligence. Et moi qui t'avais sous-estimée – comme je sous-estimais à l'époque la plupart de mes adversaires –, je suis tombée de mon piédestal. Ainsi, je n'étais pas la plus forte. C'était toi. Une fille de mon âge. Je me suis fixé un objectif, rattraper mon retard pour te rejoindre et te surpasser. Tu jouais avec les pions, eh bien, je devais montrer qu'une pièce seule peut arriver à les vaincre, tous autant qu'ils sont.

— Pour tout te dire, la première fois où tu m'as sauté dessus pour m'étrangler, j'ai moi aussi été étonnée, Monica. Et quand tu m'as battue en sacrifiant ton cheval pour briser ma ligne de pions, j'ai compris que tu n'étais pas arrivée par hasard dans ma vie.

— Je ne le pense pas non plus.

— Je t'ai aussi détestée parce que tu étais plus belle que moi. Et en prenant de l'âge, tu es devenue le sosie de Jennifer Connelly, on te l'a déjà dit ?

— Je dois avouer que parfois, je faisais exprès d'imiter les mimiques de cette actrice dans certains de ses films les plus célèbres, comme *Requiem for a Dream* ou encore *Noé*.

— Les autres fois où je t'ai retrouvée, j'ai ressenti la même chose : tu étais « au-dessus de moi ». Ta taille, ton assurance, tes yeux, tes seins, tes fesses, ta manière de marcher, ton parfum, tout me fascinait dans ta personne.

— C'est une déclaration d'amour ?

Nicole répond par un sourire énigmatique et un long silence s'installe avant qu'elle ne reprenne :

— Cela m'a tout de suite donné envie de te défigurer. J'ai pris du plaisir, durant notre corps-à-corps à La Mecque, quand j'ai pu te labourer le visage avec mes ongles. Cela faisait si longtemps que j'en rêvais. Je vois que tu as bien cicatrisé, cela se remarque à peine.

— J'ai dû faire un peu de chirurgie réparatrice… et puis les rides sont arrivées.

— Nous sommes beaucoup plus que de simples ennemies, déclare Nicole, nous sommes des « antinomies vivantes ». Tout ce que tu représentes me dégoûte et me révulse. Le capitalisme, l'emprise des grandes fortunes sur le monde, la corruption, la mesquinerie, l'égoïsme érigé comme une philosophie. Même les pseudo-nations occidentales et leurs droits de l'homme ne sont pour moi que des paravents hypocrites pour cacher les systèmes d'exploitation des ouvriers réduits à l'état d'esclaves. Et le pire, c'est que non seulement ils sont consentants, mais que l'école les prépare à aimer leur servitude. Ils sont comme ces chiens qui ne veulent surtout pas qu'on touche au collier qui leur serre le cou et réduit leur liberté. Et aux élections dites libres, ils votent pour élire celui qui fait le plus de promesses qui ne seront jamais tenues.

— Je reconnais que la démocratie ne m'a jamais séduite comme concept, répond Monica. Personnellement je préfère l'aristocratie, étymologiquement le « gouvernement par les meilleurs ». Au moins, si cela ne fonctionne pas, on connaît le ou les responsables.

— J'aimais bien la notion de « dictature du prolétariat ». Cela me semble le meilleur compromis entre le pouvoir centralisé et la légitimité qu'offre le peuple, dit Nicole.

— Peut-être, mais j'ai été agacée de voir que tu défendais les terroristes de l'IRA, et puis après c'est allé crescendo, jusqu'à aider Oussama ben Laden, un homme qui faisait lapider les femmes adultères et décapiter les homosexuels.

— Pour moi, il n'était qu'un homme facile à manipuler, précise Nicole. Mais comment as-tu su que c'était moi ?

— Massoud m'avait avertie que Ben Laden se retournerait contre ceux qui l'avaient aidé, se rappelle Monica. Ensuite, j'ai appris que vous vous étiez rencontrés. Cela ne pouvait pas être pour discuter du statut des femmes au Moyen-Orient.

— Qui sait ?

— En tous les cas, je suis arrivée à la conclusion que c'était toi, car c'était trop bien fichu pour venir du cerveau de ces types en djellabah qui ne savent même pas… jouer aux échecs.

Nicole retient un petit rire.

— Je reconnais qu'il a fallu vraiment leur mâcher le travail avant qu'ils arrivent à leurs fins. Comme terroristes, ils étaient plutôt dans le massacre que dans la finesse. J'ai dû leur expliquer chaque phase et même ceux qui étaient diplômés des universités étaient comment dire… limités.

— Mais, au moins, ils étaient motivés et faciles à manipuler.

— Ils ont raté l'attaque du Pentagone. Seulement cent vingt-cinq morts. J'avais prévu et espéré bien plus, je ne te le cache pas. Mais le plus décevant pour moi a été lorsque j'ai appris que tu ne faisais pas partie des victimes. J'espérais vraiment t'avoir sur ce coup-là.

Nicole caresse le chat avec un peu plus d'énergie.

— Et justement, Massoud, pourquoi l'as-tu fait assassiner ? l'interroge Monica.

— Il avait tout compris depuis longtemps. Il aurait pu être écouté. Il faut toujours se débarrasser des ennemis intelligents. De toute façon, Ben Laden le détestait, cela tombait bien.

— Ensuite, tu as aidé à la mise au point d'une bombe nucléaire iranienne. C'est quand même un coup de pouce à une théocratie autoritaire, on n'était pas vraiment dans la dictature du prolétariat.

— Je ne pouvais pas tenir compte de ce genre de détails. J'avais une vision plus globale. C'étaient les ennemis des Américains et de leurs alliés dans la région. L'aide à l'Iran faisait partie de l'équilibre de la terreur.

D'autres chats arrivent pour renifler Nicole et se frotter contre ses jambes.

— Deux philosophies différentes, deux perceptions du monde. Le collectif et l'individuel. Nos visions sont complémentaires. Aucune de nous deux n'a complètement raison ni complètement tort. Nous nous sommes forcées à comprendre cela.

— Nous sommes comme le Yin et le Yang, dit Monica.

— Et sans toi et moi, peut-être que l'actualité aurait été moins… comment dire ? dynamique ?

Les deux femmes se fixent avec plus d'intensité. L'œil bleu turquoise face aux yeux argentés. Nicole rallume son cigare et expire quelques bouffées qui éloignent momentanément les chats.

— Pourtant, il y a forcément une gagnante et une perdante. L'envie de la victoire, c'est aussi ce qui amène l'esprit à se surpasser. Alors je dois te dire que je suis venue ici pour te faire une proposition.

Elle souffle très lentement un long filet de fumée tubulaire, laisse passer un silence et l'on n'entend plus que le tic-tac de la pendule et le crépitement du feu.

— Je t'écoute, dit Monica.

— Veux-tu jouer une dernière partie d'échecs ? demande Nicole.

Monica prend une grande inspiration, scrute son invitée, puis se lève et va chercher un échiquier.

— Pourquoi pas, après tout.

— Cet échiquier est un peu petit. Tu n'en as pas un plus grand avec des pièces plus lourdes ? Pour une dernière partie, il nous faut un échiquier un peu plus prestigieux, non ? Je te rappelle que c'était toi la maniaque de la qualité des pièces.

Monica se rend alors au premier étage et en revient une minute plus tard avec un échiquier beaucoup plus grand ainsi qu'avec une grosse boîte de bois.

Elle essuie doucement la poussière, fait coulisser le couvercle et révèle une à une les figurines sculptées.

— C'est mon jeu de luxe, que je ne sors que pour les grandes occasions. Le socle de chaque pièce est alourdi avec un plomb pour qu'elle soit bien stable.

Nicole soupèse un pion, puis un fou, puis un roi.

— C'est parfait. Je crois que c'est précisément une grande occasion.

Elle regarde Monica tout en soulevant son verre pour proposer un nouveau toast.

— Alors trinquons une dernière fois avant de nous entre-tuer.

— Tu veux me saouler pour troubler mon esprit ?

Nicole lui fait un clin d'œil.

— Cela rajoute un peu de piquant, non ? Mais je sais que ton atavisme écossais s'équilibre avec mon atavisme irlandais. Il y a tellement d'alcooliques parmi nos ancêtres que nous naissons avec un foie capable de gérer de grandes quantités d'alcool sans que cela altère le moins du monde nos facultés intellectuelles.

Les deux femmes font tinter leurs verres en les entrechoquant, puis absorbent d'un trait l'alcool ambré. Nicole change soudain de regard.

— En fait, j'aimerais te proposer de mettre un enjeu spécial pour corser la partie…

Elle prend la reine noire et la caresse.

— Un enjeu qui fasse que nous soyons vraiment motivées pour gagner.

— Je suis déjà très motivée, proteste Monica.

Nicole continue de manipuler la reine noire.

— Certes, mais pour que cette partie soit tout à fait prenante, il faut un enjeu exceptionnel.

— Tu penses à quoi ? De l'argent ?

— Non, mieux.

— Je ne vois pas…

— La vie.

Monica fronce les sourcils et dit :

— Si j'ai bien écouté tes paroles tout à l'heure, tu es condamnée par ton cancer, c'est bien cela ?

— Certes.

— Mais pas moi. Donc pour toi, la mort immédiate ne serait que prendre un peu d'avance dans le temps.

Nous ne sommes pas dans la même configuration par rapport à l'existence.

— Crois-tu ?

— J'en suis certaine.

— Et pourtant.

Monica sent que quelque chose ne va pas.

— J'avais prévu ta réaction, dit Nicole. Alors j'ai établi un petit plan. Quand tu es allée chercher le jeu à l'étage.

Oh non.

— J'ai profité de cet instant où j'étais seule dans la pièce uniquement surveillée par tes chats pour verser dans la bouteille un poison fabriqué par le département chimie du FSB.

— Un poison ? Mais tu nous as servies toutes les deux avec la même bouteille.

— Te connaissant, je ne voulais pas te laisser la moindre chance d'entrevoir mon plan.

— Tu as versé du poison dans ton propre verre aussi ?

— Exactement.

— Et tu l'as bu. Je t'ai vue le boire, tu n'as pas fait semblant.

— Tu ne peux pas savoir jusqu'à quel point je suis prête à faire des efforts pour magnifier cet instant précis. Je suis vraiment joueuse, tu sais.

— Donc tu es prête à mourir de ton propre poison ?

— Je l'ai sélectionné avec soin. C'est une substance indolore. Pour moi, ce sera juste un suicide en vue d'éviter les souffrances de la phase terminale. Mais pour toi, ce sera évidemment plus gênant.

Comment ai-je pu être assez naïve pour ne pas avoir prévu ce coup-là ? Quelle imbécile j'ai été !

— J'ai donc perdu ?

— Non. Car il y a un antidote.

Nicole exhibe une fiole contenant un liquide vert fluorescent.

— Le voici.

Monica se précipite et tente de s'emparer de la fiole. Mais Nicole, qui avait anticipé cette réaction, s'est levée et, le bras tendu, la tient hors d'atteinte.

— N'avance plus ou je la jette par terre et elle se brisera. Il n'y en aura plus pour aucune de nous deux.

Monica réfléchit vite et se reprend.

— Tu es venue pour m'assassiner, c'est cela ? J'aurais dû m'en douter, malgré tous tes discours sur la complémentarité et les points de vue différents, tu n'as jamais cessé de désirer ma perte.

— Détrompe-toi. Si j'avais voulu te tuer, j'aurais mis du poison dans ton verre sans rien dire. Si je ne l'ai pas fait, et si j'ai apporté l'antidote, c'est que le jeu est plus important pour moi que la vengeance. La preuve en est que, si tu gagnes, je te donnerai vraiment cet antidote et tu continueras à vivre en bonne santé pour peut-être dépasser les cent ans. Quant à moi… tu n'auras qu'à te débarrasser de mon cadavre. Il me semble qu'il y a de la place dans ton potager. Je suis certaine que je ferai un excellent compost.

Elle gardera toujours cette extraordinaire capacité à me surprendre.

— Allons, Monica, sois bonne joueuse. Je ne sais pas comment on peut te donner une plus grande preuve de fair-play, reprend l'Australienne en jouant avec la fiole au liquide vert fluorescent.

— Pourquoi tu te donnes autant de mal, Nicole ?

— Je te l'ai dit, je place l'adrénaline et le suspense que génère une simple partie d'échecs au-dessus de la haine que je te porte ou de ma propre envie de survie.

Les chats, après s'être éloignés d'elle, se rapprochent, comme s'ils sentaient que leur maîtresse n'avait plus de raisons d'être hostile à cette visiteuse dont la présence se prolonge. L'orage tonne de nouveau, avec une intensité accrue qui fait trembler les vitres du château. Une série d'éclairs provoque un autre effet stroboscopique dans la pièce dont les différents éléments s'illuminent et s'éteignent en une alternance très rapide.

Monica essaye de décrypter le visage de Nicole pour percevoir le niveau de sincérité de ses paroles. Son œil bleu turquoise unique exprime une satisfaction nouvelle.

Délicatement, Nicole saisit la pendule. Elle tourne les molettes à l'arrière de l'appareil.

— Une heure, ça te va ?

Elle est vraiment très forte. Et là, je me retrouve au point où je dois faire confiance à ma plus grande ennemie pour avoir un espoir de survivre dans les soixante minutes qui viennent.

— Eh bien.

— Ce que nous allons vivre durant cette heure, n'est-ce pas un résumé de nos existences ? Nous luttons contre des ennemis pour des projets et ensuite nous luttons contre le temps. Et à la fin, nous sommes vaincues soit par l'un soit par l'autre.

— Je…

Zut, je n'arrive même plus à terminer mes phrases. C'est l'émotion. La peur de la mort commence à me submerger et m'empêche de penser clairement.

— Désolée d'être venue t'importuner dans ta vie tranquille. Vraiment désolée, Monica.

Il faut que je me sorte de ce piège.

— Tu dois te demander comment sortir de ce piège ? demande Nicole.

Elle va finir par m'énerver à deviner mes pensées.

— Et si je refuse de jouer ?

— Eh bien, comme en compétition, on considérera que j'ai gagné par abandon et donc… je prendrai l'antipoison et je te regarderai mourir. Mais ne t'inquiète pas, je te garantis que ce ne sera pas douloureux.

Un chat se met à miauler, comme pour indiquer à Monica quelque chose à faire ou à comprendre. Celle-ci caresse nerveusement le félin.

— J'imagine que pour rester dans la tradition, tu vas prendre les noirs ? propose Nicole.

Sans attendre de réponse, elle tourne le jeu pour avoir de son côté le camp des blancs.

— Prête ?

Avec sa main droite, elle déclenche la pendule, puis soulève son pion blanc central et l'avance de deux cases. Sa main gauche appuie discrètement sur un petit bouton placé dans le cache-œil qui couvre sa cavité oculaire.

4

La partie est un choc terrible. Tout est surprises, coups de théâtre, pièges. Les deux camps s'affrontent sans la moindre retenue.

Nicole O'Connor apprécie énormément ces instants. Elle a l'impression d'avoir totalement pris le contrôle de la situation.

Ce qui lui plaît le plus, et ce que Monica ignore, c'est que dans cet ultime combat, l'Australienne possède un atout caché.

En fait, il y a une caméra placée dans son cache-œil. Celle-ci est reliée à son smartphone, lui-même connecté à un satellite de communication qui le retransmet sur Internet à toute une communauté d'internautes passionnés d'échecs. Elle leur a proposé un défi qu'elle a nommé « SEULE CONTRE TOUS ».

Les joueurs extérieurs suivent donc la partie par le truchement de la minuscule caméra de Nicole. Ils votent tous pour ce qui leur semble être la meilleure réponse aux noirs. Elle reçoit ensuite le résultat de ce vote grâce à sa montre connectée qui lui indique, à l'emplacement de la date, le coup en lettre et en chiffre.

Ainsi, ce n'est pas Nicole qui joue, mais 13 000 passionnés d'échecs qui, ensemble, décident du coup suivant. Quant à Monica, elle est tellement concentrée sur l'échiquier qu'elle ne prête même pas attention aux regards que Nicole jette de temps en temps à sa montre.

Et alors on verra bien si pour gagner, il vaut mieux être seule ou…un grand nombre.

5

La pendule produit un cliquetis sec qui résonne dans le château.

Tic-tac, tic-tac.

Monica prend une grande inspiration. Elle ne comprend pas bien son adversaire. Elle a l'impression qu'elle a complètement changé de style et elle se dit qu'elle doit vite s'adapter.

Rester calme. Ce n'est pas possible que ma vie soit liée à cette partie. En plus, je n'ai pas l'esprit complètement clair. J'ai quand même bu plusieurs verres de whisky. Elle aussi. Reste à savoir laquelle de nous deux tient le mieux l'alcool.

Le cliquetis lui paraît progressivement assourdissant.

Tic-Tac ! Tic-Tac ! TIC !... TAC !.... TIC !.... TAC !...........

TIC !......TAAC !......TIIIC !

Nicole fixe de son œil unique son adversaire et déclare :

— Qu'est-ce que tu avais dit la dernière fois ? Ah oui. *Vulnerant omnes ultima necat.* Toutes blessent, la dernière tue.

FIN

REMERCIEMENTS

L'idée de ce roman m'a été inspirée par le récit d'un ami, Gil Meyland. N'ayant pas de bras, ni de jambes, il se déplace en fauteuil électrique en utilisant l'extrémité de son demi-bras gauche. Il me raconta avoir eu un instant de pure panique alors qu'il s'était retrouvé au milieu d'une foule qui refluait soudain dans la station Châtelet, après une manifestation à la sortie du RER Fontaine-des-Innocents : « Quand tu es assis, tu es plus bas et les gens pensent qu'il y a un espace là où tu es et essaient d'avancer vers toi pour passer. » Il s'était mis à imaginer ce qu'il se passerait s'il était renversé et piétiné. Il ne dut son salut qu'à des gestes précis et un peu de chance.

Son témoignage me donna des frissons. J'eus l'impression de ressentir ce qu'il avait vécu. Cela me remit en mémoire tous ces moments où je m'étais retrouvé au milieu d'une foule dont je craignais les mouvements, notamment lors de concerts de rock. Je me suis rappelé aussi des trajets en métro aux heures de rush, lorsque je me retrouvais plaqué contre les vitres par la pression des passagers. Comment en est-on arrivé à supporter de vivre ce supplice tous les jours ?

Avec encore plus de pression lorsqu'il y a des grèves et que le nombre de rames de métro est réduit au strict minimum.

La foule fait peur. Et si elle fait peur, cela vaut le coup de tenter de comprendre pourquoi.

En tout cas, cela me donna envie de réfléchir sur les avantages et les inconvénients d'être nombreux au même endroit à accomplir les mêmes gestes au même moment.

Je me suis souvenu de mes cours de sociologie en faculté de droit à Toulouse. Les professeurs avaient évoqué un ouvrage de Gustave Le Bon, *La Psychologie des foules.* Je me mis à le relire et à suivre les vidéos du youtubeur Mehdi Moussaïd, auteur de *Fouloscopie. Ce que la foule dit de nous* (Flammarion). Enfin j'eus plusieurs longues discussions avec Émile Servan-Schreiber, chercheur en intelligence collective, auteur de *Super-Collectif : la nouvelle puissance des intelligences* (Fayard).

Nous sommes à ce jour 8 milliards et j'ai l'impression que, de plus en plus souvent, les humains se retrouveront tassés au même endroit… pour le meilleur ou pour le pire.

Je tiens pour finir à remercier l'égrégore collectif de mon éditeur Albin Michel, une petite communauté qui me soutient depuis trente ans, ainsi que l'égrégore encore plus large de mes lecteurs, qui me fournissent depuis 1991 par leur intérêt pour mes livres une énergie qui me nourrit en permanence.

Seul on va plus vite, ensemble on va plus loin.

À moins que ce ne soit le contraire…

À vous de décider si vous vous sentez plus proche des convictions de Nicole O'Connor ou de celles de Monica Mac Intyre.

MUSIQUES ÉCOUTÉES DURANT L'ÉCRITURE DE CE ROMAN

AC/DC, « Ride On ».
Kate Bush, album *Running Up that Hill.*
Peter Gabriel, « Don't Give Up », dans l'album *So.*
Gustav Holst, « Mars », *Les Planètes.*

MUSIQUES ÉCOSSAISES :

B.O. du film *Braveheart* composée par James Horner.
Tri Yann, « Song for ye, Jacobites ».
Fish, album *Vigil in the Wilderness of Mirrors.*

MUSIQUES IRLANDAISES :

The Corrs, album *Unplugged.*
Gwendal, album *Irish Jig.*
U2, « Bloody Sunday ».
Chanson traditionnelle, « Berceuse du Connemara ».

Du même auteur
aux éditions Albin Michel :

LA PROPHÉTIE DES ABEILLES, 2021
DEMAIN LES CHATS, 2018
SA MAJESTÉ DES CHATS, 2019
LA PLANÈTE DES CHATS, 2020

Cycle des Fourmis :

LES FOURMIS, 1991
LE JOUR DES FOURMIS, 1992
LA RÉVOLUTION DES FOURMIS, 1996

Cycle des Aventuriers de la science :

LE PÈRE DE NOS PÈRES, 1998
L'ULTIME SECRET, 2001
LE RIRE DU CYCLOPE, 2010

PENTALOGIE DU CIEL :
Cycle des Anges :

LES THANATONAUTES, 1994
L'EMPIRE DES ANGES, 2000

Cycle des Dieux :

NOUS, LES DIEUX, 2004
LE SOUFFLE DES DIEUX, 2005
LE MYSTÈRE DES DIEUX, 2007

Cycle Troisième Humanité :

TROISIÈME HUMANITÉ, 2012
LES MICRO-HUMAINS, 2013
LA VOIX DE LA TERRE, 2014

Nouvelles :

L'ARBRE DES POSSIBLES, 2002
PARADIS SUR MESURE, 2008

Autres livres :

LE LIVRE DU VOYAGE, 1997
NOS AMIS LES HUMAINS (THÉÂTRE), 2003
LE PAPILLON DES ÉTOILES, 2006
NOUVELLE ENCYCLOPÉDIE DU SAVOIR RELATIF ET ABSOLU, 2008
LE MIROIR DE CASSANDRE, 2009
LE SIXIÈME SOMMEIL, 2015
DEPUIS L'AU-DELÀ, 2017
LA BOÎTE DE PANDORE, 2018
MÉMOIRES D'UNE FOURMI, 2022

Bernard Werber au Livre de Poche

(sélection de titres)

Cycle des Aventuriers de la science

Le Père de nos pères n° 14847

Lucrèce Nemrod, reporter aussi tenace qu'espiègle, et Isidore Katzenberg, ancien journaliste scientifique désabusé, se lancent sur la piste du « chaînon manquant ». De Paris à la Tanzanie, une course poursuite haletante où l'on rencontre un club de savants passionnés, une charcuterie industrielle, une star du X et quelques primates qui se posent de drôles de questions.

L'Ultime Secret n° 15398

« C'est au cœur de notre cerveau qu'il faut chercher la source de tous nos comportements », estime Samuel Fincher, un brillant neurologue cannois. Le problème, c'est que Samuel Fincher meurt d'extase amoureuse dans les bras d'une top-model danoise, le soir même de sa victoire au championnat du monde d'échecs.

Le Rire du Cyclope n° 32595

Un coffret renferme l'arme absolue. La plus inattendue, la plus imparable. Le célèbre comique, le Cyclope, est mort d'avoir voulu le posséder. On ne l'ouvre qu'à ses risques et périls...

Cycle des Chats

Demain les chats n° 34838

Pour nous, une seule histoire existait : celle de l'humanité. Mais il y a eu LA rencontre. Et eux, les chats, ont changé à jamais notre destinée.

Sa Majesté des chats n° 35901

Dans un futur proche, l'humanité est en perdition et les rats envahissent progressivement Paris. Seule résiste une communauté formée de quelques centaines de chats et d'individus dirigée par une chatte nommée Bastet.

La Planète des chats n° 36210

Partie pour New York après l'effondrement de la civilisation humaine, la petite communauté dirigée par Bastet, reine autoproclamée des chats, déchante rapidement à son arrivée : les rats sont là aussi, plus nombreux et plus organisés encore qu'en Europe.

Les Fourmis n° 9615

Le temps que vous lisiez ces lignes, sept cents millions de fourmis seront nées sur la planète Sept cents millions d'individus dans une communauté estimée à un milliard de milliards, et qui a ses villes, sa hiérarchie, ses colonies, son langage, sa production industrielle, ses esclaves, ses mercenaires… Ses armes aussi. Lorsqu'il entre dans la cave de la maison léguée par un vieil oncle entomologiste, Jonathan Wells est loin de se douter qu'il va à leur rencontre...

Le Jour des fourmis n° 13724

Sommes-nous des dieux ? Sommes-nous des monstres ? Pour le savoir, une fourmi va partir à la découverte de notre monde et connaître mille aventures dans notre civilisation de géants. Parallèlement, un groupe de scientifiques humains découvre la richesse et la magie de la civilisation des fourmis, si proche et pourtant si peu connue.

La Révolution des fourmis n° 14445

Que peuvent nous envier les fourmis ? L'humour, l'amour, l'art. Que peuvent leur envier les hommes ? L'harmonie avec la nature, l'absence de peur, la communication absolue. Après des millénaires d'ignorance, les deux civilisations les plus évoluées de la planète vont-elles enfin pouvoir se rencontrer et se comprendre ?

Le Livre secret des fourmis n° 15576

Découvrez, enfin reconstituée dans son intégralité originelle, l'encyclopédie qui révèle le secret de la pierre philosophale et celui du pain, les projets des tyrans les plus vils et les plus belles utopies, le sens caché des fugues de Bach et la naissance de l'esclavage chez les rats.

Cycle de Pandore

La Boîte de Pandore n° 35601

Alors qu'il assiste à un spectacle d'hypnose, un homme est choisi dans l'assistance pour participer au numéro final. Dubitatif mais intrigué, René se plie au jeu et se retrouve soudain plongé dans une vie antérieure. Ce n'est que la première...

La Prophétie des abeilles n° 36589

Depuis la nuit des temps, une prophétie annonce le destin de l'espèce humaine. Elle révèle que notre avenir est lié à celui des abeilles. Les Templiers l'ont préservée à travers les époques, mais sa trace s'est perdue. Pour la retrouver, il faut remonter le temps, traverser les continents et affronter tous les dangers. Êtes-vous prêt à la découvrir ?

Troisième humanité

Troisième humanité n° 33355

Nous sommes à l'ère de la deuxième humanité. Il y en a eu une avant. Il y en aura une... après.

Les Micro-Humains n° 33773

Demain, l'espèce sera plus petite, plus féminine, plus résistante, plus solidaire... À l'ère de la Troisième humanité, que restera-t-il de nous ?

La Voix de la Terre n° 34161

7 joueurs, 7 visions du futur. Le but ultime de chacun : s'imposer. Et si un 8e joueur venait tout bouleverser ? La Terre n'a pas dit son dernier mot...

Pentalogie du ciel

Cycle des Anges

Les Thanatonautes n° 13922

L'homme a tout exploré, sauf le continent des morts. Michael Pinson et son ami Raoul Razorbak, deux jeunes chercheurs sans complexes, veulent relever ce défi et, utilisant les techniques de médecine mais aussi d'astronautique les plus modernes, partent à la découverte du paradis.

L'Empire des anges n° 15207

Michael Pinson a passé avec succès l'épreuve de la « pesée des âmes » et a accédé au royaume des anges. Le voilà chargé de trois mortels. Ses moyens d'action : les rêves, les signes, les médiums, les intuitions, les chats. Cependant, il est obligé de respecter le libre arbitre des hommes…

Cycle des Dieux

Nous les dieux n° 3058

Sur l'île d'Aeden se trouve l'école des Dieux. Ses professeurs sont chargés d'enseigner l'art de gérer les humains pour leur donner l'envie de survivre, de bâtir des cités, de faire la guerre, d'inventer des religions ou d'élever le niveau de leur conscience. La nouvelle promotion d'élèves dieux a beaucoup à apprendre… et beaucoup à craindre...

Le Souffle des dieux n° 30812

Et vous, à la place de Dieu, comment referiez-vous l'Histoire ?

Le Mystère des dieux n° 31314

Après avoir rencontré Zeus au sommet de la montagne d'Aeden, Michael Pinson retrouve sa classe d'élèves dieux. Condamné pour avoir tué un autre élève dieu, il va connaître les affres d'une vie mortelle avec les perspectives qu'offre le savoir divin.

PAPIER À BASE DE FIBRES CERTIFIÉES

Le Livre de Poche s'engage pour l'environnement en réduisant l'empreinte carbone de ses livres. Celle de cet exemplaire est de :
200 g éq. CO_2
Rendez-vous sur www.livredepoche-durable.fr

Composition réalisée par Belle Page

Achevé d'imprimer en France par
CPI BRODARD & TAUPIN (72200 La Flèche)
en août 2023
N° d'impression : 3053594
Dépôt légal 1re publication : septembre 2023
LIBRAIRIE GÉNÉRALE FRANÇAISE
21, rue du Montparnasse – 75298 Paris Cedex 06

83/2011/6